문학의 숨결

고 인 환 지음

국학자료원

목 차

제3부

제4부

책머리에

다섯 번째 평론집이다. 늘 그래왔듯이 설렘보다는 두려움(부끄러움)이 앞선다. 최근의 원고부터 10여 년 전에 썼던 평론까지 여기에 실린 글들의 시간적 간극이 상당하다. 시, 소설, 아동문학, 평론, 언어, 몸 등 관심의 대상 또한 다양하다. 각각의 글엔 그 시절 나름의 열정이 투영되어 있다. 책을 내기 위해 글을 다듬는다는 것은 이 과거의 애틋한 열정과 만나는 일이기도 하다. 이러한 만남은 '지금 여기'의 나를 성찰하는 소중한 계기를 마련해준다. 이를 통해 힘겹게 한 걸음 내딛게 되는 것이리라.

이 책은 크게 4부로 구성되어 있다.

1부는 문학과 언어 일반에 대한 개론적인 성격의 글들이다. '모(국)어의 숨결'을 음미할 수 있는 작품들, 한국 문학 속에 나타난 몸의 이미지, 작가의 '언어'가 지닌 사회 · 역사적 의미, '나눔의 정신을 실천하는 도구'로서의 문학 등을 점검한 글들은 '현실 속에서 현실 너머를 꿈꾸는' 문학의 숨결과 자의식을 동시에 감상할 수 있는 기회를 제공하리라 기대한다.

2부는 우리 시대 서사의 다양한 표정을 탐사한 글들이다. 삶의 속살을 헤집는 인물 군상들의 풍속도, 꿈꾸기가 불가능한 시대의 절망적 글쓰기, 시대와 불화하는 고독한 영혼의 내면 풍경, '흔들리는 촛불들' 혹은 '메마른 나무들'의 세상 견디기 등으로 표상되는 우리 시대 다양한 '촛불'들의 '길 떠남'은 소설과 현실이 애틋하게 공감하며 창조하는 따뜻한 현장으로 독자들을 인도할 것이다.

3부는 가슴 저리게 아름다운 소통의 무늬를 수놓고 있는 서정의 숨결을 추적한 글들이다. '시린 반성'의 언어가 인도하는 소통의 물꼬, '마음의 문'을 두드리는 공감의 언어, '일몰'의 순간을 유영하는 '꽃'의 곡예, '시간의 태엽'을 되감는 꿈의 언어 등 여기에 실린 글들은 소통에 서투른 현대인들에게 적지 않은 시사점을 제공할 것이다. 더불어 개별 촛불들의 자의식이 어떻게 거대한 촛불의 흐름으로 이어지는지 곱씹어보는 계기를 마련해 주리라 기대한다.

4부에서는 역사의 구체적 현장에서 문학의 진정성을 탐색하고 있는 텍스트들을 분석해 보았다. 전통과 근대, 예술성과 대중성, 신화(역사)와 문학 등의 경계, 혹은 디아스포라 문학의 현장에서 공감과 연대의 풍경을 창조하고 있는 이들의 작업은 우리 문학의 영역을 심화 · 확장하는데 기여하고 있다.

2016년은 '촛불'의 해로 기억될 것이다. 거대한 촛불의 열기가 새로운 역사를 창조하고 있다. 문학을 통해 이 촛불의 숨결을 응시하는 동시에 촛불의 자의식을 엿보고 싶었다. 이번 평론집에서 '숨결'이란 단어를 앞세운 것도 이와 무관하지 않다. 문학에 좀 더 가까이 다가가는 동시에 문학의 자의식을 응시하고 싶었다. 보다 나은 삶에 대한 열망을 품고 냉철하게 현실을 응시하는 작품들이 마음에 와 닿았다. 이러한 문학들과 오랫동안 함께 하고 싶다.

고황산 기슭에서

2016년을 보내며

고인환

제1부

모(국)어의 숨결

1. 숲

'모국어'란 '자신이 국민으로서 속해 있는 국가, 즉 모국의 국어'를 가리킨다. 우리에게는 한글이다. 인간은 대체적으로 '모어'(태어나서 처음으로 익혀 자신의 내부에서 무의식적으로 형성된 말)와 모국어가 일치하는 언어 환경에서 성장한다. 이때 모(국)어는 사회 구성원들을 정서적으로 연결해주는 매개체의 기능을 한다.

다음의 글은 한글을 모국어로 사용하고 있는 대다수에게 '깊은 울림'을 주기에 부족함이 없다. 우리의 모국어가 도달할 수 있는 산문 미학의 한 절정이라 할 수 있다.

> '숲'이라고 모국어로 발음하면 입 안에서 맑고 서늘한 바람이 인다. 자음 'ㅅ'의 날카로움과 'ㅍ'의 서늘함이 목젖의 안쪽을 통과해 나오는 'ㅜ' 모음의 깊이와 부딪쳐서 일어나는 마음의 바람이다. 'ㅅ'과 'ㅍ'은 바람의 잠재태다. 이것이 모음에 실리면 숲 속에서는 바람이 일어나는데, 이때 'ㅅ'의 날카로움은 부드러워지고, 'ㅍ'의 서늘함은 'ㅜ' 모음 쪽으로 끌리면서 깊은 울림을 울린다.
>
> 그래서 '숲'은 늘 맑고 깊다. 숲 속에 이는 바람은 모국어 'ㅜ' 모음의 바람이다. 그 바람은 'ㅜ' 모음의 울림처럼, 사람 몸과 마음의 깊은 안쪽을 깨우고 또 재운다. '숲'은 글자 모양도 숲처럼 생겨서, 글자만 들여다보아도 숲 속에 온 것 같다. 숲은 산이나 강이나 바다보다도 훨씬 더 사람 쪽으로 가깝다. 숲은 마을의 일부라야 마땅하고, 뒷담 너머가

> 숲이라야 마땅하다.(김훈의 「가까운 숲이 신성하다」, 『자전거 여행』 에서)

'숲'의 숨결이 느껴지는 글이다. 글쓴이는 '숲'이라는 글자를 구성하고 있는 자음과 모음의 속성을 면밀하게 관찰하여 독창적인 의미를 부여하고 있다. 그가 제안하는 순서에 몸과 마음을 맡겨보자. 자, 숲이라고 발음해 보자. 자음 'ㅅ'(날카로움)과 'ㅍ'(서늘함)이 'ㅜ'(깊이) 모음과 화학반응을 일으켜 발생시킨, 맑고 서늘한 마음의 바람이 이는가? 특히, 'ㅜ' 모음은 'ㅅ'과 'ㅍ'에 내재된 '바람의 잠재태'를 맑고 깊은 울림으로 깨운다. 따라서 숲 속에, 당신의 마음 안쪽에 이는 바람은 모국어 'ㅜ' 모음의 바람이다.

이제, 숲이라는 글자를 들여다보자. '마을의 일부'로, '뒷담 너머'에서 고즈넉한 자태를 드러내는 '사람'의 숲이 보이는가?

내친김에 모국어의 '숲' 속에서 호흡하는 작가의 숨결을 조금 더 느껴보자.

> 나는 모국어의 여러 글자들 중에서 '숲'을 편애한다. '수풀'도 좋지만 '숲'만은 못하다. '숲'의 어감은 깊고 서늘한데, 이 서늘함 속에는 향기와 습기가 번져 있다. '숲'의 어감 속에는 말라서 바스락거리는 건조감이 들어 있고, 젖어서 편안한 습기도 느껴진다. '숲'은 마른 글자인가 젖은 글자인가. 이 글자 속에서는 나무를 흔드는 바람 소리가 들리고, 골짜기를 휩쓸며 치솟는 눈보라 소리가 들리고 떡갈나무 잎에 떨어지는 빗소리가 들린다.
>
> 깊은 숲 속에서는 숨 또한 깊어져서 들숨은 몸속의 먼 오지에까지 스며드는데, 숲이 숨 속으로 빨려들어올 때 나는 숲과 숨은 같은 어원을 가진 글자라는 행복한 몽상을 방치해둔다. 내 몽상 속에서 숲은 대지 위로 펼쳐 놓은 숨의 바다이고 숨이 닿는 자리마다 숲은 일어선다.

'숲'의 피읖받침은 외향성이고, '숨'의 미음받침은 내향성이다. 그래서 숲은 우거져서 펼쳐지고 숨은 몸 안으로 스미는데 숨이 숲을 빨아 당길 때 나무의 숨과 사람의 숨은 포개진다. 몸속이 숲이고 숲이 숨인 것이어서 '숲'과 '숨'은 동일한 발생 근거를 갖는다는 나의 몽상은 어학적으로는 어떨는지 몰라도 인체생리학적으로는 가히 틀리지 않을 것이다. 나는 몸이 입증하는 것들을 논리의 이름으로 부정할 수 있을 만큼 명석하지 못하다(김훈의 「숲은 숨이고, 숨은 숲이다」, 『자전거 여행 2』에서).

글쓴이의 '행복한 몽상'은 '숲'이라는 글자 속에서 '바람 소리', '눈보라 소리', '빗소리'를 듣게 하고 나아가 '숲'과 '숨'을 '인체생리학적'으로 연결시키기에 이른다. '깊은 숲 속에서는 숨 또한 깊어'지는 것이어서' '숲이 숨 속으로 빨려들어올 때' '나무의 숨과 사람의 숨은 포개진다.' 이렇게 '숲' 속에서 사람과 나무는 하나가 된다.

김훈의 산문을 음미하고 있노라면, 모국어 '숲'이라는 글자가 스멀스멀 살아나 '몸속의 먼 오지에까지' 스며들어 세속의 티끌을 정화시켜 주는 듯하다. 모국어의 실감을 매개로, '숲'의 의미를 독특하게 창조하고 있는 김훈의 '몽상'은 그 어떤 과학적 논리보다 깊은 공감을 불러일으키고 있다. 우리가 모국어의 '숲'에서 '숨'을 쉬고 있기 때문이리라.

2. 국수

일제강점기 일본은 우리의 모어(한글)를 부정하고 자기 나라의 언어(일본어)를 국어로 강요하였다. 모어와 모국어가 일치하지 않던 불행한 시절, 많은 시인들은 모어의 숨결을 매개로 잃어버린 공동체의 기억을 환기하고자 하였다. 모어를 강탈당한 시대, 한글은 일본의 제국주의적 속성을 거부하고 우리 민족의 정서와 감정을 회복하려는 아름다운(?) 무기의 하나였다.

눈이 많이 와서
산엣새가 벌로 날여 멕이고[1]
눈구덩이에 토끼가 더러 빠지기도 하면
마을에는 그 무슨 반가운 것이 오는가보다
한가한 애동들은 어둡도록 꿩사냥을 하고
가난한 엄매는 밤중에 김치가재미[2]로 가고
마을을 구수한 즐거움에 싸서 은근하니 흥성흥성 들뜨게 하며
이것은 오는 것이다.
이것은 어늬 양지귀[3] 혹은 능달쪽 외따른 산옆 은댕이[4] 예데가리밭[5]에서
하로밤 뽀오햔 흰김 속에 접시귀 소기름불이 뿌우현 부엌에
산멍에[6] 같은 분틀을 타고 오는 것이다.
이것은 아득한 녯날 한가하고 즐겁든 세월로부터
실 같은 봄비 속을 타는 듯한 녀름볕 속을 지나서 들쿠레한[7] 구시월 갈바람 속을 지나서
대대로 나며 죽으며 죽으며 나며 하는 이 마을 사람들의 으젓한 마

1) 멕이고: 활발히 움직이고.
2) 김치가재미: 북쪽 지역의 김치를 넣어 두는 창고, 혹은 헛간.
3) 양지귀: 햇살 바른 가장자리.
4) 은댕이: 가장자리.
5) 예대가리밭: 산의 맨 꼭대기에 있는 오래된 비탈밭.
6) 산멍에: '이무기'의 평안도 말.
7) 들쿠레한: 달콤한.

음을 지나서 텁텁한[8] 꿈을 지나서

지붕에 마당에 우물 둔덩에 함박눈이 푹푹 쌓이는 여늬 하로밤

아베 앞에 그 어린 아들 앞에 아베 앞에는 왕사발에 아들 앞에는 새끼사발에 그득히 사리워 오는 것이다.

이것은 그 곰의 잔등에 업혀서 길여났다는 먼 넷적 큰마니[9]가

또 그 집등색이[10]에 서서 자채기[11]를 하면 산넘엣 마을까지 들렸다는

먼 옛적 큰아바지가 오는 것같이 오는 것이다.

아, 이 반가운 것은 무엇인가

이 히수무레하고[12] 부드럽고 수수하고 슴슴한 것은 무엇인가

겨울밤 쩡하니 닉은 동티미국을 좋아하고 얼얼한 댕추가루를 좋아하고 싱싱한 산꿩의 고기를 좋아하고

그리고 담배 내음새 탄수[13] 내음새 또 수육을 삶는 육수국 내음새 자욱한 더북한 삿방 쩔쩔 끓는 아르굳[14]을 좋아하는 이것은 무엇인가

이 조용한 마을과 이 마을의 으젓한 사람들과 살틀하니 친한 것은 무엇인가

이 그지없이 고담(枯淡)[15]하고 소박(素朴)한 것은 무엇인가(백석, 「국수」)

백석은 현역 시인들이 가장 좋아하는 시인 중 한 명이다. 낯선 어휘들이 나온다고 주눅 들지 말고 흥겨운 모어들의 어울림에 흠뻑 빠져들어 보

---

8) 텁텁한: 흐릿한.
9) 큰마니: '할머니'의 평안도 말.
10) 집등색이: 짚등석, 짚이나 칡덩굴로 만든 자리.
11) 자채기: 재채기.
12) 히수무레하고: 희끄무레하고.
13) 탄수: 식초.
14) 아르굳: 아랫목.
15) 고담(枯淡): 속되지 아니하고 정취가 있음.

자. 소리 내어 읽어보면 더욱 좋다. '국수'라는 모어를 둘러싸고 있는 우리 민족 고유의 정서와 감정이 느껴지는가. '마을을 구수한 즐거움에 싸서 은근하니 흥성흥성 들뜨게 하며', '실 같은 봄비 속을 타는 듯한 녀름볕 속을 지나서 들쿠레한 구시월 갈바람 속을 지나서', 그리고 '마을 사람들의 으젓한 마음을 지나서 텁텁한 꿈을 지나서' '함박눈이 푹푹 쌓이는 여늬 하로밤', '왕사발' '새끼사발'에 '그득히 사리워 오는' '이 히수무레하고 부드럽고 수수하고 슴슴한 것'이 느껴지는가. 그렇다면 당신은 '국수'를 사랑할 자격이 있다. 흥겹게 음식을 준비하는 가난한 농촌 마을의 분위기와 자연과 일체가 된 농민들의 순박한 삶이 어울려 연출하는 '고담(枯淡)하고 소박(素朴)한' 풍경이 국수 가락만큼이나 풍성이다.

객지를 떠돌다가 우연히 만난 국수 한 사발을 앞에 두고 과거의 기억을 떠올리는 시인의 모습을 상상해 보자. 그의 몸에는 어린 시절 국수와 얽힌 '살틀'한 사연들이 스며있고, 그 그리운 사연들을 엮어 이야기할 공동체의 언어(모어)가 꿈틀거리고 있다. 지금은 사라져버린 그 시절의 모습을 애틋한 어조로 되살리는 일이야말로 식민지의 암울한 현실을 살아가는 시인의 소명이 아니고 무엇이겠는가. 하여, 국수는 단순한 음식이 아니다. 이 '반가운 것'은 우리의 전통적 삶의 양식을 표상하는 문화적 상징의 하나이다.

3. 달밤

여기 식민지 조선의 현실을 아름다운 모어로 수놓고 있는 또 하나의 풍경이 있다. 이효석은 일제강점기의 암울한 현실과 대비되는 순수하고 순결한 자연의 세계를 인간의 원초적 본능인 성(性)과 결합시켜 형상화한 작가이다.

> "달밤에는 그런 이야기가 격에 맞거든."
>
> 조 선달 편을 바라는 보았으나 물론 미안해서가 아니다. 달빛에 감동하야서였다. 이즈러는 졌으나 보름을 가제 지난 달은 부드러운 빛을 흔붓히 흘니고 있다. 대화까지는 칠십 리의 밤길 고개를 둘이나 넘고 개울을 하나 건너고 벌판과 산길을 걸어야 된다. 길은 지금 긴 산허리에 걸녀 있다. 밤중을 지난 무렵인지 죽은 듯이 고요한 속에서 즘생 같은 달의 숨소리가 손에 잡힐 듯이 들니며 콩 포기와 옥수수 닢새가 한층 달에 푸르게 젖었다. 산허리는 왼통 모밀밭이여서 피기 시작한 꽃이 소곰을 뿌린 듯이 흠읏한 달빛에 숨이 막켜하얐었다. 붉은 대궁이 향기같이 애잔하고 나귀들의 걸음도 시원하다. 길이 좁은 까닭에 세 사람은 나귀를 타고 외줄로 늘어섰다. 방울 소리가 시원스럽게 딸낭딸낭 모밀밭게로 흘너간다. 앞장선 허 생원의 이야기는 꽁무니에 선 동이에게는 확적히는 안 들녔으나 그는 그대로 개운한 제멋에 적적하지는 않었다(이효석의 「모밀꽃 필 무렵」에서).

살아 숨 쉬는 언어의 숨결이 느껴지는 장면이다. 고요한 달밤의 분위기를 이토록 역동적으로 묘사한 경우는 찾아보기 어려울 것이다. '죽은 듯이 고요한 속에서 즘생 같은 달의 숨소리가 손에 잡힐 듯이 들니며'나 '산허리는 왼통 모밀밭이여서 피기 시작한 꽃이 소곰을 뿌린 듯이 흠읏한 달빛에 숨이 막켜하얐었다' 같은 표현은 '달밤'의 풍경에 생명력을 부여하여 마치 '달'과 사랑을 나누는 듯한 인상을 준다. '부드러운 빛을 흔붓히 흘니고' 있는 '달'을 매개로 낭만적 사랑과 자연 친화의 풍경이 아름답게 교감하고 있는 장면이다. 글쓴이가 모어로 되살리고 있는 자연의 풍경은 있는 그대로의 객관적 모습이 아니다. 짜릿하고 아름다운 사랑에 대한 추억을 음미하는 등장인물의 내면에 걸맞는 역동적인 달밤의 분위기를 연출한 것이다. 이렇듯, 작가는 인물과 자연 사이의 생생한 교감을 모어의 숨결로 되살려내고 있다.

이 아름다운 달밤의 분위기는 식민지 현실의 암울함과 직접적 연관을 지니고 있지 않다. 그 자체로 완결된 풍경이다. 이효석에게 모어(한글)는 식민지 현실 속에서도 결코 포기할 수 없는 인간의 꿈꿀 권리를 아름답게 수놓는 미적 도구인 셈이다.

4. 밥풀

백석과 이효석의 경우가 모어의 숨결을 통해 우리의 전통적인 정서를 환기하고 있다면, 이덕규의 시는 모국어의 의미를 보편적 감성으로 확장하고 있다는 점에서 주목할 만하다. 전자가 한글의 구심력에 방점을 찍고 있다면, 후자는 한글의 원심력을 주목하고 있다. 시인은 평범한 단어에 깃든 상징적 의미를 끈질기게 추적함으로써 우리말을 풍요롭게 가꾸는데 기여하고 있다. '밥', '풀', '밥풀'의 일반적 의미에 사회 · 문화적 함의를 덧붙임으로써 보편적 공감을 획득하고 있는 것이다.

> 밥풀, 하면 밥이 안 되고 풀이 되네
> 제 몸 하나 엎드려 쓰윽 문질러 뭉개지면
> 등짝에 와 붙는 것은 봉투가 되고

구멍 난 봉창은 빈틈없이 때워지듯
어디든 떨어져 펄럭이는 것들 사이로
슬쩍슬쩍 끼어들면
끈적끈적
서로가 서로를 붙들고 떨어질 줄 모르네

그렇게
형체도 없이 뭉개지고도
우리를 끈끈하게 버티게 하는 힘이
정녕 네 속에 있다는 것인지, 밥풀

이제 막 그 뜨거운 옹솥에서
들끓고 잦혀지고
뜸들여지는 동안 함께 견디며 건너와
하나 하나 풀이된 너희들을
빈그릇에 꾹꾹 눌러 소복이 담아 놓으니
또 이렇게
서로가 서로를 눈물이 나도록 부둥켜안고
뜨끈뜨끈한 밥이 되네
그 앞에 앉으면 왠지 마음이 든든해지네(이덕규, 「밥풀」)

'밥풀'하고 발음해 보자. '밥'과 '풀' 사이의 미세한 틈이 느껴지는가. 주지하듯, '밥'은 생명과 삶의 원천이고, '풀'은 대상들을 이어주는 매개의 기능을 한다. '밥 → 풀 → 밥'으로 이어지는 이미지의 연쇄는 구체적인 대상과 일반적인 삶의 진리 사이를 오가며 서로의 경계를 허문다. '밥풀, 하면 밥이 안 되고 풀'이 된다. 이러한 '밥'에서 '풀'로의 전이는 '제 몸 하나

엎드려 쓰윽 문질러 뭉개지'는 과정을 동반한다. '밥'은 스스로의 형체를 허무는 운동을 통해 '서로가 서로를 붙들고 떨어질 줄 모르'게 이어지는 '풀'이 된다. 시인은 '밥/풀'을 통해 생명력과 공동체 의식을 포개놓는다.

한편, 시인은 '밥'이 되는 과정을 고립된 존재가 '뜨거운 옹솥에서/들끓고 잦혀지고/뜸들여지'며, '함께 견디며' '하나 하나 풀이 되는 과정'으로 형상화하고 있다. 이렇게 '풀'이 된 것들을 '빈그릇에 꾹꾹 눌러 소복이 담아 놓으니' '서로가 서로를 눈물이 나도록 부둥켜 안고' '뜨끈뜨끈한 밥'이 된다. '밥' 앞에 앉는 시인의 '마음이 든든해지'는 것도 이러한 '밥'과 '풀'이 하나라는 인식에서 발원한다.

이 시는 '밥/풀'이 지닌 평범하면서도 오묘한 원리를 삶에 대한 따스하고 날카로운 통찰력을 통해 음각하고 있다. '밥/풀'은 '생명의 근원/공동체 의식'으로 변주되는데, 이는 이기적이고 각박한 우리 시대의 삶을 질타하는 죽비 소리로 되돌아온다는 점에서 강렬한 여운을 남긴다.

한국문학 속에 나타난 몸

박제(剝製)된 몸의 기억을 찾아서

이상은 자신을 '박제(剝製)가 되어버린 천재(새)'에 비유했다. 오만한 천재성에서 비롯된 섬세한 자의식과, 식민지 근대라는 암울한 현실이 팽팽하게 맞서고 있는 이 명제는, 일제강점기를 온몸으로 살아간 모더니스트의 절규(絶叫)이기도 하다.

> 나는 불현듯이 겨드랑이가 가렵다. 아하, 그것은 내 인공의 날개가 돋았던 자국이다. 오늘은 없는 이 날개, 머리 속에서는 희망과 야심의 말소된 페이지가 딕셔너리 넘어가듯 번뜩였다. 나는 걷던 걸음을 멈추고 그리고 어디 한번 이렇게 외쳐보고 싶었다. 날개야, 다시 돋아라. 날자. 날자. 한 번만 더 날자구나. 한 번만 더 날아보자구나.(이상, 「날개」)

비록 이 '겨드랑이'가 가려운 화자의 육체가 살아 숨 쉬는 생생한 몸의 형상을 부여받고 있지는 못하지만, 암울한 시대적 현실에 짓눌린 한 지식인의 '불구적인 삶 전체'를 생생하게 드러내고 있음은 부인할 수 없다.

우리 문학에서 '말소된' '몸'의 기억을 되찾기 위한 열망을 이처럼 처절하게 보여준 예도 드물 것이다. 이후의 한국문학은 이 몸의 흔적(날개)을 좇는 여정, 즉 현실 속에서 현실너머를 꿈꾸는 길 떠남이라 해도 과언이 아니다.

푸르른 창공을 자유롭게 비상했던 몸의 기억을 무의식의 심연(深淵)에 가두고, 이제 그러한 흔적이 존재했는지조차 인식하지 못한 채 하루하루를 견디고 있는 현대인들에게, '박제(剝製)가 되어버린 몸'이 던지는 충격은 여전히 강렬하다.

몸에 대한 담론이 무성하다. 특히, 1990년대 이후 몸은 우리의 '사회 · 문화적 현상을 해석하는 결정적인 인식의 심급 단위'로까지 부상하였다. 1980년대부터 일기 시작한 몸적인 차이성을 기반으로 한 페미니즘 글쓰기에 대한 열기와 몸의 오관을 바탕으로 새로운 소통 형식이 되어버린 영상 이미지의 폭발적인 증대가 이러한 현상과 무관하지 않다.

문학은 이러한 몸에 대한 무성한 담론을 구체적 현실 속에 자리매김하려는 끈질긴 노력을 펼쳐왔다. 문학은 철학 또는 체계화된 학문과 달리 살아 있는 구체적 삶을 대상으로 언어의 집을 구축하기에, 문학 속에 나타난 몸은 '이성 자체의 투명한 논증을 통하여 드러낼 수 없는 존재 전체'를 표상한다. 하여, 몸을 통해 삶을 들여다보는 문학은, 텍스트 내적인 영역과 텍스트 외적인 영역, 작가와 작품, 자아와 세계, 동일자와 타자, 의식과 무의식, 과거와 미래 사이의 견고한 이분법을 해체하고 이들의 경계에 존재하는 영역을 전경화하는 새로운 소통의 가능성을 예비한다. 몸은 이 두 존재의 영역을 동시에 가지고 있으면서, 두 존재의 영역 어디에도 명확하게 귀속되지 않는 유동적인 성격을 지니고 있기 때문이다.

앞으로 살펴 볼 문학 속에 나타난 몸의 형상은 육체와 정신, 물질과 의식 중 어느 하나를 소외시키지 않은 채 그 사이의 틈에서 살아가는 몸이다.

충만한 몸 언어의 풍경

먼저 충만한 몸의 언어를 꿈꾸는 문학적 풍경, 즉 언어를 통해 몸의 속살을 더듬은 문학의 내밀한 광경을 감상해보기로 하자. 여기 폐결핵에 걸려 '축구선수, 사냥꾼, 마라토너' 등의 꿈을 접을 수밖에 없었던 '열세 살'의 소년이 있다. 이후, 화자는 '주인공들이 달리고 달리고 또 달리는 이야기'의 세계로 빠져든다. 화자에게 이야기(소설)는 현실적인 조건(폐결핵) 때문에 실현하지 못한 '꿈'의 대리충족 기제다.

> 처음에는 풍경이 말을 걸지만 한참 달리다 보면 내 몸속에서 목소리가 났다. 눈을 감으면 몸들이 내는 소리가 더 잘 들렸다. 가르르 허파는 부풀어 올랐고, 규구를르 위는 높은 음과 낮은 음을 번갈아 냈으며, 흐흐흐흐흡 간은 나쁜 기운을 빨아들이느라 16분 음표들을 연달아 이었고, 우웅 대장은 긴 침묵 사이에서 드물게 울렸다. 특히 나는 발바닥을 아홉 등분하여 각각의 떨림을 어둠 속 흑판에 새겨 두기를 즐겼다. 모래길을 달리다가 자갈길로 바뀌거나 어젯밤 노루가 지나가는 바람에 움푹 파인 흙길을 밟을 때, 발바닥은 진저리를 치며 미세한 차이에 적응하느라 바빴다. 아홉 등분한 발바닥 중 어디에 힘이 실리는가에 따라 신체 각 부위의 움직임이 달라졌다.(김탁환, 「진눈깨비」)

인용문은 이야기의 세계를 뚫고 분출되는 몸의 목소리를 잘 보여준다. '땅과 바람과 구름은 읽'는 게 아니라 '몸'으로 '만나는' 것이다. 생각에 앞서 몸으로 세계와 대면할 때 존재는 더 온전한 상태로 드러난다. 신체기관의 리듬과 내면의 목소리 그리고 외부 세계의 풍경이 하나로 어우러지는 아름다운 장면이다. '나'와 세상이 '몸'으로 교신하는 '몸 언어'의 풍경이라 할 만하다. 모든 문학은 이러한 순간을 꿈꾼다. 하지만 이는 불가능하다. 작가는 언어를 통해 몸의 목소리를 포착하고 있지만, 사실 이는 언어로 포착하기 불가능하다는 점을 드러내기 위한 역설적 표상인 셈이다. 몸이 존재 그 자체라면 몸의 움직임(리듬)은 존재의 떨림 그 자체이다. 문학은 이 떨림을 포착하려는 불가능한 꿈을 꾼다. 문학이 언어 이전에 몸을 중시하고 몸에 의해 충분히 체화된 언어를 꿈꾸는 이유도 여기에 있다. 문학은 언어보다 몸이 중요하다고 주장하지 않는다. 다만 언어와 몸이 하나가 되는 순간을 열망할 따름이다.

김탁환의 「진눈깨비」는 이러한 언어와 세상이 몸으로 만나는 장면을 통해 문학에 대한 자의식을 드러낸다. 작가는 소설보다는 시가 이러한 순간에 가깝다고 보고 있다. 신체 각 부위의 자연스런 움직임(몸의 리듬)이 '높은 음과 낮은 음' 혹은 '16분 음표' 등으로 비유되고 있듯이, 이러한 충만함의 순간은 시적 언어(노래, 음악)에 어울린다. 하지만 폐결핵으로 인해 화자는 더 이상 이 순간을 경험할 수 없다. 이 몸의 카니발을 동경하며 거기에 가깝게 다가가기 위해 노력하는 모습은, 몸의 목소리에 경의를 표하는 소설가의 삶을 연상시킨다. 의식은 늘 몸의 꽁무니를 좇기 마련이다. 하여, 몸과 마음과 풍경이 자연스럽게 교감하는 충만한 순간을 음미하며 그것의 의미를 되짚어보는 일은 소설가의 삶을 사는 것이다.

단편소설 「진눈깨비」에는 시적 삶(몸의 삶)을 지향하지만, 그럴 수 없는 소설가의 자의식이 돌올하게 부각되어 있다. 항상 '몸(시)'은 의식(소설)에 선행한다. '몸(시)'과 함께하고 싶지만 그렇게 하지 못하는 안타까움, 이것이야말로 소설가로서의 자의식이 아닐까.

이렇듯 시와 소설은 그 정도의 차이는 있지만 늘 충만한 몸의 언어를 지향해 왔다. 몸은 언어보다 존재를 더 직접적으로 생생하게 드러낼 수 있기 때문이다.

문제는 이러한 몸과 언어의 충만한 교감을 불가능하게 하는 현실적 조건이다. 문학이 불구적 현실을 향해 목소리를 높이는 이유도 여기에 있다.

문명이 스며든 몸 혹은 불온한 몸의 표상

「진눈깨비」의 장면이 몸과 마음 그리고 세계 사이의 교감과 화해의 이미지를 표상하고 있다면, 아래의 시는 세계와 몸 사이의 근원적 불화를 섬뜩한 형상으로 포착하고 있다.

> 나는 공해배출업체,
> 염통에서 낡은 엔진음 들리고
> 머리카락은 푸른 광합성을
> 일으키지 않는다 낙엽처럼
> 후두둑 기억들 떨어져 나간다
> 관절에서 쓰다만 윤활유가 새나간다
> 나, 좋지 못한 환경에서 자라났다
> 하나의 환경 내 안팎에 있으나
> 내 스스로 이바지한 것은
> 아니었다 나의 짧은 생은
> 방사능 흘리며 역마살을
> 풀어대는 것이었다
>
> 사랑이라고 한때 말했던 관계들아
> 약속들아, 아직도 그리움으로
> 미지근한 것들아 미안하다 아, 나는
> 방부제로 연명해 온 것이었으니
> 썩은 땅 위 구멍뚫린 오존층 아래
> 묘비명처럼 천천히

그러나 깊이 새겨지는 한 마디
내 삶은 이미 환경문제였다
나는 공해배출업소였다(이문재, 「고비 사막」)

물질문명의 독소가 시인의 몸에 스며들어 신체 기관을 망가뜨린다. '염통'은 '낡은 엔진음' 소리를 내고, '관절'에서는 '윤활유'가 새 나온다. '방사능'을 분비하는 시인의 삶은 '방부제'로 겨우 연명되고 있다. 몸은 '공해배출업소' 그 자체이다. 앞서 일별한 「진눈깨비」의 풍경과 퍽이나 대조적이다. 자연의 일부인 시인의 몸이 반자연적 속성을 지닌 문명에 의해 훼손되는 모습을 문명의 폐해를 몸에 담는 역설적인 형식으로 구조화한 작품이다. 여기에는 몸이 가지는 자연성 회복 열망과 그렇지 못한 데서 오는 절망감이 동시에 투영되어 있다.

그렇다면 다음의 장면은 어떠할까?

내 눈앞에 홀연히 그가 나타난 것은 바로 그 순간이었다. 그는 나를 보고 웃더니 내 어깨를 부축해 일으켜 세웠다. 코를 찌르는 악취와 땀 냄새 때문에 저절로 고개가 돌아갔지만 나로선 어쩔 도리가 없었다.

현지 오토바이 기사들이 다닐 만한 대로가 눈앞에 보였을 때, 그는 나를 풀썩 내려놓고 손을 내밀었다. 가운데의 손가락 세 개가 없었다. 하나가 아니라 셋. 그래서 손이 아니라 짐승의 발처럼 서글펴 보였다. 나는 그 손을 잡고 흔들며 무슨 말인가 하려고 했지만 문득 위를 쳐다보곤 할 말을 잃었다. 그는 몸에 아무것도 걸치지 않고 해진 러닝셔츠 같은 너덜너덜한 천 쪼가리를 허리에 아무렇게나 두르고 있었다. 그 벌어진 천 사이로 성기가 덜렁거리는 게 확연히 보였다. 하얀 이를 보이며 그가 웃어 보였지만 그건 나를 바라보고 웃는 게 아니라 어떤 다른 세상을 향해 짓는 미소였다. 그의 눈동자는 단 한 번도 날 제대로 응시하지 않았다.

그리고 그는 쓱 일어나더니 가까이 있는 나무로 기어 올라가기 시작했다. 그가 안 보일 때쯤 어딘가에서 쉭쉭 소리를 내며 뭔가가 나무에서 나무로 옮겨가고 있는 게 보였다.

그는 타잔이었다.(김윤영, 「타잔」)

김윤영의 「타잔」은 '근대 이전 혹은 근대 이후'의 '몸'을 통해 우리들의 삶을 차분하게 되새김질하고 있는 작품이다. 「진눈깨비」와는 다르게 한 인물을 바라보는 관찰자의 시선, 즉 근대인의 시선이 매개되어 있다. 인용문에 드러난 '타잔'의 '몸' 또한 근대 사회의 제도와 관습을 관통한 '몸'이다.

하지만 엄밀하게 말해 이 '몸'은 「진눈깨비」에서 드러난 몸과 큰 차이가 없다. 인용문을 자세히 읽어보면 '타잔'은 '하얀 이'를 드러내며 '웃어보'이고 있다. '어떤 다른 세상'을 향해 미소 짓고 있을 따름이다. 어린 시절 '나무 타기'가 꿈이었던 그가, 실제로 '쉭쉭 소리를 내며' 경쾌하게 '나무에서 나무로 옮겨가고 있'지 않은가? 다만 이를 바라보는 화자의 시선이 문제이다.

작품 속으로 조금 더 들어가 보자. 이 작품의 화자는 자칭 현실주의자다. 그는 '선불리 평등이니 연대니 지껄이지' 않지만, 자신보다 못한 사람들에게 '동정심'을 표할 줄 안다. '안 될 싸움을 굳이 하거나 되지도 않을 유토피아에 목숨을 거는 일을 이해는 하지만' '동참하'지는 않는다. '무지개는 언덕 너머에 있는데' '여기서 무지개를 찾'을 필요는 없다고 생각한다. 그는 '하고 싶은 여행을 계속하면서', 서서히 그의 '스타일'을 찾고 있을 뿐이라고 자위한다. 이러한 화자의 모습은 이전에 품었던 꿈(열정)을 조금씩 포기해가는 삶에 다름 아니다.

화자의 쿨한 삶에 '타잔'을 꿈꾸는 푸줏간 주인이 불쑥 끼어든다. 마장동 김씨는 '나무 타기'가 꿈이었다. 심지어 나무를 타다가 손가락 하나가 부러졌지만, 아버지에게 '나무 탔다는 걸 숨기'고 '버티다가' 잘라내기까지 했다. 그는 '푸줏간 → 곱창집 → 횟집 → 커피집(테이크다운) → 화장품 가게'를 전전한다. 이는 '나무 타기'에서 점점 멀어지는 삶에 다름 아니며, 그가 자본의 논리에 포획되는 과정과 동궤에 놓인다. 이렇듯, 낙천적 기질을 지녔고, 성실한 생활인이었던 마장동 김씨가 '타잔'으로 전락하는 과정이 작품의 중심 서사를 이룬다.

'코를 찌르는 악취와 땀 냄새', '가운데의 손가락 세 개가 없'는 '짐승의 발처럼 서글퍼 보'이는 손, '벌어진 천 사이로 성기가 덜렁거리는' 몸, '어떤 다른 세상을 향해 짓는 미소', '단 한 번도 날 제대로 응시하지 않'는 눈동자 등 '타잔'의 상징으로 제시된 몸의 이미지는, 문명인으로서의 자의식을 버려야만 비로소 다가갈 수 있는, '근대 이전 혹은 근대 이후'의 역설적 낯섦의 기표, 즉 이성이란 두터운 가면에 가려진 불온한 몸의 속살이다.

작가는 이 불온한 몸의 이미지를 통해, 이성을 통해 몸(육체)을 타자화한 근대 담론의 허구성, 즉 몸을 배제함으로써 성립되는 문명의 이면을 날카롭게 해부하고 있다. 이러한 문명 사회에서 '타잔(불온한 몸의 표상)'을 찾아 나설 용기가 없어, 가끔 '손가락 하나 없던 시절의 마장동 김씨와 곱창에다 소주를 마시며 취하는 꿈'을 꾸거나, 아니면 자연스럽게 마주칠 날을 기다리며 '우울'해 하는 화자의 모습이야말로 몸의 기억을 애써 외면하는 현대인의 음울한 초상이 아닐까?

이렇듯 '타잔'의 모습은 '몸'을 타자화하며 스스로를 위안하고 있는 근대인의 내면에 낯선 충격을 주고 있다.

그렇다면 일상의 세계로 내려온 몸은 어떠할까?

발가벗은 몸의 자화상

심윤경의 「토토로의 집」은 우리 시대 흔들리는 가족의 정체성을 발가벗은 몸의 형상으로 응시하고 있는 작품이다. 낭만적 사랑의 신화를 확대·재생산하는 화려한 자본의 이데올로기에도 불구하고 여전히 생계·생존의 문제는 '지금 여기'의 가족을 짓누르고 있다. 네 식구의 생활비를 벌기 위해 몸부림치며 '통증과 신음을 혀 밑에 가두는' 몸의 숨 막히는 비명은, 윤리·도덕으로 포장된 가부장적 가족 이데올로기를 '천리 밖으로 밀어내기'에 충분하다.

이 작품은 주말마다 시간 외 근무를 해야 했으므로 휴일조차 없었던 화자가 '아프고 지친 몸'을 이끌고 새로 이사한 집을 방문하는 것으로 시작된다. 육체적 피로와 가족에 대한 그리움이 교차되는, 이 화자의 내면을 치밀하게 주조하고 있는 작가의 시선은 우리 사회 몸의 정체성을 정면에서 문제 삼고 있다.

화자에게 가족과 함께 있다는 안도감은 '최면'이나 '환상'으로 여겨진다. 이 최면과 환상은 숲의 요정 토토로의 이미지와 절묘하게 교차된다. 아이들의 순수한 마음을 반영하는 동화와 피곤하고 지친 몸이 표상하는 현실 사이에 가로놓인 심연(深淵). 피로와 노동에 찌든 몸을 이끌고 가족이라는 울타리에 돌아온 화자가 아이들과 남편을 위해 헌신하는 모습이 눈물겨운 것도 이 때문이다.

> 내 옷자락을 풀고 가슴을 헤치는 그는 십대 소년처럼 다급하게 초조했다. 남편의 몸은 달군 쇳덩이처럼 단단하게 뜨거웠다. 아이들을 재우는 내내 불덩이처럼 열이 오르고 그렇게 많은 진땀을 흘렸는데, 오로지 질구만은 내 몸이 아닌 듯 건조하고 차가운 것이 미안했다. 남편의 체중이 실리고 그의 성기가 밀려들어오자 엉덩이가 쪼개지는 듯 날카로운 아픔에 허리께를 휘저었다. 아랫도리에 압력이 가해질 때마다 구역질이 나고 머리가 터질 것만 같았다. 나는 입술을 앙다물고 어금니를 깨물며 그의 어깨에 매달렸다. 제발 빨리 끝나주기를. 그러나 오랫동안 헤어져 지낸 젊은 남편의 욕망은 쉽게 충족되지 않았다. 이제 끝나는가 싶었으나 그는 황급히 자세를 바꾸어 다시 뒤쪽에서 밀려들어왔다. 그가 힘을 줄 때마다 등골 마디마디가 자근자근 부서져 나가는 듯하고 숨이 턱턱 막혔다. 그가 귀를 핥으며 속삭이는 사랑의 말들도 알아듣지 못하겠다. 나는 치밀어오르는 구역질을 가라앉히기도 급급했다.(심윤경, 「토토로의 집」)

화자는 '도토리를 선물로 주는 숲의 요정에게 소원을 빌'어본다. 남편이 교수가 될 수 있기를, 임용 결정을 알리는 기쁜 전화가 올 수 있게 되기를. 하지만 신령한 숲의 요정에게 이렇게 속물스럽고 어처구니없는 소원을 빌어서는 안 될 일. 화자는 고개를 저으며 얼른 소원을 바꾼다.

> 아이들에게 손수 만든 간식을 챙겨주고, 저녁이면 곁에서 숙제를 도와주는 좋은 엄마가 되고 싶다. 사랑할 땐 날치같이 싱싱하게 허리를 내두르고, 절정에 오르면 비단천을 찢는 듯이 아리따운 교성을 내지르는 정열적인 아내가 되고 싶다. 그러나 그러려면 결국 남편이 교수가 되어야 한다는 똑같은 결론으로 돌아오고 말았다. 착한 요정과 천진한 아이들이 나무 위에서 나를 내려보는 듯하여 나는 손으로 얼굴을 가렸다. 치밀어오르는 눈물만은 참으려고 이를 악물어보는데,

발가벗고 돌아누워 부끄러움을 삼키는 이 밤은 언제 끝날까? 토토로라면 혹시 알까?(심윤경, 「토토로의 집」)

결국, 아내의 두 가지 소원은 야누스의 표정처럼 서로 얼굴을 맞대고 있는 형국이다. 이러한 절망적 현실 앞에서 '치밀어오르는 눈물만은 참으려고 이를 악물'고 '발가벗고 돌아누워 부끄러움을 삼키'는 화자의 모습이야말로, 우리 시대 '발가벗은 몸'의 자화상이 아닐까.

'입술을 앙다물고 어금니를 깨물며' '치밀어오르는 구역질'을 가라앉히는 몸(현실)과, '날치같이 싱싱하게 허리를 내두르고, 절정에 오르면 비단천을 찢는 듯이 아리따운 교정을 내지르는' 몸(꿈) 사이에 따뜻한 언어의 집을 짓는 일이야말로 우리 시대 문학에게 주어진 과제의 하나가 아닐까 싶다.

몸살의 언어

그러자면 이 '발가벗은 몸'을 추슬러 다시 몸의 언어를 구축해야 한다. 이를 '몸살의 언어'라 지칭할 수 있을 것이다.

한 열흘 걸어 잠그고 코피 터지게
섹스나 했으면 하던 청춘, 없다
시공을 초월한 만남으로 밤새운 새벽
하얀 눈 위에 동백꽃 피운 적, 없다
열정의 주먹을 주고받다가 큰 大 자로
사각의 링 가운데 누워본 적, 없다
비계덩이 강둑을 뚫고 흘러나오는
붉은 강, 질문을 그치지 않는데

싸우기도 전에 백기를 들어버린 몸이
바닥으로 스며든다 아득할 수밖에(최정란, 「코피」)

여기 '싸우기도 전에 백기를 들어버린' '몸'이 있다. 이 몸을 추슬러 '비계덩이 강둑을 뚫고 흘러나오는/붉은 강'(코피)의 질문에 다시 응전하는 것이 시인의 운명이 아니겠는가? '청춘', '열정'을 품었던 '몸', 지금은 '없다'. 하지만 그 '몸'의 기억을 부여잡고 현재의 '몸살'을 기록하는 일, '아득'하지만, 기필코 가야하는 시의 길이다.

온도계가 최고기록을 다시 쓰는
염천, 겨울이 매복하고 있다
근육과 뼈마디를 가차 없이 공격하는
바람의 날선 창들
아킬레스건을 정확히 겨눈다
맥없이 쓰러져 덜덜 떨며 삼복더위에
내복을 입고 이불을 뒤집어 쓴다
불이 확확 치미는 열대야가 혼절한다
축 늘어지는 팔과 다리
용광로처럼 뜨거워야 할 순간
빙하시대처럼 얼어붙었고
액체질소보다 냉정해야 할 순간
오후 세 시의 아스팔트처럼 지글지글
녹아 흐르고 싶었다
예고 없는 고열의 기습에
과부하가 걸리는 몸
프로그램 오류가 생긴 보일러

잉여의 열을 뱉어 낸다
그동안 너무 많은 슬픔을 점화시켰다(최정란, 「몸살」)

'과부하가 걸리는' 몸은 자주 탈이 난다. '너무 많은 슬픔을 점화시켰'기 때문이다. '온도계가 최고기록을 다시 쓰는/염천', 시인의 몸에 '겨울'이 '매복'한다. 이 '가차 없이 공격하는/바람의 날선 창'에 '몸살'의 언어로 맞서기. 이는 '용광로'와 '빙하시대', '지글지글 녹아 흐르'는 '오후 세 시의 아스팔트'와 '냉정'한 '액체질소'의 상간(相姦)이기도 하다. 이 충돌의 스파크가 일으킨 '프로그램 오류', '예고 없는 고열의 기습'에 '몸살'이 나 '잉여의 열'을 '뱉어'내는 행위가 시인이 언어를 품는 방식이다. 따라서 그의 시는 바닥으로 스며드는 '몸'의 질주다.

이 질주의 임무는 오점 없는 완주,
완주 후의 맑은 절명이다 설레임으로
저릿해진 모세혈관, 끝을 다독거리며
이력서 칸칸이 검은 피를 토해낸다
혈관이 투명하게 텅 빌 때까지
부서져 내리는 말의 파편, 그 기록에
피라는 피, 한 방울 남김없이 바친다
먹구름 가까이 올라간 시선 앞에서
죽죽 함께 그은 절망의 깊이 잊혀지고
빨간 동그라미로 북돋운 청춘의 희망
손쉽게 굴러간 생의 낙서로 전락한다
상처를 대신하고 얼룩을 걷어낸 헌신
경쾌한 자판에 밀려 설 자리를 잃는다
포식한 고양이의 나른한 하품 반짝거리는

결재책상 위 우아한 장식은 거부한다
외로웠으나 따뜻한 벽에 기대지 않는다
다리뼈 하나로 서서 피가 다하는 순간
기꺼이 생을 마감한다 여기 상처받을
꽃눈 없는 미완성의 묘비명을 쓴다
뿌리와 잎의 싱싱한 부활을 보리라(최정란, 「모나미볼펜153」)

이 몸의 질주는 '이력서 칸칸이 검은 피를 토해'내는 '모나미볼펜153'의 '완주'로 변주된다. 비록 '생의 낙서'로 전락한 '청춘의 희망'('경쾌한 자판에 밀려 설 자리를 잃'었지만)이지만, '피라는 피, 한 방울 남김없이 바친' '모나미볼펜153'의 '부서져 내리는 말의 파편'은 '완주 후의 맑은 절명'을 노래하기에 이른다. '다리뼈 하나로 서서 피가 다하는 순간/기꺼이 생을 마감'하는 모나미볼펜을 위한 '미완성의 묘비명'이야말로 시인이 추구하는 '몸'의 언어이다. 시인의 따스한 공감의 언어가 스르르 '몸'의 '바닥으로 스며'들어 가슴을 훈훈하게 적신다.

몸의 울음 혹은 몸의 어둠

주지하듯, 언어는 몸을 온전하게 드러낼 수 없다. 하지만 언어는 몸과의 소통을 통해 몸의 이면에 숨겨진 실존적이고 존재론적인 지평을 환기할 수는 있다. 한 장의 사진 속 풍경을 언어의 집으로 불러들이는 아래의 시는 화려한 문명의 이면에 가려진 참혹한 몸의 울음을 절박하게 연주하고 있다.

앞에서 바람이 불면
살갗은 갈비뼈 사이 앙상한 틈을 더 깊이 후벼판다.
뒤에서 바람이 불면
푹 꺼진 배는 갑자기 둥글게 부풀어오른다.
가는 뼈의 깃대를 붙잡고 나부끼는
검은 살갗.
아이는 모래 위에 뒹구는 그릇을 내려다보고 있다.
가는 막대기팔과 다리로 위태롭게 떠받친 머리통처럼
크고 둥근.
굶주릴수록 악착같이 질겨지는 위장처럼
텅 빈,
그릇 하나(김기택, 「사진 속의 한 아프리카 아이 1」)

몸이 시적 언어를 통해 사진 속에서 되살아나고 있는 형국이다. '검은 살갗'의 나부낌과 '굶주릴수록 악착같이 질겨지는' '위장'으로 비유된 '텅 빈' 몸(그릇)의 형상은 지구 반대편에서 문명의 이기를 탐닉하고 있는 우리들의 안락한 삶을 사정없이 '후벼'파고 있다. 상처로 얼룩진 아프리카 오지의 가냘픈 몸의 울음이 몸의 어둠을 외면하는 문명의 오만을 향해 절박하게 손짓하는 장면이다.

이 몸의 울음은 김사인의 「노숙」에서 의식과 몸의 나직한 대화로 변주된다. '몸'은 생존의 수단이자 욕망의 분출구라는 점에서 인간에게 필수불가결한 존재이다. 그러나 근대 동일성 담론은 계몽 이성의 이름으로 '몸'을 이성에 종속시킴으로써 소외된 '타자'의 자리로 내몰고 있다.

헌 신문지 같은 옷가지들 벗기고
눅눅한 요 위에 너를 날것으로 뉘고 내려다본다
생기 잃고 옹이 진 손과 발이며
가는 팔다리 갈비뼈 자리들이 지쳐 보이는구나
미안하다
너를 부려 먹이를 얻고
여자를 안아 집을 이루었으나
남은 것은 진땀과 악몽의 길뿐이다
또다시 낯선 땅 후미진 구석에
순한 너를 뉘었으니
어찌하랴
좋은 날도 아주 없지는 않았다만
네 노고의 헐한 삯마저 치를 길 아득하다
차라리 이대로 너를 재워둔 채
가만히 떠날까도 싶어 네게 묻는다
어떤가 몸이여(김사인, 「노숙」)

이 작품에서 그려진 노숙자의 '몸'은 사회에 의해 거세된 '몸'이다. 한때 '몸'을 '부려 먹이를 얻고/여자를 안아 집을 이루었으나' 지금 '남은 것은 진땀과 악몽의 길뿐이다.' 인간 삶의 가장 기본적인 조건인 '먹이'와 '집'을 잃고 '낯선 땅 후미진 구석'에 누어 있는 '몸'은 죽음 앞에 무방비 상태로 노출되어 있다.

'의식(정신)'과 '몸(육체)'의 분리를 통해 확보된 거리감은 '몸'의 절박함을 사실적으로 드러내는 데 기여하고 있으며, 동시에 '의식'이 '몸'에게 진술하는 형식, 즉 자기가 자신에게 말하는 방식은 객관적 진술 너머의 절박한 떨림을 연주한다. 이러한 객관성과 주관성의 공명(共鳴)은 '차라리

이대로 너를 재워둔 채/가만히 떠날까도 싶어 네게 묻는다/어떤가 몸이여'라는 대목을 통해 삶과 죽음의 경계에 놓여있는 절박한 '몸'을 효과적으로 길어 올리고 있다. 「노숙」은 '의식'과 '몸'의 대화를 통해 '몸'을 만신창이로 만든 계몽 이성의 이분법을 넘어 우리 시대 '몸의 어둠'을 정직하게 포착하고 있다.

사실 우리 사회 전반에서 은폐되고 소외되었던 '몸'의 귀환을 통해 근대 동일성 담론의 악명 높은 이분법을 해체하려는 시도가 꾸준히 전개되어 왔다. 하지만 이러한 전복과 해체의 상상력이 몸을 전경화시킴으로써 정신(이성)을 소홀히 하는 전도된 이분법의 악순환을 되풀이한 것 또한 부인할 수 없는 사실이다. 이제 억압을 풀어내는 한풀이의 장으로서의 몸이 아니라 살아 숨 쉬는 몸의 형상을 통해 존재의 본질에 다가가는 반성과 성찰의 장으로서의 몸, 즉 정신(이성)과 육체(감성)를 통합적으로 바라보는 몸의 이해가 요구된다 하겠다.

문학은 문명의 거대한 힘에 짓눌린 몸의 어둠을 정직하게 응시하고 있다. 소외된 몸의 언어는 문명이 은폐한 세계의 치부를 적나라하게 드러내고 있다. 이 몸의 절박한 목소리를 더 이상 외면하지 말아야 할 것이다.

떨어질 줄 알면서도 바위를 굴려 올리는 '시지포스'의 형벌처럼 무의미해 보이는 행위지만, 이를 기꺼이 감수하며, '박제(剝製)된 몸'의 기억을 찾아 문명의 바다를 항해하는 '몸의 문학'이 있기에, 우리의 삶은 조금씩 풍요로워지는 것이리라.

蛇足 : 북한 문학에 나타난 '몸'의 욕망

주지하듯, 북한의 문학에서 언어는 체제와 이데올로기를 선전하는 도구의 성격이 강하다. 하지만 2000년 6 · 15 공동선언 이후 북한문학은 기존의 이념적 지향에서 완전히 벗어난 것은 아니나, 여러 분야에서 의미 있는 변화의 조짐을 보이고 있다. 특히, 북한문학에서 몸의 내밀한 욕망을 포착하는 언어들이 출현하기 시작했다는 점은 주목할 만한데, 북한 사회의 변화가능성을 시사하는 한 징후로 볼 수 있기 때문이다. 하여, 주체 이념 너머를 희미하게 비추는 몸의 언어를 고찰하는 작업은 북한문학의 새로운 가능성을 확인하고, 나아가 남 · 북 문학의 대화가능성을 모색하는 한 계기가 될 수 있을 것이다.

홍석중의 『황진이』(문학예술출판사, 2002)는 북측의 독자뿐만 아니라, 남측의 독자들에게도 큰 호응을 얻었다. 이 작품은 '보기 드문 노골적 성애묘사, 북한식 에로티시즘' 등의 상업적 선전문구와 함께 남측에 소개되었다. 특히, 지은이가 『임꺽정』의 저자 벽초 홍명희의 손자이자 국어학자 홍기문의 아들이라는 사실은 남측 문단에 비상한 관심을 불러일으켰다. 그리고 남한의 권위 있는 문학상인 '제19회 만해문학상(2004)'을 수상했다는 사실은 단순한 흥미성을 넘어 남측에서 그 문학성을 인정했다는 점을 보여준다.

이 작품은 북한에서 요구받는 문학의 이념을 따르고 있으면서도, 남측의 독자들을 끌어들이는 강한 흡인력을 지니고 있다. 민중을 억압하는 상층계급의 허세와 모순을 비판하는 황진이의 당찬 모습은 남북 사회 구성원들에게 카타르시스를 제공하기에 충분하다. 이와 더불어 출생의 비밀을 둘러싼 황진이의 내면적 갈등, '성'을 둘러싼 개인들의 욕망 그리고 허위와 가식으로 가득 찬 세속을 떠나 자유인으로 거듭나는 황진이의 모습 등은 이념과 체제의 벽을 넘어 보편성을 획득하고 있다. 특히, 개인의 욕망을 표출하는 몸의 언어들은 공식 언어 일변도의 북한문학에 미세한 균열을 내고 있어 주목을 요한다.

> 놈이의 숨결이 가빠졌다. 후들후들 떨리는 그의 손이 진이의 몸을 더듬었다. 진이는 깜짝 놀라며 그의 손을 부리치려고 했으나 이미 그럴 힘이 없었다……
>
> 진이는 달빛 속에 누워 있었다. 굳은살이 박힌 놈이의 거친 손이 그의 부드러운 살결을 쓰다듬으며 점점 아래로 내려왔다. 진이의 온몸이 불덩이처럼 달아올랐다. 입에서 신음소리가 저절로 새여나왔다. 문득 가슴이 무거워졌다. 무섭게 흡뜬 놈이의 두 눈이 이글거리는 숯불덩이가 되여 자기를 내려다보고 있었다.
>
> 순간 진이는 아, 하는 비명소리를 지르며 눈을 감고 얼굴을 옆으로 돌려버렸다. 눈물이 흘러내렸다.
>
> ……멀리서 들려오는 봉은사의 종소리는 옛 진이의 죽은 넋을 바래우는 애절한 초혼의 메아리마냥 구슬프게 울리고 있었다.(『황진이 1』, p.210)

인용문은 출생의 비밀을 알게 된 진이가 객주가에 몸담기를 결심하고, 놈이에게 순결을 던지는 대목이다. 자신을 지켜줄 기둥서방으로 놈이를 선택한 것이다. 여기에는 놈이에 대한 사랑이 매개되어 있지 않다. 상대를 배려하지 않는 일방적 섹스인 것이다. 이러한 상황에서도 작가는 진이의 몸의 욕망을 섬세하게 음각해 놓았다. '굳은살이 박힌 놈이의 거친 손'

이 진이의 '부드러운 살결'을 쓰다듬자, 진이의 '온몸이 불덩이처럼 달아' 오르고, 입에서는 '신음소리가 저절로 새여'나온다. 진이는 이러한 몸의 욕망을 '눈물'로 외면하고 있을 따름이다.

더불어, 황진이가 서화담을 유혹하는 대목에도 몸의 욕망이 비껴있다. 자신의 몸을 거들떠보지도 않는 화담에게 다가가 그의 물건을 더듬은 황진이는 화들짝 놀란다. '그것은 단연 뛰여나게 잘나기도 했거니와 솟구치는 근력의 장엄함으로 말하면 색계상의 백전노장인 진이조차 깜짝 놀랄 만큼 그렇게 뛰여나게 훌륭한 것'이었기 때문이었다. 서화담은 몸의 욕망을 부정하지 않는다. 다만, 몸의 욕망을 통제하기 위해 자신과 처절한 싸움을 벌이고 있을 뿐이다. 이렇듯, 이성과 정신의 영역을 비집고 분출되는 몸의 욕망이야말로 『황진이』가 던지는 문제의식의 하나라 할 만하다.

흥미로운 점은 기녀가 된 황진이가 양반들의 '세속적이고 부정적인 욕망'을 까발리는 대목에서, 북한소설에서 쉽사리 찾아볼 수 없는 선정적인 몸의 욕망이 출현하고 있다는 사실이다. 선정성은 왜곡되고 뒤틀린 욕망을 응징하기 위한 의도로 설정되어 있다.

> 이 방에 들어설 행운을 지닌 사내는 문턱을 넘어서자마자 향로에서 피여오르는 사향 냄새에 취해 삼혼칠백이 허공중에 떠서 황홀한 환각의 나라로 요요히 날아오릅니다. 저는 초불 밑에서 천천히 옷을 벗기 시작합니다. 저고리와 속적삼을 벗습니다. 아직은 젖가슴이 보이지 않도록 다소곳이 돌아앉아 치마와 속곳까지 벗어버립니다. 그리고는 고개를 숙인 채 사내 쪽으로 돌아앉으며 가슴을 가리웠던 두 손을 내립니다. 두 손을 내리면서 고개를 들고 사내를 쳐다보며 생그레 웃습니다. 이 웃음이 바로 사내의 점잖은 체하는 위선과 성인군자의 허울

을 벗겨버리는 마지막 칼질과 같은 것입니다. 이때부터 그 사내의 넋은 괴뢰패의 꼭두각시나 망석중이처럼 제가 줄을 당기는 대루 움직입니다.

저는 사내의 옷을 벗기고 자리에 눕습니다. 노루발풀을 달여서 만든 물약으로 사내의 벌거벗은 몸을 부드럽게 문지릅니다(이것은 쫓겨난 임금인 연산군이 정욕을 불러일으키기 위해 쓰던 비방인데 우리집 할멈이 홍청으로 있을 때 대궐에서 배웠다고 합니다). 물약에 젖은 저의 손이 가볍게 동그라미를 그리며 우에서 아래로 내려갑니다.

저는 귀신의 귀속말처럼 조용히 속삭입니다.

"눈을 감으세요.……어서요. 눈을 감고 제가 드리는 기쁨을 마음껏 즐겨보세요."

사내는 화산을 가슴에 통째로 붙안은 듯 몸부림치며 신음소리를 내지릅니다.

저는 사내를 무아의 황홀경으로 이끌어갑니다. 문득 정점에서 멈춰 섭니다. 다시 더 높은 벼랑 끝으로 끌어올립니다. 아득한 하늘의 구름 우에서 저는 드디여 고삐를 놓아줍니다. 순간 사내의 입에서 터져 나오는 울부짖음은 악귀한테 넋을 빼앗기는 달콤한 고통의 통곡 소리와 같은 것입니다.

끝났습니다. 위선의 허울은 벗겨지고 넋을 빼앗긴 그림자가 이 방에서 나갑니다. 그러나 제아무리 애원을 하고 비두발괄을 해도 또다시 이 방 문턱을 넘어서지 못할 것입니다. 일단 넋을 빼앗긴 그림자는 악귀한테 소용없는 무용지물에 불과한 것이니까요.(『황진이 1』, pp.226-227)

진이에게 농락되는 봉건 지배층의 성적 욕망이 구체적으로 포착되고 있는 대목이다. 『황진이』가 과거와 현재를 암유적으로 매개하는 역사소설이라는 점을 감안한다면, 위의 장면은 북한 사회의 현재적 상황을 유추하는 각주로 기능할 수 있다. 즉, 동시대 북한의 고위 관료나 지배층의 위선과 왜곡된 욕망에 대한 문제제기로 해석될 여지가 있다는 것이다. 이렇게 본다면 『황진이』에 드러난 몸의 언어는 공적 담론에 가려져 표면화되지 않았던 북한체제의 뒤틀린 욕망을 들추어내는 역할을 하기에 충분하다.

이렇듯, 『황진이』에는 북한문학에서 보기 드문 몸의 언어가 드러나 있다. 비록 뒤틀린 욕망 비판으로서의 몸의 언어이만, 그 이면에는 건강한 몸의 욕망을 향유하려는 주체의 내밀한 의지가 깔려있다는 사실을 간과해서는 안 될 것이다.

언어는 작가의 집이다.

언어가 소멸되고 있다.

최근의 조사에 따르면, 500만에서 1,000만 명 정도가 살고 있었을 1만 여 년 전에는 1만 2,000여 개의 언어가 지구상에 존재했으나, 60억이 넘는 사람들이 어깨가 닿을 만큼 비좁게 살고 있는 요즘은 6,800여 개만 남아있다고 한다. 요즘 지구촌에서는 2주에 한 개 꼴로 언어가 사라지고 있다.

언어의 죽음은 더욱 가속화될 것이란 전망이 우세하다. 세계화의 바람이 지구촌을 휩쓸고 있기 때문이다. 세계화의 논리는 보편성의 이름으로 소수자의 언어를 배격한다. 신자유주의의 언어(영어)는 효율성의 이름으로 변방의 언어를 소리 없이 압박한다.

하지만 언어가 소멸된다는 것은 그리 간단한 문제가 아니다. 그 언어를 사용했던 사람들의 역사적 · 공동체적 기억이 지구상에서 사라지거나, 그들의 삶이 다른 문화권에 흡수된다는 사실을 의미하기 때문이다.

세계가 하나의 전산망으로 연결되는 '잡종(hybrid)'의 시대이다. 나라와 나라 사이의 경계는 흐려지고 언어는 국경을 넘나든다. 동일한 정체성을 갈망하는 주체적 열망은 타자를 받아들여야 하는 객관 현실과 몸을 섞고 있으며, 과거와 현재, 전통문화와 외래문화 심지어 지배문화와 저항문화까지도 동시에 새겨지고 지워진다. 언어의 크레올화는 이를 보여주는 대표적인 사례이다. 바야흐로 '우리/타자'라는 이분법적 척도로 이질적인 문화를 재단하는 태도에서 벗어나, 다양한 문화들이 공존하는 열린 네트

워크에 대한 성찰로 발상을 전환해야 할 때이다.

지구에 존재하는 다양한 언어들이 이 열린 네트워크를 구성하는 주춧돌이 되어야 하지 않을까? 자본의 논리가 지배하는 약육강식의 세계화에 맞서 자연의 순리와 삶의 온전성을 염원하는 문학의 언어야말로, 문화적 종(언어)의 소멸을 막는 최대의 무기가 아닐까?

언어는 소멸해가는 공동체의 기억을 되살릴 수 있는가?

구연문학은 핵심 줄거리, 핵심 이미지가 세부 사항들의 첨가와 삭제에 힘입어 끊임없이 모습을 달리한다. 이러한 구연문학에 필연적으로 수반되는 즉흥적, 감성적 요소들은 근대의 문자문학이 제공하기 어려운 역동적인 분위기를 생산해낸다.[1] 이에 역동적 분위기를 얻으려는 근대 구어체 소설은 화자와 독자가 분리되는 동시에 희미한 집단적 유대에 근거해 연결되는 방식을 보여준다. 공동체적 에토스가 사라진 세계 속에서 서구 중심의 근대 담론 밖의 경험인 공동체적 삶을 끌어들임으로써, 고립된 자아의 이념에 기초한 근대 동일성 담론을 대화적 맥락으로 유도하는 것이다. 이러한 대화적 관계는 근대 문학 재현 구조의 한계를 포착하는 방향으로 나아가는 데, 이는 글쓰기를 넘어선 글쓰기, 즉 글쓰기가 소외시킨 구술문화의 음성을 글쓰기로써 복원시키려는 작가의식의 산물임을 보여준다.

한편, 근대의 중심부에서 밀려난 주변부 언어는 대상의 생생한 이미지를 직접적으로 묘사하는 데 적절하다. 지배 언어가 이성의 언어라면 주변

1) 장태상, 「아프리카 구연문학과 문학성」, 『내일을 여는 작가』, 1999년 겨울, p.72쪽 참조.

부 언어는 감성의 언어이다. 후자는 대상의 재현 차원을 넘어, 현장의 모습을 직접 체험하는 듯한 느낌을 자아낸다. 이러한 지역 언어는 근대 언어로 재현할 수 없는 공간을 가시화하는 데 효과적으로 기능한다. 근대 동일성 담론의 제도와 규약의 내부에 있으면서도 이에 동화될 수 없는 공간, 즉 근대와 그 반성 능력을 심의할 수 있는 공간을 포착하는 것이다.

전통공동체의 삶이 근대 식민주의 언어에 의해 희미하게 지워졌다고 한다면, 그 흔적을 포착하고 현재적으로 되살리는 일이야말로 그 삶이 가진 생동감과 잠재력을 확인하는 길이 된다. 이러한 공동체적 삶의 흔적이 남아 있는 언어의 공간에서 과거와 현재는 대화의 계기를 마련한다. 이 공간에서 왜곡된 근대화에 소외되고 타자화된 개별 종족의 삶이 생생하게 되살아난다. 소멸해가는 언어에 대한 탐색은 식민주의 언어의 억압적 잔영과 이를 일탈하는 타자들의 흔적을 동시에 포착하려는 의도를 담고 있는 것이다.

경제력에 의해 언어의 위상이 결정될 수 있는가?

경제력으로 인간의 가치를 서열화하는 신자유주의의 작동원리는 언어에도 예외없이 적용된다. 한국의 예를 들어보자. 한국에서 영어와 모국어, 그리고 외국인 이주노동자들의 언어가 지닌 위상은 각기 다르다. 한국인들은 영어를 배우기에 여념이 없으며, 이주 노동자들은 한국어를 익히기 위해 노력한다(반면, 한국에 거주하면서 영어를 모국어로 사용하는 사람들은 좀처럼 다른 언어를 배우려 하지 않는다).

지구촌 시대에 발맞추어, 서로의 언어를 익혀야 한다는 사실에는 재론의 여지가 없다. 하지만 언어에 내재된 고유한 사회 · 문화적 감수성이 매개되지 않은 왜곡된 언어 습득 열풍은 심각한 문제를 발생시킬 수 있다. 이러한 열풍이 인간 삶에 필수적인 그 무엇을 누락하고 있는 것은 아닌지 질문해 보아야 한다. 언어가 서로 다른 문화를 이해하고 소통하는 길잡이의 역할을 하기보다는, '세계화'란 이름이 은폐하고 있는 야만적 기획의 전도사로 전락하지는 않았는지 심문해 보아야 한다.

이제 우리가 발 디디고 있는 현실을 구체적으로 따져볼 필요가 있다. 우리가 추구하는 근대는 혹 서구 중심적 근대는 아닌가? 이 땅에서 전개된 급속한 근대화는 다양한 삶의 가치를 붕괴시키고 도구적 합리성이 지배하는 생산과 발전 이미지로서의 근대성을 확산시킨 것은 아닌가? 다수의 언어는 이러한 근대의 논리를 암암리에 확대재생산하고 있는 것은 아닌가?

물론 근대화를 통해 얻은 것도 많다. 하지만 잃은 것도 그에 못지않다는 사실을 기억하자. 소외된 자의 언어는 이 잃어버린 것들을 기억하자고 호소한다. 이들의 언어는 근대가 미처 품지 못한 결핍의 요소들을 찾아내고, 그 결핍을 채워 넣어야 한다는 사실을 끊임없이 환기한다. 우리가 소수자의 언어를 존중해야 하는 이유도 바로 여기에 있다.

식민주의 언어를 넘어설 수 있는가?

식민주의를 거친 이후 아시아 · 아프리카의 언어 상황은 이전과 많이 달라졌다. 제국주의 점령 이전의 언어들이 소멸되거나 소멸 위기에 처해 있기도 하고, 조그마한 변방의 언어로 그 명맥을 유지하고 있기도 하다.

아시아에서 식민주의로 인한 언어적 위기와 분열 현상은 매우 심각하다. 특히 영국과 미국의 식민지를 경험한 인도, 필리핀, 말레이시아 등의 나라에서 영어는 현재 가장 중요한 언어의 하나로 자리 잡고 있다. 이러한 상황은 1990년대 이후의 세계화 바람과 함께 더욱 거세지고 있다. 인도와 필리핀, 말레이시아에서 영어를 배우고자 하는 사람이 많아지고 있는 것은 영어 사용이 자국의 통합은 물론이고 세계화의 조건 속에서 더 많은 이익과 기회를 가져다줄 것이라는 확신 때문이다.

현재 아랍, 인도네시아, 베트남, 한국, 타이완 등은 식민주의를 경험했음에도 불구하고 여전히 식민지 이전의 언어를 사용하고 있다. 이들 나라는 식민지 이전에 단일한 언어를 널리 사용하고 있었다.

이렇듯, 식민지 이후 국민국가의 수립과 통합에서 언어가 행하는 역할은 진공 속에서 상상된 것이 아니라 그 역사적 문맥에 따라 조건 지어진 것임을 확연하게 알 수 있다.2)

아시아와 비교할 때 아프리카의 언어 상황은 더욱 심각하다. 아프리카 작가들은 '전통에 대한 혐오와 근대성에 대한 갈망' 혹은 '전통에 대한 막연한 애정과 근대성에 대한 무조건적 배격'이라는 양가적 자기모순을 아시아 작가들보다 더 극심하게 경험했거나 경험하고 있다. 아프리카 작가들에게 이 양가적인 자기모순의 고통을 가장 극명하게 비추어주는 거울은 바로 식민주의자들의 언어이다. '프로스페로와 칼리반 가설'이라고 명명되는 이 거울은 '내 어머니 시코락스가 만드신 이 섬에' 와서 주인을 몰아내고 지배자 행세를 하려드는 이방인 프로스페로를 극도로 혐오하는 원주민 칼리반이 그의 '마법을 배워 그를 몰아내고 마침내 이 섬을 되찾

2) 「식민주의, 언어 그리고 문학」, 『ASIA』, 2007년 가을.

을 때까지는' 어쩔 수 없이 그의 언어를 배워 그의 일가의 수발을 들어야 한다는 데 있다.[3)]

아시아 · 아프리카 소수 종족의 언어는 점점 설 땅을 잃어가고 있으며, 이로 인한 언어적 망명자들은 식민주의 언어와 모국어 사이에서 극심한 정체성의 혼란을 겪고 있다. 특히, 식민종주국의 언어로 창작활동을 하는 작가들의 경우, 자신의 언어가 희미해진 공동체의 기억을 얼마나 담아낼 수 있는가, 혹은 소멸해가는 종족의 언어와 어떻게 대화할 수 있는가를 심각하게 고민한다. 이는 중심부의 언어를 전용하여 새로운 언어를 창조하려는 크레올화 과정과 밀접한 연관을 가진다.

작가에게 제1의 조국은 언어이다.

필리핀에서 타갈로그어와 영어를 동시에 사용하는 한 작가의 고백은 아시아 · 아프리카의 언어 상황과 관련하여 시사하는 바가 크다. 그는 필리핀어로 시를 쓴다고 해서 영어로 글쓰기를 중단한 것은 아니라고 주장한다. 토속적인 감수성과 토속적인 언어를 필요로 하는 생각과 감정이 존재하고 있듯이, 국제적 담론의 언어로 표현해야 할 생각이나 감정 또한 분명히 존재하고 있기 때문이라는 것이다. '할리우드 영화광이며 미국 팝송 중에서 프랭크 시나트라의 노래를 좋아'하는 그의 목소리를 직접 들어보자.

---

3) 이석호, 「아프리카의 탈식민주의 문학을 둘러싼 몇 가지 단상」, 『아시아 아프리카 문학－고통의 기억과 새로운 희망의 연대 2006』, 제13회 세계작가와의 대화 및 제2회 아시아 청년작가 워크숍 자료집, pp.64－65 참조.

우리 집 세탁을 맡아주던 아주머니와 동네에서 달콤한 콩 과자를 팔던 행상 아저씨는 시에 아무런 관심이 없을지 모른다. 그러나 나는 시를 통해서 그들을 다룰 수 있다면 그것은 영어로 써서는 안 된다는 사실을 깨달았다. 또한 내 정치사회적 삶과 문학적 경력에 있어서, 시인으로서 더 이상 영어로 할 수 있는 말이 남아 있지 않은 지점에 이르렀던 것이다. (…) 영시를 쓸 때는 비듬과 여드름 그리고 개인적인 불안 등 나 자신에 대해서 말하고 있으며 마치 혼잣말을 하는 듯한 기분이 들었다. 그러나 필리핀어로 쓸 때는 착취와 억압 그리고 제국주의 등 그 어떤 문제라도 쓸 수 있었으며, 비듬과 여드름 그리고 개인적 불안 등에 대해서도 당연히 쓸 수 있었다.

최종적으로 그것은 나 자신의 결정이었다.[4]

작가에게 '제1의 조국은 언어이다.'[5] 언어가 창조하는 사고와 문화의 양식은 개별 언어를 사용하는 공동체의 상황에 따라 각기 다르다. 이러한 차이는 언어 선택의 문제에 그치지 않고, 언어 사용자 사이의 감각과 정서의 차이를 낳는다. 언어가 작가의 사유와 내면을 지배한다는 것은, 언어가 그의 정체성을 형성하는 내용물이라는 뜻이기도 하다. 따라서 언어 선택은 전적으로 작가의 고유한 몫이며, 그가 표현하고자 하는 대상을 얼마나 효과적으로 드러낼 수 있느냐에 달려있다. 이로 인해 어떤 작가에게 특정한 언어를 강요하는 것은 자아와 정체성을 한꺼번에 파괴하는 일이 된다. 분명한 것은 그 어떤 보편 언어도 특수 언어의 파괴를 강요할 수 없다는 사실이다. 모든 언어는 저마다 고유한 생명력을 지니고 있기 때문이

---

4) 호세 F. 리카바, 「나는 왜 영어로 시 쓰기를 그만두었는가」, 『ASIA』, 2007년 가을, p.31.
5) 김형수, 「변두리가 중심을 구원할 것이다」, 『ASIA』, 2006년 겨울.

다. 그 각각의 언어가 어떠한 소통의 장을 마련하느냐가, 아시아–아프리카 문학의 연대에 중요한 시사점을 제공할 것이라 믿는다. 이종(異種) 언어들이 상호 교섭하면서 만들어내는 이 어울림의 축제가, 고통과 억압의 기억을 넘어 희망의 씨앗을 잉태할 수 있기를 간절히 소망한다.

문학은 나눔의 정신을 실천하는 도구입니다.

관악인문대학 2기, 3기 선생님들께

문학은 '현실 속에서 현실 너머를 꿈꾸는 날개'라 할 수 있습니다. 힘들고 어려운 현실이지만, 그 속에서 보다 나은 삶에 대한 희망을 포기하지 않는 것, 이것이야말로 문학의 정신이 아닐까 싶습니다. 이러한 문학을 관악인문대학 2기, 3기 선생님들과 함께 하게 되어 무척이나 즐거웠습니다.

점점 각박해지는 세상입니다. 나눔의 정이 그리워지는 때이기도 합니다. 여러 선생님들과 문학의 이모저모를 고민해보고, 일상적인 이야기를 나누면서 많은 것을 생각하게 되었습니다. 서로 서로를 챙겨주는 훈훈한 인정, 함께 기뻐하고 함께 아파하는 따뜻한 마음, 그리고 무엇보다 문학작품을 자신이 살아온 삶으로 당당하게 끌어당기는 모습은, 골방에 앉아서 머리를 싸매며 고민하던 저의 모습을 곱씹어보게 했습니다.

문학은 나눔의 정신을 실천하는 도구입니다. 여기에서 나눔은 가진 사람이 그렇지 못한 사람에게 베푸는 선행을 의미하지 않습니다. 오히려 소통이나 대화에 가깝다고 할 수 있겠지요. 서로의 입장에서 자신이 줄 수 있는 것을 상대방에게 나누어주는 것이지요. 저는 문학에 관한 단편적인 지식 몇 가지를 여러 선생님들께 나누어주었을 수도 있고, 선생님들은 저에게 구체적 삶이 매개된 문학의 면모를 보여주었을 수도 있습니다. 중요한 것은 이러한 나눔의 방식이 일방적이지 않고, 서로를 존중하는 대화적 방식으로 이루어졌다는 사실입니다. 문학을 매개로 서로가 공감하고 소통할 수 있었다면 그것으로 만족스러운 것이지요. 이러한 만남들이 있기에 아직까지는 세상이 살만한 지도 모르겠습니다.

이제 여러분들과 나눈 소중한 시간의 의미를 되새겨보고 앞으로 지속적인 소통의 장을 모색해보고자 합니다.

여러 선생님들과의 뜻 깊은 인연을 이야기하기에 앞서 먼저 저에 관한 이야기부터 시작할까 합니다. 아시다시피, 저는 문학 작품을 읽고 글을 쓰는 문학 평론가이자, 대학에서 학생들과 머리를 맞대고 '읽기와 쓰기'를 고민하는 선생입니다. 어느덧 '읽기와 쓰기'는 저의 삶의 일부분이 되었지요.

글을 쓰면서 가끔씩 매너리즘에 빠질 때가 있습니다. 마치 당연히 해야 하는 일을 반복하는 기계처럼, 청탁을 받고 원고를 보냅니다. '왜 글을 읽고 쓰는가?'에 대한 자의식이 없는 자신을 발견하고 화들짝 놀라기도 합니다.

얼마 전부터는 제가 몸담고 있는 문학 평론에 대한 회의가 밀려오기 시작했습니다. 무능한 문학제도의 메커니즘이 독자와의 소통을 가로막고 있는 것은 아닌지 우려가 됩니다. 문학평론이 점점 어려워진다는 말도 많이 듣습니다. 출판사의 기획위원이나 문예잡지의 편집위원들(이들의 대부분은 문학 평론가들입니다)은 병아리 감별하듯 문학 작품을 감식합니다. 이 단계까지 독자들이 참여할 여지가 거의 없어 보입니다. 하여, 시인, 작가들이 상정하는 독자는 문학을 하는 동업자(특히, 소수의 평론가)일 가능성이 높아집니다. '겉모습은 확장되었는데, 실상 그 내용은 부실하기 이를 데 없는 지금의 문학 현실'이라는 진단에 공감하는 사람이라면 이러한 현상은 어느 정도 예견된 결과입니다. 독자와의 만남의 폭이 점점 줄어드는 악순환의 연속인 우리의 문학 현실에서, '작품'과 '작가' 그리고 '독자' 사이의 관계 문제를 고민할 필요가 있다는 것이지요.

작가들은 끊임없이 새로운 소재를 찾아 나서고, 비평가들은 이를 자본의 논리에 대한 탈주의 징후로 읽어냅니다. 여기에 문학의 사회적 기능에 대한 진지한 탐색이 들어설 자리가 없는 것은 당연한 일이지요. 일반 독자들이 문학의 소통에 참여할 여지는 더더욱 좁아들기만 합니다. 근래의 문학을 읽으면서 작품 속으로 빠져드는 체험을 하기 힘든 이유도 이와 무관하지 않겠지요.

이즈음, 아마 작년 가을이었을 것입니다. 경기문화재단에 근무하는 한 친구로부터 전화를 받았습니다. 경희대학교에 갈 일이 있는데, 저녁 때 만나자는 것이었지요. 경희대학교와 한국학술진흥재단, 그리고 경기문화재단이 힘을 모아 실천인문학 프로그램을 진행한다는 것이었습니다. 인문학의 영역을 전 사회적으로 확장하여 소외된 계층의 삶의 질을 향상시키는데 기여하자는 의도였지요. 저는 정신이 번쩍 들었습니다. 몇몇 전문가들 사이의 폐쇄적이고 자기만족적인 소통에 머물러 있는 문학의 영역을 확장시킬 수 있는 좋은 계기가 될 수 있을 거라는 생각 때문이었지요. 이를 계기로 몇몇 뜻있는 분들을 만나 힘을 모았습니다. 이후 경희대학교 문과대학을 중심으로 실천인문학 센터가 설립되고, 서울시, 한국학술진흥재단이 적극적으로 후원하여 실천인문학은 새로운 바람을 일으키는 문화 프로그램으로 발전했습니다.

신림동에 위치한 관악인문대학과의 인연은 이렇게 시작되었습니다. 관악인문대학은 '관악일터나눔자활후견기관'이 주최가 되고, 경희대가 후원하여 2007년 8월 제1기를 시작으로 지금까지 운영되고 있습니다. 관악구에 거주하는 저소득 주민에게 철학, 역사, 문학, 예술 등 정기적인 인문학 교육의 기회를 제공하여 자신이 처한 빈곤 상황에 대한 비판, 해석 능력을 키우고, 이를 기반으로 자신과 지역에 대한 새로운 이해를 통해 지역공동체성을 회복하기 위한 목적으로 추진되었습니다. 저는 관악인문대학 2기(2007, 12-2008, 02), 3기(2008. 06-2008, 09) 수강 선생님들과 문학 수업을 했습니다.

두 학기의 수업은 대학생이나 문인들과 이야기할 때와는 또 다른 문학적 열정을 느끼게 했습니다. 상대적으로 경제적 여유가 있는 독자들만을 의식하고 문학적 소통을 너무 쉽게 이야기한 것은 아닌가, 사회적으로 소외되고 문학 담론에서 배제된 독자들과의 소통을 미처 생각하지 못한 것이 아닌가 하는 반성이 들기도 했습니다. 문학이 소통의 문제에 접근하는 방식을 보면, 완전한 소통은 불가능하다, 혹은 사회적 실천의 방식으로 접근하는 것은 구시대적 방식이라 얘기하곤 합니다. 이를테면 사회적으로 소외된 계층에 대해 열린 마음으로 접근하는 것은 진부한 방식이라는 것이지요. 그러나 서로의 마음을 터놓는 열린 방식이라는 것이 우리 사회를 변화시키는 측면에 있어서 분명 긍정적인 기능이 있다고 생각합니다. 완전한 소통의 불가능성을 앵무새마냥 반복하면서 새로운 소통의 방식에 대해 고민하지 않는다면 그 또한 큰 문제라고 생각합니다. 아니 더욱 큰 문제는 완전한 소통의 불가능성에 매몰되어 소통 자체를 부정, 거부하는 입장으로 나가갈 수 있다는 점입니다. 이런 점에서 실천 인문학은 보다 효율적인 소통 방식을 모색하는 디딤돌이 될 수 있다고 생각합니다.

아직도 첫 수업 장면을 잊을 수 없습니다. 저를 바라보시던 선생님들의 애정 어린 눈빛과 따뜻한 마음은 지금도 생생하게 기억납니다. 저는 최근의 문학 작품을 읽고 토론하는 방식으로 강의 계획을 짰습니다.

관악인문대학 2기 강의계획서를 소개하면 다음과 같습니다.

<강의 개요>

문학 작품의 감상을 통해 우리 문학의 현장을 체험해 본다. 최근의 작품을 대상으로, 그 작품을 감상, 이해하는 방식을 공유함으로써, 문학에 가까이 다가갈 수 있는 계기를 마련한다.

<주별 강의 계획>

제1주(12/04, 화) : 강의 소개/문학이란 무엇인가?

제2주(12/11, 화) : 한국문학사 개관

제3주(12/17, 월) : 시 작품의 이해와 감상 1/고 영, 고영민, 길상호, 김해자

제4주(12/27, 목) : 시 작품의 이해와 감상 2/문성해, 박진성, 박후기, 배한봉

제5주(01/03, 목) : 시 작품의 이해와 감상 3/송경동, 안현미, 유홍준, 이영광

제6주(01/08, 화) : 소설 작품의 이해와 감상 1/천운영, 김재영

제7주(01/15, 화) : 소설 작품의 이해와 감상 2/김윤영, 전성태

제8주(01/22, 화) : 소설 작품의 이해와 감상 3/이명랑, 정지아

제9주(01/29, 화) : 수필(산문)의 이해와 감상 1/김형경의 『천개의 공감』

제10주(02/05, 화) : 수필(산문)의 이해와 감상 2/김형경의 『천개의 공감』

제11주(02/12, 화) : 장편소설의 이해와 감상/황석영의 『바리데기』

제12주(02/19, 화) : 정리 및 마무리

<교재>

1. 고영 외, 『21세기 우리 시의 미래』, 실천문학사, 2007.
2. 박민규 외, 『소설 이천년대』, 생각의 나무, 2007.
3. 김형경, 『천 개의 공감』, 한겨레출판, 2006.
4. 황석영, 『바리데기』, 창작과비평사, 2007.

선생님들은 첫 주의 강의가 조금 어려웠다고 말씀하셨지요. 문학의 개념을 설명하는 저의 강의가 조금 추상적이었기 때문이지요. 두 번째 주는 문학과 한국의 근현대사를 연결지어 강의를 진행했습니다. 저는 문학을 삶의 현장으로 끌어내리기 위해 노력했고, 선생님들께서는 열심히 질문하시며 삶에서 문학으로 다가오셨습니다. 함께 노력하니 조금씩 가까워진다는 느낌이 들었습니다.

이후의 강의는 최근의 문학 작품을 대상으로 시, 소설, 수필, 장편소설을 읽고 토론하는 것으로 진행되었습니다. 매 주 시는 예닐곱 편, 단편소설은 2편 정도의 분량을 함께 읽었습니다. 각각의 작품에 대한 감상문을 선생님들께서 번갈아 가며 발표하는 식으로 수업을 진행하였습니다. 처음에는 발표에 부담을 가지시기도 했지만, 점차 시간이 지날수록 편안하게 이야기하는 방식으로 참여하셨지요. 문학 작품이 삶에 대한 이야기인지라, 발표 도중 눈시울을 적실 정도의 감동적인 이야기도 나왔습니다. 아! 이런 것이 진짜 삶에 대한 이야기구나 감탄할 때가 많았습니다. 수업을 진행하는 내내 공동체적 삶에 대해 진지하게 고민하게 되었습니다. 스무 명의 선생님들이 서로 서로를 아껴주고 관심을 쏟는 모습은 정말 감동적이었습니다. 옆 자리의 선생님이 조금만 늦어도 전화로 안부를 확인하고, 서로의 경조사엔 앞뒤를 가리지 않고 나섰습니다. 좋은 일은 함께 기뻐하고, 슬픈 일은 나누어 가지는 따뜻한 마음이 수업 내내 강의실을 넘실거렸습니다.

수업에 참여한 선생님들이 모두 여성인지라, 일을 끝내고 아이들을 데리고 오기도 했습니다. 선생님들의 연령은 30대에서 60대에 이르기까지 다양했습니다(아, 참! 아이들까지 포함하자면 더 어린 학생도 있었군요. 김OO 선생님은 뱃속의 아이와 함께 수업을 했지요. 나중에 그 아이가 세상에 나왔을 때 우리들이 얼마나 기뻐하고 예뻐했는지 기억나시지요?). 문학을 매개로 만나는 강의실에는 세대의 차이도 무색할 정도로 열기가 넘쳤습니다. 저 또한 나이가 지긋이 든 누님, 어머님 같은 선생님들께 소중한 삶의 체험을 전해 들었습니다.

함께 읽은 시 한편과 이에 대한 감상문을 소개하면 다음과 같습니다.

> 새벽 어판장 어선에서 막 쏟아낸 고기들이 파닥파닥 바닥을 치고 있다.
> 육탁(肉鐸) 같다
> 더 이상 칠 것이 없어도 결코 치고 싶지 않은 생의 바닥
> 생애에서 제일 센 힘은 바닥을 칠 때 나온다
> 나도 한때 바닥을 친 뒤 바닥보다 더 깊고 어둔 바닥을 만난 적이 있다
> 육탁을 치는 힘으로 살지 못했다는 것을 바닥 치면서 알았다
> 도다리 광어 우럭들도 바다가 다 제 세상이었던 때 있었을 것이다
> 내가 무덤 속 같은 검은 비닐봉지의 입을 열자
> 고기 눈 속으로 어판장 알전구 빛이 심해처럼 캄캄하게 스며들었다
> 아직도 바다 냄새 싱싱한,
> 공포 앞에서도 아니 죽어서도 닫을 수 없는 작고 둥근 창문
> 늘 열려 있어서 눈물 고일 시간도 없었으리라

고이지 못한 그 시간들이 염분을 풀어 바닷물을 저토록 짜게 만들었으리라
누군가를 오래 기다린 사람의 집 창문도 저렇게 늘 열려서 불빛을 흘릴 것이다
지하도에서 역 대합실에서 칠 바닥도 없이 하얗게 소금에 절이는 악몽을 꾸다 잠깬
그의 작고 둥근 창문도 소금보다 눈부신 그 불빛 그리워할 것이다.
집에 도착하면 캄캄한 방문을 열고
나보다 손에 들린 검은 비닐봉지부터 마중할 새끼들 같은, 새끼들 눈빛 같은
(배한봉, 『육탁(肉鐸)』 전문)

오OO 선생님이 이 작품에 대한 감상문을 발표하셨지요. 너무나 열심히 수업을 준비하시선 선생님의 모습 지금도 생생하게 기억납니다.

육탁의 뜻도 모르고 내가 감상문을 쓴다는 자체가
처음엔 우습기도 했다.
알고 보니 물고기가 자기 몸을 치며 파닥거림이란다.
우린 물고기처럼 얼마나 있는 힘껏 세상을 향해
파닥거릴까?
마치 마지막 숨이 다 끊어질듯 할때까지도…
문득 이 시를 읽고 옛날 내가 어렵게 살며 고생하던
시절이 생각난다.
그렇게 세상을 향하여 있는 힘이 다 소진할 때까지 육탁을 치고 살았더니
이제 생활은 안정을 찾았으나
나이 먹은 나에게 남은 거라곤 육탁을 쳐 만신창이가 된

물고기처럼 온몸의 병덩어리 상처투성이다.
그래도 이 시의 검은 봉다리의 작은 창문이 있어 물고기가
숨을 쉬듯이, 나에게도 자식이란 작은 창문으로 희망을
삼아 여기까지 자식을 키우면서 살아온 것 같다.
새벽 어시장은 우리에게 희망이요,
생선이 파닥거림은 우리 삶의 고뇌요,
집으로 향하는 발길은 인생의 황혼의 편안함을 뜻하는 것 같다.
(오OO, 수강한 선생님이 쓴 그대로를 옮겼음)

글을 쓰는 것에 대한 자의식(내가 감상문을 쓴다는 것 자체가 처음엔 우습기도 했다), 작품을 읽고 연상되는 자신의 삶(문득 이 시를 읽고 옛날 내가 어렵게 살며 고생하던 시절이 생각난다), 그 삶을 되돌아보고 발견한 희망(자식이란 작은 창문으로 희망을 삼아 여기까지 자식을 키우면서 살아온 것 같다) 등이 잘 표현된 감상문이었지요. 배한봉 시인의 작품 「육탁」을 구체적 삶의 영역으로 끌어들이고 있는 감동적인 글이었습니다.

사실, 배한봉 시인의 『육탁(肉鐸)』에 대해서는 저도 글을 쓴 바 있습니다. 이 작품을 낭송하고 토론하는 수업 시간에 제가 예전에 썼던 글이 생각나 한없이 부끄러웠습니다. 진솔하게 자신의 삶을 들여다보며, '육탁'을 자연스럽게 구체적 삶에 끌어들이는 오OO 선생님의 발표문은, 골방에 앉아 문학을 논해 온 저를 되돌아보게 하였습니다.

쑥스럽지만, 내친 김에 이에 대한 저의 글도 불러오기로 하겠습니다.

몸으로 두드린다는 의미의 육탁은, 몸을 이용하여 바닥(세상)을 침으로써 생의 깨달음이나 세상의 이치에 이르고자 하는 의도를 함축하고 있다. 목탁에서 연상되는 청정하고 맑은 소리보다 구체적 실감은

떨어지지만, 그 심리적 울림은 한층 절실하다. 초월의 의지보다 생의 심연(深淵)으로 하강하는 이미지가 전경화되어 있다고나 할까. 아니, 종교를 문학적으로 내면화하고 있다는 표현이 보다 적절할지 모르겠다. 흔히 종교의 문턱이 너무 높다고들 한다. 너무 초월 쪽에 강조점을 두기 때문이 아닐까. 일상의 바닥에 스며든 '목탁(불교)', 그것이 '육탁(肉鐸)'이 아닐까, 초월성은 인간의 세속적 삶을 성찰하기 위한 거울의 다른 이름이다.

"새벽 어판장 어선에서 막 쏟아낸 고기들이 파닥타닥 바닥을 치고" 있는 모습을 시인은 '육탁' 같다고 한다. 생의 의지와 잠시 후에 다가올 죽음이 얼굴을 맞대고 있는 절박한 형국이다. "생애에서 제일 센 힘은 바닥을 칠 때 나온다"라는 전언은 삶과 죽음이 혼종(hybrid)되어 있는 이러한 '생의 바닥'에 대한 부표다. 이 메시지가 뿜어내는 아우라는 시인에게 생의 바닥을 치는, 육탁의 힘으로 살지 못했다는 것을 절실하게 깨닫게 한다. 이러한 성찰을 통해 시인은 "바다가 다 제 세상이었던" "도다리 광어 우럭들"의 "심해처럼 캄캄"한 "눈 속으로" 스며든다. 시인과 물고기의 교감이 '육탁'을 통해 아름답게 교직되는 장면이다.

(중략)

이렇듯, 배한봉의 「육탁」은 '생의 바닥'을 치며 깨달음에 다다르고자 하는 자기 수행의 의지와 "바닥을 친 뒤 바닥보다 더 깊고 어둔 바닥을 만난" 존재들의 따스한 교감과 연대를 동시에 수놓은 작품이다. 내면으로의 자맥질과 존재에 대한 관심이 '육탁'을 매개로 한몸으로 현시하는 지점도 바로 여기이다.

오OO 선생님의 글과 많이 다르지요? 쉽게 다가오지 않는 부분들도 많을 겁니다. '초월의 의지', '생의 심연(深淵)으로 하강하는 이미지', '삶과 죽음이 혼종(hybrid)되어 있는', '부표', '아우라', '내면으로의 자맥질' 등과 같은 추상적인 표현들은 물론, 이 작품을 자신의 삶으로 끌어들이는 힘이 부족하기 때문이겠지요. 선생님들과 수업을 진행하면서 제 글, 나아가 저의 삶에 대해서도 많은 성찰을 하게 되었답니다.

이렇듯, 우리들은 시(문학)를 매개로 만나, 서로를 성찰하는 소중한 시간을 가졌습니다. 강의가 끝난 뒤에도 관악인문대학 2기 모임은 지속되었습니다. 저는 명예회원으로 한두 번 참석했습니다. 마치 신림동이 제2의 고향이 된 기분이었습니다. 괜히 근처를 지나가면 아는 사람이 없나 주위를 둘러보게 됩니다. 특히, 이OO 선생님의 아파트 뒤 공터에서 가진 모임은 오랫동안 기억에 남습니다. 회원들이 조금씩 모은 회비로 마련한 음식을 앞에 놓고 훈훈한 정담을 나누었지요. 신림역에서 마을버스를 타고 구불구불한 산길을 올라 찾아간 공터는 마치 우리들만을 위한 공간인 양 따뜻하고 아늑했지요. 고기를 직접 굽고 정성껏 마련한 음식을 먹으며 우리는 마치 하루의 일을 끝낸 농부들의 훈훈한 인정을 연상시키는 풍경을 연출했지요. 이OO 선생님이 손수 가꾼 배추와 상추를 손에 들고 집으로 돌아오는 길은 너무나 홍겹고 즐거웠습니다. 선생님들과 함께 한 소중한 시간 오랫동안 기억에 남을 것입니다.

그러던 어느날 '관악일터나눔자활후견기관'에서 근무하는 담당자에게 전화를 받게 되었습니다. 관악인문대학 3기 문학 수업을 맡아주셨으면 한다는 내용이었습니다. 저는 잠깐 고민했습니다. 학교나 집에서 신림동까지의 거리가 너무 멀어서, 경희대 실천인문학 담당자분이 학교 근처나 집 근처에서 강의를 할 수 있도록 배려하겠다고 약속했기 때문입니다. 지역 주민들과 함께 할 수 있는 프로그램에 쉽게 참여할 수도 있다는 것이지요. 이러한 사정을 이야기했더니 관악 지역에서 경희대 담당자분에게

미리 양해를 구했다는 겁니다. 그래서 저는 다시 관악인문대학 3기 수업에 참여하게 되었습니다. 사실 거리가 크게 문제가 되겠습니까마는, 선생님들께서 너무 멀리서 온다고 부담을 가지시는 게 마음에 걸리기도 했답니다. 집이 가까운 선생님들이 이유 없이 미안해 하셨지요. 강의가 끝나고 수업 시간에 못 다한 이야기를 나누다가 문득 지하철 시간을 걱정해 주시던 선생님들의 따뜻한 마음 또한 소중하게 간직하고 있습니다.

관악인문대학 3기 강의에서, 시는 2기 때와 같은 작품으로 하고, 소설은 대상 작품을 바꾸었습니다. 그리고 수필 대신 드라마 대본을 함께 읽는 것으로 구성했습니다.

3기의 수업은 2기 때보다 한층 수월했습니다. 저도 이미 한 번의 경험을 한 터이고, 3기 수강생 선생님들 또한 2기 선생님들과의 소통을 통해 수업 내용에 대한 이해가 전제되어 있었기 때문입니다. 관악인문대학은 이렇게 1기 모임, 2기 모임, 3기 모임을 지속적으로 가지고, 각 기수가 함께 할 수 있는 프로그램을 개발하고 있습니다. 그리고 수업의 원활한 진행을 위해 모니터 선생님들(조OO 선생님, 안OO 선생님)이 참여하기도 했지요. 이들이 저와 수강생들을 이어주는 소통의 다리 역할을 했습니다. 이 자리를 빌어 강의를 함께 해주신 모니터 선생님들께 감사드립니다. 강의가 점점 '업그레이드' 된다는 느낌을 받았기에 저도 한층 신이 났습니다. 3기 수업을 통해 한층 일상으로 스며든 문학을 체험할 수 있었습니다. '너'와 '나'를 '우리'가 되게 하는 문학의 힘을 실감하기도 했습니다.

우리는 만날 때마다 새로운 주제로 삶의 의미를 토론한 셈이지요. 특히 저는 제가 경험해보지 못한 미래의 삶을 간접 체험하는 소중한 기회를 얻었답니다. 우리는 문학을 매개로 가정의 소소한 갈등이나 어긋나 버린 인간관계, 그리고 일상의 고달픔 등을 토론하며 보다 나은 삶을 꿈꾸었습니다. 감정이 고조되어 눈물을 흘리는 선생님도 계셨습니다. 그만큼 가까워졌다는 뜻이 되겠지요.

박진숙의 드라마 대본 「필드」를 함께 읽었던 시간이 기억납니다. 우리가 너무나 당연하게 누리고 있는 일상의 사소한 소중함들이 얼마나 부서지기 쉬운 것인가를 이야기했지요. 「필드」는 가정이라는 공간의 소중함과 더불어 물질적인 행복보다 더 가치 있는 삶의 의미가 무엇인지 질문하고 있는 작품이었지요. 우리는 저마다의 '필드'에 대해 이야기를 나누었습니다. 그때 제가 했던 말이 생각납니다. 저의 '필드'는 가정, 학교, 그리고 여러분들과 함께 하고 있는 여기, 즉 신림동이라고 말입니다. 저는 여러 선생님들과의 인연을 매개로 새로운 '필드', 신림동을 얻었습니다. 그리고 선생님들의 '필드'에 대한 이야기가 이어졌습니다. 삶의 고통과 애환이 묻어 있는 저마다의 이야기가 우리들의 가슴을 촉촉하게 적시는 아름다운 밤이었습니다.

한 선생님이 발표하신 「필드」에 대한 감상문을 옮겨보도록 하지요.

> 결혼해서 가정을 꾸리게 되면 남자든 여자든 자기 삶의 어느정도는 포기하며 살아간다. 남자같은 경우 처자식을 먹여 살리기 위해 열심히 일을 하고, 여자같은 경우 일하는 엄마도 있지만 아이를 낳고 육아나 살림에 전념한다.
>
> 주인공 명옥은 결혼하고 남편과 아들 뒷바라지에 자신을 가꾸지 못하고 살아가는 평범한 가정주부다. 그러던 어느 날 친구 차희가 찾아온다. 세련되고 당당해 보이는 차희는 명옥에게 일을 하라고 권유하여 명옥이는 차희 소개로 일을 갖게 된다. 책을 파는 세일즈업으로 명

옥에게는 그리 맞지 않는 직업이었다. 세련된 친구 차희의 영업 방식을 따라하며 가까운 친척으로부터 실적을 올려나가며 스스로 돈을 벌 수 있다는 것에 기쁨을 느낀다.

예쁘고 멋지게 치장도 하고 실적을 올리기 위해 열심히 뛰는동안 명옥의 가정은 변해간다. 오락실에서 만난 아들이 거짓말을 하고도 아무런 잘못을 뉘우치지 못한 채 엄마에게 한 말은 집에 가면 엄마도 없는데 뭐가 어떠냐고 큰소리를 친다. 명옥이 사회생활을 하며 집을 비우는 시간이 많아지고 돈을 벌게 되었지만 가장 중요한 부분을 신경쓰지 못하게 되는 걸 뒤늦게서야 깨닫게 된다. 거울 속에 비친 자신의 모습을 보며 지금까지 자신이 무얼하며 살고 있는지 자신에게 질문을 던진다.

명옥처럼 살고 있는 주부들이 많을 것이다. 정작 자기 자신은 가꾸지 못한 채 아끼며 살아가는 모습. 자신에게 소중한 것이 무엇인지 알고 좀 더 신중하게 자신의 모습을 찾기위해 애쓴다면 벅찬 일이기도 하지만 가정과 일 모두 잘 해낼 수 있을 것 같다는 생각을 해본다. 세상에서 엄마라는 이름은 제일 강하고 위대하기 때문이다.(조OO, 수강한 선생님이 쓴 그대로를 옮겼음)

한자 한자 정성스럽게 글을 써가는 조OO 선생님의 모습이 눈에 선하게 다가옵니다. 특히 선생님께서는 이즈음에 막 한글을 깨우치셨지요. 이 글을 쓰기까지 옆에서 도와준 안OO 선생님, 그리고 수많은 사람들의 모습 또한 스쳐갑니다. 감상문 한 편에 여러 사람의 배려와 더불어 선생님의 뼈를 깎는 각고의 노력이 깃들어 있기에 그만큼 큰 감동을 전달할 수 있는 것이겠지요. 서로를 챙겨주고 아껴주는 마음 너무 보기 좋았습니다.

종강하는 날의 표정은 또 어떠했습니까? 케이크를 앞에 두고 우리는 촛불을 켰지요. 그리고 강의를 하는 동안 마음에 담아둔 이야기를 나누었지요. 서로가 서로에 대해 가졌던 생각을 확인하는 소중한 자리였지요. 여러 선생님들의 따뜻한 마음에 저는 가슴이 벅차올랐답니다. 특히 이OO 선생님이 정성스럽게 꾹꾹 눌러 쓴 필체로 건네주신 편지는 너무나 감동적이었습니다. 저도 오랜만에 펜을 들어 편지를 써보았습니다. 이러한 기회를 주신 선생님께 다시 한번 감사드립니다.

선생님들의 얼굴 하나하나를 떠올려봅니다. 정겹고 포근했던 소중한 인연들이 함께 되살아납니다. 우리는 스스로를 돌아보는 힘을 통해 '나'와 '너' 그리고 '우리'의 소중함을 깨달았고, 우리들의 삶의 질을 높일 수 있었습니다. '가장 낮은 곳에서 시작하는 가장 부드러운 혁명'을 몸소 실천한 셈이지요. 저는 그렇게 믿고 있습니다.

마지막으로, 저와 여러 선생님들 사이에서 소통의 다리 역할을 해주신 곽 선생님과 안 선생님의 눈에 보이지 않는 노고를 지나칠 수 없군요. 선생님들의 젊은 열정이 세상을 조금씩 바꾸어가는 힘이 되고 있습니다. 보기만 해도 마음이 따뜻해지는 그런 분들입니다. 선생님들이 주신 사랑 두고두고 즐거운 마음으로 갚겠습니다. 감사합니다.

함께 읽은 다음의 시로, '작지만 큰 세상'을 품은 '달팽이집'(관악인문대학)에서의 소중한 인연을 갈무리하며 새로운 만남을 기약할까 합니다.

> 내 귓속에는 막다른 골목이 있고,
> 사람 사는 세상에서 밀려난 작은 소리들이
> 따각따각 걸어 들어와
> 어둡고 찬 바닥에 몸을 누이는 슬픈 골목이 있고,

얼어터진 배추를 녹이기 위해
제 한 몸 기꺼이 태우는
새벽 농수산물시장의 장작불 소리가 있고,
리어카 바퀴를 붙들고 늘어지는
첫눈의 신음 소리가 있고,
좌판대 널빤지 위에서
푸른 수의를 껴입은 고등어가 토해놓은
비릿한 파도 소리가 있고,
갈라진 손가락 끝에
잔멸치 떼를 키우는 어머니의
짜디짠 한숨 소리가 있고,

내 귓속 막다른 골목에는
소리들을 보호해주는 작고 아름다운
달팽이집이 있고,
아주 가끔
따뜻한 기도 소리가 들어와 묵기도 하는
작지만 큰 세상이 있고,(고영, 「달팽이집이 있는 골목」 전문)

제2부

성숙한 젊음의 문학

김준성론

1. 이념의 시대를 결별하는 한 방식

김준성 소설의 원형질을 엿볼 수 있는 작품은, 가난한 일상에 무능력한 가장의 내면을 포개놓은, 「닭」(1952)과 「인간상실」(1955)이다. 그는 현실과 밀착된 작품 세계로 문단에 발을 내디딘 셈인데, 이 부조리하고 모순된 현실에 조그마한 희망의 메시지를 음각해 놓았다. '닭똥에 묻혀 있는 달걀 한 개'(「닭」)와 가난 속에서도 양심을 지키려는 가장의 '피투성이가 된 얼굴'(「인간상실」)이 그것이다.

이 조그마한 희망의 메시지가 긴 침묵의 숙성 기간을 거쳐 구체적 결실을 맺어가는 과정이 김준성 문학의 여정이었다. 물리적 젊음이 스러진 자리에 문학적 열정을 꽃 피워, 더욱 성숙한 젊음의 문학을 탄생시키는 역설.

본고에서는 육체적 젊음에서 촉발된 김준성 문학의 열정이 성숙한 젊음의 문학으로 승화되어 가는 궤적을 추적해 보기로 한다.

이념과 현실, 집단과 개인, 의식과 무의식 사이의 심연을 응시하며, 젊음의 열정을 곱씹어 보는 장편에서 논의의 실마리를 잡아보자. 『먼 시간 속의 실종』은 정상/비정상, 일상/일상 너머, 정신/육체, 철학교수/노동자, 의식/무의식, 집단/개인 등의 사이, 즉 '정지된 시간의 중립지대'를 서성이며 '잃어버린' 자아를 찾아 나서는 문제적 인물의 모험을 담고 있는 작품이다. 작가는 기억이란 문명의 자국을 한 자 한 자 지워 없애려는 충동에서 촉발된 기억 상실증의 세계를 전경화하고 있는데, 주인공의 내부에 뚫린 구멍, 그 공동이야말로 본연의 존재이고, 이를 새로운 실체로 메워야 한다는 생각을 작품을 장착시키고 있다.

그렇다면 무엇이 주인공 태진을 이처럼 고통스러운 여정으로 내몰고 있는가? 세상에 대한 희망의 좌절이 그 원인이다. 태진은 근엄한 철학 교수이기보다는 사랑받는 인간이기를 열망한다. 또한 음악을 통해 학생들의 마음을 부드럽게 할 수 있다고 생각한다. 이러한 태진이 학생들과 어울려 노래를 부르는 도중 시위대에 휩쓸려 한 학생이 휘두른 흉기에 머리를 맞고 기억을 상실하는 사건이 발생한다. 이 사건은 태진에게 지울 수 없는 충격을 안긴다.

학생들의 시위에 심정적으로 동조해온 자신이 학생의 흉기에 맞았다는 사실은 그의 진심이 학생들에게 외면 받았다는 점을 시사한다. 사건의 본질에서 눈을 돌리고 태진이 시위대를 선동했다고 보는 학교 당국과 경찰의 입장 또한 태진의 진심을 왜곡하는 태도이다. 태진은 학생들에게도, 동료 교수들로 대변되는 기득권 세력에게도 외면 받은 셈이다. 설상가상으로 아내와 의사는 기억을 되찾아 아무 일 없었다는 듯이 과거의 일상으로 되돌아오라고 손짓한다. 이러한 태진에게 과거의 일상은 더 이상 위안을 주지 못한다. 그의 진심이 받아들여지지 않는 황폐한 세계이기 때문이다. 태진이 일상으로 되돌아오지 못하고, 지난날의 기억을 거부하는 것도 이 때문이다. 여기에서 태진의 가출은 진정한 자아 찾기의 여로와 겹쳐진다. 그는 개인의 실존을 억누르는 집단(제도/조직)에서 탈출을 감행한 것이다.

태진은 여러 노동 현장을 전전하다 섬의 한 공장에 일용노동자로 취직한다. 이러한 철학 교수에서 노동자로의 변신은 실존적인 차원에서 이루어진 것이다. 그의 말대로 '그냥 내가 좋아서 노동판에 뛰어든 것'이다. 지난날의 생활에서 벗어나기 위해 택한 것이 노동 현장일 따름이다. 노동 현장은 대학의 시위와는 딴판이다. 불꽃 튀는 생사의 현장이다.

그렇다면 노동 현장은 태진에게 어떻게 다가오는가?

> 근원적으로 그들의 가는 방향은 달라 보였다. 태진은 집단 속의 행복을 믿지 않았고 집단에서의 탈출을 인간성 회복으로 보고 있었다. 반대로 춘복 그들에겐 집단의 행복이 우선했고, 그러기 위해서는 개인의 희생 따윈 서슴지 않았다. 한데 그들 앞에서는 태진 자신이 그렇게 왜소하게 느껴질 수가 없었다.(『먼 시간 속의 실종』 전집 1, 159쪽)

하지만, 노동 현장의 목소리는 태진을 동화시키지 못한다. 태진은 '집단에서의 탈출을 인간성 회복으로 보고 있'기 때문이다. 태진의 실존적인 고민은 여기에서 비롯된다.

그렇다면 태진을 왜소하게 만드는 '집단의 행복'은 어떻게 구현될 수 있는가? 개인의 실존을 희생시키지 않는 집단의 행복이 한 예가 될 수 있을 것이다. 하지만 이를 구현하기란 쉽지 않다. 노동 현장의 목소리는 집단의 이익을 위해 개인 실존의 희생을 요구하고 있기 때문이다.

이러한 현실에서 태진이 할 수 있는 일은 무엇인가? 집단의 책임을 개인적으로 떠맡는 일, 다시 말해 개인의 실존을 내세움으로써 집단의 행복을 추구하는 이념은 물론 이 집단의 행복을 철저하게 짓밟는 기득권 세력에 대해서도 철저하게 복수하는 것이다. 왜 시위대를 선동했느냐의 질문에 '꽹가리 소리'가 유죄라고 한 답변은 이를 잘 보여주는 사례이다. 하지만 이러한 주장은 경찰에게는 물론 노동 현장에서도 외면당한다. 따라서 태진은 다시 '먼 시간' 속으로 '실종'될 수밖에 없다. 위선과 허위로 가득 찬 일상을 떠나 노동 현장에 몸담아 보았지만, 거기 또한 그의 상처받은 영혼을 위무해주지 못했기 때문이리라.

이렇듯, 『먼 시간 속의 실종』은 진정한 자아(존재의 본질)를 탐색하는 인물의 여정에 사회 현실적 문제(학생운동, 노동운동)를 포개어 놓은 작품이다.

이에 반해 『사랑을 앞서 가는 시간』은 개인의 실존적 의식과 시대 현실의 문제가 긴장감 있게 구조화되어 있다는 점에서 『먼 시간 속의 실종』보다는 주제의식이 선명하게 구현된 작품이라 할 수 있다. 일단 1980년 후반에서 1990년대 초에 이르는 역사적 격변기를 작품의 주 무대로 설정하고 있다는 점이 시선을 끈다. 국가사회주의의 붕괴와 전지구의 자본주의화라는 패러다임의 변화는 '지금 여기'의 현실을 살아가는 사람들의 의식에 큰 충격을 가했다. 학생운동(노동운동) 또한 일대 전환을 맞는다. 작가는 이 작품에서 현실 사회의 혼란과 부패에, 학생운동의 이념적 선명성을 맞세워 놓았다. 그리고 여기에 이념(사상)과 사랑의 문제를 포개어 놓음으로써 문학적 형상성을 획득하고 있다.

각 인물들의 면면을 살펴보자. 먼저 기철은 개인적 사랑보다는 학생운동의 이념(집단의 행복)을 우선시하는 인물이다. 그래서 연인 지수에게 서클 가입을 종용한다. 지수는 사상과 학문, 이념과 사랑 사이에서 고민하는 인물로 그려져 있다. 그녀는 기철의 지향에 동조하지 않는 것이 아니라 그것을 실현하는 방법에 차이가 있다고 자위한다. 하여 지수가 기철에게 가지는 사랑의 감정은 외경심 혹은 흠모에 가깝다. 한편 주변인물인 민 교수는 현실과 이상, 실천과 이론의 틈바귀에서 고민하는 인물로 설정되어 있다. 그는 학생운동의 급진성에 우려를 표명하면서도, 그들을 이해하는 인물이다. 유현철은 변화된 시대에 대응하는 전술로서의 실천, 즉 합법 민중정당의 건설이라는 유연한 투쟁 방식을 주창한다.

한편 지수에게 '진보적인 이념에 열을 올렸다가 현실 타협적인 속물로 변모'한 신문기자 진수가 등장한다. 진수는 이념보다는 현실을 중시하는 인물이다. 진수와 지수는 사랑에 빠진다. 지수에게 진수는 기철과 사뭇 다르게 다가온다. 기철이 이성(이념/집단)을 중요시한다면, 진수는 감정(욕망/개인)을 우선시한다. 지수와 기철 사이의 감정이 의무/책임/이성에 바탕한 사랑이라면, 지수와 진수의 사랑은 다분히 감정적/본능적이다.

지수는 기철(당위)과 진수(현실) 사이에서 고민한다. 작가는 후자의 손을 들어준다. 지수와 진수가 미국 유학을 계획하며 사랑을 확인하는 장면으로 작품이 마무리되기 때문이다. 이러한 인물들의 형상은 기철을 중심으로 한 급진적인 학생운동을 애정 어린 목소리로 비판 하는 모양새를 취하고 있다.

주목할 점은 진수의 선택이다. 진수는 기철의 입장을 전면적으로 거부하지도, 기철에게 남아 있는 지수의 감정을 질타하지도 않는다. 오히려 기철과 지수를 문학(소설)의 이름으로 끌어안는다. 그 궤적을 따라가 보자. 진수는 '야당 출입 기자가 갑자기 여당 출입 기자'가 되는 정치 현실에 혐오를 느끼며 신문기자 생활을 그만두기로 결심한다. 그리고 미국 유학을 선택한다. 현대 문학을 공부해 대학 강단에 서는 것이 목적이다. 문학적 삶을 선택한 것이다. 신문사의 배려로 휴직계를 내고 미국에 머무르는 동안 신문연재소설을 쓰기로 한다. '사랑과 사상' 같은 주제로 쓸 예정이다. 작가는 진수는 물론, 기철, 지수 등과 얽힌 현실의 제 문제를 지양하는 의미로 소설(문학)을 위치지우고 있는 셈이다.

현실 속에서 현실 너머를 꿈꾸는 문학(소설)의 모순된 운명은 이러한 작가의 의도를 뒷받침하기에 충분하다. 이렇듯 『사랑을 앞서 가는 시간』은 1980년대(이념의 시대)를 떠나보내는 비가(悲歌)를, '가슴속으로만 불꽃이 되어 자태를 보이지 않은 채 열매 맺는 무화과', 즉 '문학'의 목소리로 연주하려는 의도를 담고 있는 작품이다. 따라서 『사랑을 앞서 가는 시간』은 한 시대의 종말(1980년대)을 증언하는 동시에 새로운 시대(1990년대 이후)를 예비하는 작품이다. 이 문학의 목소리로 부르는 새로운 시대의 노래가 이후 김준성 소설의 주제의식을 대변한다.

2. 근대 사회에 대한 자의식

김준성의 소설은 우리 사회의 제반 문제를 다양한 시각으로 포착하고 있다. 먼저 근대 사회에 대한 관점을 경제적인 시각에서 탐색한 작품들을 꼽을 수 있다. 김준성은 건강한 자본에 대한 기대와 부정한 자본에 맞선 문제적 개인의 패배를 동시에 그리며, 우리 사회의 희망과 좌절을 균형 잡힌 시각으로 형상화하고 있다.

「양반의 상투」는 전근대에서 근대로의 이행기인 역사적 격변기를 무대로 종의 아들 덕쇠가 장사꾼 홍덕쇠로 거듭나는 이야기를 다루고 있다. 이 작품에서는 돈에 대한 작가의 관점이 돋보이는데, 그는 돈의 참뜻을 사람답게 살 수 있는 도구이자, 어려운 사람들을 도와주는 수단, 나아가 사람과 사람 사이의 신뢰가 바탕한 새로운 사회를 가꾸는 매개체라 믿는다. 건강한 자본을 가진 자본가를 통해 양반들의 허위의식을 풍자하는 대목은 이를 잘 보여주는 예이다. 양반 따위의 콧대나 꺾는 도구가 아니라 나라의 살림살이를 부강하게 하는 수단이라는 것이다. 양반보다 장사하는 사람을 더 중하게 여기는, 돈이 상전이 된 세상에서 덕쇠가 자기의 상전이었던 이 진사의 상투를 돈으로 사는 대목은 카타르시스를 느끼게 하기에 충분하다.

하지만 너무 이상적인 논리는 아닌지 의구심이 들기도 한다. 우리 근대의 복잡한 문제, 이를테면 식민지 근대의 특수성이나 권력(양반)과 자본의 결탁 등 복합적인 현실을 너무 단순하게 처리한 것은 아닌지 곱씹어 볼 일이다.

이러한 모습은 「흐르는 돈」의 주제의식과 연결된다. 「흐르는 돈」은 자본가를 주인공으로 등장시켜 건강한 자본에 대한 작가의 염원을 진솔하게 표출하고 있는 작품이다. 박성도 회장은 기업의 이익을 사회에 환원해야 한다는 평범한 진리를 실천하기 위해 노력하는 인물이다. 고여서 썩은 물도 땅으로 스며들었다가 새로 솟아나면 맑은 샘물이 될 수 있듯, 자본도 넘친다거나 오염이 되었을 때는 치명적인 재해를 가져오지만, 정화를 통해 순화될 수 있다고 생각한다. 이에 지배구조 개혁이나 소유와 경영의 분리 등을 통해 새로운 기업 이념을 창출할 수 있다고 본다.

> 박성도는 재단을 설립해 사회사업에 전념하고 두 아들을 그룹 사장단의 중요한 위치에 배치하되, 그룹의 회장 자리는 세습직이 아닌 경영자 회장으로 선출해서 기업의 사회성과 경영 성과를 극대화하자는 구상을 하고 있었다.(「흐르는 돈」 전집 5, 104쪽)

하지만 이러한 생각은 가족은 물론, 기업, 언론, 정계 등의 강한 반발을 불러온다. 작품은 돈을 산 아래로 흘려보내는 꿈을 꾸고 난 박성도가, 돈을 정화시키기 위해 혼자서라도 재단 설립을 추진하겠다는 다짐과 함께 마무리된다. 자본에 대한 낙관적 태도가 여실히 드러나는 대목이다.

한편, 「물구나무서기」는 대기업 자본에 맞선 문제적 개인의 좌절을 다루고 있어 주목을 요한다. 심지어 홍덕쇠나 박성도가 지닌 자본에 대한 낙관적 태도를 비웃는 듯한 인상을 주기까지 한다. 회사는 자신들이 매입한 땅의 가격이 떨어진다는 이유로 하청 공장을 폐쇄하고자 한다. 노동자들의 반발이 거세지자 회사는 공장건물을 철거하면 노동자들에게 땅을 분양해주고 새로운 일자리를 마련해준다는 조건을 내세운다. 하지만 회사는 약속을 지키지 않는다. 개발 계획을 무기한 연기시켜 토지 시세를 고착화시킨 것이다. 땅을 분양 받은 노동자들로서는 땅 값이 떨어지면 그곳을 떠날 수밖에 없는 형편이다. 회사는 허민구를 해외 지사로 좌천하고, 허민구가 처음부터 회사와 짜고 노동자들을 골탕먹이기 위해 술책을 꾸몄다는 악성 루머를 유포한다.

> "저놈 죽여라!" 하는 소리와 함께 허민구는 그 사람들 구둣발 밑에 짓밟혀 버렸다. 이웃 사람들이 달려오고 순경이 왔을 때는 이미 허민구는 의식을 잃은 채 죽은 듯이 쓰러져 있었다.
>
> 소식을 듣고 배 주임이 달려왔다. 그는 어찌 된 영문인지 모르고 쓰러진 허민구를 껴안고 엉엉 울었다. 배 주임은 그날 아침 회사에 들러 인사위원회에서 자기와 허 과장이 회사 규칙 위반으로 파면됐다는 통보를 받고 온 참이었다.(「물구나무서기」 전집 6, 280쪽)

조직 사회의 미궁 속에서 모순된 현실을 바로잡으려는 개인의 힘이 얼마나 무력하고 덧없는 것인가를 뼈저리게 느끼게 하는 결말이다.

그렇다면 허민구의 '물구나무서기'가 지니는 의미는 무엇일까? 건강 때문에 우연히 물구나무서기를 하게 된 허민구는 사물을 뒤집어 보는 행위를 통해 새로운 세계를 경험한다. 이후 회사나 자기 주변의 부조리에 대한 분노를 물구나무서기를 통해 삭인다. 거꾸로 선 허민구의 시선에 소외된 자들의 눈망울이 친구나 형제의 그것처럼 보이는 이유도 이와 무관하지 않다. 그에게 물구나무서기는 잃어버렸던 인간 기능의 회복이자, 거꾸로 돌아가는 세상을 바로 보기 위한 노력이며, 나아가 약해지려는 자기 자신에 대한 다그침이다. 부조리한 세상에 맞선 고독한 싸움의 방식인 것이다.

> 모든 사물이 그 본래의 모습을 드러내게 하기 위해서는 한 번은 기존의 존재 양식이 뒤바뀌는 과정이 필요한 것이다. 그래서 인간이 본래의 인간성을 회복하기 위해서는 직립에서 포복으로 돌아가야 할는지 몰랐다. 그러나 이미 고질화돼 버린 인간 문화를 저버릴 수 없으니 손쉬운 물구나무서기 습성이라도 익히자는 것이었다.(「물구나무서기」 전집 6, 258쪽)

개인의 힘으로 근대의 메커니즘에 도전하는 한 방식인 셈이다. 이러한 물구나무서기는 세상에 맞선 '문학/예술'의 힘을 연상시킨다.

3. 현실을 포월(匍越)하는 예술혼의 세계

뭐니 뭐니 해도 김준성 소설의 본령은 예술(문학)의 의미를 탐색하는 작품에 있는 듯하다. 이는 중편과 연작 형식에 집중되어 있다. 단편으로 문단에 데뷔한 이래 30여 년의 휴지기를 거치고 다시 작품 활동을 시작한 그의 특이한 이력을 감안할 때 이는 매우 의미심장한 대목이다. 중편과 연작 소설은 미학적 완결성을 요구하는 단편 형식과 소설가의 직업정신을 가늠할 수 있는 장편 형식의 사이에 놓인다. 오랜 침묵을 견디고 다시 창작에 몰두한 김준성에게 단편 양식은 소설 창작을 하지 못하며 쌓였던 내면의 열정을 표출하기에 미흡한 형식이 아니었을까? 반면, 전작 장편은 솟아오르는 문학의 열정을 갈무리하기에 다소 벅찬 양식이 아니었을까?

이는 김준성 소설의 화두와 연관된다. 그의 소설은 문학/예술이 지닌 의미가 무엇인가에 집착한다. 오랜 공직 생활과 경제 활동을 마무리하면서 자신의 삶을 곱씹어보는 과정이 소설 창작의 과정과 겹쳐진 것은 아닐까? 따라서 그에게 소설 쓰기는 스스로의 지난 삶을 되새김질하는 작업임과 동시에 자신이 몸담았던 사회에 대한 탐색의 여정일 터이다. 하여 문학(예술)은 지나온 삶을 갈무리하는 작업의 다른 이름이다. 그가 '문학(예술)이란 무엇인가?'라는 질문을 반복하여 던지는 이유도 여기에 있다.

「달빛이 무거워」 연작은 김준성 문학의 지향점을 선명하게 보여주는 작품이다. 주인공 중오는 의학과 그림을 동시에 공부하기 위해 파리로 유학을 떠난다. 그는 의사로 보다는 화가로 더 이름이 알려져 있다. 하지만 '빛의 마술사'로 불릴 정도로 '화폭에 넘쳐흐르던 색채의 범람'은 어느새 '어두운 톤'으로 변해 가면서 '자기 도피의 그림자'를 드리우기 시작한다. 의사로서의 과중한 업무가 그를 우울의 늪으로 인도한 것이다. 이렇듯, 중오는 그림(화가)과 의학(의사), 예술과 현실(일상) 사이에서 번민하는 인물로 그려진다.

한편, 중오는 환자의 수술 도중 여태까지 겪어 보지 못했던 색다른 경험을 한다. 메스가 환자의 환부에 닿는 순간 그 환자가 느낄 통증이 그에게 고스란히 전달된 것이다. 그러자 그림을 그리는 대상이나 그 대상을 바라보는 시각이 전과 달라진다. 그렇게 신비롭고 황홀하게 느껴졌던 파리 시대의 화폭들이 한낱 장식용 벽걸이로 여겨지는 것이다. 삶의 속살이 스며든 예술이 눈에 들어온 것이다. 하여 중오는 살아 움직이는 삶의 신음소리가 담겨 있는 예술을 추구하기 위해 일상의 심연에서 탈출한다. 이러한 중오의 지향은 「달빛이 무거워 2」에서 문명 세계를 탈출하여 세상의 원초 같은 풍경을 찾는 모습으로 확장된다.

「달빛이 무거워 1」이 현실에 바탕한 예술세계를 추구하고 있다면, 「달빛이 무거워 2」는 현실 너머에 비중을 둔 형국이다. 다소 비약적인 면이 없지 않지만, 이 두 작품에서 김준성 문학의 원형질을 유추할 수 있는데, 현실과 현실 너머의 팽팽한 긴장이 발산하는 예술의 빛이 그것이다.

「비둘기 역설」은 김준성의 예술론을 집약적으로 표출하고 있는 역작이다. 이는 강순임이라는 인물을 통해 드러난다. 화가인 강순임은 대상을 그리는 행위와 대상에 감정을 이입하는 행위 사이의 불일치로 인해 그림을 그리지 못하다가, 우연히 비둘기와 무심하게 교감하고 있는 소설가 양순길을 만난다. 강순임은 비둘기와 양순길의 모습을 통해 예술적 영감을 얻는다. 이는 대상과 하나됨에 바탕한 구상의 형식으로 나타난다. 강순임은 비둘기의 모습에서 원초적 생명 그 자체를 발견하고, '비둘기의 눈빛에다 예술가의 고뇌를 포개 놓는 것' 즉 동일화에 바탕한 구상을 추구한다. 이러한 동일화의 작업은 강순임과 양순길의 산장에서의 하룻밤(섹스/하나됨)에서 절정에 달한다. 이들의 짧은 사랑은 하나됨의 예술, 즉 구상의 극치이자, 원죄로 남는다.

이를 통해 강순임은 생명을 잉태한다. 이 생명의 잉태는 강순임에게 중요한 의미를 지니는데, 불임의 시대를 견디는 힘으로 기능하기 때문이다.

하지만 그녀는 낙태를 하고, 남편을 따라 미국으로 건너갔다가 곧 이혼을 한다. 낙태의 경험은 순임의 작품 경향을 구상에서 추상으로 바뀌게 한다. 그는 구상을 해체하고 있는데, 여기에는 원초적 생명에 동화되는 것에 대한 회의가 함축되어 있다. 이는 '호수가 지닌 태고의 생명성'에 압도되지 않는 것으로 표상된다. '호수의 물밑보다 더 깊은 실존의 밑바닥'을 탐사하는 것이다. 여기에서 호수는 비둘기의 다른 이름이다. 이는 호수의 넘치는 구상 극복하기에 다름 아니며, 내부에 있는 모든 것을 비워내는 행위(낙태)이다.

그가 자신의 추상 작품에 '비둘기에 관한 명상 시리즈'라는 이름을 붙인 이유도 여기에 있다. 원초적 생명의 표상으로 다가왔던 '비둘기'를 해체하고자 하는 것이다.

> 암회색 화판 위에 무수한 광망의 직선과 곡선이 산산이 화면 위를 날아오르고 낙하하고 교차하면서 하나같이 화면 밖으로 튀어나가고 있는 형국이었다. 난무하는 직선, 곡선 하나하나가 의식과 무의식의 실체란 생각을 갖게 했다. 화면을 자세히 보면 직선과 곡선이 발광체로 반짝이면서 선들의 끝부분은 연소를 뜻하는 탄소 색깔이었다.(『비둘기 역설』 전집 3, 210-211쪽)

그의 추상 작품의 주제는 인간의 감성이 관여할 수 없는 궁극의 소외 표착하기, 구상으로부터 탈출하기, 무의 근원 찾기, 공간으로 비워지는 영원의 순간 포착하기, 무의미의 의미 탐색하기 등으로 대변된다.

순임은 이러한 과정을 거쳐 추상과 구상의 조합을 시도한다. 이는 비워 낸 곳에 새로운 것을 채워 넣는 행위로 드러난다. 추상과 구상의 조합은 새로운 생명의 잉태와 맞물린다.

"… 이 소용돌이에서 들려오는 선율은 예전 그림의 산란하는 선, 연소하는 선의 연장에서 물질이 원형이 재구성되는 소리 같잖습니까?"
양순길은 강순임의 변화의 본질을 이야기하지 않을 수 없었다.
"여자란 잉태하지 않았을 때와 잉태했을 때에는 그 본질이 달라져."
윤석조가 얼른 그 말의 뜻을 받아들였다.
"그래, 내가 쉬운 것이라고 지적했던 것은 소용돌이 자체의 생성 과정이야. 그런 현상은 우주 곳곳에 흔해 빠졌어. 그런데 이 소용돌이는 그것이 생겨난 에너지의 실체가 다르다 그 말이지? 그러니 그림이 좀 어려워지는 느낌이 드는군."
"이 소용돌이를 여자의 비밀스러운 부위로 대치시켜 보게나. 소용돌이가 축소, 확대를 되풀이하면서 에너지의 핵을 생성케 하고 있잖은가."(『비둘기 역설』 전집 3, 315쪽)

비우는 것이 동시에 채우는 것이라야 진정 비우는 경지에 이를 수 있다. 그렇다면 무엇으로 채워야 하는가? 인용문의 '소용돌이'는 그에 대한 해답을 마련해 준다. 새로운 생명을 잉태하는 자궁이 그것이다. 이 '소용돌이'가 축소 확대를 되풀이하면서 에너지의 핵, 즉 생명을 생성시키는 것이다.

이렇듯, 동화의 서정(구상)에서 벗어나는 것(껴안고 넘어서기)은 추상(무의미의 의미, 새로운 것의 잉태 예비)의 추구로 나아가 새로운 창조를 예비한다. 하여 순임의 추상은 해체를 위한 해체(포스트모더니즘)가 아니라 재구성을 전제한 해체라 할 수 있다. 추상과 구상이 얼굴을 맞대고 있는 형국이다.

하지만 작품은 여기에서 끝나지 않는다. 강순임은 다시 알프레드의 아이를 잉태한다. 구상을 해체한, 아니 넘어선 자리에 새로운 생명이 들어선 것이다. 하지만 이 아이마저 유산된다. 이는 강순임 미술의 새로운 경지를 시사한다. 즉 구상과 추상의 변증법적 조합에 만족하지 않고 이를 넘어서는 새로운 예술을 지향하는 것이다. 새로운 예술혼의 창조를 위해 강순임은 다시 길을 떠난다. 냉혹할 정도로 끈질긴 작가의 예술혼을 보여주는 대목이라 할 수 있다.

「돈 그리기」 또한 현실/현실너머, 가난/예술혼, 디자인/회화 사이에서 고뇌하는 인물의 방황, 즉 그림에 매달려 고통스럽게 살아가야 하는 예술가의 삶을 포착한 수작(秀作)이다. 미술대학 재직 시 공모전 특상을 받아 세상을 떠들썩하게 했던 주인공은 오랜 방황과 고뇌 끝에 붓을 꺾고 만원짜리 지폐를 그리기 시작한다. 그의 돈 그림은 디자인이 요구하는 현대적인 감각과 회화가 추구하는 기존 질서의 파괴 내지 재구성의 의미를 동시에 지닌다는 평가를 받는다. 그는 기존 화폐의 구도를 예술적으로 변형시켜, 돈의 본질에까지 접근하는 경지를 보여줌으로써 예술적인 감흥을 불러일으킨다. 더럽혀진 돈의 본질을 순화시켜야 한다는 사명감은 돈의 역사에 대한 탐색이나, 진짜도 가짜도 아닌 순수한 돈 그 자체에 집착하게 한다. 화자가 그리는 돈은 사용가치/교환가치, 과거/현재, 회화/디자인, 예술/현실 사이에서 돈이 지배하는 현대 사회를 한껏 비웃고 있는 형국이다. 자신이 그린 돈 그림보다 진짜 돈이 오히려 더 많은 범죄를 유발한다는 주인공의 항변이 강한 여운을 남기는 이유도 이 때문이다.

「청자 깨어지는 소리」는 전형적인 예술가 소설의 형식을 취하고 있는 중편인데, 청자에 대한 집념을 사랑의 행위로 승화시키고 있는 작품이다. 소백은 어느 누구도 구워 보지 못한 색깔의 청자를 빚기 위해 '소백요'를 차리고 예술혼을 불태운다. 그러던 중 대학원 제자 소연이 찾아온다. 소연 또한 '햇빛이 일렁이는 잎새의 색깔'을 도자기의 표면에 올려놓기 위해 '마음속의 불꽃'과 '요 속의 불꽃'을 일치시키기 위해 노력한다. 소연의 모습을 보고 소백은 자신이 찾아 헤매던 청자가 그녀의 모습으로 눈앞에 나타났다고 생각한다. 이후 그녀를 넘어서지 않고는 그가 바라는 청자를 구워 낼 수 없다는 강박관념에 시달린다. 가마 속에서 청자를 구워 내려 했던 것이 아니라 그녀의 몸뚱이 속에서 청자를 구워 내려 했었다는 환각이 그를 괴롭힌다. 이들의 예술혼은 다음과 같이 하나가 된다.

> "소연 씨! 무슨 생각하고 있어?"
> "선생님 생각하고 있었어요."
> "그랬었나……."
> 이어지는 소리는 신음 소리 같았다.
> "나도 그랬어. 소연 씨 생각하고 있었어……."
> 바람에 불꽃이 일었다. 두 사람은 압도당한 듯 말을 멈추었다.
> "저 불꽃 속에 제 잡념을 묻으려 하고 있어요."
> "나도 마찬가지요. 그런데 저 불꽃이 내 부정스런 마음의 불을 받아 줄 것 같지 않아. 오히려 불꽃이 내 몸뚱이를 뜨겁게 달아오르게 할 뿐이야……."
> 소백의 두 팔이 소연의 허리를 껴안았다. 불꽃이 춤을 추었다. 주위의 어둠이 밝아졌다. 그녀는 작업복에서 벗겨져 맨살이 드러난 채 소

백의 무릎에 엎드리고 있었다. 살갗에서는 태토의 감촉이 느껴졌다. 소백의 손바닥이 움직일 때마다 살갗은 항아리로 빚어지면서 신음 소리를 냈다. 어느샌가 소연도 소백의 살갗에서 유약의 맛을 핥아 내고 있었다. 요의 불꽃이 두 사람이 몸속으로 옮겨 붙었다. 몸뚱이도 그것을 지탱하던 자의식도 용암처럼 녹아내렸다. 그러다 흐름이 멈춰졌을 때 두 사람은 이상한 느낌에 빠져들었다. 몸뚱이도 의식도 함께 요의 불꽃에 태워 버린 것 같은. 그때 소백은 갑자기 소리를 내지르고 싶은 충동을 느꼈다. 다 태워 버린 그의 의식 속에서 뭔가 새로운 것이 살아나고 있었다. 그녀는 요의 불꽃이 몸속에서 활활 타오르다 잉태돼 가는 느낌에 몸을 떨었다.(「청자 깨어지는 소리」 전집 6, 85쪽)

청자에 대한 소백과 소연의 집념을 사랑의 행위로 표현한 대목이다. 서로가 서로의 청자를 빚는 행위는 서로의 몸을 애무하는 장면으로 묘사되고 있다. 이윽고 이들의 사랑은 예술적으로 승화된다. 이들이 온몸으로 빚은 청자는 '고려 도공이 못 다한 고려청자를 딛고 넘어서는 새로운 경지'를 펼쳐 보인다. 동시에 사무치듯 슬픈 청자이다. 소백과 소연은 자신들이 추구한 예술혼의 한 완성을 청자를 통해 이루었기에 더 이상 '소백요'에 머무를 필요가 없게 된 것이다.

이렇게 소백과 이별한 소연은 친구가 살고 있는 남해의 섬에 내려가 청자를 굽는다. 소백은 소연을 찾고, 그녀가 구운 청자에서 '바다 소리'가 들리는 듯한 느낌을 받는다. 이따금씩 소연이 보고 싶을 때 서재의 청자를 바라보는 것으로 위안을 얻었는데 이제는 그것만으로 채워지지 않는 그 무엇이 있음을 예감한다. 집으로 돌아온 소백은 자신과 소연이 마지막으로 구웠던 청자를 깨뜨린다. 작품의 제목 「청자 깨어지는 소리」는 이 청자가 깨어지는 소리이다. 이 청자를 넘어 소백과 소연은 다시 새로운 도자기를 빚을 것이다. 작가는 이러한 여정을 예비하며 작품을 마무리한다. 청자를 향한 끝없는 예술혼이야말로 이 작품의 진정한 주제의식을 대변한다.

4. 뒤틀린 욕망을 넘어 온전한 소통으로

근대 사회의 욕망, 특히 성의 문제를 탐색한 작품 또한 김준성 소설의 한 축을 형성한다. 「육체의 환(幻)」, 「햇빛 속으로」, 「욕망의 방」, 「먼 그대의 손」, 「그가 그를 닮았다」, 「들리는 빛」 등이 여기에 해당한다.

작가의 성에 대한 관점을 잘 보여주는 작품이, 한 개인의 정체성에 관한 문제를 제기하고 있는 「그가 그를 닮았다」이다. 화자는 이름 모를 조직에 납치되어 다른 사람의 모습을 완벽하게 흉내 내기를 강요당한다. 이는 자신을 말살하는 행위이며, 마음의 감옥에 자아를 가둬 놓는 일이다. 외양은 물론 사고까지 닮아가는 도중 화자는 심리의 함정에 빠진다. 그 사람을 가장하려다 또 하나의 자신이 그 속에서 진짜 행세를 하게 된 것이다. 정체성의 혼란에 빠진 것이다. 하지만 그 인물의 아내를 만나 몸이 달아오르는 와중에 끝내 '몸속에 덜 달아 오른 아랫도리의 한 부분'이 있음을 발견한다. 이렇듯, 끝내 다른 사람이 될 수 없는 가장 본질적인 그 무엇을 작가는 성이라고 보고 있다.

「욕망의 방」은 근대 사회의 심장부라 할 수 있는 '정사실'(돈을 폐품으로 처리하는 곳)에서 벌어지는 인간 욕망의 문제를 탐구한 중편소설이다.

평소의 정사실 안은 작업의 특수한 성격상 종사자 모두가 서로의 눈을 똑바로 바라보지 않는 습성이 몸에 배어 있었다. 행여 마음속에 숨겨져 있는 돈에 대한 욕망이 남의 눈에 들킬까 염려해서였다.(「욕망의 방」 전집 5, 9쪽)

욕망의 덩어리인 돈을 종이 쓰레기로 본다는 것은 불가능한 일이다. 사람이 욕망을 다스릴 수 있다는 생각 또한 착각에 불과하다. 작가는 이러한 작업 시간 내내 이상한 욕망을 억눌러야 하는 데서 오는 긴장감을 날카롭게 포착한다. 하지만 기계의 허점이 발견되는 순간 억눌렸던 욕망은 지체 없이 발동한다.

세단기 칼날의 위치를 움직임으로써 손상권을 그대로 기계 밑판으로 떨어뜨릴 수 있다는 사실을 발견하자, 그는 마치 봐서는 안 될 비밀을 엿본 사람처럼 겁이 더럭 났다. 그가 작업장 내에서 욕망을 누를 수 있었던 것은 욕심을 낼 수 없도록 모든 장치나 규제가 완벽하게 돼 있었기 때문이었다. 그런데 그 장치가 허점을 드러내 보인 것이다. 그렇다고 정사기 내의 돈을 훔쳐 낼 생각을 한 것은 아니었다. 다만 정사기의 그런 허점이 그의 마음을 불안하게 했을 뿐이었다.(「욕망의 방」 전집 5, 50쪽)

이 억눌린 욕망의 분출과 좌절이야말로 「욕망의 방」을 꿰뚫고 있는 작가의 혜안이다.

「들리는 빛」은 성과 예술혼의 결합을 추구한 작품이다. 마철수는 어느 날 아침 '쏴 하고 쏟아지는 햇빛 소리'를 듣는다. 이 소리는 청각의 마비를 불러온다. 아니, 청각의 상실이 오히려 그에게 내재하는 빛의 소리를 듣는 감각 기능을 열리게 한 것인지도 모른다. 인간 사고의 추상화가 한계에 다다랐을 때 퇴화해 버렸다고 생각했던 인간 본연의 기능이 홀연히 빛의 소리로 나타난 셈이다.

하지만 잠시 마비되었던 청각이 회복될 때도 있다.

> "마 선생! 당신, 지금 내 말을 귀로 듣고 있는 겁니다."
> 마철수는 어리둥절했다. 대화의 맥락으로 봐서는 그들은 필문 없이 한참 동안 이야기를 나눈 셈이 된다. 그러자 그때부터 두 사람의 대화는 거기서 뚝 끊겨 버렸다. 무의식중에 열려 있던 청각이 닫혀버린 것이다. 그렇다면 두 사람은 의식의 밑바닥에서 이야기를 나누고 있었던 것일까.(「들리는 빛」 전집 4, 21쪽)

무의식(의식의 밑바닥)에서의 소통, 다시 말해 진정한 소통이 이루어질 때 닫혔던 청각이 열리는 것이다. 작중 화자 마철수가 쓴 소설 「빛의 소리」는 진정한 소통의 의미를 되새김질 하게 한다. 여기에서 화자는 귀머거리가 아닌 인물로 설정되어 있다. 화자는 수음을 하지 않고는 정상적인 성관계가 불가능하다. 이는 왜곡되고 뒤틀린 욕망의 표출을 암시하는데, 김준성 소설에 자주 드러나는 성의 양가성을 표상한다. 즉, 성은 억눌린 현실(일상)에 대한 항거이자, 자기만의 욕망을 표출하는 방식(인간 본연의 욕망)이다. 화자가 이렇게 뒤틀린 성을 갖게 된 것은 유년시설의 체험과 관련이 있다. 세 살 때 양자로 들어온 화자는 어머니의 사랑을 받지 못하고 자랐다. 이러한 결핍감은 작은어머니에로 표출된다. 그는 아버지의 소실로 들어온 작은어머니를 '누나'라고 부르며 가깝게 지낸다. 이후 작은어머니를 떠올리며 수음을 한다. 화자에게 작은어머니는 '최초의 어머니이자 이성'인 셈이다. 이 금지된 욕망인 수음의 쾌감 속에서 별똥이 떨어지는 소리(원시 기능의 회복)를 듣는다. 이 빛의 소리가 주는 황홀한 두려움의 세계야말로 작가가 추구하는 문학적 구원이 아닐까? 이는 현실 속에서 현실 너머를 꿈꾸는 문학의 운명과 포개진다.

하지만 금지된 쾌락인 수음 속에서 듣는 '별똥 떨어지는 소리'는 반쪽일 뿐이다. 금지된 쾌락을 유지하기 위해서는 사회의 관습(정상적 부부관계)과 윤리(청각)를 포기해야 하기 때문이다. 그렇다면 청각과 빛의 소리를 동시에 소유하는 일은 불가능한 것인가? 이는 작은어머니란 여인의 열쇠(금기) 없이 육체의 눈을 뜨는 환희 경험하기로 표출된다. 임효진과 함께 한 잠자리는 이를 잘 보여준다. 새로운 세계의 찬란한 탄생이 여기에서 열린다.

이 새로운 탄생의 끝자락에 다음과 같은 아름다운 장면이 음각되어 있다.

> 숲을 이루고 있는 나무들은 여름내 무성했던 잎새들이 떨어져 외관상 볼품이 없었지만 나무들의 내부 기관은 오히려 더 왕성한 활동을 계속하고 있었다. 나뭇가지를 둘러싼 껍질은 더 두터워지고 땅에서 수액을 빨아올리는 작업은 활발했다. 나무들의 이런 생명 현상들은 직감적으로 그들에게 고스란히 전달되었다. 두 사람은 이제 나무가 되어 가는 느낌이었다. 마치 육체적인 감각 대신 정신적인 지각이 무의식 속의 의식을 일깨우는 듯했다.(「사랑」 전집 5, 288쪽)

여름내 무성했던 잎새들이 떨어져 볼품없는 외관을 유지하고 있는 듯 보이지만, 오히려 그 내부에서는 새로운 생명을 꽃 피우기 위해 더 왕성한 활동을 하고 있는 모습, 김준성 소설이 다다른 성숙한 젊음의 한 표정이 아닐까.

사랑과 결혼제도의 안과 밖, 혹은 근대적 사랑방정식

송영의 『땅콩껍질 속의 戀歌』

1. 낭만적 사랑과 탈낭만적 사랑의 교차

제목을 소리 내어 발음해본다. '땅콩껍질 속의 戀歌'. 참 근사하다. 보통 땅콩껍질에는 두 알의 땅콩이 들어 있다. 두 개의 땅콩은 껍질 속에서 각기 독립적으로 존재한다. 하지만 둘은 하나의 껍질에 싸여 있다는 점에서 공동체적 운명을 지니고 있다. 따라서 껍질 속의 땅콩은 하나이면서 둘이요, 둘이면서 하나다. 각기 독립된 개인이 만나 사랑을 매개로 하나의 가정을 이루는 결혼제도도 이와 비슷하지 않을까.

주지하듯, 사랑은 대상과의 하나됨을 추구한다는 점에서 개별 존재의 경계를 넘나든다. 하지만 하나됨은 현실적으로 불가능하다. 대상과의 현실적 단절이 극복될 수 있다는 환상이 작동할 때, 낭만적 사랑은 점화된다. 상대를 영원히 소유하려는 욕망은 이러한 낭만적 사랑에 대한 집착에서 나온다. 동질화를 꿈꾸는 에로스와 이를 좌절시키는 현실 사이의 구멍, 탈낭만화된 사랑은 자신도 타자도 아닌 바로 이 공간에 보금자리를 튼다. 이처럼 사랑은 존재를 무한히 확장시키는 과정이나, 사랑이 끝나면 모든 가능성은 사라진다. 확장이 끝난 뒤의 수축 과정을 거쳐 원래의 협소한 자아로 되돌아와야 하기 때문이다(김연수). 이러한 구지레한 과정을 통해 낭만적 사랑은 자아의 정체성을 심문하는 탈낭만적 사랑으로 전이된다. 낭만적 사랑의 열정은 회색의 일상 속에서 흔적 없이 스러지기 마련이다. 제도로서의 결혼은 이 낭만적 사랑(하나됨의 욕망)과 탈낭만화된 사랑(하나됨의 불가능성)의 극단적 대립을 완화시켜주는 역할을 하는 것이 아닐까? 그렇다면 결혼제도는 낭만적 사랑의 환상과 탈낭만된 사랑의 환멸을 동시에 내면화하고 있는 셈이다.

송영의 『땅콩껍질 속의 戀歌』는 이러한 결혼 제도의 안과 밖(낭만적 사랑과 탈낭만적 사랑)을 동시에 응시하며, 우리 시대 사랑의 정체성을 심문하고 있다. 이러한 문제의식은, 30여 년의 시간적 간극을 넘나들며, '지금 여기'의 현실을 되짚어보는 소중한 기회를 제공한다. 작가는 사랑, 결혼, 가족 등에 사후적으로 부여된 신성한 이미지를 경계하면서도, 이의 현실적 기능 또한 소홀히 하지 않는 균형감각을 견지하고 있다.

다시 작품으로 되돌아와서, 땅콩껍질의 두께에 주목해보자. 두 알의 땅콩을 함께 감싸고 있는 겉껍질은 두껍고, 각각의 땅콩을 싸고 있는 속껍질은 얇다. 결혼이나 가족제도는 둘을 하나로 묶어주는 겉껍질에 해당할 터이고, 낭만적 사랑은 이 겉껍질 속에 갇힌 찢어지기 쉬운 존재의 내밀한 막(속껍질)이 공명(共鳴)하는 속삭임일 터이다. '땅콩껍질 속의 戀歌'는 이 속껍질에 싸인 존재들이 길항(拮抗)하며 연주하는 메아리이다. 결혼과 가족 이데올로기(겉껍질)에 갇힌 존재의 비가(悲歌)이면서, 동시에 인접해 있는 서로의 껍질(속껍질)이 진동하며 정체성을 확장하는 욕망의 노래이기도 하다. 여기에서 사랑은 서로의 존재를 지우면서 그것을 되살리는, 일상과 일상너머를 매개하는 신묘한 에너지로 기능한다. 이처럼 『땅콩껍질 속의 戀歌』에는 슬픔(땅콩껍질 속, 즉 닫힌 공간의 노래라는 점에서)과 그리움(戀歌)이 절묘하게 결합되어 있다. 슬픔과 그리움이야말로 낭만적 사랑과 탈낭만적 사랑이 교차하는 근대적 사랑방정식의 바로미터가 아닌가?

2. 감정의 속박과 자유로운 감정의 분출 사이

『땅콩껍질 속의 戀歌』에는 두 개의 땅콩껍질(제도로서의 결혼/가족)이 등장한다. 하나는 김도일과 주리를 감싸는 상대적으로 부드러운 껍질이고, 다른 하나는 양명수와 오정선을 묶어주는 비교적 딱딱한 껍질이다. 전자는 셋방살이를 하는 동거인이고 후자는 주인집 부부이다.

송영은 이 두 커플의 안과 밖, 그리고 교차를 통해 사랑과 결혼이 뒤엉킨 우리 시대의 풍속도를 축조하는 데 성공하고 있다. 먼저, 김도일과 주리의 궤적을 좇아보자. 이들은 '끔찍하고 돌발적인 그 무엇'에 의해 하나의 껍질 속으로 들어가게 된다. 방을 구하러 다니던 노총각 김도일은 우연히 한 처녀를 만나 초면에 자신과 동거해주기를 청한다. '앞으로 수삼년 동안' '결혼이 거의 불가능하다'고 생각하는 독주자(獨奏者) 김도일은 '밥을 지어주고 빨래를 해 주고, 그밖에 보통의 주부가 하는 일을 해줄만한 내조자가 필요'했던 것이다. '구릿빛의 살색, 뾰족한 턱, 인도 여자처럼 유난히 검고 큰 눈'을 소유한 스물 두 살의 처녀 주리는 이 황당한 제안에, '저녁 일곱 시' 이후 '상징적인 경계선'(부부관계)을 건너오지 않는다는 조건으로 동의한다. 그녀에겐 '방'이 필요했던 것이다. 이들의 기묘한 동거는 이렇게 시작된다.

이들의 공생(共生)은 몇 가지 점에서 주목을 요한다.

첫째, '사랑'이 매개되지 않은 결합이라는 점이다. 도일은 누차 주리에게서 '여자를 느끼지 못했다'는 사실을 강조한다. 필요에 의한 계약 동거(부부 행세)로 시작된 셈이다. 성(性)에 대한 관습이 엄격한 우리 사회(특히, 이 작품은 70년대 후반에 발표되었다)에서, 혈기왕성한 처녀 · 총각이 한 방에서 생활한다는 설정은 가히 충격적이라 할 만하다(작가 또한 작품의 후기에서 당시의 현실을 스케치해 놓았다. 현실에서 이러한 제안은, '새빨개진 얼굴로 무례한 남자'를 '흘겨보'며 '불쾌하다는 듯 획 바깥으로 뛰쳐나가'는 반응을 불러오는 것이 인지상정이다. 만약, 그 제안에 그녀가 '싹싹하게 수락하고 나섰다면 어떻게 되었을까?' 이 작품은 이러한 상상의 결과물인 것이다). 이들의 공생은 사랑과 결혼제도에 대한 금기를 문제 삼고 있는 것이다.

둘째, 동거의 의미가 점차 변하고 있다는 사실이다. 이 변화를 통해 작가는 사랑과 결혼의 정체성을 심문한다. 시간이 지날수록 '상징적인 경계선'은 점차 붕괴되기 시작한다. 입맞춤에서 키스로, 키스에서 섹스로 나아간다. 계약(필요에 의한 결합)이 점점 흐릿해지고, 이 계약의 틈을 비집고 자연스러운 감정이 고개를 들기 시작한다. 사랑이 싹트기 시작한 것이다.

> 난 그때 주리를 여자로 보지 않았다. 하나의 고용된 가정부로 보았고 나는 주리를 원하지도 않았고 나의 충동적인 욕망조차 미워했다. 그러다가 점점 나의 감정이 흔들리기 시작했다. 정리된 상태의 감정이 혼란을 일으킨 것이다. 그런 혼란을 거친 뒤 나는 이윽고 주리를 하나의 여자로 대하기 시작했다. 지금도 그렇고 앞으로도 그럴 게다. 그런데 어떨까? 모르긴 해도 그녀에겐 여지껏 그 혼란이 계속되어오고 있지 않을까?(183-184쪽)

급기야 도일은 주리를 아내로 맞이할 생각을 한다. 하지만 이러한 도일의 제안에 주리는 질겁한다. 그녀에게 도일은 '귀여운 연인'이자 '든든한 보호자'에 가깝지, 결코 결혼 상대자는 아닌 것이다. 연극은 연극으로 끝나야 한다는 게 주리의 생각이다. 도일이 '싫어서도 나빠서도' 아니다. 단지 허물없는 상대를 만나기 위해서다.

> "아닙니다. 절대로 그 때문이 아닙니다. 주리는 말하자면 좀더 진지하게 상대방의 지위나 경제 능력에 관계없이 좀더 진지하게 살고자 했던 겁니다. 진지하고 진지한 관계, 그리고 그런 삶을 원했어요. 서로 필요로 했고 좋아하기도 했다고는 하지만 우리 둘의 관계란 다분히 장난기 섞인, 지나치게 말하면 연극의 무대 같았으니까요. 실험이란 어차피 연극이 되기 마련이고 그 과정 가운데서 우린 알게 모르게 상대를 도구로 취급하고 상대의 심리를 조작하려고 수작을 부렸던 겁니다. 비록 진실이라고 믿고 한 행동이었지만 결과적으론 그렇게 됐어요. 이따금 거울에서 주리의 시선과 딱 마주쳤을 때 나는 그런 심술의 기미를 발견하고 소스라치게 놀란 적이 있으니까요. 주리는 장난이 개입되지 않은 좀더 진지한 생활을 찾아간 겁니다."(225−226쪽)

주리는 도일과의 계약 동거 중에도, 보다 진지한 관계를 끊임없이 모색하고 있었던 것이다. 도일이 '지방의 보수적 가정'에서 자라 '순결에 대한 고정관념과 거기에 따른 세속적 책임감 따위'가 몸에 배어 있었다면, 주리는 '순결'과 '세속적 책임감'에서 비교적 자유로운 인물로 그려져 있다. 이러한 주리의 성격은 그녀의 직업(나체모델)과 파파(화가)에 대한 태도에서 잘 드러난다. 주리는 돈이 필요하면 스스럼없이 옷을 벗을 정도로 개방적이며, 아버지뻘 되는 화가와의 나이 차 정도는 사랑을 하는데 장애가 되지 않는다고 생각한다. 다만, 사랑과 결혼을 별개로 보고 있기에 도일을 연인 이상으로 여기지 않는 것이다.

이렇듯, 도일과 주리의 관계는 말랑말랑한 겉껍질과 부드러운 속껍질이 상호 침투하는, '결혼이나 부부제도의 엄숙성과 절대성'에 짓눌리지 않는 자유로운 관계이다. 이는 엄숙하고 경건한 약속의 아름다움 밑바닥에 존재하는 '감정의 속박이란 측면'을 폭로하는 데 기여하고 있다. 특히, 이들의 사랑이 결혼으로 이어지지 않는다는 점은 주목은 요한다. 감정의 자유로운 분출(실험, 연극의 무대)만으로 삶을 영위할 수는 없는 일이다. 결혼은 '장난이 개입되지 않는 좀더 진지한' 그 무엇이기 때문이다. 이에 도일은 '사랑에서 이별까지, 그 모든 과정의 행복감과 불행감을 풀코스 정식으로 골고루 섭취하게 해준 연인에게 감사하고, 그의 행운을 빌'(김형경)어 준다.

이러한 도일과 주리의 관계를 통해 작가는 '결혼이나 부부제도의 엄숙성과 절대성'을 심문하고 있는 셈이다. 주목할 점은 이러한 엄숙성과 절대성의 속박을 질타하는 태도로만 일관하지 않고, 엄숙하고 경건한 약속의 아름다움도 동시에 고려하고 있다는 사실이다. 작가는 감정의 속박과 자유로운 감정의 분출 사이 그 어딘가를 응시하고 있는 것이다.

> 아무튼 처음 쓸 때는 가벼운 기분으로 결합한다는 이야기였지만 결과는 엉뚱하게 엄숙하고 경건한 약속의 아름다움 쪽으로 기울고 말았다. 아직 내게는 감정만의 그것을 방종으로 보는 보수성이 남아 있는 모양이다.
>
> 비록 그렇지만 한번쯤의 이탈, 엄숙한 전통과 상식에서의 이탈은 필요할지도 모른다. 왜냐하면 우리는 그 엄숙하고 아름다운 약속을

> 만들고 지켜내기 위해 치를 고통스런 심사숙고가 단순히 허구에 지나지 않는다는 가설을 모면하기 위해서.(「후기」, 231쪽)

작가의 마음은 '엄숙하고 경건한 약속의 아름다움' 쪽으로 기울고 있는 듯하다. 인용문을 문맥 그대로 이해한다면, '엄숙한 전통과 상식'으로부터의 '이탈'은 '아름다운 약속'을 지켜내기 위한 '고통스런 심사숙고'를 빛내기 위한 조연인 셈이다. 하지만 문맥의 이면을 들어다보면, 자유로운 감정의 분출에 이끌리는 작가의 무의식을 쉽게 감지할 수 있다.

우선, 도일의 청혼을 거부하는 주리의 태도에서 이를 유추할 수 있다. 이 작품을 지배하는 아우라가 톡톡 튀는 주리의 생기발랄한 이미지에서 파생된다는 점을 인정한다면, 이러한 주리의 태도는 '감정의 속박'보다는 '자유로운 감정'의 분출 쪽에 가깝다고 할 수 있다. 시종일관 주리(자유로운 감정의 분출)에게 끌려 다니는 도일(감정의 속박)의 태도 역시 이를 뒷받침하는 예이다.

다음으로, 양명수와 오정선을 묶어주는 땅콩껍질의 해체 · 재구성 과정에서도 이를 엿볼 수 있다. 이들은 결혼한 지 십년이 지났지만, 자식이 없으며 침실을 따로 쓴다. 부부관계가 없는 것이다. 미국서 공부할 때 서로 적적하고 필요해서 결합했으니, 애정이 있을 리 없다. 특히, 양명수는 한국으로 돌아와 보니 젊고 발랄한 여성들이 많다는 사실을 발견하고 고뇌에 휩싸인다. 그는 주리 같은 여자들 가운데 진짜로 좋아할 여자가 있을 거라고 생각한다. 하여 젊고 아리따운 애인을 갈망하게 되고, 연구소 타이피스트 비스 박과 사랑과 빠진다. 그의 애인 미스 박은 육감적이고 생각이 단순할 것 같은 타입인데, 이지적이고 깔끔하고 조용하기 비길 데

없는 오정선의 모습과는 사뭇 대조적이다. 이렇듯, 양명수는 애정 없는 결혼 생활을 청산하고자 한다. 심지어 도일에게 부부교환(스와핑)까지 제의하며, 아내의 일탈을 방조하고 부추기기까지 한다. 급기야 이혼을 요구하고 집을 나간다. 하지만 여기에는 책임이 뒤따른다.

> "그거야 내가 김 형처럼 자유롭지 못하단 이유 때문이지. 김 형이 부러워서, 결혼이란 저런 과정을 거쳐서, 아니, 그렇게 실험까진 않더라도 그 비슷한 경험을 거쳐서 해야 한다는 생각이 뒤늦게나마 절실해서 무작정 저질러 논 일인데 막상 저지르게 되자, 나에겐 여러 가지 문제들, 윤리적인 문제랄까? 법적인 문제랄까, 이런 게 걸린다 이거요. 그래서 감정도 자유롭질 못해요. 아시겠소?"(189쪽)

자유로운 감정의 흐름을 좇아 가정을 내팽개치고 보니, 윤리적 · 법적 문제들이 뒤따른다. '엄숙하고 아름다운 약속을 만들고 지켜내기 위해 치를 고통스런 심사숙고'의 과정이 생략되었기 때문이다. '전통과 상식에서의 이탈'은 항상 이에 대한 책임을 요구하기 마련이다. 이를 감당하지 못한 양명수는 결국 아내에게 돌아가기로 결심한다.

> "난 이미 작정이 서 있어요. 아내에게 돌아가기로 한 겁니다. 경솔하고 부도덕한 실수를 저질렀다구요. 그야 틀리지 않은 얘기죠. 그러나 미스 박 쪽에 가 있는 동안 나는 뒤늦게야 아내에 대한 애정을 발견했으니까 어쩔 수 없지 않소?"
>
> "그러나 오 여사는 박사의 탈선을 거의 방관하다시피 했고 그건 이렇게 보면 박사에 대한 무관심이란 해석도 가능하지 않을까요?"
>
> "그건 그럴 수도 있지. 하지만 아내의 그런 태도가 나를 움직인 거

요. 그녀는 나를 전적으로 신뢰한 거요. 틀림없이 돌아올 줄 알고 순순히 내가 요구한 대로 따라줬다 이거요. 그리고 뒤늦게 난 아내의 그 신뢰가 결국 우리 둘만이 갖는 어떤 묵계가 아닌가, 바꿔 말하면, 애정의 또 다른 형태가 아닐까 생각하게 된 거죠."(중략)

그는 주리와 나의 그 실험적 관계, 발랄하고 자유롭게 희극적 요소까지 곁들인 그 관계를 부러워한 나머지 그만 탈선을 저질렀고 그것이 기혼남자인 자기에겐 결코 마땅치 않다는 걸 뒤늦게 깨달은 것이다. 그런 사람더러 대가를 치르라고 야박하게 윽박지르기가 민망스러웠다.(212－213쪽)

이러한 과정을 거쳐 양명수와 오정선은 다시 결합한다. 이들의 결합은 딱딱한 속껍질이 팽창하여 겉껍질에 균열을 냈으나, 그 틈 사이로 드러난 '윤리적 · 법적 문제'가 다시 겉껍질을 봉합한 형국이다. 이들의 재결합은 '오직 감정의 지시에 따른 만남과 작별'(양명수와 미스 박의 관계) 또한 사회적 책임을 방기하고 감정에 지나치게 의존한 행위였다는 사실을 아프게 확인하는 계기가 된다.

한편, 양명수와 오정선의 탈선은 치밀한 그물코로 직조되어 있는 반면, 이들의 재결합 과정은 다소 미흡하게 제시되어 있다는 점 또한 되새겨 볼 문제이다. 양명수가 '아내에 대한 애정'을 재발견하는 과정이 다소 모호하게 처리되어 있다는 것이다. 양명수는 자신을 전적으로 신뢰한 아내의 마음 때문에 가정으로 되돌아왔다고 고백한다. 이러한 아내의 신뢰를 남편은 '애정의 또 다른 형태'로 받아들인 것이다. 여기에 두 가지 의혹을 제시할 수 있다. 먼저, 남성중심주의적 시각이다. 이러한 설정에 따른다면, 체면과 자존심으로 똘똘 뭉친 오정선 여사가 별다른 매개 없이, 가정을 지키기 위해 인고(忍苦)하는 현모양처로 몸을 바꾸게 된다. 여기에는 남편의 시각에서 아내를 타자화하는 남성중심적 시선이 드리워져 있다. 둘째, 오정선의 탈선에 대한 매듭이 제시되어 있지 않다는 점이다. 남편에게 무조건적인 신뢰를 보내는 아내의 이미지가 개연성을 얻기 위해서는, 오정선이 '그 남자'를 정리하는 과정이 구체적으로 제시되어 있어야 하지 않을까 싶다.

이렇듯 양명수와 오정선의 재결합은 다소 미흡하고 무리가 따르는 결말이라 할 수 있다. 이는 이들의 결합에 작가의 마음이 썩 내키지 않았음을 보여주는 예가 아닐까? 이러한 마무리는 '처음 쓸 때는 가벼운 기분으로 결합한다는 이야기였지만 결과는 엉뚱하게 엄숙하고 경건한 약속의 아름다움 쪽으로 기울고 말았다'는 작가의 고백을 곱씹어보게 한다. 작품이 진행되는 동안 '가벼운 기분'(감정의 자유로운 분출)이 점점 '엄숙하고 경건한 약속의 아름다움' 쪽으로 기울었다는 점은, 애초의 의도에 점차 '현실원칙'이 개입하고 있음을 시사한다.

환상은 현실과 긴장된 관계를 유지할 때 의미를 지닌다. 현실의 결핍은 상상을 불러오고, 소환된 환상은 다시 이 결핍의 틈을 메운다. 이러한 과정의 연쇄를 통해 진부한 현실은 조금씩 조금씩 활기를 되찾게 된다. 이처럼 『땅콩껍질 속의 戀歌』는 현실의 결핍(엄숙하고 경건한 약속)과 이 결핍을 메우는 상상(감정의 자유로운 분출)을 교차시켜, 사랑과 결혼이 공명하는 근대 사회의 풍속을 생생하게 재현하고 있다.

주지하듯, 동일성에의 환상과 혈연을 통한 영원성의 획득이라는 상상을 기반으로, 결혼/가족의 '신화'(바르트)는 근대 사회의 안녕과 체제의 존속성을 보장하는 주춧돌이 되었다. 이에 작가들은 은폐된 가족 이데올로기의 허상을 폭로하면서 불륜, 이혼 이야기를 서사의 전면에 내세웠다. 이들의 성과에도 불구하고 결혼/가족에 대한 담론만 무성하고 진지한 접근이 부족하다는 느낌이 드는 이유는 무엇일까? 가족 이데올로기가 상대적이고 우연적인 역사의 산물이고, 근대 기획의 상상적 근거라는 사실을 폭로하는 것만으로는 부족하다. '안식처이자 구속'인 결혼/가족의 양면성과 그것의 현재적 의미(전면적으로 거부하지도 그렇다고 인정하지도 못하는 아포리아)를 정직하게 수용하여 결혼/가족이라는 울타리와 그 바깥의 경계를 응시하는 자세가 필요하다.

송영은 사랑과 결혼제도의 안과 밖을 동시에 응시하며, 그 의미를 다층적으로 심문하고 있다. 『땅콩껍질 속의 戀歌』가 믿음직스러웠던 이유도 현실에 굳건히 발 디디고 있는 이러한 작가의식 때문이었다. 이러한 균형감각은 대중성과 진실성을 잇는 가교(架橋)의 역할을 하기에 충분하다. 작가는 계약동거, 나체(누드)모델, 불륜(스와핑), 혼전 성관계 등 우리 사회의 민감한 성감대(대중성)를 다루면서도, 사랑과 결혼제도에 대한 진지한 탐색(진정성)의 시선을 늦추지 않고 있기 때문이다.

3. 대중성과 진정성의 만남을 위하여

소설은 '현실 속에서 현실 너머'를 꿈꾼다. '타락한 시대 타락한 방법으로 진실을 추구하는' 근대 소설의 모순된 운명을 수용한다면, 대중성과 진실성은 스미고 짜이면서 근대 소설의 야누스적 표정을 주조해 왔다. '현실 속에서' 혹은 '타락한 시대 타락한 방법으로'라는 구절은 자본의 논리에 포획된 소설의 운명을, '현실 너머를 꿈꾸'는 혹은 '진실을 추구하는'

이라는 표현은 그럼에도 불구하고 이를 넘어서야 한다는 당위적 욕망을 표상한다.

대중소설과 본격소설의 구분은 어느 쪽에 무게중심을 두느냐에 따라 결정되는 듯하다. 대중성에 주목했을 때 소설이 추구하는 가치는 흐릿해지고, 진실성에 엑센트를 두었을 때 소설은 대중들과 멀어지기 십상이다. 소설의 장르적 본질과 연관해서 대중성과 진실성은 이렇듯 상호보완적이면서도 모순적이다.

문제는 양자가 극단적으로 분리되는 경우이다. 대중성이 자본의 논리와 결탁하여 상품화되는 경우나, 진실성이 독자들과 멀어져 고독하게 투쟁하는 경우가 대표적인 예이다. 우리 문학사에서 후자는 본격문학의 이름으로 집중적인 조명을, 전자는 상업주의 문학으로 배격되어 왔다. 대중성과 진실성이 행복한 만남을 이룬 경우는 극히 드물다.

하지만, 송영의 『땅콩껍질 속의 戀歌』는 대중성과 진실성이 행복하게 결합할 수 있는 한 가능성을 시사한다. 이 작품이 발간된 1970년대는 서구 중심의 근대화가 급속하게 진행되면서, 전통적 농촌 공동체의 붕괴와 인구의 도시 집중 등으로 산업화의 부정적인 양상이 두드러지게 표출된 시기이다. 반면, 이러한 본격적인 산업 사회로의 진입은 대중 매체의 급속한 발달과 광범위한 독자층의 형성, 그리고 소비문화의 확산 등으로 문학 대중화의 토대가 되기도 하였다. 이에 1970년대 소설은 현실 비판 의식과 상업주의의 만남을 통해 그 어느 시기보다도 행복하게(?) 독자들에게 다가갔다. 『땅콩껍질 속의 戀歌』와 같이 대중들에게 선풍적 인기를 끌었던 작품들이 문학적 완결성을 갖춘 경우가 적지 않았다는 사실은, 대중성과 미학성이 극단적으로 분리되지 않았다는 점을 보여주는 사례이다.

이제 대중성과 진정성의 만남이 적극적으로 추진되어야 할 때이다. 2002년 한 · 일 월드컵을 상기해보자. 수백만의 붉은 인파가 거리를 가득 메우고 축구 경기에 열광할 때, 팔짱을 끼고 물러앉아 상업주의에 물든 월드컵의 허상을 목메어 외쳐봐야 소용없다. 오늘날 대중들은 즐거움과 쾌감이 뒤섞인 '축제'의 공간을 원하고 있다. 이러한 '카니발'의 공간으로 길을 터주는, 그 속으로 적극적으로 파고드는 대중문학의 역할 또한 가볍게 취급될 성질의 것이 아니다. 우리는 스스로가 의식하든 의식하지 않든 대중문화의 대기 속에서 살아갈 수밖에 없기 때문이다. 이에 '카니발' 자체를 거부하는 것이 아니라, 그 속에 참여하여 '축제'의 언어로 그것의 허상을 해부하는 자세가 요구된다. 마찬가지로 대중문학 속으로 깊숙이 침투하여 그들의 언어로 자본의 논리와 결탁한 상업주의를 질타했을 때 보다 큰 호소력을 발휘할 수 있지 않을까.

송영의 『땅콩껍질 속의 戀歌』는 작가의 시대적 감각과 대중들의 민감한 성감대가 행복하게 조우한 경우라는 점에서, 대중성과 진정성 사이에서 어정쩡한 줄타기를 하고 있는 '지금 여기'의 문학에 시사하는 바가 크다. 이 작품을 다시 곱씹어야 하는 이유도 바로 여기에 있다.

‘소설’을 찾아서

박덕규의 「구부러진 물길」을 읽고

1.

박덕규의 「구부러진 물길」은 소설가로서의 삶을 성찰하는 노년의 화자가 주인공인 이른바 ‘소설가 소설’이다. 오랜만에 맛보는 형식의 소설이다. 소설이 일종의 콘텐츠가 되어버린 요즘 같은 시대에는 ‘역설적으로 낯선’ 양식이다. 작가는 ‘소설가 소설’ 형식을 차용하여 ‘지금 여기’에서 다시, ‘소설은 무엇인가?’라는 근원적 질문을 던지고 있다. 소설의 본질을 심문하는 작업이 눈에 띄게 드물어진 시대에 소설을 찾아 길을 떠나는 작가의 모습이 외로워 보이기까지 하다. 정공법이기에 그만큼 반갑고 믿음직스럽다.

‘소설가 소설’에서는 작가와 화자 사이의 거리가 가까운 경우가 많다. 이 작품에서도 작가 박덕규의 모습을 떠올리게 하는 대목이 여러 군데 등장한다. 소설을 읽으면서 곁가지로 빠지려는 개인적 호기심을 억누르고 텍스트 자체에 충실하자고 여러 번 마음을 다잡았다. 다만 50대 중반을 넘긴 작가가 70대 화자를 내세우고 있다는 점, 작가와 화자 사이의 가깝고도 먼 거리가 미묘한 긴장감을 유발하고 있다는 사실은 염두에 두고 싶다. 소설가로서의 삶을 위협하는 제반 요소에 대한 진중한 성찰이 작품의 문제의식을 한층 날카롭게 벼리고 있다는 점 또한 지나치지 않기로 한다.

소설 속 화자의 현재 위치를 따라가 보자. 1980년대에 발표한 작품 몇

편이 20세기 단편을 정리해 놓은 선집에 실렸다. 그중 한 편은 1990년대 들어 장편으로 개작되었는데 문화예술단체에서 주는 문학상을 받기도 했다. 이 작품은 TV 단막극으로 방영되었다. 잘 나가지도 그렇다고 아예 잊혀 지지도 않은 그저 그런 소설가로서의 삶이다. 하지만 독자가 적어졌고 발표지면이 줄었으며 작품량도 감소했다. 특히 요즘 들어서는 통 소설을 쓸 수 없다. 실패한 소설가라는 자괴감이 밀려오기도 한다. 뒷방 늙은이가 된 기분이다.

> 작가라는 후광으로 여행기를 써서 발표하고 여행책 같은 걸 내서 밥벌이나 하고 있을 뿐, 나는 결국 실패한 작가가 되어 갔다. 나는, 작품을 쓰지 않고 있다는 그 자체로 이미 실패한 인생이었다. 그 사이 습관적인 여행이 이어졌고 역시 습관적으로 많은 여행기를 썼다. 젊은 때 취미삼아 해온 사진 촬영이 늙으면서 도리어 쓰임을 제대로 만난 꼴이 되었다. 나는 늙었으되, 글과 사진을 아우를 수 있는 여행작가로 이런저런 지면과 인터넷 블로그를 장식하면서 정작 작품을 쓰지 못하는 실패한 작가로서의 공허감을 달래고 있는 상태였다(박덕규, 「구부러진 물길」).

'여행기'(생활)와 '소설'(예술) 사이에서 방황하고 있는 형국이다. 현재 상황에 대한 나름의 방어 논리도 있다. 도시의 삶과는 전혀 다른 세계에서 새로운 가치를 발견하고 사는 사람들에 대한 관심이 여행으로 이어졌다. 소설가가 쓰는 창작소설도 여행가가 쓴 여행기도 모두 지면을 장식하는 하나의 콘텐츠라는 점에서 동등한 지위를 누린다. 하지만 이러한 식의 자기 위안도 '실패한 작가로서의 공허감'을 채워주지 못한다.

이번 여정의 주인공 '하림 씨'를 예로 들어보자. 그는 자본의 논리가 지배하는 시대에 나름의 원칙을 지키며 살아가는 공공건축가이다. 돈이 될 만한 주문을 거절하고 일부 자선단체들의 부탁을 받아들여 특별한 집을 짓고 있는 인물이다. 하지만 그는 여행기 속의 캐릭터이지 끝내 소설의 주인공이 되지 못한다. 소설 속에서 하림 씨는 여전히 엑스트라에 불과할 뿐이다.

소설가의 관점에서 볼 때 하림 씨는 도무지 종잡을 수 없는 인간이다. 도저히 따라잡을 수 없는 해독 불가능한 암호문 같은 수사를 남발한다. 화자는 최근 몇 년 동안 이러한 사람들의 삶을 몇 마디 말로 요약할 때 느껴지는 절묘한 쾌감에 매료되곤 했다. 그래서 더욱 오묘한 사람, 오묘하게 표현될 대상을 찾아 나섰다. 그런 경험은 의식을 뒤흔드는 그 무엇을 느끼게 해주었지만 거듭되기만 할 뿐 축적되지는 않았다. 그들을 만나러 가는 여행기를 많이 썼지만 정작 그 특별한 사람들이 소설에 들어차는 사례는 한 건도 없었다. 이른바 새로움을 위해 더욱 새로운 자극을 찾아나서야 하는 악순환의 고리에 갇힌 셈이다. 작가로서의 내면을 성찰하는 밀도는 물론이거니와 새로움을 좇기에 급급한 우리 문단의 한 풍토를 날카롭게 해부하고 있는 대목이다.

히말라야 오지에서 길을 잃고 방황하는 화자의 모습이 진한 여운을 남기는 이유도 이와 무관하지 않다.

> 나는 무엇 때문에 이 낯선 곳에 와 있는 것일까. (중략) 등반객들이 즐기는 히말라야의 바람 많은 계곡, 그 바람이 담벼락에 와서 미친 소리를 내면서 머물다 가는 방송국, 그 방송국을 지은 건축가, 인가도 안

보이는 곳에서 나타났다가 사라지는 아이들, 길고긴 밤과 짧은 낮, 그 곳을 찾은 처량한 한 전직 작가……. 그 작가는 도대체 누구에게 무슨 풍경과 느낌을 전하려고 이곳에 와서 여행기랍시고 자신의 머릿속을 어지럽히고 있는 것일까(박덕규, 「구부러진 물길」).

이런 점에서 「구부러진 물길」은 '여행기'에 함몰된 한 '처량한 전직 작가'가 '소설'을 찾아 길을 떠나는 내면적 탐색기라 할 수 있다.

2.

그렇다면 소설은 어떻게 여행 속으로 길을 내고 있는가. 화자에게 이번 여행은 특별한 의미를 지니고 있다. 그것은 '한 인간의 순결한 비밀'을 한 편의 소설로 완성하여 자신의 작가적 이력에 '마지막 줄'을 새기고 싶은 욕망이다.

화자가 주목하고 있는 소설적 인물, 차동하의 삶을 재구성해 보자. 그는 화자와 같은 해 신춘문예에 당선한 시인이었다. 당시 20대 후반이었는데 급속도로 주목받는 신예로 부상했다. 결혼에 이어 모교 교수로 임용되었다. 한마디로 잘 풀리는 인생이었다. 그러던 중 자신을 따르던 여학생 조애수의 몸을 범하는 사건이 발생한다. 그녀를 사랑하던 남학생 송상민이 이 사실을 대자보에 폭로한다. 차동하는 이 일로 대학에서 쫓겨난다. 이후 차동하는 고등학교의 교편을 잡게 된다. 그때 송상민이 찾아온다. 자신의 아내가 된 조애수가 차동하의 씨를 통해 아이를 간절히 원한다는 것이다. 자신은 능력이 없다는 말도 잊지 않는다. 차동하는 결국 병원으로 향했고, 자신의 정자를 이들 부부에게 선물했다. 이후 두 사람은 차동하의 삶에 등장하지 않는다. 고등학교를 그만 둔 차동하는 분단 접경지역을 답사하는 연구원으로 근무하다가 교통사고로 목숨을 잃고 만다. 향년 55세였다.

우연한 기회에 차동하의 유작을 정리하던 화자는 습작으로는 보기 드문 긴 서술체 작품을 발견한다. 소설이었다. 차동하는 자신이 오래 숨겨온 비밀 이야기를 극적인 방법으로 털어놓고 있었다. 화자는 차동하의 미완의 이야기를 한 편의 소설로 완성한다. 그리고 '소설의 시작이자 끝', '조애수의 몸으로 받은 차동하의 빛'을 찾아 히말라야로 온 것이다.

그렇다면 화자를 차동하의 삶으로 이끌게 한 것은 무엇인가? 화자에게 소설에 대한 열망을 다시 불붙게 한 것은 무엇인가?

우선 차동하의 삶이 소설적 리얼리티, 즉 '있어서는 안 되지만, 있을 수 있는 이야기'를 담고 있다는 점을 들 수 있다. 그는 기구한 운명을 지닌 매력적인 캐릭터이다. 차동하의 삶은 '꾸미지 않아서 그대로 소설 같고, 소설 같아서 또한 현실일 수도 있는 그런 스토리'를 지녔다. '실화이자 소설'이며 그 자체로 좋은 이야기 소재다.

하지만 이는 표면적인 이유일 따름이다. 화자는 차동하의 삶을 어떻게 기억할 것인가의 문제를 제기하고 있기 때문이다. 그에게 차동하를 '제대로 기억'하는 일은 소설가로서의 삶을 성찰하고 마무리하는 소중한 계기가 되고 있다.

작중에서 구상 중인 중편소설의 한 대목을 통해 차동하의 삶에 다가가는 우회로를 잡아 보자.

> 소설은 인간의 행적을 쓰고, 시는 자연의 행적을 쓰는 것이다. 소설이 자연을 묘사하는 것은 그 자연이 인간의 배경이 될 때이고, 시가 인간을 묘사하는 것은 그 인간이 자연의 움직임을 보여줄 때이다.(박덕규, 「구부러진 물길」).

화자는 짐짓 자신은 '어떤 사실을 불변의 진리처럼 명제화한 표현들'을 즐겨 쓰지 않는다고 말하며 인용 대목의 의미를 애써 외면한다. '상대적 가치'를 '절대적 명제'로 정리하고 이를 '현실을 통찰하는 진리로 설파'하려는 계략의 일종이라는 것이다. 하여 작중 다른 인물을 통해 이런 말에 대한 비판을 대비해 두기도 했다.

하지만 위의 인용 대목이 이 작품을 지배하는 장면이라는 사실은 부인하기 어렵다. 구상 중인 작품의 중심인물의 말이자 소설 전체를 이끌고 가는 상징적 구심점이기 때문이다. '작중의 현재적 시간 상황에는 한 번도 직접 등장하지 않'지만 「구부러진 물길」의 '한가운데'서 작품을 지배하고 있는 차동하를 상징하는 이미지라 보아도 무방하다.

여기서 우리는 화자가 바라는 이상적인 소설의 모습을 떠올릴 필요가 있다. 화자는 '어디 맺히고 머물고 할 것 없이 물 흐르듯 흐르는 그런 문장으로 이어지는 소설', 즉 '오직 전체로서 생명력을 지닌 작품'을 쓰고 싶다고 고백한다. 사실 '수년째 도입부에서만 퇴고를 거듭하고 있는 중편소설'은 화자가 쓰고 싶은 이러한 소설의 모습과 다르지 않다.

이에 차동하의 유작은 화자가 쓰지 못하고 있는, 아니 쓰고 싶은 소설을 시작하게 만드는 계기가 되고 있는 것이다. 그의 유작은 시인이 쓴 소설이다. 소설이라는 점에서 '인간의 배경'이 되는 '자연'을 담고 있는 글이다. 하지만 '자연의 움직임'을 보여주는 '인간(시인)'의 삶을 담고 있다는 점에서는 시에 가깝다.

이를 소설가인 화자가 다시 완성한다는 것은 어떤 의미를 지닐까? 인간의 행적(소설)에 자연의 움직임(시)을 담는 행위가 될 것이다. 이는 차동하의 삶에 '유연하게 구부러진' '산하'(우리의 분단 현실을 상징하는 이미지로 읽어도 좋다)를 담는 것이다. 교통사고를 당하기 일주일 전 차동하가 보내온 문자메시지(사진)에 '불덩이 같은 게, 삼켜지지도 않고 내뱉어지지도 않은 이물감으로 가슴속에서 돌아다니는 듯'한 느낌을 받은 이유도 여기에 있다. 임진강의 유연한 물줄기를 보면서 자신의 굴곡 많은 삶을 떠올린 차동하의 마음이 화자에게 '정말 너무 오래, 굽이굽이 흐르는 강물을 잊고 살았다는 자책'을 불러일으킨 것이다. 차동하(시인)는 '스스로의 생을 남북을 경계하는 접경지역을 굽이굽이 흘러가는 강물 같은 그런 구부러진 몸으로 정리'했다. 화자 또한 그 '구부러진 몸'을 살아가고 있다는 자각, 즉 시인과 한 몸이 된 자연과 함께 호흡하고 싶은 마음이야말로 시인(차동하)이 쓴 소설을 완성하고 싶은 소설가의 욕망이다. 시적 충동이 서사 욕망을 자극하고 있는 셈이다.

3.

화자는 차동하의 소설을 마감하고 송란을 만나러 왔다. 하지만 소설은 완성되지 않았다. 아니, 완성될 수 없다. 시인(차동하)의 언어 혹은 삶을 빌려 쓴 소설이기 때문이다. 소설가인 화자에게 차동하는 언제나 넘을 수 없는 시적 장벽이다.

송상민이 호주에서 화재사건으로 사망한 것은 차동하가 사망하기 일년 전 일이었다. 그 이후 조애수도 둘 사이에 난 딸도 호주를 떠난 것으로 파악되고 있었다. 그 때 이미 조애수마저 트래킹을 하러온 학생들을 가이드하러 나섰다가 빙벽에서 굴러떨어져 사망한 뒤였다. 부모를 잃고 방랑하던 송란은 결국 히말라야의 부름을 받고 조애수의 자리를 지키고 있는 거였다. 이를테면 송란은 어머니 조애수의 몸으로 받은 차동하의 빛이었다. 차동하의 시를 삶으로 이어가는 존재라 할 수 있다. 나는 그렇게 소설을 마감하고 이곳에 왔고, 그 소설을 송란에게 전했다(박덕규, 「구부러진 물길」).

화자가 쓴 소설은 '차동하 시인'이 '상상 속에서 펼쳐놓은 강' 앞에서 산산이 부서진다. 소설은 '시를 삶으로 이어가는 존재'를 감당할 수 없다. '차동하의 빛'은 화자의 소설 너머를 비추고 있다. '전혀 예측하지 못'한 방향으로 흘러간 삶의 실루엣 앞에서 소설가는 당혹감을 감추지 못한다.

이 작품에서 화자가 쓴 소설, 나아가 쓰고자 하는 소설의 실체는 구체적으로 드러나지 않는다. 아니 드러날 수 없다. 시적 세계를 품으려는 소설이기 때문이다. 서사의 그물망으로 들어오는 순간 생동감을 잃고 마는 이 상상력의 '긴 강물'을 어찌할 것인가.

사정이 이러하다면 그저 '캄캄한 어둠'의 심연으로 흘러가는 '구부러진 물길'에 몸을 맡길 밖에 달리 도리가 없다.

캄캄한 어둠 속으로 긴 강물이 흘러갔다. 그 강물을 따라 내 몸이 구부러져 간다(박덕규, 「구부러진 물길」).

위의 장면에서 시적 상상력에 무한한 경의를 표하며 소설가의 운명을 묵묵히 수락하고 있는 한 작가의 서글픈 초상이 어른거리는 것은 나만의 착각일까?

삶의 속살을 헤집는 다양한 인물 군상의 풍속도

임정연의 『이웃』

1.

임정연 소설의 스펙트럼이 넓고 깊어졌다. 작가는 이전보다 다양한 삶의 풍속을 소설 속으로 끌어들이고 있으며, 한층 웅숭깊은 시선으로 '지금 여기'의 삶의 속살을 헤집고 있다. 작가는 첫 번째 작품집 『스끼다시 내 인생』에서 '순환의 바퀴 안에 들어가기를 거부하는' 청춘들, 즉 '어둡고 침침한 자신들의 동굴 속에서 음욕과 방탕과 유혹과 욕망의 극단을 횡단하는, 이 시대 다양한 불량배'(최성실)들의 삶을 그만의 독창적인 문체로 길어 올렸다. 그의 작품은 경쾌하고 발랄하게 삶의 아이러니를 타고 넘는가 하면, 어느 순간 존재의 심연(深淵)을 가차 없이 뒤흔들며 우리 사회의 트라우마를 건드리곤 했다. 우리 문학사는 이 개성적인 작품들을 오랫동안 기억할 것이다. 기세를 몰아 작가는 『질러』, 『버저미터』 등에서 '청소년'이란 한정사로 그만의 독특한 소설 세계를 구축하였다. 경쾌하고 발랄한 문체와 스피디한 사건 전개, 촘촘하게 수놓아진 이야기의 그물망 등은 우리 청소년 문학의 영역을 심화 · 확장하는 데 크게 기여한 바 있다.

임정연 작가가 이제 두 번째 소설집을 세상에 내놓는다. 그의 작품을 한정하던 '스끼다시', '불량배', '청소년' 등이 필요 없는 그냥 '소설들'을 묶었다. 사실 한 작가의 소설 앞에 붙는 한정사는 양날의 검이다. 다른 작가들과 구별되는 그만의 독특한 개성을 표상하는 용어일 수 있지만 동시에 작가의 소설 세계를 그러한 수식어에 한정하는 의미를 지니기도 하기 때문이다. '스끼다시', '불량배', '청소년' 등은 임정연 소설의 개성과 특징을 잘 보여주는 수식어였다. 사실 작가는 이러한 인물들의 삶과 세계를 그만의 방식으로 포착하여 우리 소설사에 인상적인 풍경을 음각하였다.

이번 작품집에는 이러한 한정사를 떼어내려는 작가의 내밀한 욕망이 투영되어 있는 듯하다. 그렇다면 수식어가 없는 '소설' 그 자체의 본질과 알몸으로 대면해야 할 것이다. 사정이 이러하다면 우리는 '문학의 위기' 혹은 '소설의 위기' 등의 담론을 곱씹어볼 필요가 있다. 시대가 변함에 따라 문학(소설)도 변해야 한다는 논리에는 이견이 있을 수 없다. 그렇다면 변화하는 시대에 '어떻게' 응전할 것인가가 문제일 터이다. '영상' 소설, '웹' 소설, '디지털' 소설 등 소설을 수식하는 한정어를 필요로 하는 작품들은 주로 변화하는 시대에 초점을 맞춘다. 하지만 아직도 그런 한정어를 가지지 않는 소설을 쓰는 작가들이 많다. 아니, 이들이 다수이다. 이들은 '변한 듯이 보이지만 변한 것이 거의 없는' 현실의 모순을 부여잡고 보다 나은 삶에 대한 희망의 불씨를 되살리려 노력하는 경우가 많다. 여전히 우리 삶을 지배하고 있는 '근대라는 괴물'과 맞서 투지를 불태우고 있는 것이다. 우리는 여전히 노동의 소외는 물론이거니와 심지어 무의식까지 상품으로 포장되는 근대를 살아가고 있으며 앞으로도 그럴 것이다.

임정연의 소설을 읽으면서 '익숙한 새로움'을 느낀 이유도 이와 무관하지 않다. 이러한 느낌은 '지금 여기'의 문학 현실을 다음과 같이 진단한 바 있는 필자의 생각과도 멀리 떨어져 있지 않다.

> 인류가 쌓아 올린 문명의 바벨탑은 하늘을 찌를 기세인데, '지금 여기'의 삶은 여전히 고통스럽기만 하다. 인간다움의 가치를 저당 잡는 자본의 형세가 가히 무소불위라 할 만하다. 그럼에도 문학은 꿈꾸기

를 멈추지 않는다. 아니, 멈출 수 없다. 문학적 상상력은 이윤에 대한 욕망이 지배하는 근대사회의 규율과, 이 규율 너머로 난 흐릿한 오솔길 사이에서 아슬아슬한 곡예를 펼치고 있다. 이 긴장된 삶의 궤적을 통해 문학은 우리가 향유하고 있는 삶이 건강한지 그렇지 않은지를 심문한다. 이러한 문학의 본원적 기능을 충실하게 체현하면서 '지금 여기'의 현실에 적극적으로 개입하고 있는 작품들에 마음이 움직였다. 부정하고 극복해야 할 근대적 일상이 보듬고 살아가야 할 실존의 장이기도 하다는 사실을 스스로 감내하는 순간, 자본의 논리에 대한 거부의 수사학이 희미한 빛을 발하는 구원의 서사로 몸을 바꾼다. 삶의 고통을 창조적 에너지로 승화시키는 문학의 연금술은 여기에서 비롯된다.

—「책머리에」, 『정공법의 문학』

소설의 본원적 기능을 충실하게 체현하면서 '지금 여기'에 적극적으로 개입하고 있는 임정연의 작품에 유독 마음이 끌린 이유도 이 때문일 것이다.

2.

이번 작품집에는 삶의 속살을 헤집는 다양한 인물 군상들의 풍속도가 수놓아져 있다. 각각의 단편들은 개성적인 인물들의 독특한 어조를 통해 우리 사회의 내밀한 속살을 날카롭게 해부하고 있다. 초등학교 3년 때 학교를 그만둔 조숙하고 영악한 소녀에서부터, 입시 지옥을 살아가는 고등학교 여학생, 여자 친구와 막 헤어진 남자, 평범하게 보이지만 그렇지 않은 회사원, 죽음을 앞둔 노인 등 각 작품 속 인물들의 면면은 다양하다. 더불어 각 인물들이 처해 있는 경제적 상황도 극빈층에서 상류층에 이르기까지 그 스펙트럼이 다채롭고 각양각색이다. 삶의 단면을 날카롭게 포착하는 단편 양식이 모여 상승작용하며 우리 삶의 총체적 풍속도를 입체적으로 완성하고 있는 형국이다.

몇몇 작품들을 통해 작가가 보여주고 있는 우리 사회의 내밀한 속살을 엿보기로 하자. 「야생동물 보호구역」을 읽으며 우리 소설사의 한 페이지를 장식하고 있는 두 작품을 떠올렸다. 김승옥의 「무진기행」과 윤대녕의 「은어낚시통신」이 그것이다. 돈 많은 과부와 결혼하여 세속적인 편안함을 누리고 있던 주인공이 고향인 무진에 내려와 어두운 과거와 현재의 삶을 성찰해 본다는 「무진기행」은 1960년대의 근대적 일상성을 섬세한 소시민적 욕구를 통해 내면화하고 있는 빼어난 단편이다. 한편, 근대적 일상에서 일탈한 낯선 공간에서 자신이 살아온 '서른 해를 가만가만 벗어던지며' '원래 존재했던 장소'로 '천천히 거슬러 올라가'는 주인공의 모습은 「은어낚시통신」을 1990년대를 대표하는 작품으로 자리매김했다. 공교롭게도 30여 년의 시차를 두고 우리 소설사는 이제 근대적 일상으로부터 탈출하려는 욕구와 존재의 시원으로 회귀하려는 욕망을 동시에 품은 「야생동물 보호구역」을 가지게 되었다. 작가는 '변한 듯이 보이지만 변화한 것이 거의 없는' 근대적 일상을 부여잡고 이를 현재적으로 되살리고 있는 것이다.

> 지난 밤 K를 만난 것일까. 나는 저 펜션에 들어간 것일까. 그곳에서 누군가를 만난 것일까. 도대체 무슨 일이 벌어졌던 것일까. 아무리 머릿속을 더듬어도 어떤 기억도 나지 않았다. 퓨즈가 나가버린 두꺼비집처럼 기억은 그대로 암전이었다. 나는 차 속에서 깨어났고 아침 햇

살이 따가워 몸을 일으킨 것이다.

―「야생동물 보호구역」

작가는 일상으로부터의 일탈(K, 펜션 등)을 '기억'의 '암전', 즉 사실과 환각의 경계 지점에 음각하고 있다. 이는 '무진'이라는 소설 속 일탈 공간을 '안개'의 이미지로 신비화한 김승옥의 경우와 구별된다. 1960년대의 상황에선 세속적 일상 너머의 세계가 비록 '안개'의 실루엣을 지니고 있긴 하지만 구체적으로 존재할 수 있었다. 그렇기에 작중 화자는 '부끄러움'이라는 감정을 가지고 일상으로 복귀할 수 있었다. 하지만 '지금 여기'에서 일상 너머의 세계는 구체성을 지니기 어렵다. 이 작품이 「무진기행」을 이어받으면서 넘어서고 있는 지금은 바로 여기이다. '변한 듯이 보이나 변한 것이 거의 없는' 근대적 일상성이 작동하는 지점도 여기이다. 따라서 위와 같은 결말은 일상과 그 너머의 경계가 모호한 상황에서도 여전히 근대적 일상성과 맞서야 하는 '지금 여기'의 소설가들이 직면한 곤혹감을 정직하게 보여준다고 할 수 있다. 한편, 이 작품은 우리 시대 '최고의 아이콘' 중 하나인 '몸(섹스)'을 매개로 '야생의 날것'을 탐색한다는 점에서, 돌아가지 못하게 하는 부정적 현실과 팽팽한 긴장감을 확보하는데 일정한 한계를 노출한 「은어낚시통신」과도 대비된다. 작가는 '지금 여기'의 현실을 저공비행하며 일상 탈출의 '가능성/불가능성'을 차분하게 탐색하고 있는 셈이다.

한 평범한 회사원의 일상 탈출을 흥미롭게 포착하고 있는 「아웃」 또한 임정연 소설의 저공비행을 잘 보여주는 작품이다. 가정과 회사에서 소외된 화자는 주말에 '경찰 행세'를 하며 삶의 활력을 찾는다. 화자는 '신호

위반', '쓰레기 불법 투기', '장애인 주차구역 위반', '무단횡단' 등을 단속하면서 뇌물을 받기도 하고, 딱지를 떼기도 하고, 그냥 봐주기도 한다. 진부한 일상을 탈주하고자 하는 욕망의 발현이 역설적이게도 일상의 규범을 강화하는 법규의 단속으로 표출되고 있는 점이 흥미롭다. 이는 일상 탈출의 불가능성 혹은 탈출 욕망의 뒤틀린 형상을 보여주는 장치이다. 이를 통해 작가는 '과연 우리 삶은 건강한가?'라는 근원적 질문을 던지고 있는 것이다.

여자 친구와 막 헤어진 화자가 서울 인근의 한 도시로 이사하면서 이야기가 전개되는 「감염」 또한 삶과 죽음, 사실과 환각(환청), 현실과 현실 너머의 경계를 오가며 일상적 삶의 의미를 탐색하고 있는 작품이다. 이사한 집의 천장에서 죽은 아이가 뛰노는 소리가 들린다는 이야기는 그 자체로도 흥미롭다. 작가는 이러한 이야기를 여러 복선을 통해 섬세하게 구조화하고 있다. 반복해서 등장하는 '멜빵바지'를 입은 아이의 이미지는 차치하고라도, '야단을 쳐도 아이가 말을 안 들어요. 정말 죄송합니다. 저희도 노력 중이니 좀 이해해주세요. 정말 죄송합니다.'라는 메모의 의미는 어떻게 이해해야 한단 말인가(아이의 부모는 아이가 죽은 후 집을 떠나 행방이 묘연한 상태이며 그 집은 오랫동안 비어 있다.) 이러한 설정은 독자들의 상상력을 자극하며 섬뜩함을 불러일으키기에 부족함이 없다. 하지만 이 작품의 진가가 드러나고 있는 대목은 화자가 '소음과의 전쟁'을 벌이는 와중에 수시로 삽입되고 있는 옛 연인과의 추억 장면이다. 이를 통해 작가는 소음에 무관심했던 화자가 그 무관심 때문에 소리의 반격에 노출되어 옴짝달싹할 수 없는 처지에 놓였다는 사실을 시사하고 있기 때문이다. '소음' 때문에 연인과 헤어졌고 이 이별의 고통이 '환청'으로 되돌아오고 있는 셈이다. 이러한 과정을 통해 '현실 너머의 세계', 즉 '환청의 세계'는 현실 속으로 내려올 수 있게 되는 것이다. 이 작품에서 '환청'의 세계는 화자가 살아온 일상적 삶을 성찰하는 동시에 일상 탈출의 '가능성/불가능성'을 심문하는 기능을 하고 있는 셈이다. '지금 여기'의 현실에 굳건히 발 디디고 있는 리얼리스트의 면모가 드러나는 대목이다.

3.

「피시방 라이프」는 세상의 모든 것에서 버림받은 한 소녀(11살 정도로 보인다)의 시선을 통해 풍요로운 현대 문명의 이면을 포착하고 있는 작품이다. 하루 8천원으로 연명하는 '피시방 라이프'가 있다. 아빠는 가정을 팽개치고 '눈이 벌건 채 가상 세계 속 괴물'을 잡으러 다닌다. 일도 나가지 않고 죽지도 않는다. 엄마는 당뇨 때문에 퉁퉁 부운 몸으로 어린 화자에게 돈을 가져오라고 윽박지른다. 그야말로 '생존' 이외의 것은 사치인 삶이다. 화자의 가족에겐 '그날그날 먹을 음식도 없었고 따뜻한 잠자리도 없었고 낯선 사람이 함부로 문을 두들기지 않고 맘 놓고 똥을 쌀 그럴 집'도 없다. 화자에게 주어진 유일한 쾌감은 물건을 훔치는 일이다. 들키지 않고 가게에서 물건을 훔쳐 나올 때 그 '짜릿한 기분'이 유일한 즐거움이다. 사회는 물론 부모로부터도 버림받은 이 소녀에게 도둑질에 대한 '윤리적 잣대'를 들이대는 것은 무의미하다. 또 다른 폭력일 따름이다.

이 영악하고 조숙한 소녀는 은희경의 『새의 선물』에 나오는 주인공을 떠올리게 한다. 이들은 투정을 부린다고 해서 현실의 문제가 해결되지 않는다는 사실을 잘 알고 있기에 감상적이지 않다. 『새의 선물』은 세계에 대한 냉소와 환멸을 무기로 '애초부터 선의라고는 갖지 않은 삶'의 무게를 나름의 방식으로 감당하는 한 당돌한 소녀의 이야기이다. 세상의 불합리성을 이미 체득한 자가 할 수 있는 일이란 이러한 세상을 비웃고 조롱하며 성장을 멈추는 일밖에 없다. 하지만 「피시방 라이프」의 화자는 여기서 멈추지 않는다. 이 소녀는 견고한 현실에 맞설 무기를 스스로 준비한다. 학용품과 돈을 차곡차곡 모으고, 일정한 시간에 학원을 찾아 상상의 '작문' 연습을 한다. '글을 까먹'어 '바보'가 되지 않기 위해서이다. 화자는 세계에 대한 냉소와 환멸의 태도를 넘어, 비록 부서지는 한이 있어도 나름의 방식으로 세상과 맞서보려는 의지를 표출하고 있다. 그러려면 자신을 버린 가정(엄마, 아빠, 동생)을 뛰쳐나와야 한다. 이제 화자가 가정을 버릴 때가 되었다. 하여, 숨겨둔 돈을 챙기고, 오랫동안 갖고 싶었던 '인형'을 훔쳐 피시방을 떠나는 것으로 작품은 마무리된다.

> 난 달리기 시작했다. 인형 상자를 꼭 끌어안은 채 시장 골목을 뛰었다. 발바닥으로 얇은 얼음이 깨지는 소리가 났다. 지금까지 순댓국 집 앞에 트럭이 있을까. 아이를 싣고 벌써 떠났는지도 모른다. 따뜻한 의자에 몸을 기댄 채 아이는 침을 흘리며 자고 있을까. 부산역에 가면 먹고 살 수 있다는 그 말을 믿지 않는다. 아이는 철석 같이 믿고 있지만 난 아니다. 엄마도 아빠도 날 버렸다. 그런데 누구를 믿을 수 있을까. 그래도 난 도망칠 것이다. 트럭을 타고 부산이든 어디든 떠날 것이다. 피시방이 아니라면 그 어디라도 좋다. 차가운 겨울바람이 얼굴로 자꾸자꾸 부딪쳐 왔다.
>
> —「피시방 라이프」

소녀가 첫발을 내딛는 '그 어디'에는 '차가운 겨울바람'만이 쌩쌩 불지 모른다. 그녀를 기다려주는 따뜻한 손길이 없을지도 모른다. 하지만 소녀는 실망하지 않을 것이다. 그녀는 스스로를 창조할 무한한 가능성을 품었기 때문이다. 우리는 「이토록 치사한 로맨스」의 여고생 오인주에게도 이와 같은 기대감을 품게 된다. 임신을 확인한 인주는 '나한테 이런 일이 생겼다는 게 정말 싫었다. 왜 하필 나일까.'라는 생각을 잠시 한 후, '아무리 생각해도 그 수밖에 없지, 뭐. 할 수 없잖아?'라고 독백하며 누군가에게 '핸펀'의 번호를 누른다. 여기에서 인주가 전화를 건 상대가 누구인지는 중요하지 않다. 문제는 그녀가 스스로의 삶을 선택하기 시작했다는 점에 있다. '어떻게 살아야 할지를 알려주는 사람'이 없는 세상에서 소녀들은 자신들이 '가고 싶은 길'을 스스로 찾아갈 수밖에 없다. 이렇듯 임정연의 소설에는 세상을 향해 그 첫발을 내디딘 인물들이 등장한다. 일상에 안주하지 않고 늘 새로운 모험을 꿈꾸는 '문제적 주인공'들의 험난한 여정이야말로 우리의 삶과 문학을 살찌우는 마르지 않는 자양분이다.

이처럼 세상 속에 비참하게 내몰린 존재들이 힘겹게 자신의 존재를 지탱하고자 하는 모습은 '지금 여기'의 삶을 되돌아보게 한다. 세계를 향해 돌진하는 이러한 인물들의 모습은 우리의 내면 깊숙이 가라앉아 있는 양심의 목소리를 소환한다. 자본의 논리에 적응하기 위해서는 '어쩔 수 없지 않느냐'는 변명으로 스스로를 합리화하며 이들의 삶을 짐짓 외면하기에 급급했던 자의식의 심연을 들추어내고 있기 때문이다. 임정연의 작품이 주는 불편함은 여기에서 기인한다. 그의 작품은 우리 모두에게 되묻는다. 과연 누가 이들을 우리의 자식이 아니라고 항변할 수 있겠는가? 이러한 반문이야말로 그의 작품을 '청소년' 소설 혹은 '성장' 소설의 영역을 넘어서게 하는 동력이 아닐까?

세상을 향해 첫발을 내디딘 인물들에게 따뜻한 공감의 박수를 보낸다.

'기록이자 문학' 혹은 '문학이자 기록'에 이르는 길

이병주의 『여사록』

1.

이병주는 우리 근 · 현대사의 정치 현실을 전면적으로 형상화한 작가의 하나이다. 그는 일제 말에서 해방과 전쟁 시기, 그리고 4 · 19에서 5 · 16에 이르는 격변의 현대사를 정치권력과 개인의 긴장관계를 중심으로 다루어 왔다. 『관부연락선』에서 『지리산』, 『산하』, 『그해 5월』에 이르는 이른바 '반자전적 소설 혹은 실록 대하소설'은 이병주가 소설의 방식으로 현실 정치에 개입한 대표적인 사례에 해당한다.

하지만, 이병주의 소설은 여러 가지 이유로 크게 주목받지 못한 것이 사실이다. 한 연구자는 80여 권의 중 · 장편을 발표하며 '한국의 발자크'라 불릴 만큼 엄청난 집필량을 자랑하는 다산의 작가 이병주에 대한 논의가 인색한 이유를, 한일관계에 대한 이병주의 독특한 시각과 그가 보인 철저한 반공주의적 태도에서 찾고 있다.[1] 그는 이러한 작가의 태도가 비평가들이나 연구자들에게 선입견을 갖게 했을 수도 있다고 추측한다. 이병주는 민족주의라는 당위에 흔들리지 않고 냉정하게 한일관계와 해방 후의 정국을 들여다보려 했는데, 그러한 반성에는 소위 '학병세대'의 자의식이 자리하고 있어서 한일관계에 대한 작가의 서술은 위험스러운 줄타기를 보는 듯 친일과 민족주의의 경계선상에 자리하고 있다는 것이다. 이러한 작

1) 강심호, 「이병주 소설연구-학병세대의 내면의식을 중심으로」, 『관악어문연구』, 27집, 서울대 국어국문학과, 2002, 187-188쪽 참조.

가의 태도는 민족주의적 시각에서 보면 '식민사관'의 결과물로 인식될 수 있다. 한편 작품 속에 노골적으로 드러나는 공산당 혹은 공산주의에 대한 비판은 반공 이데올로기에 편승한 관제작가라는 인상을 줄 수도 있다.

더불어 권력 주변에 비친 작가의 그림자가 그의 문학이 지닌 의미를 퇴색시키기도 했다. 이병주는 박정희 이래 역대 대통령과 친교를 유지한 것으로 세간에 알려졌고, 유력 정치인, 고위관료, 부유층 인사들과 맺고 있던 친교관계가 작가로서의 그의 입지를 크게 약화시켰다.[2)]

한편 문단적 관습과 동떨어진 그의 작가적 위치 또한 논의에서 배제된 이유 중 하나이다. 주요 작품의 발표지면을 그 예로 들 수 있다. 이병주 데뷔작은 「소설 · 알렉산드리아」(『세대』, 1965. 7)이며, 두 번째 작품이 「매화나무의 인과」(『신동아』, 1966. 3), 세 번째 작이 『관부연락선』(『월간중앙』, 1968. 4-1970. 3)이다. 종합대중지 『세대』와 신문사의 종합교양지 『신동아』(동아일보), 『월간중앙』(중앙일보) 등은 『현대문학』, 『문학예술』, 『자유문학』 등 순수문예잡지와 거리가 멀다. 처음부터 그는 문단문학 바깥의 존재였고, 또 끝내 그 바깥의 글쓰기 장에서 벗어나지 못한 이유는 여기에 있다. 추천자도 없이 홀로 글쓰기에 임한 것이다. 이러한 이유로 이병주는 이른바 '순수문학'의 마당에 끝내 서지 못했다.[3)] 그는 당시의 문

---

2) 이와 더불어 작가로서의 기본적 성실함 또한 작품의 질적 불균형을 초래하게 되었다. 그는 장편, 단편, 에세이, 멜로드라마 등 장르를 가리지 않고 월 평균 1천 매 분량의 저술을 쏟아내었다. 여러 매체에 동시에 연재함으로써 집중력이 분산된 것은 피할 수 없었고, 이중게재, 제목의 변경, 작품의 일부를 별도로 발표하는 등 문단의 확립된 전통과 윤리를 벗어난 출판 행태를 보이기도 했다. 이러한 부주의는 작가로서의 성실성에 치유하기 힘든 상처를 남겼고 그의 작품에 대한 논의를 회피하는 결과를 초래했다(안경환, 「이병주와 그의 시대」, 『2009 이병주 하동국제문학제 자료집』, 이병주기념사업회, 2009, 36쪽 참조).

단과 일정한 거리를 유지하며 자신만의 독특한 문학세계를 구축한 것이다.

이렇듯, 이병주의 문학은 작가의 반공주의적 혹은 보수주의적 정치관, 정치권력 주변에 비친 그의 그림자, 그리고 기존의 문단적 관습과 거리를 유지하고 있었다는 점 등에서 그 문제적 성격에도 불구하고 크게 주목을 받지 못하였다.

본고에서는 이병주 문학의 온전한 자리매김을 위한 시도의 일환으로 그동안 크게 주목받지 못했던 단편 「여사록」, 「칸나 · X · 타나토스」, 「중랑천」 등에 나타난 현실인식의 양상과 이에 투영된 글쓰기에 대한 자의식을 고찰하고자 한다. 이병주의 소설에는 그의 정치관 혹은 세계관이 직 · 간접적으로 투영되어 있는 경우가 많다. 정치적 현실에 응전하는 작가의 식이 글쓰기에 대한 자의식으로 변주되고 있기 때문이다. 하여 이에 대한 고찰은 이병주 문학을 관통하는 정치적 무의식의 일면을 엿볼 수 있게 한다. 나아가 그의 문학과 삶을 바라보는 편향된 시선, 즉 과도하게 의미를 부여하거나 혹은 의도적으로 외면해온 태도를 지양(止揚)하고 그의 작품을 객관적으로 평가하는 데 일조하기를 기대한다.

2.

'진주농고에 같이 근무'했던 옛 동료들이 '30년'만에 다시 만난다는 내용을 담고 있는 「여사록」은 소설과 기록(수필)의 경계에 보금자리를 트고 있다. 이 작품은 「소설 · 알렉산드리아」, 「마술사」, 「쥘부채」, 「변명」, 「겨

3) 김윤식, 『일제말기 한국인 학병세대의 체험적 글쓰기론』, 서울대출판부, 2007, 158−159쪽 참조.

울밤」 등 그의 대표작이라 할 수 있는 중 · 단편에 비해 소설적 긴장감이 떨어지는 것은 사실이다. 하지만 담담하게 지난 시설을 회고하면서 현재의 내면을 진솔하게 성찰하고 있다는 점에서 글쓰기에 대한 자의식을 생생하게 엿볼 수 있는 작품이다.

먼저 작가가 회고하고 있는 '진주농고 시절'을 따라가 보자. 그에게 30년 전 '진주농고 시절'은 '불성실한 청춘', '불성실한 교사'로 기억된다. '사지에서 돌아왔다는 의식이 해방의 감격에 뒤이은 환멸감과 어울려' '술과 엽색의 생활'이 '되풀이'된 시절이었다. 그는 '그저 기분, 기분으로 행동'했다고 덧붙이고 있다. 이에 비해 '군대생활(학병)'이나 '감옥 생활'은 비록 '굴욕의 나날'이었지만 '항상 긴장해 있었고 스스로에게 비교적 성실'한 시기로 남아있다.

'진주농고 시절'에 대한 자학적 진술에서 불구하고 '진주'는 이병주에게 '학문과 예술'에 대한 꿈을 키워준 무한한 자부심의 공간임에 틀림없다. 진주는 그에게 '요람'이자 '청춘' 그리고 '대학'이었다. 그의 육성을 직접 들어보자.

> 진주는 나의 요람이다. 봉래동의 골목길을 오가며 잔뼈가 자랐다.
>
> 진주는 나의 청춘이다. 비봉산 산마루에 앉아 흰 구름에 꿈을 실어 보냈다. 남강을 끼고 서장대에 오르면서 인생엔 슬픔도 있거니와 기쁨도 있다는 사연을 익혔다.
>
> 진주는 또한 나의 대학이다. 나는 이곳에서 학문과 예술에 대한 사랑을 가꾸었고, 지리산을 휩쓴 파란을 겪는 가운데 역사와 정치와 인간이 엮어내는 운명에 대해 내 나름대로의 지혜를 익혔다.
>
> 나는 31세까지는 진주를 드나드는 과정을 되풀이하면서 살았다.

> 거북이의 걸음을 닮은 기차를 타고 일본으로 향했고, 그 기차를 타고 돌아왔다. 중국으로 떠난 것도 진주역에서였고, 사지에서 돌아와 도착한 것도 진주역이었다. 전후 6년 동안의 외지 생활에선 진주는 항상 나의 향수였다. 그런데 진주로부터 생활의 근거를 완전히 옮겨버린 지 벌써 25년여를 헤아린다(이병주, 「풍수 서린 산수」, 『여사록』, 바이북스, 2014, 104−105쪽).

'진주'는 그에게 젊음의 고뇌와 방황의 궤적, 즉 일본, 중국, 부산, 서울 등으로 뻗어나가는 일종의 플랫폼이었다.

'해방 직후의 진주농고'는 이데올로기 대립의 격전장이었다. '학병시절'이나 '감옥 생활'은 그의 작품에 냉혹한 정치 현실에 패배한 비루한 청춘의 자화상으로 음각되어 있다. 하여 이 시절을 음미하는 행위는 부조리한 역사에 대한 '변명'의 성격을 띠는 경우가 많다. 하지만 '진주농고 시절'을 회고하는 시선에는 이념 갈등의 현장에서도 꿋꿋하게 삶의 균형을 유지하려 한 청춘의 자부심이 투영되어 있다. 그가 '진주농고 시절'을 반복해서 떠올리는 이유도 여기에 있다.

> 해방 직후 좌익의 횡포가 심할 때, 그땐 좌익이 합법화되어 있어 경찰이 학원 사태 같은 것을 돌볼 위력도 시간적 여유도 없었을 무렵이다. 나는 그 횡포와 맞서 싸워 우익 반동이란 낙인을 찍혔다. 대한민국이 수립되자 좌익 세력은 퇴조해 가는데 그 대신 학원에 우익의 횡포가 시작되었다. 나는 그 횡포에 대항해서 좌익계의 학생들을 감싸주지 않으면 안 될 입장으로 몰려들었다. 그런 결과 '좌익에 매수된 자' 또는 '변절자'란 욕설을 뒷공론으로나마 듣게 되었다(이병주, 「여사록」, 『여사록』, 바이북스, 2014, 23쪽).

그는 '원칙'과 '명분'을 내세워 '좌익 학생들'의 '스트라이크'를 무산시킨 학생들의 '퇴학 처분'을 취소시키는 데 성공한다. 물론 이후의 역사는 '이것이 문제의 낙착이 아니고 시작'임을 보여주고 있는데, 이념 갈등의 진흙탕은 '싸움에 이기기' 위해서 '모든 미덕을 악의 수단'으로 이용하는 '오염된 인간성'의 '낙인'이었기 때문이다. 이겼다는 기쁨은 '한순간의 일'일 따름이고 '진 것만도 못하다는 회한'만이 팽배한 '자멸'의 역사였던 셈이다. 따라서 이병주에게 '진주농고 시절'은 이러한 이념투쟁의 전장을 '원칙'과 '명분'으로 건너간 자긍심의 공간이다.

「여사록」은 이 자긍심의 공간을 삶의 비의를 탐색하는 작업과 포개놓고 있다. 이 작품은 '크메르(캄보디아)'와 '베트남'에 대한 단상으로 시작되고 있다. '동화 속의 도시 프놈펜', '소파리(小巴里)라고 불리우던 사이공', 그리고 '30년 동안을 전란에 시달린 인도차이나란 지역의 운명'은 사람으로 치면 참으로 기구한 팔자다. 이 '먼 나라에 대한 엉뚱한 걱정'이 우리의 역사와 연결되어 '진주농고 시절'을 불러오고 있는 것이다.

> 공산주의자들의 침략이란 해석만으론 풀리지 않는 문제가 있다. 미국 외교정책의 잘못이란 것만 가지고 풀리지 않는 문제가 있다. 국제간의 역관계(力關係)란 공식으로서도 풀리지 않는 문제가 있다. 그 모든 방법을 조사해도 풀리지 않는 문제, 그것은 무엇일까…….(이병주, 「여사록」, 『여사록』, 바이북스, 2014, 11쪽)

「여사록」은 이러한 삶의 수수께끼에 대한 탐사의 여정이다. 그에게 소설(글쓰기)은 이 '풀리지 않는 문제', 즉 '안 되는 줄 알'지만 그럼에도 불구하고 해결하기 위해 노력하는 작업이 아닐까 싶다. 이는 '일본군의 군화에 짓밟힌 사이공의 거리' 혹은 '일본군에 육욕에 유린된 안남의 아가씨들'의 처참한 삶을 기억하는 일이다.

그렇다면 이 작품에서 이념의 폭력에 짓눌렸던 장삼이사(張三李四)들의 삶은 어떠한가? 이는 '30년 전 동료들'의 삶을 서술하는 작가의 모습에 투영되어 있다.

아쉬운 점은 '진주농고 시절'의 균형감각을 유지하지 못하고 있다는 사실이다. 좌익 쪽에서 활동했던 동료들이 남한에 뿌리내릴 수 없었던 당시의 상황을 고려한다 해도 작가의 태도는 다분히 우익 쪽으로 기울어져 있다. 이는 작가가 공들여 형상화하고 있는 송치무와 이정두의 화해 장면에 잘 드러나 있다.

> 그때였다. 이정두 씨가 자기완 한 사람 띄운 건너 자리에 앉아 있는 송치무 씨를 불렀다.
>
> "송 군!"
>
> "어."
>
> 하고 송치무 씨가 고개를 돌렸다.
>
> "사람이라면 지조가 있어야 할 것 아닌가. 자넨 보아하니 변절한 모양이로구만."
>
> 나는 화끈하는 느낌으로 이정두 씨와 송치무 씨 두 사람을 스쳐보고 주위의 공기를 살피는 마음이 되었다. 다행하게도 모두들 술에 취해 그 장면의 의미를 알아차리지 못하는 것 같았다.
>
> 이정두 씨는 곧 태도를 바꾸어 부드럽게 말했다.
>
> "언젠가 차를 타고 지나면서 자네 같은 사람을 본 기억이 있지. 하는 일은 잘 되나?"
>
> "그럭저럭 그래."

송치무 씨의 대답은 주저주저했지만 그로써 긴장은 풀렸다(이병주, 「여사록」, 『여사록』, 바이북스, 2014, 56−57쪽).

다분히 이정두 씨 주도의 화해이다. 작가 또한 '30년 전' '모략과 중상을 꾸며 학생들을 선동해' 이정두를 축출한 송치무의 소행에 관심을 집중하고 있으며, 이종두의 '비수'가 송치무가 '평생 동안' 지고 가야 할 '마음의 빚'을 해소하는 것으로 마무리하고 있다. 하지만 이는 작가와 이종두가 일방적으로 베푸는 방식의 화해에 가깝다. 우익 쪽이 득세한 남한의 현실 속에서 송치무가 어떠한 삶을 살아왔는가에 대한 관심이 적극적으로 표출되어 있지 않기 때문이다.

이상에서 「여사록」은 '진주농고 시절'을 되새기면서 '풀리지 않는' 삶의 '수수께끼'를 탐사하는 출발점, 즉 송치무와 이재호의 삶이 시사하는 험난한 '소설'의 여정을 예비하는 작품이라 할 수 있다. 이는 '소설 이전' 혹은 '소설 이후'의 글쓰기 방식이다.

3.

이병주의 「소설 · 알렉산드리아」는 부산 시절을 곱씹고 있는 소설이다. 동생의 목소리(화자)와 형의 편지가 교차되는 구성을 취하고 있는 이 작품에는 이병주 소설을 지배하는 정치적 무의식, 즉 정치 현실과 길항하는 작가의식의 원형질이 투영되어 있다. 작가의 목소리는 형과 아우 사이에서 공명(共鳴)하고 있는데, 이는 사상과 예술, 서울과 알렉산드리아, 현실과 환각을 매개하려는 의지를 표출하고 있다.

우선, 「소설 · 알렉산드리아」 이전의 글쓰기 방식에 주목할 필요가 있다. 이병주는 부산의 『국제신보』 주필, 편집국장, 논설위원 등을 거치면서 수많은 칼럼을 썼던 것으로 알려져 있다. 그는 '철두철미한 자유주의자'의 관점에서 공산주의와 군부 파시즘의 논리를 동시에 비판했다. 이러한 논설은 정치적 글쓰기의 일종이라 할 수 있다. 그는 이 논설로 인한 필화사건으로 10년 형을 선고받고 2년 7개월 만에 풀려났다. 정치권력은 '가치중립적 이데올로기 비판'으로서의 이병주의 현실 논리를 용납하지 않았다.

옥중기 형식으로 구성된 「소설 · 알렉산드리아」는 소설의 논리를 통해 현실 정치의 압력에 응전한 시도의 일환이었다. 그는 자신을 감옥에 가둔 부정한 정치현실에 맞설 이데올로기가 필요했던 것이며, '소설'은 정치권력의 폭력과 일정한 거리를 유지하며 스스로의 처지를 변호할 적당한 글쓰기 양식이었던 셈이다.

그렇다면 「칸나 · X · 타나토스」에서는 어떠한가? 이 작품은 1959년의 부산 시절을 응시하고 있는 소설이다. 이 시기는 그에게 '꼭 기록해 둬야 할 날'들로 다가온다.

> 어떤 날 또는 어떤 일을 기록하기 위해선 얼음장처럼 차가운 말을 찾아야만 하는 경우가 있다. 그것도 냉장고에서 언 그런 얼음이 아니라 북빙양(北氷洋) 깊숙이 천만년 침묵과 한기로써 동결된 얼음처럼 차가운 말이라야 한다. 기억의 부패를 막기 위해선 그 밖에 달리 방법이 없는 것이다.
>
> 그러나 나는 끝내 그러한 말을 찾아낼 수가 없었다. 내 인생인들 꼭 기록해 둬야 할 날이 몇 날쯤은 있는데, 이런 사정으로 해서 그 기록을 미루고만 있었다. 그런데 미루고만 있을 수 없는 사정이 되었다. 체온

이 묻어 있는 미지근한 말에 싸여 나의 기억이 이미 부식 과정을 밟고 있다는 사실을 깨닫게 된 것이다(이병주, 「칸나 · X · 타나토스」, 『여사록』, 바이북스, 2014, 64쪽).

이 작품에서 이병주가 추구하는 언어는 '북빙양(北氷洋) 깊숙이 천만년 침묵과 한기로써 동결된 얼음처럼 차가운 말'이다. 이는 '소설'의 언어라기보다는 '기자'의 언어에 가깝다. 인생의 절정기에 해당하는 부산 시절을 생생하게 되살리려는 의도를 함축하고 있기 때문이다. 작가는 이 시절을 '체온이 묻어 있는 미지근한 말'이 아니라 '얼음장처럼 차가운 말'로 '기록'하고자 한다.

다음은 그 언어의 '속살'을 엿볼 수 있는 대목이다.

"조봉암 씨의 사형 집행을 했답니더." (중략)

편집국 내는 아연 활기를 띠기 시작했다. 뉴스다운 대사건이 일어날 때마다 보이는 광경이다.

사람을 사형 집행했다는 슬픈 사건도 신문사에 들어오면 이런 꼴이 된다. 무슨 면에 몇 단으로, 제목은 어떻게 뽑고, 사진은? 최근 사진이라야 해, 하는 식으로 어떤 사건이건 신문 기자의 손에 걸리기만 하면 생선이 요리사의 손에 걸린 거나 마찬가지로 된다. 요리사에겐 생명에의 동정 따위는 없다. 그 생선이나 생물을 가지고 한 접시의 요리를 장만해야 한다. 신문기자도 마찬가지다. 어떠한 비극도 그것이 뉴스감이면 한 방울의 감상을 섞을 여유도 없이 주어진 스페이스에 꽉 차도록 상품으로서의 뉴스를 장만해야 한다. 독자의 눈시울을 뜨겁게 하는 기사를 울면서 쓰는 기자란 거의 없다. 사형 집행을 지휘하고 지켜보는 검사의 눈도 기사를 쓰는 기자들처럼 차가웁진 않을 것이다.

기자들은 기사를 쓴 연후에야 희극엔 웃고 비극엔 슬퍼한다. 하루의 일이 끝나고 통술집에 앉아 한 잔의 술잔으로 마음과 몸의 갈증을 풀고서야 겨우 인간을 회복한다(이병주, 「칸나 · X · 타나토스」, 『여사록』, 바이북스, 2014, 74–75쪽).

인생의 '비극'을 '한 방울의 감상'도 섞이지 않은 '상품(뉴스감)'으로 만드는 글쓰기. 인간으로서의 감정을 회복하기 이전의 글쓰기. 이병주로선 이 시기를 이러한 방식으로 되살릴 필요가 있었다. 조봉암과 얽힌 '묘한 인연'이 그에게 상상하지도 못할 이념의 화살이 되어 돌아 왔기 때문이다. 하여 '기억'이 '부식'되기 전 꼭 기록해 둘 필요가 있었던 것이다.

「소설 · 알렉산드리아」가 부산 시절을 소설의 양식으로 음미하고 있다면, 「칸나 · X · 타나토스」는 '소설 이전' 혹은 '소설 이후'의 방식으로 그 시절을 기록하고 있는 셈이다.

4.

지금까지 일별한 두 작품에서 작가의 무의식적 관심이 투영된 인물들이 있다. 「여사록」의 마지막에 등장하는 이재호, 「칸나 · X · 타나토스」에 드러나는 창녀 혹은 X 등이 그들이다. 이재호는 30년 만에 만난 옛 동료들의 회고담에 끝내 등장하지 못했다. 하여 작가의 꿈에 찾아온다. 일제 때 작곡가로 이름을 날린 그는 해방 직후 뜻한 바가 있어 고향인 진주농고에서 교사 생활을 했다. 그러던 중 폐를 앓다가 요절한 인물이다. 이념의 경계를 가로지른 소설적 인물이라 할 수 있다. 「칸나 · X · 타나토스」에서는 이름 모를 여인이 화자의 기사에 감동해 칸나 꽃을 보내온다. '글로리아란 이름의 양공주가 웃음과 육을 팔아 모든 돈을 고아원에 기부하고 죽었다는 기사'이다. 소설 제목이 「칸나 · X · 타나토스」라는 점을 염두에 둔다면 작가는 기사의 이면에 흐르는 이 창녀의 삶에 마음이 끌렸을 것이다. 이는 기사에 담긴 내용 이면에 흐르는 소설적 삶에 대한 관심이라 할 수 있다.

그렇다면 「여사록」과 「칸나 · X · 타나토스」는 소설적 글쓰기로 나아가기 직전에 멈춘 작품이라 할 수 있다. 박희영을 추억하고 있는 「중랑천」은 바로 이 지점에서 시작된다. 이병주는 「겨울밤—어느 황제의 회상」에서 이와 유사한 인물을 이념적 인간형에 맞세운 바 있다. 이 작품에서 화자와 대화를 나누는 '노정필'은 '우리 민족의 수난이 만들어낸 수난의 상징'이다. 노정필은 화자의 「알렉산드리아」를 기록자가 쓴 기록이 아니고 시인이 쓴 시라고 본다. 그는 철저한 기록자는 자기 속의 시인을 추방해야 한다고 주장한다. 이러한 주장에 화자는 '기록이 문학으로 가능하자면 시심 또는 시정이 기록의 밑바닥에 지하수처럼 스며 있어야 한다'고 맞선다. 화자는 '기록이자 문학' 혹은 '문학이자 기록'인 것을 지향하고 있는 것이다.

이러한 화자와 노정필의 대립은, 인간 그대로의 천진한 모습을 간직한 친구의 삶을 통해 해소된다. '어느 황제의 회상'을 끝낸 직후 '안양의 뒷골목'에서 만난 친구의 모습은 화자에게 깊은 인상을 남긴다. 경건한 가톨릭 신자인 친구는 자신의 잘못을 고해할 신부를 찾아 안양까지 온 것이었다. 그는 '사랑을 하고 죄를 느끼고 그리고는 고해를 하고, 고해를 하고도 사랑을 하고 또 죄를 느끼고 고해'하는 식이다. 화자는 '돌이 되어버린 무신론자 노정필과 인간의 천진성을 그대로 지닌 그 친구의 얼굴을 비교'해 본다.

그 친구의 역정이 결코 노정필의 역정에 비해 수월했다고는 말할 수가 없다. 일제 때는 병정에 끌려나가 생사의 고비를 헤맸다. 전범재판에서 하마터면 전범의 누명을 쓰고 처형될 뻔한 아슬아슬한 고비도 있었다. 6·25동란 때는 친형을 잃었다. 그리고 2년 전엔 이십 수년을 애지중지해온 부인을 잃었다. 게다가 사형선고나 마찬가지인 병의 선고를 받고 한동안 사경을 방황하던 때도 있었다. 그러나 그는 언제나 활달하려고 애썼고 스스로의 고통 때문에 주위의 사람을 우울하게 하지 않으려고 신경을 썼다. 어떤 중대한 일도 유머러스하게가 아니면 표현을 못하는 수줍은 성격이기도 했다(이병주, 「겨울밤-어느 황제의 회상」, 『소설·알렉산드리아』, 한길사, 2006, 292-293쪽).

중요한 점은 그가 철저한 천주교 신도이면서도 주변 사람들에게 자신의 천주를 강요하지 않는다는 사실이다. 노정필 씨와 이 친구를 비교해서 우열을 말할 수는 없다. 그러나 화자는 인간적인 사람을 좋아하는 것은 인지상정(人之常情)이라고 생각한다. 하여 그는 천주교를 믿을 마음은 없지만 그 친구의 천주만은 믿고 싶은 생각이 든다. 인간이 보다 인간적일 수 있도록 하는 계기가 되는 천주이기 때문이다.

이러한 친구의 모습은 '시심(市心)의 다리', '중랑교'를 추억하는 「중랑교」에서도 거의 비슷한 모습으로 등장한다.

팽창하는 도시가 번지라고 하는 정연한 구획을 넘쳐 무번지의 시가를 형성해 나가는 과정에 생명이란 것이 스스로를 영위하기 위해서 미(美)와 추(醜), 형식과 반형식은 아랑곳없이 몸부림치는 샘터를 역력하게 볼 수가 있다. 이런 감상을 바탕으로 나와 박군은 그 목로주점에서 주에 한 번꼴로 황탁한 술을 마시게 되었던 것이다(이병주, 「중랑교」, 『여사록』, 바이북스, 2014, 90쪽).

'무번지의 시가', '생활하는 사람들의 활기와 생활하는 사람들의 권태로서 가득 차' 있는 '중랑교'의 풍경은, '슬픈 얘기로서 듣기엔 너무도 유머러스하고 유머러스한 얘기로서 듣기엔 지나치게 슬픈' 박희영의 이야기처럼 아련한 여운을 남긴다.

이병주는 이러한 여운을 풍기는 소설, 즉 '기록이자 문학' 혹은 '문학이자 기록'인 작품을 지향하지 않았을까? 이는 경직된 이념을 타자화하는 것이며, 신념을 인간화하는 방법이기도 하다. 이병주의 문학을 관통하는 지배적인 정서이자 정치적 무의식은 바로 이것이 아닐까 싶다.

「여사록」, 「칸나 · X · 타나토스」, 「중랑교」, 「지리산학」 등은 '진주', '부산', '중랑교(서울)', '지리산'을 가로지르며 여기에 이르는 길 하나를 제시해 주고 있다. 이병주가 지리산이 낳은 인물인 매천의 '절명시' 중 유독 인간적인 향취가 묻어나는 대목인 '難作人間識字人(인간으로서 글을 안다는 것이 얼마나 어려운 일인지/새삼스러운 느낌이다.)(「지리산학」)에 공감한 이유도 여기에 있을 것이다. 매천의 절개(신념)에 비낀 시심(詩心), 인간화된 신념에 마음을 빼앗긴 탓이리라. 이병주는 매천의 경우처럼 '스스로의 역량과 한계'를 정확하게 인식한 작가였다.

정공법적 소설의 역습, 혹은 건재한 민중 서사의 힘

구소은의 『검은 모래』

> 이른 봄 고향산천 부모형제 이별코
> 온 가족 생명줄을 등에다 지고
> 파도 세고 물결 센 저 바다를 건너서
> 기울산 대마도로 돈벌이 가요.
> (<해녀항일가>에서)

구소은의 『검은 모래』(은행나무, 2013)는 전통적 서사 구조에 충실하기에 오히려 낯설게 느껴지는 '역설적 새로움'의 소설이다. 이 '역설적 새로움'은 어디에서 오는 것일까? 2000년대 이후 이른바 '새로움'을 추구하기에 급급한 '젊은 소설'의 실험이 식상해졌기 때문일까? 근대의 논리를 탈주하려는 소설의 모험이 자본의 논리에 갇혀 출구를 잃고 방황하고 있는 탓은 아닐까? 아무튼, 새롭게 부상하는 몇몇 징후들을 통해 우리 사회를 재규정하려는 여러 시도에도 불구하고 '지금 여기'의 현실이 진부하다는 사실은 부인하기 어렵다. 우리는 여전히 타자와의 진실한 소통에 목말라하고 있으며, 해체되는 공동체의 '맨얼굴' 앞에서 어쩔 줄 몰라 바르르 떨고 있다. 나아가 꿈꿀 권리조차 허용하지 않는 냉혹한 사회 구조를 응시하며 분노를 삭인다.

'상식'이 통하지 않는 사회다. 원칙을 지키는 사람이 피해를 입는 경우가 많다. 공동체의 윤리나 규범은 교과서나 쓰레기통에서 곰팡내를 풍기며 썩어가고 있다. 구소은의 『검은 모래』는 이 부패해가는 공동체의 운명을 다시 꺼내 들고 기꺼이 우리 민족의 역사적 현장으로 뛰어든다. 이른바 정공법적 소설의 역습이다. '제1회 제주 4 · 3평화문학상'을 수상한 이유도 이와 무관하지 않을 것이다.

『검은 모래』는 해금을 중심으로 그녀의 어머니 구월에서 손녀 미유에 이르기까지의 4대에 걸친 가족사를, 일제강점기에서 해방과 전쟁, 분단으로 이어지는 격동의 근 · 현대사 100년의 궤적과 포개 놓은 역작(力作)이다. 제주에서 출발하여 일본의 화산섬 미야케지마에 이르는 해금의 여정은 한반도를 포함한 동아시아의 굴곡 많은 역사와 교직되며 한 편의 감동적인 드라마를 펼쳐 보이고 있다.

『검은 모래』는 모처럼만에 본격 서사의 진경을 감상하는 즐거움과 더불어 여전히 건재한 서사의 힘을 확인하는 계기를 제공하고 있다. 기본기가 탄탄한 묘사, 현재와 과거가 교차되는 견고한 구성, 인물의 내면을 섬세하게 포착하는 감수성 등은 작품의 이야기성을 든든하게 뒷받침하는 요소들이다. 이 소설이 되돌아보는 우리 근 · 현대사 100년은 앞만 보고 달려온 우리의 현실에 대한 반성임과 동시에 물질문명에 쫓기는 현대인의 초상을 되새김질하는 작업이다.

『검은 모래』에서는 일제강점기 조합을 중심으로 한 잠녀들의 생존권 투쟁, '교룡환 · 복목환'을 중심으로 한 조선의 자주운항운동, 일본으로 '출가물질'을 떠날 수밖에 없는 해녀들의 절박한 상황, 제주에서 건너온 해녀들이 미야케지마에 정착하기까지의 과정, 미군의 무책임한 나가사키 폭격, 재일조선인에 대한 일본의 차별과 대한민국 정부의 무능, 조련과 민단 사이의 이념 갈등, 일본으로 쫓겨 온 민초들이 북조선 행 '귀국선'에 몸을 실을 수밖에 없는 사연, 오늘날까지 이어지는 재일조선인에 대한 일본 사회의 편견 등이 작가의 균형 잡힌 역사의식과 장인정신을 방불케 하는 촘촘한 서사의 그물망으로 직조되고 있다. 작품 전반부에서는 개인의 삶과 우리 민족의 운명이 다소 느슨하게 연결되어 있다는 느낌도 없지 않지만, 중반부를 넘어서면서부터는 작중인물들의 삶과 동아시아의 역사가 포개지며 생생한 긴장감을 자아내고 있다.

주지하듯, 근대소설의 주인공들은 본질적이고 고아이자 실향민이다.

> 인물이 고향을 떠나는 순간, (……) 소설적 주인공은 출현한다. 그는 고향으로부터 분리되어, 고통스럽거나 경이로운 눈으로 낯선 세계와 접한다. 그에게는 더 이상 고향이 존재하지 않지만 그러나 여전히 고향은 기억으로서 존재한다. 낯선 세계와 만나는 순간순간 고향은 기억되고 끝없이 반추되는 것이다. 그는 자신으로부터 멀어져간, 혹은 멀어져가야만 했던 고향의 상태를 회복하고자 열망한다. 그러나 멀어져간 고향으로 돌아갈 수 있는 길은 차단되어 있다.(서영채, 『소설의 운명』, 문학동네, 1996, 17－18쪽)

이 작품을 읽는 내내 유독 '고향'이란 단어가 머릿속을 떠나지 않았다. 고향 상실은 근대소설의 운명과 맞물려 있다. 우리 소설 또한 격변의 근·현대사를 겪으며 뿌리 뽑힌 민초들의 고향 상실과 그 회복의 과정에 주목하지 않았던가. 이렇듯, 과거와 현재의 교차를 통해 고향의 의미를 탐색하는 여정은 근대서사의 기본적인 형식이다.

『검은 모래』는 이러한 근대소설의 고향 탐색 여정을 충실하게 따르고 있는 작품이다. 나아가 현재와 과거가 교차하는 구조를 통해 미유와 해금(구월), 개인과 공동체, 가족과 국가 사이에 똬리 틀고 있는 '한국 근·현대사 100여 년'이라는 실존적이면서도 역사적인 시간의 의미를 되짚어보고 있는 문제작이다. 과거는 끊임없이 현재의 공간에 틈입하고 있으며, 현재는 과거와 중첩된 시 · 공간성을 지님으로써 자신의 경계를 넘어 출렁인다. 이는 과거와 현재가 공명(共鳴)하는 역동성 속에서 우리 사회의 정체성을 심문하려는 작가의 의지와 무관하지 않다. 작가는 해금과 미유의 삶을 교차시키며 과거, 현재, 미래를 가로지르고 있다. 소설의 중심을 이루는 해금의 서사가 이 작품의 역사적 깊이를 보장하고 있다면, 이와 교차되는 재기발랄하고 상큼한 미유의 성장 서사는 과거의 역사적 상처를 위무하며 미래에 대한 희망을 싹트게 한다. 『검은 모래』가 응시하고 있는 곳은 가족사의 비극과 우리 근 · 현대사 100년이 만나는 지점이다. 작가는 바로 그곳에서 다시 몸을 일으켜 새로운 출발을 다짐한다.

> 같이 가자던 제주 고향 땅을 밟아보지 못한 채 해금은 한 달가량을 병원에서 병마와 사투를 벌였고, 모르핀과 수면제로 고통과 잠을 재워야 하는 날이 늘어갔다. (……)
> "할머니, 참 곱다. 얼른 기운 차리세요. 그래야 제주도에 가죠."
> "이제는 괜찮다, 안 가도. 내 고향은 하나도 변하지 않고 내 머릿속에 그대로 다 있어. 새삼스럽게 새 기억을 만들 필요가 뭐 있겠니. 예전 기억으로 충분해." (……)
> "내가 아주 어렸을 때, 우리 부모님과 동생을 데리고 기미가요마루라는 커다란 연락선을 타고 제주를 떠나오는 순간부터 여행이 시작되었던 거야. 우리 식구들은 일본에서 돈 많이 벌어서 고향에 돌아가자고 약속했거든. 그러니까 아직도 여행 중인 셈이잖니? 참 길고도 긴 여행이지."
> 해금은 미유에게가 아니라 창 너머, 켄의 정원 너머 더 먼 곳을 향

해 혼잣말처럼 중얼거렸다. 그녀는 먼 고향 땅을 눈으로 밟고 있는지도 몰랐다.(구소은, 『검은 모래』, 은행나무, 2013, 320-321쪽)

'흐르는 시간은 육체에 흔적을 남기고 고이는 시간은 가슴에 흔적을 새긴다.' 해금은 먼저 떠나버린 그리운 이들의 '고이는 시간'을 가슴에 담고 '흐르는 시간'의 '여행'을 마감한다. 우도와 미야케지마의 '검은 모래'를 가슴에 품은 해금의 일생은, '늘 결핍이라는 물이끼가 습진처럼 끼어 있'는, '정착을 꿈꾸는 영원한 디아스포라'의 삶이지만, 손녀 미유의 삶에 아름다운 흔적을 남기며 미래를 향해 나아간다. '길고도 긴' 그녀의 여행은 '담아가면서 사는 삶'이 아니라 '덜어내면서 사는' '섬사람들'의 삶, 즉 '바다'를 닮은 삶이다.

이 작품으로 짐작해보건대, 구소은 작가는 인간에 대한 신뢰를 끝내 포기하지 않는 휴머니스트이자 냉혹한 현실의 논리를 거스르는 비판적 리얼리스트이다. 그는 절망과 좌절로 점철되어 있는 우리의 역사를 차분하게 응시하며, 그 '불모의 대지'에서 돋아나는 '쇠뜨기'와도 같은 끈질긴 민초들의 목소리를 생생하게 되살려내고 있다. 이 목소리에 가만히 귀를 기울이면 저절로 가슴이 훈훈해진다. 이 따스한 희망의 전언이야말로 억압과 해방의 양날을 지닌 우리 근·현대사의 딜레마를 온몸으로 감내하는 민중 서사의 빛이 아니고 무엇이겠는가.

일제 말 아동문학의 보고(寶庫)

현덕의 아동문학 작품 세계

현덕은 1930년대 후반에 본격적으로 활동한 이른바 '신세대 작가'의 한 사람이다. 그는 암울한 시대적 현실을 여실히 드러내면서 이를 예술적으로 승화시킨 작품을 발표하였다. 현덕은 리얼리즘과 모더니즘, 참여와 순수, 현실성과 예술성 등의 두 요소를 자신의 작품 속에 조화롭게 융합시킨 보기 드문 작가의 하나이다.

하지만 현덕의 작품은 그동안 그에 걸 맞는 온당한 평가를 받지 못했다. "카프 계열로부터는 그 완벽한 예술성 때문에, 예술지상주의로부터는 그 결연한 역사의식 때문에 경원당했다"(신경림)는 평가는 이를 잘 보여주는 예이다. 분단이 고착된 이후 남한에서는 월북 작가라는 이유 때문에, 나아가 월북 작가에 대한 연구가 시작되고 나서는 카프에 적극적으로 가담한 작가가 아니라는 점 때문에 논의에서 소외되었다. 한편 북쪽에서도 그의 작품은 정치적 이데올로기에 희생되어 정당하게 평가받지 못했다. 일제 말기를 대표했던 그의 소설과 아동문학은 북한문학사에서 거의 언급되지 않고 있는 실정이다.

현덕은 1938년 <조선일보> 신춘문예(소설 「남생이」)로 등단하기 이전인 1932년에 이미 동화 「고무신」으로 <동아일보> 신춘문예에 가작으로 입선하였으며, 1927년에는 <조선일보> 주최 독자 공모에 「달에서 떨어진 토끼」로 당선한 바 있다. 현덕은 소설가이기 이전에 아동문학가였던 셈이다. "이제 '노마'가 없는 우리 아동문학은 상상하기 어렵다"(원종찬)는 진술이 시사하듯 한국아동문학사에서 현덕이 차지하는 위치는 각별하다.

이 책에 실린 현덕의 아동문학은 크게 동화[1]와 소년소설[2]로 나뉜다.

먼저 동화의 세계를 살펴보자. 현덕의 동화는 일제 말 '아동문학의 결정체'라는 평가를 받는다. 그의 작품은 노마, 영이, 기동이, 똘똘이 등이 함께 혹은 개별적으로 등장하는 연작의 성격을 지니는데, 주로 아동들의 놀이의 세계를 다루고 있다. 「내가 제일이다」의 경우 '축대 위에 올라서기'와 '축대에서 뛰어내리기'를 소재로 순정한 동심의 세계를 형상화하고 있는 작품이다. 작가는 자신이 제일이라고 뽐내고 싶은 아이들이 제각기 축대 위에 올라가서 뛰어내리는 모습을 통해 "모두 똑같이 제일"이 되는 과정을 그들의 행동 언어로 경쾌하게 그리고 있다. 구술성에 바탕한 반복, 점층의 문체는 아이들의 동심을 효과적으로 드러내는데 기여하고 있다. 이 작품에서 주의 깊게 봐야 할 점은 축대 오르내리기를 통해 모두가 제일이 된 어린이들이, 장난감 가게에서는 그렇지 못하다는 점이다. "종이로 만든 대장 얼굴" 장난감을 산 기동이가 대장이 되고, 아무것도 가진 게 없는 노마와 똘똘이는 기동이의 뒤를 따라 "아주 섭섭한 얼굴"로 따라간다. 현덕 동화의 현실인식을 잘 보여주는 대목이다. 아이들의 순수한

1) 동화는 넓은 의미로 아동문학의 산문 서사 장르를 총칭하는 용어로 쓰이나, 좁은 의미로는 소년소설과 구분하여 유치원에서 초등학교 저학년 어린이를 독자로 하는 시적 · 공상적 성격의 산문 서사 문학을 지칭한다.

2) 소년소설은 아동문학 서사 장르의 하나로, 소년 소녀의 현실 세계를 다룬 산문문학이다. 대개 초등학교 고학년부터 중학교까지의 연령층을 독자 대상으로 한다. 역경을 헤쳐 나가는 주인공의 분투, 소년다운 씩씩함과 건강함, 다양한 체험을 통한 정신적 성장과 적응 등은 소년소설이 중심적으로 다루는 주제이다.

놀이의 세계에서는 모두가 제일이 되어 정답게 손목을 잡고 가지만, 장난감이라는 상품이 매개가 되는 놀이의 세계에서는 그것을 구입할 수 있는 아이와 그렇지 못한 아이 사이의 위계적 질서가 발생하는 것이다. 현덕의 동화는 이 순수한 동심과 훼손된 자본의 논리 사이의 긴장을 섬세하게 포착함으로써 일제 말 식민지 조선의 현실에 대한 섬세한 자의식을 표출하고 있다. 「강아지」는 이 두 세계의 차이를 선명하게 부각시키고 있는 작품이다. 강아지가 기동이네가 구매한 상품으로 인식되었을 때 노마를 비롯한 아이들은 강아지에 접근하지 못한다. 강아지는 오직 기동이만의 소유물이다. 하지만 강아지가 단순한 장난감(상품)이 아니라 함께 노는 친구가 되었을 때 비로소 노마는 강아지와 정서적 교감을 할 수 있게 된다.

현덕 동화의 또 다른 특징은 아이들에게 친숙한 전통 설화나 그림책, 혹은 환상(상상)의 세계를 텍스트 속으로 끌어들여 이야기를 한층 풍요롭게 하고 있다는 점이다. 「고무신」에서 노마는 신발이 낡아 아이들과 놀지 못한다. 밖에 나가 놀지 못하게 된 노마는 "혼자서 할멈도 되고 호랑이도 되고 아가도 되어 주거니 받거니 노닥거리며" 이야기의 세계를 꾸미며 논다. 전통 설화를 반복하며 내면화하는 과정을 통해 노마는 현실의 외로움과 고통을 위로받는다. 또한 밖에 나가 놀지 못하는 노마의 안타까운 마음은 신발 가게에 진열된 고무신과의 상상의 대화를 통해 한층 효과적으로 표출된다. 이렇듯 현덕 동화의 등장인물들은 자신들이 처한 현실적 어려움을 그들에게 친숙한 이야기나 환상(상상) 등을 통해 해소하고 있다. 작가는 어린이들의 눈높이에서 가장 어린이다운 방식으로 주어진 현실을 포착하고 있는 셈이다.

특히, 「토끼 삼형제」는 그림책 속의 세계와 현실 세계가 '함박눈'을 매개로 절묘하게 포개지며 아름다운 동심의 세계를 구축하고 있는 작품이다. 작가는 눈이 와서 하얗게 변한 풍경을 "지금까지 보던 세상"과 대비시키며, 이에 걸맞게 지금까지와는 다른 "사람이 되고 싶"은 아이들의 동심과 연결시킨다. 하여 아이들은 "딴 세상에서 딴 사람"이 되어 새로운 놀이를 하고 싶어한다. 이윽고 노마, 영이, 똘똘이는 어제 둘러 앉아 보던 그림책 속의 토끼 삼형제가 되어 깡충깡충 눈길을 뛰어 숲으로 어머니를 찾아간다. 늑대보다 빨리 와 집을 지켜야 하는 삼형제 토끼는 재빨리 노마 집 앞으로 온다. 그들은 기동이를 만난다. 즉석에서 기동이는 늑대가 된다. 그림책의 늑대는 광 속에 갇혀 토끼 삼형제에게 꽁꽁 묶이지만, 기동이는 후다닥 영이와 똘똘이 사이를 제치고 달아난다. 노마, 영이, 똘똘이는 기동이를 따라 눈 비탈을 미끄러지며 "아아 아아 좋아라고 손뼉을 치며 소리"친다.

다음으로 현덕의 소년소설 풍경을 살펴보기로 하자. 경쾌하고 발랄한 동심의 세계가 부각된 동화와는 달리 소년소설에서는 가난하고 소외된 청소년들의 삶을 사실적으로 다루고 있다. 가난으로 인해 꿈을 상실한 청소년들이 오해와 갈등을 풀고 올곧게 성장한다는 교육적인 내용이 주류를 형성하고 있다. 특히 「나비를 잡는 아버지」는 주목을 요하는 작품이다. 소학교를 졸업한 바우와 경환이는 서로 다른 길을 간다. 부유한 집안에서 태어난 경환이는 상급학교로 진학하고, 가난한 소작농의 아들인 바우는 농촌에 남아 그림 그리기로 소일한다. 방학이 되어 고향으로 내려온 경환은 곤충 표본 숙제를 하느라 마을을 분주하게 돌아다닌다. 이러한 모습은 바우의 심기를 불편하게 한다. 바우와 언쟁을 벌인 경환이는 나비를 잡는 척 바우네 참외밭 넝쿨을 망가뜨린다. 이에 격분한 바우는 경환이와 몸싸움을 한다. 지주인 경환이네 부모는 바우네 부모를 불러 바우가 나비를 잡아 경환이에게 빌지 않으면 내년부터 땅을 떼겠다고 협박한다. 바우네 부모는 바우에게 나비를 잡아 사과하라고 강요한다. 바우는 잘못이 없기에 머리를 굽히지 않겠다고 다짐한다. 우울한 기분으로 집을 나온 바우는 "맞은편 언덕 너머 메밀밭 두덩"에서 엎드렸다 일어섰다 무엇을 쫓는 모양으로 움직이는 허연 사람의 그림자를 본다. 아버지였다. 바우는 울음이 되어 터져 나오려는 마음을 가슴 가득히 참으며 언덕 아래 메밀밭을 향해 소리치며 내려간다. "아버지ㅡ."

가난으로 인한 계층 간의 갈등, 아버지와 아들 사이의 소통과 교감이 잘 드러나 있는 작품이다. 특히 아버지의 속 깊은 마음을 이해하며 어둡고 우울한 기분에서 벗어나는 바우의 내면을 절제된 어조로 포착한 점은 진한 여운을 남긴다. 「잃었던 우정」, 「고구마」, 「집을 나간 소년」, 「모자」 등도 가난으로 인해 꿈을 상실한 청소년들이 오해와 갈등 속에서 성장하는 과정을 생생하게 그리고 있다.

한국의 아동문학은 1920년대 어린이의 인격과 감성해방을 목표로 어린이 운동과 아동 문화운동을 펼쳤던 방정환과 색동회의 이른바 '동심천사주의'로부터 비롯되었다.[3] 방정환의 동심주의는 1930년대에 계급주의 아동 문학가들에게 어린이의 계급성과 현실성을 몰각한 관념적 천사주의로 비판받았다. 1930년대를 전후하여 아동문학 운동의 중심이 방정환의

---

3) 최남선이 『소년』(1908)을 창간하여 한국 아동문학의 효시를 이루었다고는 하지만, 잡지의 대상은 아동뿐만 아니라 소년을 넘어 청년까지 포괄할 정도로 광범위하였다. 그러므로 한국의 아동문학은 『어린이』(1923)를 창간한 방정환에 이르러 시작되었다고 보아야 타당하다(최명표, 『전북 지역 아동문학 연구』, 청동거울, 2010, 22쪽 참조).

동심천사주의 경향에서 카프작가를 중심으로 한 아이들의 구체적인 삶을 다루는 경향으로 옮겨간다.[4] 이후 프로 아동문학은 "계급 현실의 도식에 갇혀 아동으로서의 실감"을 지니지 못한 채 "비현실적이고 도식적인 줄거리를 지닌 교훈담과 설교 방식의 이야기"를 반복하였다.[5]

특히, 1930년대 말은 일제의 극심한 탄압 속에서 문학 그 자체가 위협받는 이른바 암흑의 시기였다. 이러한 시기에 집중적으로 발표된 현덕의 아동문학은 고난의 암흑기를 이겨나가는 하나의 방법이었고, 시대의 어둠을 거두어갈 한줄기 광명의 열린 통로였다.[6] 프로문학의 이념지향주의를 넘어 구체적 일상을 서사화한 현덕의 동화는 아동문학 자체는 물론이거니와 일제 말 암울했던 우리 문학의 토양을 풍요롭게 하는 데 커다란 기여를 하고 있다.

---

4) 이재복, 『우리 동화 바로 읽기』, 소년한길, 1995, 80쪽 참조.
5) 원종찬, 「구인회 문인들의 아동문학」, 『동화와 번역』, 2006.11, 305쪽 참조.
6) 원종찬, 「현덕의 아동문학」, 『민족문학사연구』, 1994, 369쪽 참조.

현실과 환상의 조화

장성유의 작품세계

지나온 한 세기, 우리 아동문학의 중심 담론은 표현론과 반영론의 두 관점으로 요약할 수 있다. 표현론의 관점은 아동문학 창작 주체인 작가의 사상이나 감정의 표현, 즉 작가의 개성과 창조적 상상력을 중시하는 입장이다. 반영론의 관점은 사회 현실을 중시하여 아동문학도 사회 현실에서 빚어진 실상을 그대로 반영해야 한다는 것이다. 표현론의 입장은 보편적인 가치와 정서에 치중하며 낭만주의적 성향을 띠는 반면, 반영론의 입장은 리얼리즘적 경향의 진보적 입장을 취하게 마련이다.[1]

이 두 경향은 긴장 · 갈등하며 우리 아동문학을 키워온 자양분이다. 한국 아동문학의 풍요로운 미래는 표현론과 반영론을 창조적으로 지양(止揚)하는 과정에서 열릴 수 있을 것이다. 이는 예술성과 현실성, 모더니즘과 리얼리즘의 조화로운 공존이라 할 수 있는데, 우리는 장성유의 동화에서 그 가능성의 일면을 엿볼 수 있다.

등단작 「열한 그루의 자작나무」(1998년, 『아동문학평론』)는 장성유의 작품 세계 전체를 조감할 수 있게 하는 작품이다. 어른이 된 주인공 '승한이'는 새로 이사한 동네 어귀에 서 있는 자작나무를 보고 초등학교 시절의 '자작나무 선생님'을 떠올린다. 선생님은 '엄지 물건' 숨기기를 통해 짝꿍 정하기 놀이를 제안한다. 제각기 '엄지 물건'을 숨기고 자기가 찾은 물

1) 김용희, 「디지털 시대 아동문학이 갈 길」, 『디지털 시대의 아동문학』, 청동거울, 2005, 22－23쪽 참조.

건의 주인과 짝꿍이 되는 게임이다. 아이들이 찾지 못한 물건의 주인은 선생님과 짝꿍이 된다. 한 번도 선생님과 짝꿍이 되지 못한 승한이는 자신의 '엄지 물건'을 숨기다가 선생님의 마음속에서 나온 '개구리 마법사'를 만나게 된다. 개구리 마법사는 반 친구들의 물건을 감추는 일을 했다. 승한이는 마법사의 도움으로 반 친구들의 '엄지 물건'을 모두 찾아 나온다. 섬 마을 학교가 문을 닫게 되자, 선생님은 아이들에게 학교의 교실과 반 친구들, 그리고 선생님과의 추억을 영원히 기억하게 하고 싶었던 것이다. 이 선생님의 마음과 가르침 덕분에 아이들은 '이 땅 어디선가 당당히 자기 일들을 하면서 제자리를 지키고 서 있'는 '열한 그루의 자작나무'로 성장할 수 있었다. 장성유의 동화는 '개구리 마법사'를 연상시킨다. 그의 작품은 '반 아이들' 모두와 짝꿍이 되어 '이야기를 나누고 싶어 하는 선생님'의 따뜻한 마음을 품고 있다. 장성유는 자신의 이야기를 매개로 서로가 서로에게 마음을 여는 짝꿍이 되기를 바란다. 그가 창조하는 동심(환상)의 세계는 상대에게 다가가 소중한 짝꿍이 되는 마법의 공간을 열어 보인다. 여기에는 서로에게 낯선 존재가 되어가고 있는 안타까운 교육 현실(반영론)과 이를 마법의 상상력으로 치유하려는 예술가적 자의식(표현론)이 투영되어 있다.

「눈새」는 이러한 장성유 동화의 지향점을 잘 보여주는 작품이다. 이 작품에서 시인은 '눈 속에 핀 민들레꽃' 같은 시를 쓰고자 한다. '눈새'는 '거짓이 많은 땅'(현실)과 '대자연을 감동시키는 시'(환상)를 연결하는 '마법사'의 다른 이름이다. 시인(작가)은 출판사 사장이 요구하는 '애들이 깔깔거리고 웃을 만한 그런 이야기'(단순한 재미나 흥미만을 추구하는 이야기)가 아니라, '대자연을 감동시키는 시'(꿈, 이상을 키워주는 이야기)를 쓰고자 한다. 그렇다고 장성유의 동화가 '고상한' 곳, '높은 데'를 향해 마냥 비상하는 것만은 아니다. 그의 동화는 우리가 발 디디고 있는 현실에 굳건히 뿌리내리고 있다. 「황새와 돌멩이」는 이를 잘 보여주는 작품이다. 황새와 돌멩이는 떡갈나무에 살고 있는 친구이다. '세상 끝에 뭐가 있는지' 궁금한 황새는 '날마다 어디론가 훨훨' 날아갔다가 돌아온다. 황새는 '큰 궁전', '하늘을 찌를 듯이 높이 솟은 산', '끝없이 펼쳐진 바다' 등을 보고 와서 돌멩이에게 자랑한다. 그때마다 돌멩이는 황새에게 그것이 '내가 상상한 것보다 크고 넓을까?'라고 반문한다. 돌멩이는 스스로 움직일 수 없기 때문에 '떡갈나무'가 세상의 전부이다. 하지만 돌멩이에겐 '상상'할 수 있는 능력이 있다. 지친 날개를 접고 떡갈나무 품속으로 돌아온 황새는 돌멩이에게 다음과 같이 말한다.

> "여긴 세상의 시작이고, 세상의 끝이었어. 난 그것도 모르고 날아다녔지. 넌 항상 이곳에 있었지. 난 세상 끝을 보려고 마구 날아갔지만 그럴수록 네가 보고 싶었어. 너조차 어디론가 가버렸다면, 난 영원히 세상 끝에 가 보지 못했을 거야."(「황새와 돌멩이」)

작가는 「황새와 돌멩이」를 통해 우리가 발 디디고 있는 바로 여기가 세상의 끝이고 시작이라고 말하고 있다. 세상의 끝(하늘)을 향한 황새의 비상도 결국 '지금 여기'의 현실을 밝히기 위한 상상력의 도약인 셈이다. 이번 작품집에 수록된 텍스트들은 이러한 장성유의 작가의식을 잘 보여주는 단편 동화들이다. 현실과 환상의 균형감각을 중심으로 그의 작품들을 일별해 보자.

먼저, 「하느님의 꽃밭」과 「아무도 모르는 첫 전철」로 대표되는 작품군이다. 현실과 환상이 서로의 경계를 넘나들며 독특한 의미망을 구축하고 있는 경우이다. 「하느님의 꽃밭」은 엄마와 아기의 소통을 현실적이면서도 환상적인 풍경으로 직조하고 있는 작품이다. 아이를 가진 엄마의 마음이 따스하면서도 포근한 어조로 표출되어 있다. 몹쓸 병(폐 속의 종양)에 걸린 엄마의 고통과 아기를 끝까지 지키려는 애틋한 마음, 그리고 새로운 생명을 통해 현실적 고통을 극복하려는 몸부림 등이 사실적으로 드러나 있다. 이와 더불어 아기의 시점을 차용하여 엄마와 소통하려는 동화적(환상적) 상상력이 경쾌한 무늬로 그려져 있다. 작가는 아기의 목소리를 통해 언어 이전의 그 무엇, 즉 언어로 표현하기 어려운 진솔한 감정을 수놓고 있다. 이 현실(엄마)과 환상(아기)의 영역이 '하느님의 꽃밭'에서 화려하게 개화한다. 하느님의 꽃밭은 현실과 환상(동심)을 잇는 다리이다. 이 상상력의 꽃밭에서 일어나는 기적을 통해 엄마와 아기는 더불어 다시 태어난다. 현실에 뿌리내린 환상성, 환상에 기반한 현실인식이 화려하게 개화하는 장면이다.

「아무도 모르는 첫 전철」은 어린 시절 소아마비로 다리를 못 쓰게 된 소년(철진)과 어릴 때 계단에서 떨어져 다리를 다친 소녀(안나)가 현실적 제약을 넘어 상상의 여행을 떠난다는 이야기이다. 그들이 도착한 '아무도 모르는 나라'는 현실적 장애를 넘어선 공간, 오직 상상의 영역에서만 존재하는 장소이다. 작가는 다리가 불편한 아이들의 꿈과 이상을 상상력을 통해 충족시켜 주고 있는 셈이다. 하지만 이야기는 여기에서 끝나지 않는다. '눈이 멀 정도로 아름다운' '아무도 모르는 나라'의 '땅 어머니'가 '깊은 시름'에 잠겨 있는 것이다. '땅 위에 있는 빌딩 때문'이다.

"하늘을 찌를 듯이 높은 집이에요. 어떤 것은 수십 층도 더 되는데, 사람들은 너도 나도 없이 서로 높이 지으려고 경쟁하고 있거든요. 게다가 그런 빌딩을 지으려면 땅속으로 기둥을 수십 미터씩이나 박아야 하는데, 땅 어머니의 머리가 오죽 아팠을까요?"(「아무도 모르는 첫 전철」)

이렇듯 장성유의 동화에서는 현실과 환상, 리얼리즘과 판타지가 뫼비우스의 띠처럼 연결되어 있다. 상상력의 공간은 현실적 고통을 잊게 해주는 장치지만, 이 환상의 공간 또한 현실적 문제로부터 자유롭지 못하다. 이처럼 장성유의 작품에서 상상력의 공간은 현실의 고통을 치유해주는 장치에 머무는 것이 아니라 다시 현실에 영향을 미치는 복합적 의미망을 지니고 있다. 이를 통해 작가는 물질문명이 야기한 환경파괴의 문제를 효과적으로 환기하고 있다. 이 지점에서 작가는 다시 한 번 상상(동심)의 나래를 펴는데, 여기에서 '모든 빌딩들이 하나 둘 날개를 달고 하늘을 날고 있'는 신비로운 장면이 연출된다.

다음으로 전통 서사 양식을 차용하여 현실의 문제에 접근하고 있는 「훨훨 봉황새야」와 「디딜방아 쿵더쿵 아저씨」를 살펴보자. 「훨훨 봉황새야」는 봉황새 전설을 차용하여 현실의 어둠(우리 민족의 한과 슬픔)을 밝히고 있는 작품이다. 이 작품에 등장하는 시인은 '1만 행으로 시의 하늘을 열어 보고픈' 마음을 품고 있다. 그는 '버려진 것'(폐가와 오동나무로 대변되는 소외된 존재)들에게 '꽃을 피워주고, 빛이 되어 주'는 시를 염원한다. 시의 빛으로 세상을 밝히려는 것이다.

사슬에 묶인 온 누리 사람들의 마음을 풀고, 어둠에 갇힌 온 산천의 족쇄를 풀고, 짓밟히고 억눌리고 한이 맺혀 컴컴한 5천 년 겨레의 혼을 등불처럼 밝혀 줄 그런 시를 쓰자, 그런 시를…….(「훨훨, 봉황새야」)

마침내 '시의 하늘'을 품은 시인은 가슴에 '은하수'를 들여놓기에 이른다. 이때 무엇인지 알 수 없는 '큰 불덩어리'가 오동나무 위로 내려앉는다. 오동나무가 5천 년을 기다려온 손님, '봉황새'이다. '봉황새는 긴 날갯짓으로 컴컴한 겨레어둠을 다 태우고 눈부신 혼불을 새로이 피워'낸다. 인간(시인), 자연(오동나무, 하늘, 햇빛, 달빛), 전설(봉황새)이 시적 상상력을 통해 혼연일체가 되는 아름다운 풍경이다.

「디딜방아 쿵더쿵 아저씨」는 디딜방아 아저씨와 달님(토끼) 사이의 아름다운 소통을 형상화하고 있는 작품이다. 한쪽 다리가 불편해 방아를 찧을 수 없는 '꽃다지'를 위해 '디딜방아 쿵더쿵 아저씨'는 노래로 '달토끼'를 부른다.

달토끼야 달토끼야
내 방아를 찧어다오
살근살근 발을 디여
쿵덕쿵덕 찧어 다오.(「디딜방아 쿵더퉁 아저씨」)

노래를 들은 '달토끼'는 방앗간으로 내려와 밤마다 방아를 찧어준다. '달님'은 이 디딜방아를 훔치려는 도둑들에 맞서 방아를 지켜준다. 작가는 달토끼 설화를 차용하여 현실의 어두운 이면을 경쾌하게 뒤집고 있다.

이번 작품집에 수록되지 못한 것이 끝내 아쉽지만, 『마고의 숲 1, 2』

(2008년 제18회 방정환문학상 장편소설 부문 수상작)는 장성유 작품세계의 결정체라 할 만한 본격 장편환상동화이다. 소녀 '다물'이 마고의 숲에서 길을 잃고 헤매다 세상 끝에서 만난 '마고'로부터 생명의 씨앗을 얻는다는 내용이다. 인류의 시원을 탐색해가는 신화적 모티프(마고할미설화 혹은 마고창세신화) 속에 다양한 캐릭터들의 흥미진진한 모험담을 녹여내고 이를 날카로운 풍자와 비유의 필치로 갈무리한 『마고의 숲 1, 2』는 우리 판타지동화가 성취한 소중한 성과의 하나로 기억될 것이다.

지금까지 살펴보았듯, 장성유의 작품은 현실(반영론)과 환상(표현론)이 절묘하게 결합된 동심의 세계를 통해 우리 아동문학의 영역을 확장시키고 있다. 그의 작품은 구체적 현실에 굳건히 뿌리내리고 있는 상상력의 세계, 혹은 현실의 영역을 풍요롭게 하는 동심의 세계를 창조하고 있다. 이러한 동심의 세계는 어두운 현실을 밝히는 등불의 역할을 하기에 부족함이 없다.

꿈꾸기가 불가능한 시대의 절망적 꿈꾸기

정승재의 『내 남편이 대통령이었으면 좋겠다』

1.

정승재의 소설은 꿈꾸기가 불가능한 시대의 절망적 꿈꾸기를 다양한 서사적 방식으로 모색하고 있다. 그가 펼쳐 보이는 서사의 모험은 정공법인 리얼리즘에서 알레고리, 풍자에 이르기까지 그 범위가 다채롭다. 먼저, 근대적 일상의 딜레마를 표상하는 결혼제도의 모순을 해부하고 있는 「짜와즈 그리고 딸라끄」를 살펴보기로 하자. 결혼과 이혼 사이에서 길항(拮抗)하는 화자의 미세한 내면의 파동과 공명(共鳴)하는 차분한 어조와 탄탄한 문체는 사실주의 문학의 한 전범을 보여주기에 부족함이 없다.

작가는 아랍어인 '짜와즈'(결혼)와 '딸라끄'(이혼)를 작품의 전면에 내세움으로써 여전히 전근대적인 우리의 가족제도를 심문하고 있다. 가족의 붕괴와 재결합 문제는 자아의 정체성, 나아가 우리 사회의 정체성에 대한 근원적 성찰이라는 점에서 주목을 요한다. 가족은 근대 사회의 안녕과 체제의 존속성을 보장하는 신화로 기능한다. 「짜와즈 그리고 딸라끄」는 근대적 일상과 해체된 가족의 실체를 정직하게 응시하며, '지금 여기'에서 가족의 현실적 의미를 탐문하고 있는 수작(秀作)이다.

여기 마흔 하나가 된 지금, 자신의 존재를 어디에서도 찾을 수 없는 한 주부가 있다. 그저 김밥아줌마, 아니면 누구 엄마, 혹은 503호 아줌마라는 이름으로 살고 있는 주인공은, '짜와즈'와 '딸라끄' 사이에서 길을 잃고 방황한다. 혼자 서고 싶고, 혼자 주인이고 싶지만 현실적으로 쉽지 않다. 열아홉에 시집와 자식을 일곱이나 낳은 친정 엄마의 삶을 되새김질할 때마다, 어느덧 그녀처럼 모든 일을 참고 견뎌야만 일상을 유지할 수 있는 자신의 처지가 안타깝기만 하다. 이혼이라는 현실을 감당할 자신이 쉽게 생기지 않는 이유도 이와 무관하지 않다. 한편으로 이혼을 생각하면서, 다른 한편으로는 남편이 조금만 내 곁에 있어주었으면 하는 소망도 갖고 있는 것이 지금의 솔직한 심정이다.

이러한 결혼 생활에 잔잔한 파문이 인다. 초등학교 동창이 일주일에 세 번 정도 찾아와 '남편에게서 느낄 수 없는 편안함'을 제공해주기 시작한다. 이 동창과 함께 한 여행이 작품의 주된 서사 구조를 이룬다. 여행은 감옥 같은 일상에 신선한 바람을 일으킨다. 동창은 비가 오는 주차장에서 화자가 차를 탈 때까지 우산을 들어주기도 하고, 남편에게서는 상상도 할 수 없는 감미로운 키스를 선사하기도 한다. 그녀가 남편에 대한 불만을 털어놓자, '결혼제도란 권력을 유지하기 위한 전제조건'이라며 이혼을 권유하기까지 한다.

여행의 종착지인 휴전선 부근의 펀치볼 마을에 와서도 화자의 마음은 여전히 '짜와즈'(결혼)와 '딸라끄'(이혼) 사이에서 맴돈다. 차분하게 전개되던 이야기는 마지막에 와서 극적인 반전을 준비한다. 남녘북녘 할 것 없이 구름이 몰려들고 있는 전방 마을을 배경으로 기념사진을 찍으려 포즈를 취하는 순간, 군인 둘이 급히 뛰어온다.

> "북쪽을 배경으로 해서는 사진을 찍을 수 없습니다. 사진은 저쪽 펀치볼 마을을 배경으로 해서 찍으시기 바랍니다."

군인의 목소리는 강경하다.

"그렇게 하면…, 저는… 북쪽을 바라보는 모습이… 되는 데요…."

"제가… 북쪽을 보면서… 사진을… 찍어도 돼나요…?"

나는 말을 더듬는다. 안내원이 말하던 국가보안법이 떠오른다. 손이 떨린다. 내 물음에 군인은 잠시 멍한 시선을 지었지만, 얼굴을 붉히며, 빠른 어조로 말한다.

"아무튼 사진은 펀치볼 마을 쪽으로만 찍을 수 있습니다."

북쪽을 바라보고 선다. 등 뒤로 감춘 오른손에 빛바랜 헝겊조각이 쥐어져 있다. 갑자기 눈물이 난다. 그의 눈앞에서 디지털카메라가 반짝하고 빛난다. 나는 헝겊이 묶어 있는 철책을 통해 북녘 땅을 바라보고 있다. 사진에는 내 등 뒤에 있는 돼지가 편안한 마을이 찍혔을 것이다. 구름과 바람도 찍혔을 것이다. 어쩌면 더 멀리 503호에서 잠자고 있는 남편도 찍혔을지 모르는 일이다. 다시 나는 입술을 딸싹거린다.

"딸라끄…."(「짜와즈 그리고 딸라끄」)

화자의 내면에서만 맴돌던 '결혼/이혼'에 대한 자의식이 외부(세계)로 투사되는 장면이다. 남편과 화자의 결혼 관계가 남북의 분단현실과 접속하는 순간이기도 하다. 나아가 결혼제도는 허울뿐인 국가보안법과 포개진다. 북쪽을 바라보며 선 화자의 모습(마음)과 사진의 배경이 될 뿐인 남녘의 모습(풍경)은 화해가 쉽지 않는 모순적 분단 현실을 표상한다. 마음과 풍경이 엇갈린 이 그로테스크한 장면을 연출하며 화자가 '딸라끄….' 라고 속삭인다는 점은 곱씹어 볼 일이다. 주인공이 처한 현실, 나아가 우리 분단 현실에 대한 새로운 인식의 알레고리로 해석할 수 있기 때문이다.

2.

「카페 밀레니엄」에서 「붉은 구멍」에 이르는 「벌레구멍」 연작은 작가가 추구하는 소설 세계의 원형질을 함축하고 있다는 점에서 이번 작품집의 몸통에 해당한다고 해도 과언이 아니다. 작가는 서사의 해체와 재구성을 통해 근대적 일상의 견고함에 균열을 내고 있다. 「벌레구멍」 연작의 주인공은 근대적 일상의 감옥에서 벗어나려는 몸부림을 현실과 환상의 긴장을 통해 탐구하고 있다는 점에서 카프카와 이상의 인물을 연상시킨다. 꿈꾸기가 불가능한 시대의 절망적 꿈꾸기를 관념적이면서도 구체적인 이미지로 진지하게 탐색하고 있기 때문이다. 작가는 추상적인 것에 형상을 입혀 구체화하는 알레고리 기법으로 근대적 일상의 감옥을 해부하고 있는 셈이다.

루카치는 이러한 알레고리를 모더니즘의 내재적이고 경향적인 특질로 파악한 바 있다. 우리가 발 디디고 있는 현실 세계를 사실적으로 보여주기보다는 작가 자신의 관념을 비유적으로 드러내는데 주력하기 때문이다.

이러한 점을 염두에 둘 때, 「벌레구멍」 연작은 혼란과 모순으로 가득 찬 근대적 일상을 우의적 기법으로 포착한 작품이라 할 수 있다. 개인의 힘으로는 어찌할 수 없는, 꿈꾸기가 불가능한 시대의 절망을, 작가는 알레고리적 기법으로 포착한 것이다. 부조리하고 모순적인 삶이 알레고리적 방법을 불러온 셈이다.

알레고리 소설이 그러하듯 이야기는 간단하다. 「벌레구멍」 연작은 부조리한 세상과 모순된 운명에 맞선 인물이 근대적 일상의 감옥을 탈출하기 위해 고투하는 내용을 담고 있다.

물리학자를 꿈꾸던 한 소년이 있었다. 그는 망나니의 후예라는 화인(火印)과 가난이라는 환경으로 인해 꿈을 포기하고 법학과를 선택했다. 사법시험에 연이어 실패하며 좌절감을 맛보던 중 선희라는 한 여인을 만난다. 상실의 아픔을 지닌 선희와 꿈을 잃고 방황하던 화자는 급속히 가까워진다. 하지만 이들의 사랑은 오래 유지되지 못한다. '붉은 색을 간직하고 있다가 뜨거운 물에 붉은 빛깔을 내놓는 커피 원두 같은', '천년이 지나도 변하지 않는 감동'으로 다가오는 사랑은 현실 속에서 성취될 수 없기 때문이다.

작가는 이러한 사랑의 불가능성을 자아의 분열과 통합을 통해 성공적으로 포착하고 있다. 그 궤적을 따라가 보자. 화자는 가끔 선희를 버린 '그 사내'의 실루엣을 감지하곤 하는데, '그 검은 그림자가 낯설지 않다'는 느낌을 받는다. 선희의 아이를 빼앗아 죽게 한 남자, 즉 선희와 아이를 버린 남자와 자신의 아버지가 겹쳐진 탓이다. 아버지는 과학 선생을 꿈꾸는 화자에게 법학과를 강요했다. 자신의 꿈을 짓밟은 아버지는 선희와 아이를 버린 '그 사내'와 별반 다를 바 없다.

그렇다면 화자는 어떠한가? 선희는 화자에게 고시공부를 강요한다. 하지만 고시공부로 표상되는 현실은 '잊고 싶은' 화자의 '실체'를 환기한다. 다시 공부를 시작했지만 실패한다. 그는 '밀레니엄'으로 돌아가지 못한다. 아버지가 자신을 버렸듯, 그 사내가 선희와 아이를 버렸듯, 화자도 선희를 버린 셈이다. 여기에서 아버지, 그 사내, 화자는 한 몸이 된다. 이러한 자아의 분열과 통합은 사랑의 성취를 끝없이 연기하는 기능을 하는데, 냉혹한 현실의 벽 앞에 붕괴되는 '밀레니엄 사랑'을 선명하게 부각시키는 역할을 한다.

화자는 물리학의 꿈을 소환하여 '블랙홀로 빨려 들어가 새로운 세계'에

도달하려는 꿈을 꾼다. 하지만 이 또한 여의치 않다. 다른 세계로 통하는 '벌레구멍'의 양가적 의미는 이를 잘 보여주는 예이다. 여기에서 벌레구멍은 새로운 세상을 꿈꾸게 하는 환상이면서 동시에 이의 불가능성을 깨닫게 해주는 절망적 지표이다. 아이를 떼기 위해 병원에 갔다가 너무 늦어 어쩔 수 없이 그를 태어나게 한 어머니의 자궁(붉은 동굴), 즉 생명과 저주를 동시에 품은 동굴이기도 하다.

> ① 몸에서 힘이 빠져나가고 급기야 몸이 벌레구멍으로 빠져들면서 하얗게 부서지는 하늘이 보였다. 블랙홀에 빨려들어가는 빛처럼 시험 답안지의 '同一人'이라는 구절에 나의 몸이 흡수되는 듯한 강렬한 힘이 느껴졌다. 나의 몸과 선희의 몸이 하나로 합치되면서 모든 것이 안개처럼 흩어졌다. 시험장 안에서 나의 분신이, 아니 바로 내가 선희의 자리에서 시험을 치르고 있었다.(「카페 밀레니엄」)

> ② 밀레니엄 창가에 어른거리던 사내가 책상 밑에서 솟아올랐다. 검은 사내가 내 자리에 앉았다. 그리고 나는 까무룩히 벌레구멍 속으로 빠져들었다.(「카페 밀레니엄」)

벌레구멍은 선희와 하나 되는 환상을 가능케 하는(①) 동시에, 밀레니엄 창가에 어른거리던 '그 사내'가 결국 자신의 그림자라는 사실을 뼈아프게 인식하게 하는(②) 매개체이기도 하다. 꿈꾸기와 이에 대한 좌절을 동시에 함축하는 이미지인 셈이다. 하여 「벌레구멍」 연작은 현실 너머에 대한 꿈꾸기가 끝없이 좌절된다는 사실을 고통스럽게 환기하고 있는 작품이라 할 수 있다.

「혼자 남은 방」은 꿈꾸기가 불가능한 절망적 현실을, 일상을 규율화하는 통제의 메커니즘에 갇힌 화자의 모습으로 알레고리하고 있다. 민방위 훈련을 비난하는 글을 썼다는 이유로 주인공은 지하실의 어두운 사무실에 끌려가 구청 직원들에게 사과할 것과 시말서 쓰기를 강요받는다. 그는 어떤 세력에 의해 점차로 길들여지는 느낌, 즉 조작된 기계처럼 하루하루를 살아가고 있다는 생각에 사로잡힌다. 심지어 사랑마저도 기계처럼 행해진다. 그들은 회사에서 부여한 업무 이외에는 서로에 대해서 아는 것이 없으며 스스로 아무것도 결정할 수 없다.

이러한 모습은 「붉은 뇌」에서 사랑이 없는 결혼 생활로 변주된다. 고시준비생인 동시에 애 보는 남자가 된 화자는 '사방이 돌로 꽉 막힌' 골방(가정)에서 더 잃을 것이 없는 모습으로 살아간다. 사회 또한 마찬가지다. 꽤 유능한 샐러리맨이었던 화자는 늘 불안에 시달렸다. 그럴수록 더욱 열심히 일했다. 하지만 불안한 마음은 더욱 커져갔다. 결국 나이 마흔에 직장에서 해고되고, 사방에 출구라고는 없는 집(감옥)에 갇히게 된다.

이러한 절망적 현실에서 벗어나기를 꿈꾸는 주인공의 모습은 혼자만의 골방에서 탈출하는 모습으로 반복되어 나타난다.

> 골방을 나와 계속해서 걸었다. 깜깜한 동굴은 끝날 줄 모르고 내가 갇혀 있던 골방 비슷한 곳도 없었다. 그렇게 얼마를 걸었을까, 갑자기 공간이 넓어지며 주위가 조금 밝아졌다. 주위가 밝아졌다고 해서 대낮 같이 밝아진 것은 아니었다. 시계가 삼사십 미터를 넘지 못하는 것도 여전했다. 많은 집들과 골목길 때문에 눈은 오히려 혼란스러웠다. 동굴의 천정은 어느 틈에 사라졌는지 보이지 않았다. 그러나 길은 여전히 뱀 허리처럼 구불구불했고 차가웠다. 동굴과 달리 굽어진 길모퉁에는 집들이 빼곡히 들어서 있었다. 움막처럼 지붕이 매우 낮은 작

> 은 집들이었다. 그 집들 안에는 누군가가 살고 있을 것이 틀림없었으나 막상 문을 두드리려고 하니 겁이 났다. 그들은 틀림없이 나를 동굴 속 골방에 가준 인종들일 것이었다. 누군가를 만나고 싶다는 바램과 나를 골방에 가둔 그들과 마주칠 수도 있다는 두려움이 나를 이러지도 저리지도 못하게 만들었다. 나는 계속해서 골목길을 걸었다. 길은 두 사람이 마주치면 한 사람이 조금 비켜서야 지나갈 수 있을 정도로 좁았다. 마을의 분위기는 검은 하늘을 이고 있는 장마철 잿빛 저녁 같은 느낌이었다. 누군가를 만날 수 있으리라는 기대를 갖고 걸으면서도 한편으로는 그들을 만나면 다시 골방으로 끌려갈 것이라는 두려움을 떨쳐버릴 수가 없었다. 모든 집들은 문이 굳게 닫혀 있었다.(「혼자 남은 방」)

하지만, 어렵게 골방을 탈출했다고 느끼는 순간, 그를 맞이한 것은, 그토록 벗어나고자 했던 금호동 골목의 풍경이다. 기껏 탈출한 곳이 망나니의 후예라는 주홍글씨가 선명한 자신의 과거인 셈이다. 운명에서 벗어나려고 노력했으나 다시 그 운명의 출발점에 선 형국이다.

그렇다면 금호동은 화자에게 어떤 의미를 지니는가? 그는 금호동에만 오면 물리학자가 된다. 그러나 아버지와 어머니는 검사가 되어야 한다고 강요했다. 그때부터 화자는 인간과 로봇 사이를 넘나들며, 과학자지망생과 검사지망생 두 개의 자아로 분열되었다. 여기에서 법학은 현실(일상)을, 물리학은 꿈(환상)을 상징한다. 벌레구멍은 이 둘을 왕복하는 추의 이미지로 기능한다.

금호동에서 화자는 아버지의 이미지가 투영된 또 다른 자아를 만난다. 카페 '밀레니엄'에서 선희의 주변을 배회하던 사내가 아버지이자 자신의 분신이었듯, '금호동이 지긋지긋해서 도망치고 싶어하는 줄 알았지만 막상 떠나게 되니 떠날 수가 없다고 말'하는 사내 또한 아버지의 짝패이자 자신의 도플갱어이다.

아버지는 '어떻게 금호동을 떠날 수 있을까?'하는 희망으로 살았다. 아버지는 운명을 믿는 마음이 굉장히 강해 모든 것을 운명 탓으로 돌리곤 했다. 그게 싫어 물리학을 공부한 화자는 아인슈타인의 세계선 이론과 만나면서 절망에 빠진다. 아인슈타인의 상대성 이론과 점쟁이의 운명론은 야누스처럼 얼굴을 맞대고 있었기 때문이다. 이렇듯, 다시 금호동으로 회귀할 수밖에 없는 상황에서 물리학 이론은 무력하기만 하다.

금호동에서 화자는 벌레구멍을 통해 작은 골방에 갇혀 강제노역을 당하고 있는 자신의 미래를 본다. 이 늙은 사내는 과거와 현재에 갇혀 신음하는 화자의 닫힌 미래를 상징한다.

운명(과거)과 일상(현재)으로부터의 탈출이 오히려 감옥(미래)인 아이러니. 사정이 이러한데, 어떻게 새로운 삶을 꿈꿀 수 있겠는가? 다만 탈출의 불가능함을 알면서도 꿈꾸기를 포기하지 않는 시지포스의 노역만이 가능할 뿐이다. 「벌레구멍」 연작은 이에 대한 절망적 알레고리인 셈이다.

> "여기서는 다른 그 누구도 입장 허가를 받을 수 없었어, 이 입구는 오직 당신만을 위한 것이었으니까. 나는 이제 문을 닫고 가겠소".(카프카, 「법 앞에서」)

작가는 '천년 후에는 내가 다시 이 문 앞에 설 수 있을까?'라고 자문하며 소설을 마무리한다. 이는 그때가 되어도 다른 세계로 통하는 문 앞, 꼭 거기까지만 도달할 수 있다는 디스토피아적 절망을 표상한다. 천년의 사랑을 약속했던 연인(선희)과의 재회도, 붉은 동굴 속의 늙은 화자(불안한 미래)의 죽음도, 결코 이 문을 열 수 없다는 사실을 작가는 「벌레구멍」 연작을 통해 보여주고 있지 않은가!

3.

「내 남편이 대통령이었으면 좋겠다」는 경쾌한 어조와 우울한 현실을 교차시키면서 풍자소설의 한 진경을 펼쳐 보인다.

주지하듯, 풍자는 꿈꾸기가 불가능한 시대, 즉 앞으로 나아가지도, 그렇다고 뒤로 물러설 수도 없는 딜레마적 상황에서 부정적이고 혼란한 현실을 슬쩍 비껴 선 자세로 응전하는 문학적 방식이다. '대상을 공격하여 우스꽝스럽게 만드는 작업'이 풍자인 셈이다.

이 작품에서 풍자의 시선은 크게 두 갈래로 진행된다. 먼저, 혼란한 시대상에 대한 풍자이다. 여기에서 화자와 남편의 시선은 가까워진다. 로또에 당첨되어 남편을 대통령에 출마시키려는 화자의 의지는 이를 잘 보여주는 예이다.

'내가 대통령이 되면, 우선 조폐공사에서 돈을 마구 찍어서 모든 국민들에게 1인당 5억원씩 나누어 주겠어' 혹은 '대학도 평준화를 시켜서 추첨으로 학교를 배정하겠어' 나아가 '내가 퇴임하는 날 인터넷 신임투표를 하는 거야. 그 결과가 50%이상의 지지를 받지 못하면 퇴임식장 앞에 설치되어 있는 자동소총에서 총탄이 수없이 발사된다' 등 남편의 황당한 발언은 '로또를 사는 사람들, 경마장에 가는 사람들, 그들은 모두 자신들이 정상적으로는 부자가 될 수 없다는 것을 몸으로 체득한 사람들이거든요.

오로지 기대할 수 있는 것은 하늘의 은총뿐이지요. 우연 말예요. 어제 밤 저는 이런 생각을 했지요'라는 아내의 말과 짝패를 이룬다. 이는 고시공부를 포기하고 중소건설업체에 취직하여 어렵게 박사학위를 받았지만 회사의 근무시간 때문에 외부로 강의를 나가지 못하는 남편과, 결혼 후 직장을 옮겨 17년째 비정규직으로 일하는 아내의 삶이 더 이상 나아질 수 없다는 사실에 대한 절망의 판타지이다. 이들이 강남에 있는 33평짜리 아파트를 마련할 수 있는 방법은 오로지 로또에 당첨되는 것 이외에는 아무것도 없다.

다음으로 인물에 대한 풍자이다. 여기에서 남편을 바라보는 화자의 시선을 유심히 고찰할 필요가 있다. 남편은 앞서 살펴보았듯이 현실을 풍자하는 주체이다. 하지만 풍자의 대상이 되기도 하다. 우선 남편이 실현 불가능한 돈키호테(피터팬)식의 꿈을 꾸고 있다는 점을 지나칠 수 없다. 특히, 아들을 폭행하는 장면은 남편의 꿈이 지닌 허구성을 보여주는 대표적인 예이다.

> "권력을 잡은 사람들은 그 권력을 서민들을 위해 쓰지 않고, 자기들의 부귀영화를 위해 쓰잖아요. 그렇게 하기 위해서 약자들을 착취하고요. 나쁜 놈들…. 저는 착취를 하느니 차라리 당하겠어요. 힘들더라도 나쁜 짓은 하기 싫단 말예요!"(「내 남편이 대통령이었으면 좋겠다」)

이러한 아이의 말에 남편은 '착취당하는 자의 삶이 얼마나 힘든지 보여주'겠다며 사정없는 폭력을 가한다.

"그래 이놈아! 우리 집에선 내가 지배자고 넌 피지배자지! 그러니까 나는 너를 패고, 너는 맞을 수밖에 없지? 계속 맞아라. 너의 운명은 맞게끔 결정되어 있고, 내 운명은 너를 때리게 결정되어 있으니 그대로 하자. 너는 남 때리기를 싫어하는 착한 놈이니 계속 얻어맞고, 나는 때리기를 좋아하는 나쁜 놈이니 계속 때리고. 그런 세상이 계속되어야 하겠지. 너는 계속 맞고…, 나는 계속 때리고…."(「내 남편이 대통령이었으면 좋겠다」)

이러한 모습은 모순적이고 폭력적인 사회의 권력구조를 가정에서 재생산하는 남편의 이중적 태도를 시사한다. 또한 자전거를 좋아하는 화자를 위해 한강변을 개발해서 서울에서 양평까지 자전거도로를 만들어 주겠다는 말이나, 중소기업이나 비정규직의 파업은 어느 정도 이해하지만 대기업 노조의 정치적인 파업은 인정할 수 없다는 발언 등은 지극히 주관적이며 이기적인 태도이기도 하다. 이러한 남편의 태도는 풍자의 대상이 되기에 충분하다.

나아가 현실에 대한 풍자의 시선이 화자 자신에게로 전이되고 있다는 점은 주목을 요한다. 화자는 케이마트 매장 점거농성에 참여하지 못하는 자신의 비겁함에 대한 자의식을 여러 번 강조하고 있다. 안 가면 혹시 회사에서 자신을 정규직으로 채용해 줄지도 모른다는 생각이 들었기 때문이다. 이러한 자신의 불편한 내면을 로또 복권이 당첨되어 남편이 대통령 선거에 나가야 한다는 사실로 합리화하고 있는 셈이다. '아무리 점거농성을 해봐라, 되나. 역사는 항상 강자의 편이었다'고 되뇌는 자신을 한심하다고 여기기도 한다.

'내일 회사를 가면 어떻게 될지 모른다. 아니다. 확실하다. 이미 그들은 비정규직을 모두 해고하기로 결정했다. 순이 엄마들은 그것을 안다. 그런데도 자꾸 미련이 남는다. 혹시 아닐지도 모른다는 미련이다.'

주머니에서 음악소리가 들려오네요. 핸드폰소리요. 가슴이 덜컹 내려앉네요. 순이 엄마 전화일 거예요. 경쾌한 음악이에요. 빠른 음악소리가 계속해서 들려오네요. 아들은 왜 이렇게 빠른 음악을 벨소리로 했을까요. 전화를 받을 수가 없어요. 음악소리가 멈추질 않네요. 그래도 받을 수가 없어요. 아, 생각이 복잡해요.

'잘못했다. 나도 순이 엄마 옆에 있어야 했는데 잘못했다. 삼천 원이라도 남겼더라면, 라면이라도 사가지고 들어갈 수 있었는데, 왜 모두 다 로또를 샀는지 모르겠다. 아니다. 대통령에 출마하려면 모든 것을 다 걸어야만 한다. 그런데 라면 값을 남기다니 말도 안 되는 일이다. 기왕 걸 거면 모두 걸어야 될 것 아닌가. 순이 엄마 옆에 있어야 한다니 말도 안 된다.'

남편에게 대통령선거에 출마하라고 말할까요? 그러면 남편은 저를 용서할까요? 순이 엄마는 저를 용서할까요?

로또가 당첨되었으면 좋겠어요. 제 남편이 대통령이었으면 좋겠어요.(「내 남편이 대통령이었으면 좋겠다」)

자기 자신을 대상으로 삼지 못하는 풍자는 그 자체로 한계를 지닐 수밖에 없다는 사실을 고려할 때, 타인과 현실에 대한 비판의 칼날을 자신에게 들이대는 인용문의 모습은 우리 문학사에서 보기 드문 풍자의 한 진경을 보여주고 있다.

이번 작품집을 통해 정승재는 일상의 감옥을 집요하게 파고드는 진지함, 혼자만의 방에서 칼날(펜)을 벼리는 무사와도 같은 진중함 그리고 삶의 이면을 꼬집는 경쾌한 풍자의 시선 등 다채로운 서사의 스펙트럼을 연주하고 있다. 근대적 일상을 탈주하려는 조급한 욕망 혹은 자본의 메커니즘에 노골적으로 몸을 섞는 속물적 태도가 주류적 경향이 된 시대, 일상의 감옥에서 벗어날 수 없다는 사실을 인정하면서도, 어쩔 수 없이 그 너머를 꿈꿔야 하는 서사의 모순된 운명을 끌어안고 기꺼이 모험에 나서는 정승재의 작가정신이 빛을 발하는 지점은 바로 여기이다.

시대와 불화하는 고독한 영혼의 내면 풍경

허정수의 『거짓말, 부드러운 거짓말』

1.

허정수의 소설에는 시대와 불화하는 고독한 영혼의 내면 풍경이 핍진하게 음각되어 있다. 이 불화하는 내면의 그림자에는 불우한 가족사의 트라우마, 경제적 빈곤의 문제, 분단 체제의 모순, 이념 갈등, 소설에 대한 자의식 등 우리 사회 전반의 문제들이 어른거리고 있다. 작가는 시대 현실의 문제를 등장인물들의 우울한 내면을 통해 재구성하고 있는데, 이 절망적이고도 고독한 내면의 궤적을 추적하는 작업은 현실의 행복한 삶을 위협하는 근원적 요소를 탐색하고, 고통스럽지만 그 조건들을 끊임없이 환기하는 문학의 본질적 기능과 맞닿아 있다.

그럼 허정수의 소설이 연출하는 내밀한 풍경의 무늬를 음미해 보기로 하자. 「아리나레 아리나」는 비극적 분단 현실로 인해 상처받은 고독한 영혼의 내면을 차분한 어조로 길어 올리고 있는 작품이다. '할아버지 → 아버지→ 아들'로 이어지는 3대의 기구한 삶은 '일제 강점기 → 전쟁 → 분단'으로 이어지는 파국적 근 · 현대사를 관통하면서 '지금 여기'의 삶을 심문하는데 효과적으로 기여하고 있다. 삼지연에서 출생하여 만주로 건너가 독립운동에 가담한 할아버지, 만주에서 태어나 북한에서 생활하다가 어린 아들을 둘러매고 탈북한 아버지, 그리고 이러한 할아버지 · 아버지의 삶을 반추하며 분단현실을 온몸으로 아파하는 아들. 이 3대의 삶이 길항(拮抗)하면서 이야기는 진행된다. 특히, 홀로 자식을 키우며 남한에서 쓸쓸히 늙어가는 아버지의 비루한 삶이 서사의 중심에 놓이는데, 아들은 이에 공감하면서 분단의 아픔을 정직하게 응시하고 있다.

아들은 뱀이 꼬리를 물고 도는 북한의 비참한 현실을 압록강 너머에서 바라본다. 그에게 '압록강'은 저쪽(북한)을 '구경'하는 이쪽(남한)의 창 정도로 인식된다. 하지만 아버지에게 '압록강'은 '삶의 전반에 걸쳐 흐르는 기억'의 '손금' 같은 그 무엇이다.

아버지는 산골짜기로 들어와 나무심기에 집착하는 한편, 중국을 떠돌며 북에 두고 온 아내와 딸(나레)의 소식을 탐문한다. 그는 돌아오지 않는 메아리의 편지를 쓰며 분단의 아픔을 견디고 있다. 아들은 이러한 아버지의 삶을 지켜보면서 그들 세대의 삶을 이해하려고 노력한다. 그는 아버지의 편지 쓰기를 이어받으며 분단의 비극적 현실을 자신의 방식으로 감당하고자 한다.

> 그 개울에는 고래가 살았다. 옛날에는, 벌거숭이 어린 고래 여럿이 물속을 자맥질하며 한낮이 기울도록 놀았는데 가끔 손 안에 잡히는 산천어 새끼들이 귀여워 하늘을 보고 캬캬, 웃었다. (중략)
>
> 아버지. 압록강 그 검은 강에는 요즘도 고래가 출몰합니다. 아버지의 고래보다 아주 절박하고 슬픈 고래들은 밤에만 나타나서 물속을 자맥질하는데 그 고래들은 대부분 물속으로 가라앉아 떠내려가다가 강물 어디쯤에서 얼음 밑에서 하늘을 보고 누워있다고 해요. 자기들의 군인이 쏜 총알에 맞아 가라앉은 고래들이 죽으면서 뿌린 피는 떠내려가지 못하고 강바닥에 쌓여 자갈돌이 되어 검은 강물 아래서 노래를 부릅니다. 압록강, 검은 강에서는 강을 건너려다가 총 맞아 죽은 고래들의 노래가 들린다고 해요(「아리나레 아리나」, 41-42쪽).

'벌거숭이 어린 고래'들의 천진난만한 웃음이 '총 맞아 죽은 고래'들의 '절박하고 슬픈' 노래로 변주되고 있는 모습은 아버지의 삶을 통해 비극적 분단 현실을 내면화하는 아들의 모습을 잘 보여준다.

그렇다면 늙고 병든 아버지의 세대가 당신들의 꿈속으로 떠난 이후의 삶이 문제일 터이다. 이러한 현실을 앞에 두고 아들은 무엇을 할 수 있겠는가? 작가는 '틈새로 보는 것', 즉 '한 짝으로 째려보기'를 넘어서는 것으로 희망의 실루엣을 직조한다. 불신의 시선은 상대방을 돌아 부메랑이 되어 돌아오기 마련이다. 이 부메랑의 시선은 서로를 두 배의 고독 속으로 밀어 넣는다. 따라서 두 눈을 활짝 열고 상대를 보아야 한다. 틈새로 보고 울려고 하는 것은 '가식'이다. 그 순간이 지나면 아무 일 없었다는 듯이 일상으로 돌아와 유쾌하고 웃고 떠들기 때문이다. 이러한 순간적 연민의 감정을 넘어 진정한 소통의 물꼬를 터야 한다. 젊은 세대의 시선을 통해 작가가 길어 올린 분단 극복의 가능성은 바로 여기에 있지 않을까?

「불화하며 걷다」는 사회주의 이념이 붕괴된 이후의 세계를 등장인물 개인의 삶과 교차시키며 서술하고 있는 아름답고도 애틋한 후일담 소설의 하나이다. 「아리나레 아리나」에서 보여준 분단 현실에 대한 인식을 이념과 이데올로기의 문제로 심화 · 확장하여 탐색하고 있는 작품이다. 한반도에서 동유럽으로 확장되는 공간적 배경과 함께, 소설(문학)의 본질에 대한 탐색이 본격적으로 이루어지고 있다는 점은 주목할 만하다.

이 작품에서는 비가 추적추적 내리는 동유럽의 음울한 풍경과 '희미한 옛사랑'의 그림자를 좇는 소설가의 우울한 내면이 포개지고 있다. 희미한 옛사랑의 그림자는 소설가와 헤어진 후 동유럽으로 떠나 새로운 보금자리를 마련하였다. 지금 소설가는 새로운 동반자와 함께 동유럽을 여행 중이다.

동유럽을 가로지르는 '낡고 불결하고 불쾌한' 밤기차의 이미지는 눈에 보이는 풍경만이 아니라 동유럽의 내면을 깊이 있게 탐색하는 기회를 제공하고 있다.

> 장태씨의 생각이 아마 옳을지도 몰라요. 사회주의는 분명 빛바랜 그림이 되었고, 그래서 낡고 불결하고 불쾌한 밤기차로 남아 국경과 국경을 달리고, 그 옛날 한때 세상의 모든 것을 걸고 신봉하고 사랑했던 일은 지금 지난 일이 되었어요. 후회하는 게 아니에요. 다만 지난 일이지요. 장태씨와 내가, 푸르고 어린 우리들이 그때 꿈꾸었던 것은 대개 그렇게 불확실했던 것뿐이며 주체할 수 없는 열정을 그렇게 소진한 것이며 세월에 의해 젊음도 가고 욕망도 잠들었으며 열렬하던 이상은 덧없이 현실이 된 것뿐이에요(「불화하며 걷다」, 242-243쪽).

'주체할 수 없는 열정'을 소진하고, '젊음'과 '욕망'을 '빛바랜' '현실'에 내어준 소설가는 더 이상 글을 쓰지 못하고 있으며, 변절한 지식인이라는 비난을 받고 있다. 하지만 '후회'할 수만은 없다. 사회주의의 변신 앞에서 자신과 같이 '변절 혹은 배반'의 낙인이 찍혔던 동유럽의 지식인이 많았을 것이다. 그들은 무엇에 의지해서, 무엇을 희망하면서 불확실한 변화를 받아들였고, 어떻게 확신할 수 없는 미래를 품어 안을 수 있었을까? 이러한 질문을 던지는 소설가의 우울한 내면은 동유럽의 현실과 '두 개의 머리를 가진 괴물'로 표상되는 우리의 분단현실을 대화적 관계로 이끌고 있다.

희미한 옛사랑의 그림자와 소설가가 심취했던 이데올로기의 산물인 딸 유진(희망)도 그들을 향해 출발했다. 하지만 이들의 만남은 끝내 이루어지지 않는다. 손쉬운 화해를 거부하는 작가의 절망적 현실인식을 보여주는 대목이다.

이렇게 동유럽의 우울한 내면의 터널을 관통한 소설가는 푸르고 푸른 아드리아 바닷물과, 정갈하고 흰 벽이 길을 이어주고, 뜨거운 주홍빛 지붕이 엎드려 있는, 천국의 도시, '두브르니크' 도착한다. 이곳에서 소설가는 홀연 사라진다.

> 나는 다만 걸어가는 것을 소설이라고 우기고 싶어 하는데, 옛이야기를 갖고 놀면서 소설이라고 우기는 것이 싫증이 났으며 더는 이야기가 들리지 않았고 결국 어느 길에서 슬그머니 버렸다. 쓸모없는 이야기를 버린 후 나는 아주 가벼워졌는데, 내가 나의 외부로 튕겨져 나온 후 더는 그 이야기와 만날 수 없었고 만날 생각도 없었는데, 그때는 그것이 꼭 사자에게 물린 흔적 같아서 가끔 욱신거리기는 했으나 버려진 그것이 무슨 힘이 있겠니, 이미 나는 새 길로 한참 걸어가며 딴소리를 하고 있는데(「불화하며 걷다」, 279쪽).

동유럽의 우울한 내륙과 대비되는 해안도시의 눈부신 햇빛은 사회주의의 어둠을 막 통과한 자본주의의 빛을 상징한다. 소설가는 여기에도 적응하지 못하고 새로운 길을 찾아 나선다. 그는 이야기(소설)를 찾아내는 것이 유일한 희망이라 여기며 꿈속으로 걸어갔다. 시대와 불화하는 자유혼(예술혼)의 고뇌가 고스란히 드러난 대목이다. 이는 '옛이야기를 갖고 놀면서 소설이라고 우기는' 낡은 서사의 관념을 넘어 새로운 소설의 길을 개척하려는 작가 자신의 다짐이기도 하다. '새 길'을 걷는 허정수 작가의 '딴소리'를 기대해보기로 하자.

2.

불우한 가족사로 인한 우울하고 뒤틀린 내면 풍경은 이번 작품집이 발산하는 절망적 분위기를 이해하는 중요한 실마리의 하나이다. 원하지 않은 생명으로 태어나 '외로움'에 갇혀 발버둥치는 쌍둥이 자매의 비극적 삶(「우리 몸은 소리를 낸다」), 일찍이 부모를 여의고 삼촌의 이유 없는 폭력 때문에 불우한 유년 시절을 보낸 인물의 위악적 행동(「내게 무슨 일이?」), 아내와 헤어져 홀로 아이를 키우며 황폐한 삶을 이어가는 한 남자의 일상(「그게 새라니?」), '풍각지(風角池)'라는 저수지에 얽힌 슬픈 가족사를 지닌 사내의 우울한 내면(「같이 가자, 토끼야」), 경제적 위기로 인해 온전한 가정이 붕괴된 화자의 자기 파괴적 행동(「거짓말, 부드러운 거짓말」) 등 작품을 지배하는 분위기는 뒤틀린 가족사로 인한 절망 그 자체이다.

「우리 몸은 소리를 낸다」를 살펴보자. '하나인 둘 혹은 둘인 하나'인 쌍둥이 자매가 있다. 어머니의 자궁 속, 그 어둠 속을 떠다니며 이유 없이 헤어졌던 자매는 현실의 어둠 속에서 단일의 핵을 꿈꾼다. 하지만 이러한 소망은 생명의 멀고 먼 기원을 상상하는 것만큼이나 아득하다.

한편, 가출한 후 돌아온 화자의 남편은 아이가 있었다면 떠나지 않았을 것이라 고백한다. '새로운 생명'은 화자에게 또 다른 '세포의 분열'이고 '알아들을 수 없는 소리'의 탄생'이다. 그녀는 이 소리를 들을 수 있는 '어머니의 양수'가 귀에 가득 차기를 기원한다. 그래서 쌍둥이 동생 제희의 '몸소리'를 되찾고 나아가 새로운 생명 탄생의 노래를 듣고자 한다. 하지만 화자의 귀에서는 썩은 '고름'만이 터져 나올 뿐이다. 소통 부재의 절망적 현실을 이처럼 집요하게 추적한 소설도 찾기 어려울 것이다.

소설 속 인물들은 끊임없이 절망적 현실 너머를 꿈꾼다. 하지만 번번이 좌절된다. '일상의 피곤과 권태'를 벗어나고자 사년 간 다니던 학교를 그만 두고 새로운 삶을 찾아 나선 인물의 절실한 꿈은 폭력적 삼촌의 트라우마에 부딪쳐 좌절되고(「내게 무슨 일이?」), '순하고 어린 눈빛'의 새(희망 혹은 꿈)를 찾아 나선 화자는 '어디로 갈 것인지' 길이 보이지 않아 '이리저리 몰리기만'하다가 거대한 어둠의 괴물에 짓눌린 '새들의 피'가 고여 있는 어둠의 방을 발견할 따름이다(「그게 새라니?」).

이처럼 허정수의 소설에서 희망의 메시지를 찾기란 쉽지 않다. 상처가 깊기 때문이리라. 상처가 깊으면 그것을 벗어나는 여정 또한 그만큼 지난한 법이다. 하지만 허정수의 소설은 '현실 속에서 현실 너머를 꿈꾸는 서사의 모순된 운명'과 포개지는 이 지난한 꿈꾸기의 여정을 결코 포기하지 않는다. 절망적 상처를 딛고 희망의 실루엣을 살짝 내비치는 그의 작품들이 소중하게 다가오는 이유도 여기에 있다.

「그의 심심한 날들」은 팬들이 던진 무수한 꽃송이들과 선물더미에 묻히고 싶'은 한 무명 배우의 무미건조한 일상에 번지는 잔잔한 파문을 포착한 작품이다. 공원에서 생활하던 한 노숙자가 화자의 '심심한 날들'에 끼어든다. 그 사내는 칫솔질을 한 시간이나 하고 옷을 모두 벗어던지고 잔다. 잠버릇은 '죽어 버리는 것'이다. 사내의 모습은 화자의 삶을 비추는 '거울'의 역할을 한다. 화자는 투명하고 하얀 '은갈치'의 몸을 지녔다. 자신이 봐도 아름답고 눈부시다. 이 '상처하나 없는 은빛 역동체'에서는 '바다냄새'가 날 정도이다. 세속의 때가 묻지 않은 '어린 왕자' 같은 몸이다. 노숙하는 사내의 흉내를 내면서 화자는 스스로의 삶을 응시하게 된다. 사내의 칫솔질은 스스로의 존재를 지우며 삶을 마주하는 행위이며, 옷을 벗고 죽은 듯이 자는 모습은 '지금 여기'의 삶 너머를 간접적으로 체험하는 행위일 수 있다. 이러한 사내의 삶을 흉내 내면서 화자는 비로소 '서른 살'을 넘긴 자신의 삶을 바로 볼 수 있게 된다. 이제 '은갈치'로서의 삶은 그를 떠나갔다.

하지만 사내에게서 뿜어져 나오는 삶의 이미지가 '은갈치'의 삶과 대비되는 '비루하고 더러운 언어'의 하나일 뿐이라는 사실 또한 깨닫는다. 이처럼 허정수 소설의 인물들은 손쉬운 화해를 향해 나아가지 않는다. 그의 인물들은 타자들의 삶을 통해 고귀하고 투명하다고 여겼던 자신의 모습을 새롭게 인식하는 계기를 마련한다. 그러나 자신을 비추어주는 타자의 이미지 또한 상대적이라는 사실을 너무나 잘 알고 있다. 하여, 그는 '유령고기'가 될 수밖에 없다. 이 자신의 삶을 스쳐간 타자의 '두개골'을 되새김질하며 웅크린 채로 하품을 하는 '유령고기'의 이미지야말로 절망적 현실을 앞에 두고 '나아가지도 그렇다고 물러설 수도 없는' 허정수 소설의 정직한 내면이 아닐까 싶다.

「같이 가자, 토끼야」는 '풍각지(風角池)'에 얽힌 슬픈 가족사를 전경화하고 있는 작품이다. '어미'를 부끄러워하기 시작한 '아비' 때문에 어머니는 차츰 삶으로부터 멀어진다. '아비'의 부주의한 오해로 인해 '하혈'을 하게 된 '어미'는 병원에 실려가 '한 달' 일찍 아이를 출산한다. '다리'를 절고 '소리'를 잘했던 '어미'는 결국 '저수지'에 빠져 죽는다. 그 후 바람 많은 그 저수지에서 어미의 노랫소리가 들렸으므로 마을 사람들은 저수지의 둑을 허물어버렸다. 화자는 자신을 버린 '아비'를 인생에서 지워버림으로써 '기계인간'이 되어 간다. 하지만 이 '기계인간'에게도 '어미 잃은 새끼의 본능'은 쉽게 지워지지 않는다.

그러던 어느 날 골짜기의 물길을 막아 저수지를 만들어 달라는 한 여인이 등장한다. 여인은 몸이 불편한 아버지와 작은 호숫가에 앉아 소리를 함께 하기 위해 저수지를 만들고자 한다. 이 여인의 소망은 화자에게 고통스러운 어둠의 기억을 직시하게 만든다.

> 여자는 팔을 움직여 눈을 파고 있었다. 터널까지 가려는 생각인 듯했다. 호수를 만들겠다던 여자는 스스로 붕어가 되었다. 눈 속을 뚫는다는 것은 눈 속에 구덩이나 파는 것이다. 눈으로 저수지를 만들고 그 안을 빙빙 돌면서 숨을 할딱일 것이다. 전설 속의 연못은 눈 속으로 고이고 여자는 어쩌면 새벽쯤 얼어 버릴지도 모른다(「같이 가자, 토끼야」, 121쪽).

심드렁한 표정으로 빵을 씹으며 '비겁'한 '포만감'에 젖어 차창을 응시하고 있는 화자가, '팔을 움직여 눈을 파고 있'는 이 토끼 같은 여인과 함께 유년의 암울한 터널을 벗어나길 기대해 보는 것은 지나친 낙관일까?

이상에서 살펴보았듯, 허정수의 소설에는 '희망 속의 절망' 혹은 '절망 속의 희망'이 동시에 음각되어 있다. 이 절망과 희망의 이중주를 차분히 음미하는 여행은 '지금 여기'의 삶을 성찰하는 소중한 기회를 제공한다.

3.

앞 장에서 일별한 작품들이 불우한 가족사와 연관된 개인의 존재론적 고통을 다루고 있다면, 「유령의 도시」는 경제적 어려움 때문에 붕괴되는 한 가족의 삶을 풍자적으로 형상화하고 있다. 자살한 남편이 '유령(귀신)'

이 되어 아내의 삶을 지켜본다는 설정이다. 경쾌하고 발랄한 어조 속에 음각된 우리 시대의 우울한 풍경이 독특한 여운을 남기는 작품이다. 작가는 이 작품을 '시시껄렁한 사설' 혹은 '귀신 씨나락 까먹는 소리 그 이상도 이하도 아니'라고 선언하고 있다. '사업'에 실패한 화자는 '처자식'을 버리고 '물귀신'이 된다. 홀로 남아 '목욕탕'을 운영하며 근근이 살아가던 아내(당신)는 기계들의 노후와 기름 값의 폭등 그리고 은행 빚의 이자에 짓눌려 삶의 '낭떠러지'로 몰린다. '목욕탕 속에 빠져 허우적거리는' 꼴이다. 급기야 자살을 결심하고 행동에 옮기지만 '해프닝'으로 끝난다.

「유령의 도시」는 허정수의 소설에서는 드물게 '희망'의 메시지가 살짝 드러나는 작품이다. 스스로 목숨을 끊으려는 아내를 보며 '너무 조급하'다고 외치며 자신이 '일을 저질렀을 때보다 더한 비난'을 받을 것이라고 '펄쩍' 뛰는 화자의 모습은 '개똥밭에 굴러도 이승이 좋다'는 속담을 떠올리게 한다. 절망적 현실 속에서도 삶에 대한 희망의 끈을 놓지 않으려는 안간힘이 익살스러운 어조로 직조된 작품이다.

「성(性)의 한 증명」은 불평등한 성에 기반한 우리 사회의 문제점을 장황한 사설투의 어조로 고발하고 있는 작품이다. 작가는 남성들의 터무니없는 우월의식을 비판함과 동시에 여성의 성이 지닌 우수성을 강조하면서 성의 증명을 시작한다. 이러한 관점은 성의 평등을 '무슨 이념이나 개혁주장'처럼 외치는 경우라 할 수 있다. 이러한 주장을 되풀이하면 할수록 화자의 내면은 황폐해져만 간다. 이를테면, 여성들의 '알몸'을 상상하는 남성들에 대항해 그들의 옷을 벗기는 행위를 예로 들어보자. 화자는 '고 실장'과 '권 대리'의 옷을 벗기는 상상에 젖는다. 하지만 이 또한 '저들이 즐기고 있는 놀음'을 뒤집는 행위에 불과할 따름이다. 그들 성과 얽혀

사는 것에 진저리가 나지만 그들에게 의지해서 살아야 하는 것 또한 부인할 수 없는 사실이다. 이는 '무엇 때문에 이 지루한 싸움을 계속해야 하는지'에 대한 뼈아픈 질문을 불러온다. 이러한 성에 대한 자의식은 그들의 우월의식을 부정하면서도 '그들에게 아부하고 싶었던' 자신의 이중성에 대한 각성을 불러온다. 나아가 자신들의 성 사이의 '적의'에 대한 인식으로 확대된다. 화자가 목욕탕에서 경험하는 '몸'들 사이의 '경계심'과 '적의'는 동일한 성 속에서도 '희망은커녕 고독과 자아확대를 확인'한 것에 다름 아니다.

인간은 우주 공간을 '유유하게 떠도는 운석'이다. 오직 자신의 '몸으로 무한 공간에 존재'할 따름이다. 하여, 작가는 다음과 같은 결론에 도달한다. 스스로의 몸을 찢어 상대에게 스며드는 고통의 언어를 통해 서로의 몸을 '사실적으로' '인정'하고 '친밀감'으로서의 '몸'의 언어를 회복할 때 비로소 성은 증명될 수 있을 것이다.

평범해 보일 수도 있는 결론이다. 허정수의 소설은 결론 그 자체를 중요시하지 않는다. 결론에 이르는 과정의 지난함을 증명해 보이는 것. 이것이 그의 소설의 목적인지도 모른다. 표면적 서사의 층위에서 보자면 「성(性)의 한 증명」은 병적 히스테리를 지닌 한 여성의 진부한 넋두리로 볼 수도 있다. 하지만 이 넋두리의 심층에는 우리 시대의 성 문제를 본격적으로 증명해보이려는 작가의 치밀한 현실인식이 투영되어 있다. 이를테면, '성에 대한 이분법적 사고 → 성의 평등을 외치는 여성들의 이중성 → 여성들(몸) 사이의 '적개심'과 '적의' → 친밀감으로서의 몸의 언어 회복'으로 이어지는 화자의 내면 의식의 흐름은 마치 한 편의 사회학 논문을 연상시키는 치밀한 구성에 바탕하고 있다.

이처럼 허정수의 소설에는 우리 사회의 제 문제를 그만의 방식으로 내면화하려는 투철한 작가의식이 반영되어 있다. 우리 시대의 어둠이 깊고 절망적이라는 사실을 잘 알고 있기에 그의 소설은 손쉬운 화해를 추구하지 않는다.

이번 작품집의 표제작 「거짓말, 부드러운 거짓말」은 개인적 차원과 사회적 차원을 교차시키며 시대의 어둠을 정직하게 응시하고 있는 중편이다. 먼저 전자의 경우를 살펴보자. '퀸'이 될 것이라 여겨졌던 부유한 가정의 한 여인이 있다. 그녀는 아버지의 사업 실패로 순식간에 모든 것을 잃어버렸다. 그녀가 누렸던 '단맛'의 '잔치'는 끝났다. 그녀는 이 사막과도 같은 절망적 현실에서 새롭게 태어나고자 발버둥 친다. '가난한 천민'이기를 갈망하는 한 예술가를 통해 인생의 '쓴맛'을 탐색하고자 한다. 하지만 그에게서 그 어떤 희망의 메시지도 발견하지 못한다. '몸을 뒤틀고 얼굴을 일그러뜨린' 가난한 예술가의 조각품 또한 인생에 패배한 고독한 영혼의 뒤틀리고 왜곡된 자기 파괴의 산물이기 때문이다. 그렇다면 후자의 경우인 동생 '유양'은 어떠한가. 그녀는 '신인류'를 염원하며 '운동권에 가담'했던 인물이다. 하지만 '전교조에 가입하고 난 후' '젊음의 방만함이나 이념문제의 서투른 향기'로는 시대의 어둠을 밝힐 수 없다는 사실을 절감한다. '참교육 실현' 혹은 '인간회복'이라는 당위적 구호로 '실질적인 삶의 고통'을 견디기란 역부족이다.

이렇듯, 절망적 현실을 변화시키려는 그 어떤 사회적 노력(전교조)도, 이미 '단맛'에 길들여진 내밀한 자아의 껍질을 깨려는 자학적이고 일탈적인 행위도, '거짓말, 부드러운 거짓말'일 뿐이다. 절망이 깊으면 깊을수록 그만큼 희망에 대한 염원 절실한 법이다. 그렇다면 '집안에서 죽은 듯이 웅크리고' 오랫동안 자신의 '자학적인 발걸음'을 곱씹어보는 허정수의 인물들이 다시 기지개를 펴고 일어나기를 기대하는 것으로 희망을 대신하는 것은 어떨까?

희망을 찾기가 쉽지 않다는 사실을 강조함으로써 희망으로 난 오솔길의 실루엣을 슬쩍 내비치는 역설. 허정수의 소설은 시대의 절망 속에서도 결코 꺼지지 않는 그 희미한 빛을 만들기 위해 제 몸을 태우는 촛불이다.

'흔들리는 촛불들' 혹은 '메마른 나무들'의 세상 견디기

최성배의 『흔들리는 불빛들』

1.

최성배의 작품을 읽는 내내, "그저 가끔씩 떠 있는 한낮의 반달"처럼, 꼭 그만큼이나 아련해진 소설의 '고향'이 머릿속을 맴돌았다. 그의 소설이 문명 · 문화 나아가 인간의 존엄성조차 집어삼키는 냉혹한 근대의 논리 앞에서 슬쩍 눈길을 돌리는 우리들의 나약한 내면에 채찍질을 가하는 지점은 바로 여기이다.

「메마른 나무들」의 마지막 장을 덮으니, 마음 한구석에 묻어두었던 의문이 꼬리에 꼬리를 물며 솟아오른다. 오늘날 '문제적 주인공'이 과연 존재할 수 있을까? 부정한 세계에 온몸으로 맞서는 것이 가능하기나 한 일일까? 성실하고 순박하게 사는 것조차 허용되지 않는 이 타락한 세상에서 어떻게 숨을 쉬고 살아갈 수 있을까? 이 난공불락의 사회에서 "허접한 몸뚱이 하나 지키는 일조차" 힘에 겨워 그야말로 하루하루를 버텨내기에 급급한 '메마른 나무들'을 앞에 두고 어찌할 바 몰라 바르르 떠는 최성배 작가의 애틋한 마음이야말로 우리 시대 소설의 정직한 초상이 아닐까 싶다.

2.

「끈질긴 탯줄」은 젊음이 스러진 메마른 인생에 훈훈한 입김을 불어넣고 있는 작품이다. '고향'을 매개로 현재와 과거가 교차되며 이야기가 전개되고 있는데, 기본적으로 '현재 → 과거 → 현재'의 안정된 서사 구조를 지니고 있다. 작가는 이러한 구성을 통해 현재와 과거 사이에 똬리 틀고 있는 '끈질긴 탯줄'의 실존적 의미를 되짚어보고 있다. 이는 과거와 현재가 공명(共鳴)하는 역동성 속에서 우리 사회의 정체성을 심문하려는 작가의 의도와 무관하지 않다. 문제는 과거에 대한 향수가 아니라 현재의 상황에 대한 진지한 탐색이다.

이 작품은 극적 사건이나 갈등, 반전이 없는 비교적 무덤덤한 이야기로 전개되고 있다. 하지만 자세히 들여다보면, 쉽게 지나치기 쉬운 삶의 본질을 집요하게 응시하며 그 이면을 날카롭게 해부하는 작가의 치밀한 현실 인식을 발견할 수 있다. 탄탄한 서사 구조, 기교를 부리지 않는 균형 잡힌 문장, 내면의 결을 포착하는 안정된 문체 등은 '지금 여기'의 삶을 담담하게 성찰하는 데 기여하고 있다. 새로운 소재나 엽기적인 사건을 좇는 일부 젊은 소설의 가벼움에 식상한 독자들에게 '역설적 낯섦'의 진중한 충격을 선사하는 최성배 소설의 특징은 바로 여기에 있다. 그의 소설은 "그저 가끔씩 떠 있는 한낮의 반달처럼", 아련하면서도 잔잔한 여운을 장착하고 있다.

화자는 추석 귀성열차표 예매에 나선, "날마다 출근하기 바빴고 허덕허덕 살기에 지쳤던" 오십 중반의 '실업자'이다. 도시인이 된 화자에게 고향은 "그저 가끔씩 떠 있는 한낮의 반달처럼 막연한 추억"이었다. 예매를 기다리던 대열에서 한 여인이 눈에 들어온다. 그녀의 이미지를 통해 그동안 무의식의 심연에 묻혀 있었던 과거의 기억이 하나 둘 의식의 수면 위로 떠오른다.

서른 초반의 어느 해 고향을 찾았다 만난 초등학교 동창 강춘자. 그녀는 고향을 뛰쳐나간 후에 식모살이로 술집으로 돌아다니다가 성깔 사나운 남편을 만났다는, 어쩌면 말하지 않아도 될 사연을 허물없이 이야기한다. 이처럼 고향 친구란 격이 없는 사이다. 하지만 당시의 화자는 그럴 여유가 없었다. 춘자의 소식에 별 관심조차 없었다. 각박한 도시 생활이 유년의 막연한 추억을 더듬을 정감을 앗아갔기 때문이다.

뒤이어 춘자와 얽힌 과거의 기억이 초등학교 교실 풍경, 춘자네 식당에 얽힌 에피소드, 춘자의 오줌 누던 장면을 훔쳐보던 모습, 돈 많이 벌어가지고 돌아온다며 고향을 떠나던 춘자의 뒷모습 등 몇몇 이미지로 제시된다. 과거를 더듬던 화자의 내면은 "혹시 고향이 해송면 쪽 아니요?"라고 묻는 춘자의 말을 통해 다시 현재와 접속한다. "긴가민가했던" 그 "뚱뚱한 여인"은 춘자로 밝혀진다.

이렇게 만난 "쉰 대여섯 살"의 고향 동창생은 술을 한잔하기 위해 "어색하게 앞서거니 뒤서거니 하며 서울역을 빠져나와 지하철"을 탄다. 이윽고 "재래시장 입구의 조그만 식당", 춘자의 집에서 고향 근처에서 올라온 "세발낙지"를 안주 삼아 조촐한 술자리가 마련된다.

"옛날이나 지금이나 이렇게 살아." 삶이란 그런 것이다. 떨어질 줄 알면서도 바위를 밀어 올려야 하는 시시포스의 고역. 있는 힘을 다해 바위를 밀어 올렸지만, 구질구질한 삶은 늘상 그 자리를 맴돌 뿐이라는 사실 앞에 우리는 당혹감을 감출 수 없다. 하지만 삶의 무게를 감당하며 무거운 발걸음을 내딛는 사람들의 지친 어깨를 다독이는 훈훈한 술자리가 있기에 우리는 또다시 바위를 밀어 올릴 수 있는 것이리라.

이러한 술자리는 고향을 떠나 구질구질하고 척박한 삶을 살아가는 도시인들을 위로하는 조그마한 축제이자, 동시에 그들 각자가 스스로의 삶을 위무하는 긍정의 마당이다.

이들이 만들어가는 소박한 자리는 세계에 대한 환멸과 냉소를 넘어, 일상 속에서 희망을 발견하려는 의지로 표상된다. 희망을 구체적 일상 속에 녹여내려는 부단한 노력이야말로 작가가 고향을 불러내 현재의 의미를 되묻게 된 동기가 아닐까. 이는 자신을 일으켜 세우는 일이며 동시에 타자에게 손을 내미는 행위이다.

이들의 술자리가 그들의 삶을 쉽게 변화시키지는 못할 것이다. 하지만 서로를 향해 흘러가는 이들의 따스한 마음이 있기에 세상은 아직 살만한 것이 아닐까 싶다.

이렇듯, 최성배의 소설은 과욕을 부리지 않는다. '지금 여기'의 현실에서 소설이 할 수 있는, 아니 소설이 해야만 하는, 딱 그만큼의 역할을 묵묵히 수행하고 있을 따름이다. 부조리한 사회 속에서도 장삼이사(張三李四)들의 비루한 삶은 지속되기 마련이고, 이러한 세속의 진흙탕 속에서 인생의 의미를 찾아야 하는 것이 근대 소설의 운명이다. 최성배의 소설은 딱 거기에서 멈춘다.

「흔들리는 불빛들」은 '촛불시위'를 매개로 '지금 여기'의 희망을 찾아 나선, "그날그날 벌어먹고 사는" '촛불들'의 삶을 형상화하고 있는 작품이다. 바람에 흔들리는 촛불들은 꺼질 듯 말듯 위태롭게 불빛의 물결을 이루고 있다. 모두 하나의 명제(광우병소 수입반대의 구호/정부의 총체적 부실 규탄)로 모였지만 생각의 색깔은 저마다 조금씩 다르다. 작가는 이 제각각 다른 불빛들의 흔들림을 감수성 짙은 문체로 길어 올리고 있다.

주지하듯, 촛불은 제 몸을 태우며 어둠을 밝힌다. 우리 시대의 '촛불들'은 무자비한 자본의 빗줄기 속에서도 희망의 빛을 깜박이는 생명의 등대이다. "터지기 일보직전"의 "욕망"이 "가득" 찬 "희망이 절벽"인 세상에서 작가는 "종이컵에 든 촛불이 타면서" "눈물처럼 흐르고 있"는 '촛농'과도 같은 조그마한 희망의 씨앗을 퍼뜨리고 있다.

> "어허! 그러니까, 확 바꿔야한다는 겁니다."
> "그런다고 오염된 세상이 달라질까요?"
> "그래요. 설혹 달라진다 해도 또 다시 흐려지겠지만……. 그렇지만 사람들은 이제까지 그렇게 환경을 바꾸면서 살아왔습니다."(「흔들리는 불빛들」)

> "그런데요. 강 선배님? 정말 좋은 세상은 언제나 올까요?"
> "영원히 안 올지도 모르지요. 인간이 인간들의 탐욕을 끝없이 채워 줄 수는 없으니까."(「흔들리는 불빛들」)

촛불들의 흔들림은 "또 다시 흐려"질 것이다. 하지만 이 촛불들의 아슬아슬한 깜박임이 우리 사회를 조금씩 변화시켜 온 것 또한 사실이다. '좋은 세상'은 '영원히' 오지 않을지 모른다. 하지만 '기태'와 '민영'의 소통(스며듦)과 같은 훈훈한 교감이 있기에 우리는 세상을 견딜 수 있는 것이다.

> 바로 그때였다. 귀밑으로 후끈한 술 냄새를 풍기며 그녀가 기태의 허리를 붙잡았다. (중략) 기태도 돌아서서 그녀를 와락 껴안았다. 그러

자 본능적으로 몸을 슬쩍 빼내려하던 그녀는, 무슨 생각이 들었는지 기태를 꽉 부둥 켜 안았다. 그녀의 손목에서 전달되는 힘이 힘껏 기태의 몸으로 스며들었다. 목이 조여서 숨이 꽉 막힐 정도로 으스러지도록 껴안은 그녀를 기태는 아무 말 없이 받아들었다. 그녀가 등에 맨 배낭이 기태의 양손에 거추장스럽게 걸렸다. 아무래도 좋았다. 그들은 온몸으로 퍼진 술기운마냥 한참동안 어둠에 잠겨있었다.(「흔들리는 불빛들」)

가난한 촛불들은 비록 "온몸으로 퍼진 술기운마냥" "어둠에 잠겨있"지만, 이들이 교감하는 몸의 언어는 곧 시대의 어둠을 조금씩 몰아낼 것이다. 마치 흔들리는 불빛들의 따스한 소통과 연대를 보는 듯하다. 최성배는 이러한 흔들리는 불빛들의 애틋한 삶을 "후끈한" 시선으로 감싸고 있다. 인생은 꿈을 하나씩 실현해 가는 과정이기도 하지만, 그 꿈을 조금씩 버려가는 여정이기도 하다. 이 조금씩 포기한 꿈꿀 권리에 대한 환기야말로 지긋지긋한 일상을 견디는 동력이라고, 최성배의 소설은 넌지시 속삭이고 있다. 소설은 이 꿈꿀 권리를 자양분으로 삼아 부정적 현실을 감싸는 동시에 질타한다.

새로운 삶을 향한 출발점에 선 이 흔들리는 불빛들은 고단한 세상 너머로 희미하게 길을 내는, 좀 더 나은 삶의 실루엣을 되비춘다. 내일은 오늘보다 나을 것이라는 믿음을 싣고. 이러한 믿음이 있기에 우리는 '지금 여기'의 삶을 견딜 수 있는 것이다.

「친구의 이름으로」 또한 소박한 휴머니즘을 전경화하고 있는 작품이다. 광주 학살을 주도하며 권력을 장악한, 그로인해 "별 넷"을 달고 "장관"까지 된 화자의 삶과 내면을 표면에 내세우고 있지만, 작가가 주목하고 있는 문제의식은 의외로 단순하다. "변명의 여지"가 없는 "야만"의 과거사를 소재로 삼고 있지만, 작가의 관심은 학살의 한가운데에 있었던 화자의 내면적 성찰에 있다. 이를테면, '우정(친구)이냐 가식적 권력관계냐?'와 같은 질문 말이다.

상식이 사라진 시대, 혹은 성찰이 부재한 시대, 최성배의 소설이 빛을 발하는 지점은 바로 여기이다. '인지상정(人之常情)의 서사'라 지칭할 수 있는 그의 소설이 전해주는 소박하지만 진한 울림은 여기에서 기인한다.

인간답게 사는 것이 가장 어려운 덕목이 되어 버린 냉혹한 시대, 최성배의 소설은 그동안 우리가 '사소한 것'이라 치부하며 외면해온 삶의 보편적 가치들을 다시 문제 삼는다. 그가 아프게 던지고 있는 질문은 인간다운 세상을 구성하는 밑거름은 무엇이고, 인간답게 살기 위한 보통사람들의 몸부림을 삼키고 있는 것은 무엇인가이다. 이를 통해 최성배의 소설은 '우리 사회가 과연 건강한가?' 라는 근본적 질문을 환기한다.

3.

「개털 선생」은 "탐욕(욕망)의 풍선이 펑, 터져버린 허망함"을 쓸어 담고 있는 소설이다. 동시에 "너는 어떤 사람이냐고."라는 체념어린 자문에 대한 응답의 형식을 취하고 있는 작품이다. 이는 "알 수 없었던 또 다른 자기 자신의 모습"에 대한 확인이자, "돈과 권력이 뜬구름 같은 것이라고 입에 올리면서도 정작 자기 자신의 입장이 되면, 미련을 버리지 못"하는 스스로의 비겁하고 치욕스러운 삶에 대한 부끄러움에 다름 아니다. 이렇듯 풍자의 절실함은 풍자의 시선이 자신을 향할 때 빛을 발한다.

이 작품에는 "변두리의 이름 없는 사립학교"에서 명예퇴직하고 "국회

위원후보 나아무개의 자문위원"으로 몇 개월 활동한 화자의 모습이 진솔하게 그려져 있다. 영문은 "현실 앞에 무력"한 "막연한 정치"의 허망함과 "학생들과 살았던 세계와 단 몇 달간의 세상"은 판이하게 다르다는 사실을 아프게 깨닫는다.

> 영문은 보았다. 욕망을 쫓아왔던 사람들이 어떤 움직임으로 다가오고 떠났는지를. 我와 他의 대칭점이 무엇이었는지를. 저주와 갈등으로 가득 찬 기호들만 흐느적거리던 싸움판. 생존이란 원래 본능을 위하여 비겁한 것이다. 시대와 자신의 불화가 아니었다. 그에게 정신은 치사한 육신을 위하여 늘 동조하거나 방관할 뿐이었다. 그렇지만 어떤 삶인들 치욕스럽지 않겠는가. 그건 잘 알 수 없었던 또 다른 자기 자신의 모습이었다.(「개털 선생」)

이러한 경험을 통해 영문은 시대와의 불화 너머에 웅크리고 있는 치욕스런 욕망의 맨얼굴을 발견한다. 그렇다고 영문의 삶은 크게 달라지지 않을 것이다. 그러나 이전의 삶과는 조금 다를 것이다. 이러한 차이로 인해 영문의 삶, 아니 우리들의 삶은 조금씩 변화하게 되는 것이다. 현실 너머의 세계를 염원하지만 결코 거기에 다다르지 못하는 것이 인간의 모순적 운명이다. 다만, 영문의 체험은 세속적인 삶 너머의 세계를 얼핏 되비추어 줄 뿐이다.

스스로의 비겁하고 치욕스러운 삶에 대한 부끄러움을 절실하게 느끼는 영문의 모습에서 근대의 세속적 삶을 살아가는 현대인의 슬픈 초상을 대면하고 당혹감을 떨칠 수 없는 이유도 이와 무관하지 않다.

「메마른 나무들」은 '삶을 어떻게 마무리할 것인가?'의 문제를 본격적으로 천착하고 있는 전형적인 노년문학이라 할 만하다. 이러한 문제의식은 '어떻게 살 것인가?'라는 질문과 동떨어져 있지 않다. 등장인물들의 삶을 반추하는 작가의 시선은 현재를 포함한 우리 근현대사에 대한 깊으면서도 폭이 넓은 성찰과 궤를 같이 하고 있다.

이들은 현대인의 뒤틀린 욕망과 억압, 그리고 정신적 황폐함을 소환하고 있다는 점에서 '지금 여기'의 삶을 되비추어 주는 거울이다.

> 거대한 도시의 뒷골목에 가려져있는 오래되어 낡은 집들은 재활용품도 못되었다. 겨우 숨만 빠끔빠끔 쉬는 하루살이 목숨들은 아무렇게나 버려졌다. 부자들은 더욱 탐욕스럽고, 가난한 자들은 지옥이 따로 없었다. 허기가 지지 않아도 사냥하는 동물은 사람뿐이다. 자꾸 쌓아가는 먹이는 썩고 남아도 배고픈 동족들에게 돌아가지 않았다. 콧속을 찌르는 탐욕의 냄새에 모두 마비되어있다. 인간의 먹이사슬은 자꾸만 비겁해졌다. 그들은 아무리 뱀의 허물처럼 벗어도 더 좋은 살갗을 지니지 못했다.(「메마른 나무들」)

최성배는 화려하고 역동적인 도시의 뒷골목을 배경으로, 대도시의 쓰레기가 되어 허접한 몸뚱이조차 간수하기 버거운 노인들의 삶을 통해, "콧속을 찌르는 탐욕의 냄새"에 마비되어 "자꾸만 비겁해"져 가는 '지금 여기'의 삶을 곱씹어 보고 있다. 그는 이 절망 속에 웅크리고 있는 눈물겹도록 장엄한 희망의 실루엣을 역설적으로 포착하고 있는 셈이다.

이 작품을 통해 독자들은 우리 사회의 '절망 속의 희망'과, 이 희망의 싹이 냉혹한 현실 속에서 짓밟히고 있다는 '희망 속의 절망'을 동시에 체험하는 소중한 경험을 하게 될 것이다. 이 비싼 경험을 곱씹는 행위야말로 새로운 삶의 청사진을 그리는 시금석이 될 것이다.

최성배의 소설은 '흔들리는 촛불들' 혹은 '메마른 나무들'이 부조리한 세상을 견디는 방식을 눈물겹도록 애틋한 시선으로 길어 올리고 있다. 이는 우리 사회의 '맨얼굴'을 정직하게 응시하는 행위에 다름 아니다. "거대한 도시의 뒷골목"을 집요하게 탐색하며 우리가 잃어버린 소중한 가치들을 응시하는 이러한 작가의 맑은 눈동자야말로 근대적 일상을 밝히는 소중한 '빛'이 아닐까.

'길떠남'의 서사

이종득의 『길, 그 위에 서서』

1.

여기 먼 길을 떠나는 인물이 있다. 그는 1980년대 서사의 '문제적 주인공'도, 그렇다고 1990년대 소설이 주로 형상화한 '환멸과 냉소로 똘똘 뭉친 인물'도 아니다. 2000년대 이후 등장한 '쿨(cool)한 백수'의 형상은 더더욱 아니다. 그의 삶이 우리의 시선을 끌어당기는 지점은 바로 여기이다.

인석의 삶의 궤적을 되짚어 보자. 『길, 그 위에 서서』는 한 인물의 죽음을 계기로, 그를 둘러 싼 여러 인물들이, 죽은 자의 삶의 궤적을 좇아 여행을 떠나는 구조로 전개된다. '인석'의 죽음 직전에 이야기는 멈춘다. 따라서 이 소설은 '인석'의 영전에 바치는 다양한 인물들의 추도사라 할 수 있다.

작가가 그려내는 인석의 캐릭터는 독특하다. 인석의 부모는 같은 고아원에서 자랐다. 전쟁고아가 된 그들은 서로 의지하며 사랑을 키워나간다. 그러던 중 인석의 아버지가 베트남 전쟁에 참전하여 반신불구가 되어 돌아오는 사건이 발생한다. 어머니는 그런 아버지와 결혼하여 인석을 낳았다. 아버지는 인석이 세 살 되던 해 돌아가신다. 그 후 인석은 홀어머니 밑에서 자란다.

그는 대학 시절 야학 선생으로 활동하다가 통일운동에 개입하여 국가보안법으로 구속된다. 인석은 3년 형을 선고 받고 수감된다. 그가 감옥에 있는 동안 아들을 위해 새벽기도를 다니던 어머니마저 교통사고로 죽는다. 교도소에서 나오자 어머니가 남긴 모든 재산을 털어 이모가 가게를 차렸다. 이모부는 가게 보증금을 가지고 줄행랑치고, 이모는 집을 빼 자식들을 데리고 달아난다.

엎친 데 덮친 격으로 미진과의 사랑도 좌절을 맞는다. 미진 부모님의 반대도 반대려니와, 자신의 불투명한 미래에 사랑하는 미진을 끌어들일 수 없었기 때문에 인석은 그녀를 포기하기로 결심한다.

한편, 인석은 결혼소개소에서 만난 선영에게 혼인빙자간음 혐의로 고발된다. 유치장 신세를 진 이후 그는 강원도 영월의 산속으로 들어간다. 이 또한 신선들이나 하는 허세에 불과하다는 생각을 한 인석은, 원양어선을 타기로 결심하고 말소된 주민등록을 살리기 위해 서울에 온다. 인석은 영애를 만나고 돌아가던 길을 되돌려 그를 고발했던 선영에게 돌아가 죽음을 맞이한다.

이렇듯, 인석은 세상에서 철저하게 아니 완벽하게 버림받은 존재로 그려진다. 그는 1980년대 서사의 주인공처럼 이러한 세상에 맞서 운명을 건 싸움을 걸지도, 그렇다고 환멸과 냉소를 퍼부으며 자기기만의 포즈(1990년대 이후 소설의 인물)를 연기하지도 않는다. 묵묵하게 주어진 삶을 견디다 스스로 세상을 버렸을 따름이다.

이러한 인석의 모습에서 삶에 대한 그 어떤 열정도 쉽게 찾을 수 없다는 사실이 놀랍다. 그는 자신의 삶의 모습을 '먼지를 얼른 털어내지 못하는 게으름'으로 규정한다. 세상 사람들은 먼지를 쉽게 털어내고, 또 그것을 쉽게 잊어버리고 잘 살아가는 데 반해 유독 자신만은 그렇게 하지 못하기 때문이다. 간혹 '유난히 짙은 색깔의 겨울 낙조', '선홍빛 피와도 같은 그 빛' 등으로 표상되는 시적 세계에 대한 의욕을 내비치기도 하지만 그리 적극적이지 못하다. 안개처럼 눈을 감으면 사라지는 슬픔이 아니라, 눈을 감을수록 더욱 환연하게 나타나는 마력을 지닌 그 '불그스레한 빛이 있는 길' 또한 작품 속에서 뚜렷하게 드러나지 않는다.

그렇다면 작가는 인석의 절망과 좌절을 통해 무엇을 보여주려고 한 것일까? 이러한 인석의 모습이 인물 형상화의 미흡함에서 기인하는 것이 아니라면, '어둠과 밝음이 공존하는 세상'에 낀 보통 사람의 전형을 표현하려 했던 것이 아닐까 싶다. '지금 여기'의 시대를 진단하는 작가에게 '문제적 주인공'(루카치)도 여의치 않고, 그렇다고 환멸과 냉소로 가득 찬 인물들의 위악적 포즈도 탐탁치 않았던 것은 아니었을까? 아니, 문제적 주인공(1980년대) 혹은 위악적 포즈로 가득 찬 인물(1990년대 이후)도 되지 못한 '인석'을 '세상 밖으로 떠민' 우리 사회의 냉혹함을 역설적으로 보여주려 했는지도 모른다. 그렇다면 이종득의 『길, 그 위에 서서』는 1980년대 문학(이념)과 1990년대 이후 서사(환멸) 사이에 난 '길'을 위태롭게 가면서 새로운 서사의 가능성을 모색하고 있는 작품이라 할 수 있다.

2.

이러한 인석의 삶으로 길을 떠나는 두 여자가 있다. 먼저, 인석을 사랑했으나 결혼할 수 없었던 여자 미진. 그녀는 괴로워하는 인석의 모습을 지켜볼 수 없어 사랑에도 없는 결혼을 한다. 그녀의 결혼 생활이 고통의 연속이었음은 불을 보듯 뻔한 일. 성공을 위해 상대를 짓밟는 냉혹한 자본의 논리를 체현하는 남편(진영)의 삶은 미진을 숨 막히게 하기에 충분하다. 남편의 모습 뒤에서 넘실대는 인석의 실루엣을 더 이상 외면하지 못한 미진은, 진영의 남편이기를, 그리고 정씨(아버지의 딸)이기를 분명하게 거부하고 새로운 길을 떠난다. 이 '길떠남'은 인석의 삶의 여정을 좇는 것으로 표출되는데, '보길도(고등학교를 졸업하던 해 인석과 함께 갔던 곳) → 강원도 영월의 오두막집(인석이 세상을 버리고 머물던 곳) → 속초(인석이 정신적으로 의지하던 강씨 아저씨 댁)'의 궤적을 그린다. 미진은 '조금은 헐렁한 옷을 입고도 만족할 수 있으면서 살'기를 꿈꾼다.

하지만 그녀와 인석의 길은 늘 엇갈린다. 서로를 향한 길은 항상 조금 이르거나 늦다. 하지만 '길을 반듯하게만 만들면 더 돌아가야 하는 사람도 있'기 마련이다. 미진의 길떠남이 인석의 품에서 마무리될 수 없는 이유도 이와 무관하지 않다. 그녀가 새로운 삶으로 설정한 미래가 실상은 과거의 추억이었던 셈이다. 미진은 '과거의 인석'에게로 떠났다. 하여 그녀는 다시 길을 떠날 수밖에 없다. '가야 할 길'이 얼른 떠오르지 않지만, 그래도 미진은 '가야 한다고 생각한다.' 이에 미진의 여행은 여전히 진행형이라 할 수 있다.

다음으로 사랑하는 사람을 곁에 두고도 다가가지 못하는 여자, 영애. 그녀는 인석의 삶을 객관적으로 지켜보는 인물로 등장한다. 인석은 그녀가 가까이 다가가면 저만치 물러서고, 물러서면 한 발 다가온다. 영애는 인석에게 결혼하자고 말했다가 거절당한다. 인석이 아직도 미진을 마음에 두고 있다는 사실을 확인하고 물러나지만, 인석에게로 향하는 사랑의 감정을 가슴에 묻어두어야 하는 형벌을 감내해야 한다. 그녀는 앞으로 그런 사랑이 찾아올 지에 대한 기대를 접기로 마음먹는다.

인석에 대한 영애의 애틋한 마음을 조금 엿보기로 하자.

"아주 온 건 아닐 테고, 무슨 바람이 불었어?"

"네가 보고 싶어서."

인석은 여전히 아무렇게나 말한다. 그 말 때문에 내가 얼마나 많은 시간 동안 아파했는지를 모르는 사람이다. 그러나 나도 싱겁게 말해야 한다. 그의 진지함을 거들었다가는 술이 곱빼기로 취할 수도 있으니까.

"웃기지마, 그러다 나 저번처럼 병 걸리면 책임지지도 않을 거면서."

"모르지, 이번에는 책임질지."

— 이종득, 『길, 그 위에 서서』

원양어선을 타기 위한 선원증 때문에 서울을 찾은 인석이 영애를 만나는 장면이다. 영애는 인석에게 스스로를 묶고 있는 사슬을 끊고, '그냥 그렇고 그렇게 사는 사람'이 되기를 바란다. 몸을 일으키는 자신을 인석이 불러주면, 다시 앉아서 '제발 먼 바다로 달아나지 말라고' 잡을 텐데, 그러지 않는 인석을 안타까워하며, 영애는 술집을 나온다. '왜 나는 늘 진지하게 내 마음을 내보이지 못할까. 지나가는 말처럼, 농담처럼 그에게 사랑하는 마음을 내보이고 속상해 하는가'라고 곱씹으면서……. 인석을 포기한(인석의 죽음을 온전히 받아들인) 영애의 여행은 여기에서 새롭게 시작될 것이다.

이상에서 미진과 영애는 인석의 삶으로 길을 떠났지만 결국 닿지 못한 인물들이라 할 수 있다. 이러한 사랑의 서사를 통해 작가는 인간 존재의 근원적 소통 불가능성을 포착하려고 했는지도 모른다. 인석의 죽음이 이들에게 새로운 삶을 향한 통과제의의 과정으로 읽히는 이유도 여기에 있다.

작가는 이들의 삶에 진영의 '길찾기'를 교차시키고 있다. 필자는 다소

의외의 설정이라는 느낌을 지울 수 없었다. 지금까지 살펴 본 인물들의 '길떠남'이 외부적 환경 때문이든, 존재론적 고독 때문이든 삶의 의미를 깨닫는 여정의 목전에서 새로운 여행을 예비하는 것으로 마무리되고 있다면, 진영의 여행은 그 자체로 완결된 구조를 취하고 있기 때문이다.

아내인 미진의 여정을 뒤따르는 진영의 궤적은 스스로를 되돌아보고 삶의 의미를 재발견하는 과정으로 전개된다. 밤하늘의 별(미진)을 좇아 길을 떠나는 서사시적 주인공을 연상시키는 대목이다. 유일하게 자신의 길을 찾은 진영의 여행은 다음과 같이 종결된다.

> 그렇습니다. 정미진이라는 여자는 제 아내입니다. 저는 아내를 찾아 다녀오는 길입니다. 예. 아내가 얼마 전 가출을 했기 때문입니다. 그 이유를 말하기는 좀 쑥스럽군요. 때문에 한 마디로 말하겠습니다. 다 제 탓이지요. 제가 너무 오만하지 않았나 반성하고 있습니다. 우리의 미래를 위하여 반성할 수밖에 없다는 것을 이번 여행에서 깨닫게 되었습니다.
>
> 물론 아내를 만나지 못했습니다. 하지만 만난 것이나 진배없습니다. 제 아내가 원하는 저를 만났으니까요. 아마 지금의 저를 제 아내가 본다면 분명 다시 시작하자도 할 것입니다. 그녀는 늘 손해 보며 살기를 마다하지 않으니까요.
>
> — 이종득, 『길, 그 위에 서서』

진영이 찾은 '아내가 원하는' 자신의 모습은 아이러니컬하게도, 미진이 길을 떠났다 실패한 삶의 가치의 다른 이름이다. 이번 여행에서 진영이 새롭게 발견한 '조금은 헐렁한 옷을 입고도 만족할 수 있'는, '더불어 사는' 삶의 냄새(미진이 그에게 소포로 보낸, 서로의 몸을 감싸 안고 산을 만들고 있던 조약돌)는, 미진이 인석과 함께 하고자 한 삶의 가치에 다름 아니다. 미진의 '길떠남'이 인석의 죽음으로 새로운 출발점에 서게 되었다는 사실을 받아들인다면, 이러한 진영의 자기발견은 너무 늦은 셈이다. 진영이 가까스로 미진의 삶에 이르자, 미진은 또 다시 길을 떠난 형국이다. 작가가 미진과 진영의 재결합을 염두에 둔 것이 아니라면(만약 이들이 재결합한다면 진영의 길떠남은 물론, 미진의 길찾기까지 통속 서사의 일부로 전락할 것이다), 진영의 새로운 길떠남을 예비하지 않은 상태로 서사가 종결된 점은 아쉬운 대목이다.

3.

소설은 현실 속에서 현실 너머를 꿈꾼다. 여기에서 소설의 이율배반이 시작된다. 서사의 공간은 현실에 안주하여 그것을 수용하지도 그렇다고 현실을 거부하지도 못하는 아포리아에 존재한다.

근대소설 이전의 영웅들은 행복한 여행자이다. 이들의 '길떠남'은 자아와 세계가 분리되기 이전의 그것이다. 여행은 삶의 여정(일대기)과 일치하며, 여행 중에 겪는 고난이나 역경은 보다 나은 삶을 약속하는 보증수표이다.

영웅들의 모험이 끝나자, 그들을 인도해주던 길이 사라진다. 사라진 길의 흔적을 좇는 시지포스의 노역이 바로 근대 소설의 여행이다. 자아와 세계 사이의 균열에서 발생하는 거리를 메우기 위한 '길떠남'이 소설 장르의 본질이기 때문이다. '스스로의 혼을 시험하기 위해 길을 떠난다'는 루카치의 명제는 이러한 소설 장르의 본질을 집약적으로 보여준다.

한편, 근대 소설 주인공의 길떠남은 진부한 일상의 허위성을 파괴하여 자기를 확인하기 위한 여정이다. 문제는 길떠남이 실패로 끝날 것이라는 점이다. 이들은 현실에서 존재하지 않는 잃어버린 유토피아를 찾아 떠나기 때문이다. 이상향은 그리움의 대상이지 결코 성취할 수 있는 그 무엇이 아니다. 인석을 포함한 미진과 영애의 길떠남이 실패를 전제로 한 여행인 이유도 이와 무관하지 않다.

하지만 이종득의 첫 장편 『길 그 위에 서서』는 이들의 길떠남을 통해 현실을 지배하는 강고한 자본주의 체제에 미세한 균열을 낼 수 있다는 점을 시사하고 있다. 그 균열을 통해 얼핏 내비치는 삶의 순정을 복원하는 작업, 마치 지루한 장마 뒤에 순간적으로 잠깐 내비치는 햇살의 흔적을 좇는 과정, 이것이야말로 현실과 이상의 이율배반에서 뿜어지는 삶의 긴장을 길어 올리는 근대 소설의 운명이 아닐까. 『길, 그 위에 서서』는 이러한 근대 소설의 운명을 정면에서 응시하며 길을 떠나고 있는데, 이는 역설적 낯섦으로 우리 서사의 '오래된 미래'를 타진하는 소중한 작업의 하나라 할 수 있다.

아버지와 아들의 애틋한 공감

윤정모의 「아들」

윤정모의 「아들」은 아버지와 아들의 애틋한 공감과 소통을 형상화한 단편이다. 드라마틱한 상황을 차분한 어조의 문체로 갈무리한 수작(秀作)이다. 아버지는 살인죄로 15년을 선고 받고 7년 째 수감 중이다. 네 살 때 헤어진 아들은 어미에게 버림받고 고아원에서 자라고 있다. 「아들」은 이 둘이 만나는 짧은 하루의 이야기이다. '7년 모범수'에게 하루의 '특박'이 허용된다는 사실을 안 아버지가 출소자 인편으로 아들이 있는 고아원에 편지를 보낸다. 열 한 살의 아들에게 아버지는 외국(사우디아라비아)에 돈 벌러 나간 것으로 알려져 있다.

윤정모는 이러한 표층적 서사 구조에 우리의 열악한 노동 현실을 섬세하게 직조하고 있다. 한 가정이 붕괴되는 기구한 사연과 산업화 시대의 모순을 포개놓고 있는 셈이다. 작가는 아버지와 아들의 내면적 소통을 통해 절망적 현실 속에서 피어나는 가느다란 희망의 메시지를 길어 올리고 있다.

아버지의 사연을 따라가 보자. 그는 소박한 꿈을 지닌 평범한 가장이었다. 막노동판에서 잔뼈가 굵은 아버지는 건설회사 소속으로 근무할 때 아내를 만나 아이를 낳고 작은 전세방을 얻어 오순도순 살았다. 좋은 아빠가 되는 것이 꿈이었다.

그러던 어느 날 고향 친구 승식이 찾아온다. 승식은 노조를 결성하여 활동하다가 강제퇴직을 당했다. 노조를 허용하지 않겠다는 회사의 탄압과 회유에 맞서다가 실직한 것이다. 승식은 회사를 노동청에 고발하고 일자리를 찾아 친구를 찾아온 것이다. 그러던 승식이 기술자로서가 아니라 공사장 노무자로 죽고 말았다. 공사판 또한 부정과 부패가 만연했다. 현장 감독은 자신의 지위를 이용해 노동자들을 착취하고 있었다. 그는 다음 공사의 일자리를 미끼로 노무자들에게 뇌물을 받아 챙긴다. 그런데 그 약속을 지킬 수 없게 되었다고 엄포를 놓는다. 승식은 이러한 감독에게 항의하다가 삼층에서 떨어져 죽었다. 전후 사정을 알아본 화자는 현장 감독을 찾아간다. 감독은 승식을 '불순분자'이자 '빨갱이'며 '죽어 마땅할 놈'이라 말한다. '빨갱이'란 말에 격분한 화자는 '삽날'을 휘둘렀다. 감독은 떨어지지 않으려고 난간에서 버티다가 결국 추락하고 만다. 감독은 자신이 승식에게 했던 방법과 똑같은 방식으로 죽었다.

7년 전의 일이다. 지난 칠 년 동안 감옥에서 '목공·용접·선반' 등 사회생활에 필요한 제반 기술을 두루 익혔다. 8년 후면 사회로 나올 것이다. 아들이 그때까지 건강하게 자라주기를 바랄 뿐이다.

이제 아들과 헤어질 시간이다. 저만치 '고아원' 건물이 보인다. '돈을 받아 쥐고 먼저' 돌아서는 아들에게 '무슨 말인가 꼭 할 이야기가 있을 것 같아' 손을 내밀었으나 '저녁 햇살이 그 생각'을 가로막는다. 이윽고 아들이 돌아본다.

> 소년은 걸음을 멈추었다. 그리고 뒤를 돌아다보았다. 급하게 뛰어가는 아빠의 모습은 마치 석양에 둥둥 밀려가는 듯했다. 아빠, 지난 겨울에 난 아빠 걱정을 얼마나 했는지 몰라. 그 안엔 몹시 춥다던데……. 이불도 없이 맨마루에 잔다며? 그래도 난 알고 있어. 우리 아빤 절대도 죽지 않는다는 걸.
>
> 소년은 토달토달 걷기 시작했다. 그리고 참 아빠, 엄만 또 아기를

낳았대. 잊어버려. 내가 있잖아. 소년은 고개를 들어 언덕 위를 바라보았다. '천사고아원'에서 누군가가 달려나오는 모습이 뿌옇게 흔들려 보였다(윤정모, 「아들」).

아버지의 사랑에 응답하는 아들의 사려 깊은 마음씀씀이가 눈시울을 적시게 하는 장면이다. 이렇듯 윤정모의 「아들」은 아버지와 아들의 눈물겨운 공감과 소통의 무늬를 애틋한 어조로 포착한 작품이다.

잊혀진 유년의 기억을 찾아서

현기영의 『지상에 숟가락 하나』

1. '변방'에서 '중심'으로

현기영의 『지상에 숟가락 하나』는 독특한 성장소설이다. 이 작품은 우리에게 익숙한 서구의 교양소설 혹은 성장소설과 그 성격이 다르다. 주인공, 즉 성장의 주체가 서구적 의미의 '근대적 개인'으로 거듭나지 않고, 오히려 서구중심의 '근대성'에 끊임없이 회의의 시선을 보내면서, 이른바 '섬 고장'(제주도) 특유의 변방적 정체성을 탐색하고 있기 때문이다.

작가의 목소리를 직접 들어보자.

> 이 글은 한 인간 개체가 어떻게 자연의 한 분자로서 태어나서 성장하는가를 반추해보려는 의도에서 씌어지고 있기 때문에 그 자연을 상실하게 되는 시절인 중3에서 끝나야 마땅한 것이다. (중략) 고교 진학이란 자연아로서의 본능과 순진성을 잃고 부정한 세속적 삶에의 입문이나 다름없었다(현기영, 『지상에 숟가락 하나』, 실천문학, 1999, 455쪽).

작품은 '자연의 한 분자로' 태어난 화자가 '그 자연을 상실'하게 되는 시절인 중3에서 끝나고 있다. 일반적인 성장소설의 주체는 이 작품이 끝나는 시기, 즉 자연에서 사회로 이행하는 과정에서 '의식의 각성'을 하고 '근대적 개인'으로 거듭난다. 하지만 이 작품의 작가는 근대적 의미의 '성장'을 부정적으로 인식하고 있다. 이러한 성장은 '자연아로서의 본능과 순진성을 잃고 부정한 세속적 삶'으로의 '입문'이기 때문이다.

따라서 『지상에 숟가락 하나』의 어린 화자는 '의식의 각성', 즉 정신적 의미의 성장을 하고 있지 않다. 그는 아름다운 제주도의 품속에서 '영과 육'이 분리되지 않은 '자연의 한 부속물'로 존재하고 있을 따름이다. 오히려 작품을 쓰고 있는 현재의 화자가 '성장'을 하고 있다. 작가는 '진화의 생명력으로 충만했던' '어린 시절'을 불러냄으로써 '지금 여기'의 삶을 성찰하고 있는 것이다.

어린 화자와 작품을 쓰고 있는 화자 사이의 거리는 '대초원과 바다와 하늘이 어울려 펼쳐놓은' '광활한 공간'에 대한 양가적 감정으로 표출된다.

> 갈 수 없는 곳이었기에 두렵고, 더욱 멀게 느껴지던 변경, 그 한라산에 나무를 하러 다니면서, 아무래도 나는 이전과는 다른 생각을 하게 되었을 것이다. 해변에 국한되어 있던 나의 좁은 시야가 한라산 기슭에 와서 거의 무한대로 넓어졌을 때, 대초원과 바다와 하늘이 어울려 펼쳐놓은 그 광활한 공간은 어린 나에게 얼마나 경이로운 세계였을까? 그러나 그것은 또한 어쩔 수 없이 세계의 변경, 닫힌 공간이기도 했다. 해변에서 보면 늘 일직선이고 이마에 닿을 듯 가깝게 보이던 수평선이 한라산 기슭에서는 반원의 아름다운 곡선을 그으며 아득히 멀리 물러나 있었는데, 그러나 그 드넓은 해역 어느 구석에도 본토의 끝자락이 나타나 있지 않다는 것, 물에 막히고 물에 갇힌 섬이라는 사실을 실감으로 느꼈을 테고, 그래서 언젠가는 저 수평선을 뚫고 섬을 탈출하지 않으면 안 된다고 생각했을 것이다(현기영, 『지상에 숟가락 하나』, 실천문학, 1999, 381－382쪽).

'자연'에서 떨어져 나온 화자에게 '물에 갇힌 섬'은 '야만, 무지, 변경' 등의 다른 이름이었고, 동시에 극복해야 할 장애물이었다. 당시 화자는 이를 '성장'이라 여겼다. 하지만 그를 키운 모태인 바다가 비상하려는 자신의 발목을 잡는 질곡이라 여겼던 이러한 과거의 인식에 대한 뼈아픈 자각이 뒤늦게 찾아온다. 따라서 '귀향연습'을 하는 현재의 화자에게 그동안의 서울 생활은 부질없이 허비해버린 세월처럼 느껴진다. 다시 바다 앞에 선 화자는 기어코 자신이 떠난 곳이 '변경'이 아니라 '세계의 중심'이라 선언한다.

2. 4 · 3의 어둠을 넘어

『지상에 숟가락 하나』는 '아버지'의 죽음으로부터 시작된다. 생과 늘 불화를 일으켰던 아버지가 '죽음'과는 더없이 화해로운 모습으로 비춰진다. 아버지의 죽음은 조만간 화자를 찾아올 죽음의 실체를 느끼게 한다. 아버지는 화자라는 '존재의 우연'을 발생시킨 '집단적 생명'의 '연결고리'라는 점에서 화자 자신이다. 따라서 '귀향연습'은 궁극적으로 화자를 '자연'으로 데려다 줄 '죽음', 즉 '모태로 돌아가는 순환의 도정'이다. 따라서 이 작품은 '오십'의 화자가 자신의 뿌리를 찾아가는 여정이라 할 수 있다.

『지상에 숟가락 하나』은 이 눈부시도록 아름답고 애틋한 존재론적 슬픔의 여정을 추적하고 있다. 그 이면에는 '민중 속에서 장두가 태어나고 장두를 앞세워 관권의 불의에 저항하던 섬 공동체의 오랜 전통', 즉 '육지부와 다른' 제주도의 비극적 역사가 가로놓여 있다. 아름다운 자연의 풍광 속에서 천진만난하게 뛰노는 '무구한 영혼'의 모습에 슬쩍 비껴 있는,

'인간의 경험, 상상력을 훨씬 능가해버린' '엄청난 살육과 방화'의 역사는, 이 글의 성격을 '한 아이의 성장 내력에 대한 이야기'로 한정하려는 작가의 의도에도 불구하고 '무의식의 지층'에서 불쑥불쑥 솟아오른다. 어린 화자의 존재론적 고독과 '막막한 슬픔'에 4·3의 비극이 스며있는 셈이다. '태어나 그 탯줄을 묻은' 고향이 '토벌대의 방화'로 소진되어 사라지고 말았기에, 자신의 뿌리를 곱씹는 행위는 '검게 탄 폐허의 어둠과 망각의 어둠'을 뚫고 들어가 불타버린 '존재의 일부'를 되살리는 작업이 된다.

> 그 섬 땅에서 정작, 내가 태어나 그 탯줄을 묻은 함박이굴 마을은 지금 지도상에 존재하지 않는다. 내가 메타포를 통해서 세상 보는 일에 익숙한 글쟁이어서 그런지, 1948년 토벌대의 방화로 소진된 이래 그 부락은 오직 검은 재의 폐허로만 내 의식에 각인되어 있다. (중략) 그래서 나는 아직도 그 무서운 1948의 초토의 불길과 함께 내 존재의 일부도 불타버린 듯한 상실감을 어쩌지 못한다. (중략) 아무튼 나는 지금 검게 탄 폐허의 어둠과 망각의 어둠을 동시에 뚫고 들어가 죽어 있는 그 부락을 되살리고 잊혀진 나의 유년을 다시 만나봐야겠다(현기영, 『지상에 숟가락 하나』, 실천문학, 1999,15-16쪽).

'아버지는 늘 출타 중이고 어머니는 외가에 가버려 무서운 할아버지 밑에서 잔뜩 기죽어 눈물 짜던' '그 아이의 막막한 슬픔'에는 공동체의 기억, 즉 4·3의 역사가 '검은 재의 폐허'로 각인되어 있다. 죽음의 어두운 이미지와 우울증은 늘 어린 화자를 따라다니는 그림자였다.

그럼에도 불구하고 아이들은 자란다. 아이들은 결코 과거에 붙들리지 않는다. 그래서 4·3의 유복자들은 막무가내로 자라나서 4·3의 저 검은 폐허를 푸른 풀로 덮게 되는 것이다. 마치 '4·3'의 '검게 탄 폐허'를 비웃기라도 하듯, '비 마중'에 나선 아이들의 '기가 펄펄 살아 이리 호록 저리 호록' 나대는 모습을 보라. 꿈틀꿈틀 살아 숨 쉬고 있는 역동적인 풍경이다. 한국 문학사에 길이 남을 명장면으로 손색이 없다.

> 지겨운 불볕더위의 가뭄 끝에 드디어 비가 온다. 날마다 이글이글 불볕을 쏟아부으며 머리 위에 군림하던 붉은 햇덩이가 서편 하늘의 반공에서 문득 흐릿한 적자색으로 변하고, 얼마 후 그 아래 하늘가에서 흰 테두리를 단 검은 구름 떼가 뭉게뭉게 피어오른다. 폭풍우를 몰고 온다는 적란운이다. 정말 비가 오려나? 가뭄에 지쳐 있던 어른들의 얼굴에 생기가 돈다. (중략)
>
> 훅훅, 열기를 끼치던 묵은 바람이 제풀에 잦아들고, 폭풍 전의 고요, 사위는 얼마 동안 무풍의 정적이 감돈다. 사람들이 숨죽이고 기다린다. 목마른 산천초목, 대지 위의 모든 것들이 정적 속에 숨죽이고 기다린다. 구름보다 바람이 더 빠르다. 검은 구름 떼는 아직 하늘의 절반도 못 왔는데 한라산 정상에 삿갓처럼 얹혀진 흰 구름이 강풍에 뜯겨 달아난다.
>
> 드디어 바람이 당도한다. 처음부터 제법 풍세가 강하다. 풍경이 흔들리면서 무풍의 정적이 일시에 깨어난다. 건조한 흙먼지가 뿌옇게 일어나고 협죽도 붉은 꽃 무더기가 바람에 흔들려 독한 꽃 냄새를 퍼뜨리고, 감나무에 앉았던 참새 떼가 바람에 풋감 떨어지듯 우르르 땅으로 내려앉는다. 나뭇잎, 풀잎들이 서걱거리는 소리가 사방에 가득하다. 이제 바람 속에 축축한 습기가 느껴진다. 어른들이 바쁘게 집 안팎을 오고가며 바람에 날아가지 않게, 얽어맨 짚줄이 삭아 약해진 지붕 위에 멍석을 올리고, 마당의 보리짚가리를 더 단단히 동인다. 더위에 풀떼기죽처럼 처졌던 아이들도 기가 펄펄 살아 이리 호록 저리 호

록 나댄다.

닭똥고망, 돌패기, 똥깅이, 그 세 아이가 대장간 앞에서 웬깅이를 불러댄다. (중략)

자전거 타고 가던 사람이 바람에 쓸려 넘어진다. 오줌발이 바람에 날려 제 발등을 적셔도 우리는 좋아라고 깔깔댄다. 검불들이 휘휘 날아오른다. 얼굴에 부딪는 바람 소리, 축축한 습기가 상쾌하다. 검불 오라기가 얼굴에 달라붙고 티끌이 눈에 들어 눈물이 나도 마냥 즐겁다. 바람에 웃옷이 붕긋이 부풀어오른다. 맞바람 받으면 곱사등이, 돌아서면 배불뚝이, 바람에 흔들리며 우리는 뒤뚱뛰뚱 병신춤 춘다. 행인들도 병신춤 추며 지나간다. 야, 저 여자 봐라! 치마폭이 빵빵하게 부풀어올라 멀쩡한 처녀가 애 밴 꼴이 되어 지나가는데, 뒷모습이 더 가관이다. 바람에 치마폭이 찰싹 달라붙어 가랑이, 엉덩이 윤곽이 그대로 드러났다. 낄낄낄. (중략)

비를 마중하러 우리는 부러리 동산에 오른다. 바람이 한결 드세다. 컴컴한 서쪽 하늘 한 귀퉁에 찢긴 구름 틈새로 햇빛이 폭포수처럼 쏟아진다. 향교의 노송 숲에서 바람 부서지는 소리가 마치 파도 소리처럼 쏴아쏴아 장쾌하게 들려온다. 그 숲 위에서 까마귀 댓 마리 바람을 타며 까불댄다.

비를 기다리는 동안 우리도 잠시 바람타기놀이를 한다. 파도를 탈 때처럼 맞바람에 가볍게 몸을 싣는다. 저마다 등허리에 웃옷이 팽팽하게 부풀어올라 우리의 몸은 새처럼 가벼워진다. 어쩌면 공중으로 떠오를 수도 있을 것 같다. 바람이 지탱해줄 수 있을 만큼 한껏 상체를 앞으로 기울인 채 개구리헤엄치듯 두 팔을 내젓는다. 이제 우리는 물고기가 된다. 등짝에 팽팽하게 부푼 바람주머니는 우리의 등지느러미. 바람에는 강약의 리듬이 불규칙하기 때문에, 거기에 호흡을 잘 맞춰야 한다. 강한 맞바람은 얼굴에 보자기를 씌운 듯 호흡을 곤란하게 만든다. 숨을 멈추고 꾹 참는다. 그걸 참지 못하고 입을 열었다간 바람이 왈칵 목구멍으로 몰켜들어 파도타기하다가 물 먹을 때처럼 정신이 아뜩해질 것이다. 얼굴에 부딪치고, 귓가로 급류를 이루어 흘러가는 바람소리, 옷자락이 펄펄 날리고 생각도 펄펄 날리고 머릿속은 상쾌한 진공이다. 나무도 풀잎들도 환호작약 춤을 춘다.

드디어 빗방울이 떨어진다. 기적 같은 빗방울, 달콤하고 따뜻한 최초의 빗방울들, 마른 땅 흙먼지에 풀썩풀썩 떨어져 곰보 자국을 파기 시작한다. 와, 비 온다! 우리는 길길이 뛰며 환호성을 올린다. 구름이 머리 위에 채 오기도 전인데, 강풍에 쓸린 흰 빗줄기들이 길게 빗금을 치며 몰려오고 있다. 이제 우리는 등 돌리고 동네로 달아난다. 아니, 달아나는 것이 아니라, 누가 동네에 먼저 도착하나, 비와 내기를 하는 것이다. 바람이 우리를 응원해서 등을 힘껏 밀어준다. 바람에 등 밀리며 신나게 달린다(현기영, 『지상에 숟가락 하나』, 실천문학, 1999, 211-215쪽).

무슨 말이 더 필요하겠는가.

제3부

성숙한 젊음의 몇 가지 표정

신달자 『열애』, 김영석 『외눈이 마을 그 짐승』, 유자효 『여행의 끝』

1. 새로운 길 앞에서

시력 30년을 훌쩍 넘긴 프로들이 직조한 언어들의 잔치 마당이 풍성하다. 여기에는 물리적 나이를 무색하게 할 정도로 젊은 서정이 살아 숨쉬고 있으며, 보기 드물게 유동적이고 생동감 넘치는 이미지들이 물결치고 있다. 세 시인은 새로운 다짐이나 진솔한 고백으로 이번 시집을 열어젖히고 있는데, 이들의 자서를 일별해 보는 것으로 감상의 실마리를 잡아보자.

신달자 시인은 "지난 몇 년 집중 시작(詩作)에 쏟아 온 긴장의 시간이/ 시작 40년을 뒤로 하고" "다시 새로운 시작(始作)의 디딤돌이 되기를 바"라며, "때로는 시를 놓아 버릴까 하는 심각한 좌절도 경험"했지만, 이 시집이 자신에게 "새 힘의 가동력"이 되어 주기를 염원한다. 초심으로 돌아가 시작에 전념하겠다는 결연한 의지가 담겨 있다.

김영석 시인은 "의미의 지적 조작이 도를 넘"은 시단에 경종을 고하며, "동양의 전통적 시정신의 한 핵심에 닿아 있는 관상시(觀象詩)"와 "이야기를 배경"으로 한 "사설시(辭說詩)"를 실험하며 "새로운 시적 영역"을 개척하고 있다. 그 젊음의 열정이 후끈하다.

유자효 시인은 "10번째"인 이번 시집을 통해 "시업을 중간 정리"하며, "내면으로 관심과 시선을 옮기려 한다." 특히, "앞으로 어떤 길을 걸으며 어떤 시를 쓰게 될"지 스스로도 "기대하는 바"가 크다는 진술에는 새로운 길 앞에 선 시인의 설렘과 두려움이 돌올하게 음각되어 있다는 점에서 시사하는 바가 크다.

등단하기 이전의 순수한 시심(詩心)을 연상시키는 이 프로들의 결연한 자기 다짐을 뒤로 하고 책장을 넘기니, 시인들의 '과거 · 현재 · 미래'의 삶이 '성찰 · 관조 · 투시'의 시선으로 교차되며 숨 가쁘게 전개되고 있었다. 그 흐름을 이리저리 좇다가 제 풀에 지쳐, 잠시 펜을 놓고 생각에 잠겨 본다. 과연 시와 함께 한 일생을 곱씹으며 다시 몸을 일으켜 새로운 길 앞에 선 이 '성숙한 젊음'의 시심(詩心)을, 물리적 나이의 젊음이 감당할 수 있을까? 하여, 세 시인의 원숙한 시세계를 손상시키는 결례를 범하더라도 필자의 관점으로 끌어당겨 읽을 수밖에 없다는 결론에 이른다. 이를테면, 이들의 '젊음'을 물리적 젊음의 눈높이에 맞추는 차선책과 같은 방식 말이다.

2. 성숙한 젊음 – 신달자 『열애』(민음사, 2007)

신달자 시인의 『열애』를 펼쳐드니, 따스한 공감과 연민의 시선이 정겹게 손짓한다. 문단 일각의 젊은 시들이 강요하는 자폐적 언어에 역차별당하고 있는 듯이 보이는 서정의 본질을 환기하고 있다는 점에서 이번 시집은 역설적으로 새롭다. 세상이 각박하고 냉혹한 이상 이러한 공감의 서정은 여전히 강한 생명력을 부여받는다.

> 어둠 깊어 가는 수서역 부근에는
> 트럭 한 대분의 하루 노동을 벗기 위해
> 포장마차에 몸을 싣는 사람들이 있습니다

주인과 손님이 함께
야간 여행을 떠납니다
밤에서 밤까지 주황색 마차는
잡다한 번뇌를 싣고 내리고
구슬픈 노래를 잔마다 채우고
빗된 농담도 잔으로 나누기도 합니다
속 풀이 국물이 짜글짜글 냄비에서 끓고 있습니다
거리의 어둠이 짙을수록
진탕으로 울화가 짙은 사내들이
해고된 직장을 마시고 단칸방의 갈증을 마십니다
젓가락으로 집던 산 낙지가 꿈틀 상 위에 떨어져
온몸으로 문자를 쓰지만 아무도 읽어내지 못합니다
답답한 것이 산 낙지뿐입니까
어쩌다 생의 절반을 속임수에 팔아 버린 여자도
서울을 통째로 마시다가 속이 뒤집혀 욕을 게워 냅니다
비워진 소주병이 놓인 플라스틱 작은 상이 휘청거립니다
마음도 다리도 휘청거리는 밤거리에서
조금씩 비워지는
잘 익은 감빛 포장마차는 한 채의 묵묵한 암자입니다
새벽이 오면
포장마차 주인은 밤새 지은 암자를 거둬 냅니다
손님이나 주인 모두 하룻밤의 수행이 끝났습니다
잠을 설치며 속을 졸이던 대모산의 조바심도
가라앉기 시작합니다
거리의 암자를 가슴으로 옮기는 데
속을 쓸어내리는 하룻밤이 걸렸습니다
금강경 한 페이지가 겨우 넘어갑니다.(「저 거리의 암자」 전문)

그 어떤 시적 기교나 상징적 장치 없이 물 흐르듯이 전개되는 작품이다. 세속(포장마차)에 스며든 불교의 이미지(번뇌, 암자, 수행, 금강경 등)가 정겹게 물결치고 있다. 시인의 따스한 공감과 연민의 시선이 함께 살아가는 세상의 훈훈한 인정을 길어 올리고 있다. 이러한 시심이 있어 세상은 아직 살만한지도 모른다. 내친 김에 한편 더 감상해 보자.

> 언제부터인지 몰라 나무토막은 나무의 피가 제 몸속에 돌고 있는 것을 알았다
> 거리에 있는 나무토막이 자신을 나누어 주려고
> 폭풍 속에서도 어깨가 무너지도록
> 나무를 버팅기게 했던 나무 안으로 쑥 들어가 나무가 되려는 사랑을
> 나무도 잘 알고 있었던 것이다
> 나무는 열심히 피를 만들어 나무토막 버팀대에게
> 생명을 나누려고 그는 살아 있는 듯했다
> 꽃들을 한가득 피워 올린 어른스러운 나무 밑에서
> 버팀대는 이제 절반쯤 삭아 내려 사라져 가고 있었다
> 버팀대 같은 건 필요 없는 나무 밑에서 조용히 밑동이 썩는 것을
> 버팀대가 썩는 향기가 라일락 꽃의 향기를 더 짙게 하고 있다는 것을
> 곁이 몸 안으로 영혼이 되어 퍼지고 있는 것을 나무는 잘 알고 있었던 것이다.(「곁」 부분)

시인은 "중심을 잡지 못하고 몸을 반으로 접고 꼬꾸라질 듯/사방 절하고 있는" "라일락" 나무에게 "아파트 부근에서 나무토막 두어 개 주워다 버팀목으로 받쳐" 준다. 그렇게 나무와 나무토막은 "같은 몸"(곁)이 된다. 나무토막은 나무의 "다리와 팔"이 되었다. "곁"은 "나무 안으로 쑥 들어가

나무가 되려는" 나무토막의 "사랑"과 "열심히 피를 만들어 나무토막 버팀대에게/생명을 나누려"는 나무의 마음을 연결하는 따스하고 정감 있는 언어이다. 이렇게 삶(나무)과 죽음(나무토막)은 하나가 된다. 나무의 "몸 안으로 영혼이 되어 퍼지고 있는" 버팀대(나무토막)는 '곁의 미학'을 체현하고 있다. 나무의 피가 자신의 몸속에 돌고 있었다는 사실을 감지하면서, "나무 밑에서 조용히 밑동이 썩"어가는 나무토막은 그래서 행복하다. 자신에게도 나무의 시절이 있었다는 사실을 기억하면서 소멸되기 때문이다.

이러한 '곁의 미학'은 "사라지면서 별에 포개"지는 세속의 "사리(舍利)"로 변주된다.

> 늙는 사람들의 눈을 보라
> 절벽에 떨어진 듯 쭈글쭈글한 주름이 싸고 있는 눈
> 쭈그러진 주름 안에 나무 관세음이 있다
> 세상사 두루 본 생의 이력으로도 그 눈은 사리가 되리
> 태우면 태워져 사라지면서 온 세상을 밝히는 사리도 있는 것이다(「사리(舍利)」 부분)

이 사리는 "어느 남정네 굵은 팔뚝 들어 올려/떡메 치던 곳에 하늘 한 귀퉁이 쪼개 담은 물", "그 한 모금 물로 다시 천 년의 시간과 생명"을 만들 수 있는 "돌확"(「고요 늪－돌확」)으로 몸을 바꾼다. 세속(남정네 굵은 팔뚝)과 초월(천 년의 시간과 생명)을 가로지르는 이 "고요 늪"의 이미지야말로 이번 시집을 통해 신달자 시인이 우리에게 선사하는 소중한 전언이다. 고즈넉하고 잔잔하지만 그 어떤 종교적 전언보다 울림이 크다. 그의 시선이 한없이 낮은 데로 임하기 때문이리라.

한편, 대상으로 임했던 눈길이 자신에게로 투사되었을 때 내면을 담금질하는 '몸의 언어'로 육화된다. 따스한 공감과 연민의 시선이 '몸의 언어'를 통해 역동적이면서도 육감적인 언어로 거듭나는 장면은 이번 시집의 한 장관을 이룬다.

> 손끝에 발가락 끝에 물집이 생겼다
> 누가 지었을까
> 세상에 이런 위태로운 자리에
> 세상에서 제일 작은 집을 지어 놓고 누가 사나
> 이름은 예쁘지만 차라리 노숙이 낫겠다
> 몸속에서 잘 흐르지 못하고 튕겨져 나온
> 그 붉은 피의 외마디 입 안에서도
> 하나 살고 있다
> 입술을 거치지 않고 몸속에서 올라와
> 기어이 따로 숨어 집을 지어
> 내 생의 화두에 동참하는
> 고통의 꽃
> 그것은 부드럽지만 칼끝이었을
> 감상투성이의 나약한 계집일지도
> 얇고 부실해서 언제 주저앉을지 모르지만
> 그것은 뼈에 깊게 닿아 있는 집
> 몸 끝을 터로 삼아 마지막 수행처 하나 지었으니
> 저 물집 허물어지면
> 불씨 자욱이 내 발등에 내리겠다.(「물집」 전문)

"손끝"과 "발가락 끝", 그 "위태로운 자리"에 "물집"이 잡힌다. "몸속에서 잘 흐르지 못하고 튕겨져 나온/그 붉은 피의 외마디 입 안", "물집"은 시인의 "생의 화두에 동참하는/고통의 꽃"이다. "얇고 부실해서 언제 주저앉을지 모르"는 "감상투성이의 나약한 계집"이지만, "입술을 거치지 않고 몸속에서 올라와/기어이 따로 숨어 집을 지"은 것이기에 "뼈에 깊게 닿아 있는 집"이기도 하다. 하여, 시인은 이 "몸 끝을 터"로 삼아 "마지막 수행처"를 짓는다. 이 "물집"이 허물어지면서 생긴 "불씨 자욱"(흉터)이야말로 "고통의 꽃", 즉 시의 무늬이다. 지나온 삶이 새겨진 몸의 상처를 그 자체로 긍정·수용하면서 이를 "고통의 꽃"으로 승화시키는 모습은 몸과 "열애"(「열애」)에 빠진 시인의 자화상에 다름 아니다.

상처와 놀고 뒹굴며 열애에 빠지는 이 "피 흘리는 사랑"은, 시인이 건너온 "세월의 주름"이 "자잘한 잔물결"을 이룬 "손등(몸)"의 "강줄기(끈)"(「끈」)를 품고 있기에 그만큼 열정적이고 역동적이다.

사나운 소 한 마리 몰고
여기까지 왔다
소몰이 끈 너덜너덜 닳았다
골짝마다 난장 쳤다
손목 휘어지도록 잡아끌고 왔다
뿔이 허공을 치받을 때마다
뼈가 패었다
마음의 뿌리가 잘린 채 다 드러났다
징그럽게 뒤틀리고 꼬였다
생을 패대기쳤다
세월이 소의 귀싸대기를 때려 부렸나

쭈그러진 살 늘어뜨린 채 주저앉았다 넝마 같다
핏발 가신 눈 끔벅이며 이제사 졸리는가
쉿!
잠들라 운명.(「소」 전문)

그렇기에 시인이 지나온 삶은 초월적이고 탈속적인 모습이 아니라, 구체적이고 세속적인 이미지, 즉 치열하고 절박한 어조로 가득 차 있다. "휘어진 손목", "패인 뼈", "쭈그러진 살", "핏발 가신 눈" 등 구체적 '몸의 언어'와, "너덜너덜", "난장 쳤다", "뒤틀리고 꼬였다", "패대기쳤다", "귀싸대기", "넝마 같다" 등의 생동감 넘치는 이미지들이 길항하며 팽팽한 시적 긴장을 유발한다.

대상에 대한 따스한 연민의 시선(수평적 공감)과 치열한 내면성찰의 시선(수직적 깊이)이 교직되었을 때, 관찰을 넘어선 경지, 혹은 물아일체에 대한 자각을 넘어선 역동적 참여의 세계가 열린다.

무슨 저런 짐승이 있을까
초록의 몸이 무거워
뒤뚱거리며 누운 저 여름 짐승
숨 쉴 때마다 온 산이 들썩들썩하다
몸의 깊은 곳에서 뿜어져 나오는
화끈거리는 기운
내 몸이 뜨끈뜨끈하다
삼천 여자를 데리고 놀고 있는가
씩씩거리며 숨을 헐떡이는
발작 광기를

절정으로 뿜어 대는
저 사내
알몸인데도 자꾸 벗고 싶어서
사내는 검푸른 근육을 출렁거리고 있다
이상하다
뜨겁게 달아오른 천지 녹음
그런 광란의 현장을 바라보고 있을 뿐인데
나 갑자기 수태할 것 같다
그 푸른 동굴 속에서
나 알몸으로 누어 산을 받아들이면
산 하나 품어 나오리
바다와 강이 하늘이 땅이 산이 모여
초록의 물결로 넘설거리다가
불끈 일어서는 저 거인
누가 엉덩이를 치받는지 다시 꿈틀한다
바람 불 때마다 푸른 불이 번져 나간다. (「저 산의 녹음」 전문)

관조를 넘어선 이 생동감 넘치는 교감의 세계를 어찌 물리적 젊음이 감당할 수 있겠는가? 신달자 시인이 『열애』를 통해 펼쳐 보이는 이 역동적 교감의 아우라는, 대상에 대한 따스한 공감의 시선과 지나온 삶을 치열하게 긍정하는 '몸의 언어'가 교차되는 지점에서 발산된다는 점에서 '성숙한 젊음'의 한 표정이라 할 만하다.

3. '사이'의 시학 – 김영석 『외눈이 마을 그 짐승』(문학동네, 2007)

김영석 시인은 이번 시집 도처에서 '사이'의 시학을 펼쳐 보인다. '사이'

는 '빈곳', '구멍의 허공', '경전 밖', '빈 자리', '빈 곳' 등으로 변주되고 있는데, '현실과 현실 너머 사이'를 의미한다. 이를 매개하는 이미지가 시이고, 더 구체적으로는 느낌과 직관을 중시하는 '관상시'이다.

이를테면 다음과 같은 식이다.

> 길은
> 다시 길을 찾게 한다
> 길에 갇힌 나그네여
> 어디서나 푸르게 솟는
> 저 이름 없는 잡초를 보라
> 너의 온몸과 마음이
> 늘 푸른 길이 되어라.(「길은 다시 길을 찾게 한다」 전문)

이 작품에서 '길'은 일차적으로 어떤 목적을 향해 나가가는 수단 · 방법 · 방식(현실) 등을 지시한다. 따라서 근대인들은 '길에 갇힌 나그네'라 할 수 있다. 한편, 뚜렷한 방향성이나 구속이 없이 "어디서나 푸르게 솟"은 "저 이름 없는 잡초"는 '길 너머(현실 너머)'에 존재한다. 이 길(나그네)과 길 너머(잡초)를 매개하는 이미지가 "푸른 길"이다. 시인은 "온몸과 마음"이 "늘 푸른 길"이 되는 이 세계를 지향한다.

이 세계는 시집 도처에서 살아 숨쉬며 다양하게 변주되는데, 시인은 '관상시'라는 형식을 통해 이 '사이'에 집을 짓는다. 시인이 구축하는 집의 이미지는 초월과 세속의 무늬로 직조된다. 이 현실과 현실 너머를 매개하는 이미지는 "보이지 않는 옛 사원"(「꽃과 꽃 사이」), "이승의 하늘"(「이승의 하늘」), "빛 속에 드러난 제 얼굴"(「그림자」), "허공 같은 큰 무덤"(「무덤에 대하여」) 등이다. 이러한 이미지는 구체와 추상, 현실과 전설, 어둠과 빛, 이름과 무명 등으로 변주되며 '지금 여기'와 '지평선 너머'를 소통시키고 있다.

시인은 이를 포착하기 위해 "비급(秘笈)"을 찾아 헤매는 "은자(隱者)"가 되기를 자처한다.

> 진실로 이 세상에 은자가 없다면
> 저잣거리의 난장판 어느 구석에서
> 햇살에 조용히 몸 덥히는 맨 흙살을
> 우리는 영 볼 수도 없고
> 들판의 말뚝에 매여 되새김질하는 황소의
> 큰 눈 속 푸른 하늘로 점점이 날아가는
> 작은 새들이 있다는 이야기를
> 우리는 영 알 수도 없을 것이다(「은자(隱者)에 대하여」 부분)

하지만 은자가 포착하는 현상, 즉 "햇살에 조용히 몸 덥히는 맨 흙살"이나 "황소의/큰 눈 속 푸른 하늘로 점점이 날아가는/작은 새들이 있다는 이야기"가 '지금 여기'의 현실과 구체적으로 접목되지 않는 것은 아닐까? 이러한 사실을 구체적 일상, 즉 비급이 존재하는 '지금 여기'에서 탐색하면 어떨까? 다시 말해, "저잣거리의 난장판 어느 구석"이나 "들판의 말뚝에 매여 되새김질하는 황소"에 강조점을 두면 어떨까? 여기에서 "비급"이 '지금 여기'에서 어떻게 존재하며, 이를 어떻게 포착할 것인가의 방법론이 제기된다.

이를 살펴보기 전에, 김영석이 지향하는 시적 방법론, 즉 전통 서정의 정수를 음미해 보자.

서리 낀 저녁하늘
줄지어 철새들이 날아간다
어느덧 내 안의 길을 지나
하늘의 길 따라 날아간다
강물이 내 안 어딘가 물길을 지나
굽이굽이 벌 끝으로 흐르고
노루 사슴이 내 안의 오솔길을 벗어나
어드메 깊고깊은 산길을 달린다
가랑잎도 바람에 불려
내 안 어느 공터를 구르다가
이슥한 뒤안으로 돌아간다

오늘도 돌탑에 기대어 서서
내가 바로 하나의 길이었다고
다시 한번 조용히 깨닫는다
내 마음의 밝음과 어둠
슬픔과 그리움과 쓸쓸함이
내 안의 길목을 지나가는
한갓 만물의 기척이었다고
다시 한번 조용히 깨닫는다.(「만물이 지나가는 길」 전문)

"철새", "강물", "노루 사슴", "가랑잎" 등이 "내 안의 오솔길"을 지나 "날아간다(흐른다, 달린다, 돌아간다)." 이를 통해 시인은 스스로가 "하나의 길이었다고", "마음의 밝음과 어둠/슬픔과 그리움과 쓸쓸함"이 내면의 "길목을 지나가는/한갓 만물의 기척이었다고/다시 한번 조용히 깨닫는다." '세계(자연) → 자아(내 안의 길) → 세계(자연/자아)'로 이어지는 전통 서정의 진수를 보여주는 작품이다. 이러한 전통 서정의 세계는 "눈", "귀", "코"(감각기관)에 매혹 · 현혹되었던 세계에서 "쓰레기", "새소리", "거름" 등 감각기관 너머의 세계에 대한 발견으로 이어지기도 하고(「나의 삼매(三昧)」), 자아와 세계의 이분법을 넘어선 새로운 서정을 펼쳐 보이기도 한다.

억새가 바람에 흔들린다
흔들리는 억새의 그림자와
나란히 흔들리는 내 여윈 그림자를
가만히 내려다보는
나를 거울 들여다보듯
내가 또 보고 있을 때

누구인가
이 모양을 또 고요히 응시하는 이

돌아보면 그림자는 허공에 져
그 누구는 늘 보이지 않고
어디인가
흐르는 물소리만 아득하다.(「응시」 전문)

"억새"와 "나란히 흔들리는" "나", 그리고 이를 "가만히 내려다보는/나"는, '바라보는 나'와 '보여지는 나'로 분리되는 서구중심의 이분법적 시선을 연상시킨다. 그런데 시인은 여기에 이를 "또 보고" 있는 나와 이 모두를 "고요히 응시하는" "그 누구"를 설정한다. 김영석 시인의 서정은 서구의 이성중심주의를 넘어선 곳에 설정된, 이 "나"와 "그 누구" 사이의 관계에서 직조된다. 여기에서 "그 누구"는 '절대자/어머니/동양의 시학' 등으로 표상되는데 이성 너머의 시선을 상징한다. 김영석 시인이 "우리"를 통해 포착한 세계는 바로 여기에서 나온다. 이를 통해 자아와 세계의 억압적(종속적) 관계가 해소된 아득히 "흐르는 물소리"의 서정이 포착된다. 여기에서 "아지랑이"가 피어오른다.

> 먼 산에 아지랑이가 있어
> 눈으로 그것을 보는 것이 아니다
> 우리의 눈빛이 닿는 곳에서
> 비로소 아지랑이는 피어오른다
> 우리의 눈빛으로 피어나는
> 저 꿈결 같은 아지랑이 속에서
> 푸른 산색이 돋아나고
> 별들은 이슬 속에서 반짝인다
> 아지랑이는 살갗처럼 따뜻하고 부드러워
> 단단한 바위의 가슴도 열고
> 감추인 바다를 보여주느니
> 아득한 물이랑의 어느 섬에서
> 오늘도 내 눈빛을 기다리고 있는 그대여
> 너와 나의 눈빛 끝에서
> 아지랑이가 피어나고
> 바람이 인다.(「아지랑이」 전문)

"먼 산에 아지랑이가 있어/눈으로 그것을 보는 것이 아니"라, "우리의 눈빛이 닿는 곳에서/비로소 아지랑이는" "우리의 눈빛으로 피어"난다. 이 "살갗처럼 따뜻하고 부드러"운 "아지랑이"를 통해 시인은 "단단한 바위의 가슴"을 열고 "감추인 바다"의 속살을 벗긴다.

"아지랑이"의 시선은 다음의 시에서 눈물겹도록 아름다운 풍경을 길어 올리고 있다.

> 공원의 벚꽃길이
> 하얗게 꽃잎으로 덮여 있다
> 한 노숙자가 모로 쓰러져 잔다
> 빈 소주병 하나가
> 엎질러진 새우깡 봉지 옆에 누워 있고
> 반쯤 남은 소주병 속에는
> 꽃잎 하나 떠 있다
> 띄엄띄엄 지나가는 사람들이
> 한 번씩 눈을 주고는
> 날리는 꽃잎 속으로 멀어진다
> 어머니의 손을 잡고 가던 아이가
> 자꾸 돌아보고 돌아보곤 하는데
> 문득 자욱한 꽃보라에 싸여
> 어머니와 아이가 둥실둥실 떠올랐다
> 애벌레처럼 웅크린 노숙자 위로
> 한 떼의 꽃잎들이
> 아주 천천히 내려앉고 있었다.(「노숙자-기상도(氣象圖) 21」 전문)

"모로 쓰러져" 자고 있는 "한 노숙자"를 "자꾸 돌아보"는 "아이"가 "자욱한 꽃보라에 싸여" "둥실둥실" 떠오르는 장면을 포착하고 있는 작품이다. "꽃잎으로 덮여 있"는 "공원"의 풍경과 노숙자의 삶이, "애벌레처럼 웅크린 노숙자 위로/한 떼의 꽃잎들이/아주 천천히 내려앉고 있"는 장면으로 포개진다.

끝으로 산문과 운문을 결합시킨 사설시를 감상하는 즐거움 또한 이번 시집의 빼놓을 수 없는 보너스다. 신화(설화/전설)의 세계와 '지금 여기'의 현실을 매개하는 시인의 통찰력이 돋보인다. 다만, 산문이 너무나 인상적이어서 그 꼬리에 붙은 노래가 사족 같은 느낌이 들기도 했다.

4. 여행이 끝난 자리 – 유자효 『여행의 끝』(시학, 2007)

유자효 시인의 이번 시집에서는 진솔하면서도 담백한 어조로 분출되는 시(시 쓰기)에 대한 자의식이 독자들의 시선을 끈다. 이는 시에 대한 애증의 감정으로 드러나는데, 새로운 길 앞에 선 시인의 초상을 표상한다. 다음은 그 편린들이다.

> 60년 동안
> 시는 나의 변명이었다
> 위장이었다
>
> 마침내 백일하에
> 그 빈약한
> 실체가 드러난
> 내 가엾은 인생(「고백」 전문)

> 내 평생 써 온 글이 이제 보니 종이 한 장
> 그나마 지우고 지워 남은 건 글자 몇 자
> 그마저 버리고 나니 텅 빈 시간 60년(「회갑」 부분)

시란 참 하잘것없는 것이다
별볼일없는 것이다
삶을 돕기는커녕
방해만 한다
허영이며 사치며
한갓 장식품이 되기도 한다
못생긴 얼굴에 분을 바르고 모델인 양 으스대면서
세상의 말을 오염시킨다

조심하라
네 주술에 네가 걸릴 수도 있다는 것을(「시」 전문)

유자효 시인에게 시는 "변명"이자 "위장"이며, "허영", "사치"이고 "장식품"의 다른 이름이다. 그리하여 시와 함께 한 "60년"의 "가엾은 인생"이 "마침내 백일하에/그 빈약한/실체"가 드러난다. 시인은 "세상의 말을 오염"시키는 시를 지우고 버린다. 시의 "주술"에 걸렸던 자신의 모습을 "휴지통"에 구겨 넣는다. 시가 "쓰레기"(「사라진 시」)가 된다. 인용한 시들에는 시가 사라진 자리에 홀로 선 시인의 고독한 내면이 절실하게 음각되어 있다.

시인은 구체적이고 일상적인 자리에서 다시 몸을 일으킨다. 이는 "못생긴 얼굴에 분을 바르고 모델인 양 으스대"는 화려한 무대가 아니라, 비록 귀 기울여 주는 사람이 단 한명이라도 이를 소중히 여기고 "끊임없이 새 노래를 준비"하는 고독한 오솔길이다.

그는 매일 아내와 함께 산에 오른다
아내가 그만 갔으면 하는 곳에 아내를 앉히곤
그는 노래를 부른다
그의 노래는 아내만을 위한 것이다
아내와 같은 노래를 듣는 것을 싫어하기 때문에
그는 끊임없이 새 노래를 준비한다

병원에서 포기했던 암 환자인 그의 아내는 자연 치유 요법으로 많이 나았다 한다(「노래 불러 주는 남자–연극인 박정기 선생」 전문)

소박하지만 고귀하고 소중한 시(노래)의 자리이다. 이는 "오랜 여행의 마지막 가르침"(「여행」)과 다르지 않다.

그러면, 이번 시집을 수놓고 있는 또 다른 무늬인 여행의 흔적을 좇아 보자. 여행지의 이국적인 풍경과 그 풍경에 비낀 삶의 애환이 동시에 포착될 때 감동적인 여행시가 탄생한다. 그런 점에서 「낙타」는 인상적이다.

돈을 모아 낙타를 사면
낙타가 그들을 부자로 만들어 주고
낙타보다 먼저 죽는 이들
그들이 먼저 가서
그들을 따라온 낙타를 타고 가는 곳이
이따금 산 사람들의 눈에도 나타나는
신기루라고 한다
살아서 뿐 아니라
죽어서도 함께 터벅터벅 사막을 걸어가는
낙타가 그들이며
그들이 곧 낙타이다(「낙타」 부분)

"낙타"와 "낙타와 함께 사는 사람들"은 닮은꼴이다. "낙타가 그들이며/ 그들이 곧 낙타이다." 이들이 삶과 죽음을 가로지르며 연출하는 풍경이 "신기루"를 매개로 신비롭게 겹쳐있다. 여기에는 일상과 여행, 순간과 영원, 문명과 자연, 수단과 목적, 현실과 현실 너머의 경계가 무화된 아름다운 풍경이 직조되어 있다.

또 다른 여행시 「샹그릴라」에는 세 개의 낙원이 그려져 있다. "무리한 인간의 욕망이 찾아낸 낙원의 허상", "싱가폴의 샹그릴라 호텔", 그리고 "집"이다. 먼저, "중국 정부가 총력을 기울여" 찾아냈다는 "전설 속의 낙원" "샹그릴라"이다. 비행기로 다섯 시간(국제선 세 시간+국내선 두 시간), 자동차로 네 시간, 걸어서 두 시간 만에 찾아간 낙원은 그야말로 비경이었다. 자연과 하나가 된 듯한 느낌을 주기에 충분했다. 그러나 젊은이들은 없고 노인들만 살고 있었으며, 물조차 그대로 먹을 수 없는 동네였다. 공동으로 사용하는 화장실은 칸막이가 없어 서로 바라보며 큰일을 치러야 했다. 이에 큰일을 볼 수 없어 샹그릴라에 머무는 동안 "탈출을 갈구하는 삭혀진 음식물들의 반란들로 불안과 초조의 연속이었다." 이미 문명에 물든 시인에게 "샹그릴라"는 편안함을 주지 못한다. 다음으로, 문명이 만들어낸 "풍요롭고 호사로"운 "편안한 낙원의 재현", 즉 "싱가폴의 샹그릴라 호텔"이다. 현대인의 기호에 맞게 개조된 지상의 낙원이다. 잠시 쉬어가는 여행자에게 안락한 서비스를 제공하기에 충분하지만, "해사하게 웃으며 맞"는 "아내" 미소 같은 편안함이 배어 있지 않다. 마지막으로, 이 둘의 '사이'에 존재하는 "내 집"이다. 유자효 시인이 추구하는 세계는 바로 이 "내 집"의 편안함 같은 것이 아닐까? "아내만을 위"해 "끊임없이 새 노래를 준비"하는 "연극인 박정기 선생"(「노래 불러 주는 남자—연극인 박정기 선생」)이 시인과 겹쳐지는 이유도 이와 무관하지 않다.

일상과 일상 너머를 매개하는 여행이 이제 막 끝났다.

> 여행은 끝났다
> 나는 세상을 두루 구경하였다
> 더 이상 신기한 것은 없었다
> 신전은 자기 속에 있는 것
> 더 이상 헤맬 필요가 없다
> 비명 같은 목숨을 아끼고 사랑하고
> 부둥켜 안아야 한다
> 그것이 오랜 여행의 마지막 가르침이다(「여행」 전문)

그 끝난 자리에 "신전은 자기 속에 있는 것"이라는 소박한 삶의 진실이 놓인다. 그렇다면 여행이 끝난 자리를 어떻게 채울 것인가의 문제가 남는다. 즉, "비명 같은 목숨을 아끼고 사랑하고/부둥켜 안"는 새로운 언어를 창조하는 일이다.

유자효 시인에게 놓인 길은 두 갈래인 듯하다. 세상의 "그 어떤 힘과 권력"으로부터 자유로운 곳, "그 신비의 기억에 대한 탐색"(「어디일까요」)이 하나이며, "성스러운 뼈"로 만든 "견고한 피리" 소리 내기(「성스러운 뼈」)가 다른 하나이다.

유자효 시인은 아직 시를 쓰지 않은 것인지도 모른다. "세상의 그 어떤 권력으로부터도 자유로운 신비의 기억" 혹은 "성스러운 뼈로 만든 피리 소리"가 어떤 선율의 노래를 들려줄지 기대해 보기로 한다.

'시린 반성'의 언어를 위하여

한양명의 『허공의 깊이』

우리는 반성의 홍수 속에서 살고 있다. '이렇게 살면 안 되는데…….'라는 성찰의 목소리가 넘쳐 난다. '그렇다면 어떻게 살아야 하는가?' 답변이 녹록치 않다. 늘 '어떻게'를 건너뛰고 '앞으로는 잘 살아야지'라는 추상적 다짐으로 반성의 과정을 마무리하고 있지는 않는가. 그리고는 반성을 했다는 사실에 만족하며 스스로의 삶을 다독이곤 한다.

구체적이지 않은 성찰은 결코 삶을 변화시킬 수 없다. 그렇다고 절실한 반성이 삶과 사회를 충분히 변화시킬 수 있는 것도 아니다. 다만, 지속적이고 끈질긴 반성을 통해 세계를 조금씩 변모시켜 나갈 수 있을 따름이다.

한양명의 시는 성찰의 지난한 과정 그 자체를 집요하게 탐색한다. 그에게 시는 세속적 삶을 성찰하는 주요한 도구이다. 그의 시는 꿈을 상실하고 초라한 현실을 견디며 살아갈 수밖에 없는 소시민의 삶을 웅숭깊은 성찰의 언어로 길어 올리고 있다. 시인은 세속적인 삶 너머를 되비추는 '시린 반성'의 언어로 독특한 서정의 세계를 구축하고 있다. 이는 자본주의 사회의 일상성을 소시민적 욕구를 통해 내면화하는 과정의 하나이며, 이상의 세계와 세속적 현실 사이에서 동요하는 내면적 갈등을 갈무리하는 작업이기도 하다.

시인에게 시는 과거의 열정과 현재의 속물적 삶이 길항(拮抗)하는 치열한 '전장(戰場)'이다. '나이 스물'에 '망설이지 않고' 걸어갔던 '좁디좁은' '토끼벼리길'로부터 도망쳐야 하거나, '가진 게, 지킬 게 너무 많'아 새로운 삶을 시작하기가 망설여질 때(「토끼벼리길」) 시인은 시를 찾는다. 아니, 시가 시인을 찾아온다.

하여, 그에게 시는 가장 현실적이고 구체적인 삶의 지표이다. 현실 너머의 세계를 염원하지만 결코 거기에 다다르지 못하는 것이 인간의 모순된 운명이다. 다만, 한양명 시인의 시가 투사하듯, 세속적인 삶 너머의 세계를 되짚어보며 '지금 여기'의 현실을 성찰할 수 있을 따름이다. 이러한 경험을 통해 우리는 자신의 삶을, 나아가 세계를 조금씩 바꾸어 간다. 두 번째 시집을 상재했다고 해서 시인의 삶이 크게 달라지지는 않을 것이다. 그리고 그의 시를 음미하는 독자들의 삶 또한 크게 달라지지 않을 것이다. 그러나 이전의 삶과는 조금 다를 것이다. 이러한 차이로 인해, 시인의 삶, 아니 우리들의 삶은 조금씩 변화한다. 이번에 내놓은 시편들을 관통하는 '부끄러움'의 시학이 세속적 삶을 살아가는 현대인의 슬픈 초상과 포개지며 순도 높은 공감을 불러일으키는 이유도 여기에 있다.

시집을 열어젖히고 있는 첫 작품을 감상해보자. 자칫 색깔 없는 다짐의 반복으로 여겨질 수 있겠다. 하지만 이 '다짐'에 얽힌 속내를 들여다보면 사정은 그리 간단하지 않다.

꽃을 꽃으로만 보고 싶다
색깔이니 향기니 자태니
허튼 생각 않고
그냥 꽃으로만 보고 싶다

사람을 사람으로만 보고 싶다
성별이니 용모니 직업이니
분별하지 않고

그냥 사람으로만 보고 싶다

왜 나는 꽃을, 사람을
다른 무엇으로 보려 하는가
통째로 보지 않고
나눠 보려 하는가

그런 나의 게눈엔
꽃도 사람도 살지 않고
누군가 먹다 버린
게껍데기만 그득하다(「그냥 보고 싶다」 전문)

시인은 자신이 '꽃'과 '사람'을 '있는 그대로' 보지 못하는 이유를 잘 알고 있다. 그것이 불가능하다는 사실 또한 잘 알고 있다. 불가능함을 알고 있음에도 불구하고, 사물을 '그냥' 보기 위해 안간힘을 쓰는 것. 이 역설적 상황이야말로 그의 시편들을 지배하고 있는 주된 정서이자, 한양명 시인이 추구하는 서정의 진정성을 보여주는 장면이다. 그의 시가 자본의 논리에 순응하면서도 짐짓 문학의 논리로 이를 거부하려는 태도를 취해 온 현대인의 내면을 들쑤시는 지점도 바로 여기이다. 시인은 우리들이 자발적으로 소외시킨 무의식의 내밀한 초상을 집요하게 심문하고 있는 셈이다. 이를 마주한 '불편한 공감'이야말로 한양명의 시가 조준하는 과녁이다.

내친 김에 한 편을 더 불러와 보자.

길러지면서부터
쏘가리는 이미 쏘가리가 아니다

지느러미에 달린 침이 무뎌졌다
지킬 것이 없기 때문이다

늙은 주모는 자연산이라고
억지를 쓰지만 나는 안다
지켜야 할 것이 없어진 자의
공손하기만한 살점을
사랑을 버린 살들의 쓸쓸함과
남겨진 뼈들의 외로움을

접시에 누운 쏘가리
그 등뼈에 붙은 몇 점의 살들이
소주를 타고 헤엄쳐 온다
유영하는 자세가 부드럽다
마중 나간 내 혀도
부드럽게 움직이기는 마찬가지다

지금 이 시간
쏘가리의 살점을 씹으면서 나는 천천히
한 마리의 순한 짐승이 되어가고 있다
나 또한 누군가에게 양식당하고 있음을
한 점 또 한 점씩 음미하면서(「쏘가리」 전문)

'쏘가리의 살점'을 '음미하면서' 시인은 자신 또한 '누군가에게 양식당하고 있음'을 깨닫는다. 시인의 시선은 정확히 '자연산' '쏘가리'와 '양식' 당한 '쏘가리' 사이에 위치하고 있으며, 그의 서정은 길러진 한 마리의 '순한 짐승'을 '마중 나'가는 부드러운 혀로 직조되고 있다. 이처럼 자신이 서 있는 위치에 대한 자의식이 구체적 실감으로 형상화될 때, 그의 시는 '사랑을 버린 살들의 쓸쓸함과/남겨진 뼈들의 외로움'을 애틋한 여운으로 거느리며 읽는 이의 가슴에 스며든다. 여기에는 '흐르는 물, 떠도는 새, 구르는 돌만 봐도 가슴이 뛰었'던 젊은 시절의 열정을 세속적 가치에 가두고 어느덧 '꼼짝 않는 나무 또는 바위가 되어' '메밀밭에 눕는 대신 메밀꽃을 보고 있'는 중년의 삶(「역마살(驛馬煞)」)이 드리워져 있다.

> 겨우 토끼 한 마리 지날 정도의
> 좁디좁은 벼랑길
> 나이 스물, 아직 가진 게 없을 때
> 그 때는 망설이지 않고
> 성큼 성큼 걸어갔다
>
> 지금은 나이 쉰을 건듯 넘어
> 집이 있고 가족이 있고 직장도 있고
> 다시 토끼벼리길 지나려니 떨린다
> 꼭 가야하나 망설여진다
> 가진 게, 지킬 게 너무 많다(「토끼벼리길」 전문)

시인은 그의 작품에서 '스물'과 '쉰' 사이에 머물고 있다. 여기에 '부끄러움의 시간', 즉 '공들여 탑을 쌓고 다시 무너뜨려온/지난 삶과도 같은 그런 시간'(「숙취의 아침」)이 둥지를 틀고 있다.

문제는 '어떻게' 기억하고 '어떻게' 버리느냐에 있다. 시인은 '그리움'을 낭만화하지도, 그렇다고 지긋지긋한 일상을 회피하지도 않는다. 다만, 자신을 발가벗기는 가차 없는 자의식만을 돌올하게 부각시킬 따름이다. 스스로의 삶을 '날 것'으로 성찰하는 시선으로 인해 그의 시는 부정적 현실을 감싸는 동시에 질타할 수 있게 된다.

> 지금까지 내가 먹은 막국수는
> 메밀과 밀의 비율이 삼대 칠인 것이었다.
> 지금까지 내가 조리한 삶은
> 참과 거짓을 삼대 칠로 버무린 것이었다
>
> 씹어보면 부드럽게 끊어지는
> 순도 백 퍼센트의 허여멀건 막국수
> 삶의 벼랑에서 떨어지지 않게 단련된
> 내 질긴 식성으론 감당하기 버겁다(「막국수를 먹으며-인제 전씨네 막국수 집에서」 부분)

'순도 백 퍼센트의 허여멀건'한 '막국수'는 '삶의 벼랑에서 떨어지지 않게 단련된' 시인의 '질긴 식성으론 감당하기 버겁다.'

그렇다면 시인이 '조리'할 수 있는 삶의 무게는 어느 만큼일까?

> 이맘 때, 칠월하고도 초순께면
> 웃자란 콩순을 쳐줘야 한다
> 그래야만 콩깍지에 콩이 제대로 박히고
> 콩대도 튼실해져 넘어지지 않는다
> 그런데 그대와 나는 어떠한가
> 웃자라 겉보기는 멀쩡하지만
> 소갈머리는 텅 빈 것 아닌가, 자칫
> 놀러 나온 바람에도 휘청대는 건 아닌가

아뿔사, 머리칼이 너무 자랐다
우선은 이발이라도 해둬야겠다(「콩순을 치며」 전문)

'우선은' '웃자라 겉보기는 멀쩡하지만/소갈머리는 텅 빈' 자신의 '머리칼'을 자르는 일. 시인은 자신이 할 수 있는 조그마한 일에서부터 시작한다. '콩깍지에 콩이 제대로 박'혀 '콩대'를 '튼실'하게 하기 위해서는 '웃자란 콩순을 쳐줘야 한다.' 말은 쉽다. 하지만 이러한 자연의 순리를 인간의 삶 속에 '버무'리기는 쉽지 않다. 이미 '콩순'이 자랄 대로 자라 '놀러 나온 바람에도' '콩대'가 '휘청대는' 상황에서는 더더욱 그렇다. 다만 '지금 여기'에서 자신이 할 수 있는 일을 찾아 묵묵히 실천할 수 있을 따름이다. 시인의 '이발'이 아름다운 이유도, '오래된 미래'를 향한 그의 성찰이 소중한 이유도 여기에 있다.

시인은 '이 기막힌 세상을 만드는 데 일조한 자'(「미분양」)로서의 부끄러움을 진솔하게 고백하고 있으며, '그대를 사랑하지 않고 종일/사랑한다는 말만 읊조렸'던(「이별」) 자신의 삶을 정직하게 응시하고 있다. 또한 '생계형 몸짓과 격식' '예의' 등을 몸 밖으로 내보내기 위해 안간힘을 쓰면서도 '별 다를 게 없을' 또 다른 '하루를 기다리며' '잠을 청'하는 자신의 무력한 모습(「반신욕」)을 애처롭게 들여다보고 있지 않은가.

'뒤돌아보지 말고 앞도 보지 말고/다만 바로 앞에 놓인 하루나/속속들이 깨끗하게 닦아내라고/그러고는 경건히 또 하루를 기다리라고', '시린 반성을 촉구'하는 시인의 목소리가 우리들의 '흔들'리는 '생'을 '툭툭 건드리며' 가슴을 후벼 파는(「풍치(風齒)」) 지점도 바로 여기이다.

한편, 한양명 시인이 연출하고 있는 또 다른 '시린 풍경'이 있다.

문득 동풍이 불자
산이 가랑이를 벌렸다

지나가던 노루가 슬며시
오줌 몇 방울 보시하시니
노란 산수유꽃 금세 벙글었다

천상 오줌색이다(「봄」 전문)

시인이 수놓은 '봄'의 풍경이 눈부시다. 시리다. 여기에 덧붙여지는 그 어떤 언어도 사족(蛇足)에 지나지 않을 것이다.

그렇다면 다음의 작품은 어떠한가.

누군가에겐 '홀딱 벗고'
누군가에겐 '머리 깎고'
또 누군가에겐
'허허허허' 실소로 들리는
검은등뻐꾸기 그냥 우는 소리

누군가는 사랑하고 싶고
누군가는 입산하고 싶고
또 누군가는 이 풍진 세상에
헛웃음만 나는 게다
그런 마음들이 저 새소리를 타고
초여름의 산천을 떠도는 게다(「검은등뻐꾸기」 전문)

'초여름' '산천을 떠도는' '검은등뻐꾸기'의 울음 '소리'를 전유하는 시인의 목소리가 경쾌하고 발랄하다. 그 어떤 속박도 없다. 시인은 '이 풍진 세상' 장삼이사(張三李四)들의 애틋한 '마음'을 '새소리'에 슬그머니 싣는다. '새소리'와 '마음들'은 서로를 구속하지 않는다. 다만 자유롭게 공명(共鳴)하며 '초여름의 산천'을 떠돌고 있을 따름이다. 맑고 투명한 여운을 남기는 이 '그냥 우는 소리'야말로 황폐한 현실을 풍요롭게 적시는 시의 메아리가 아니겠는가.

시인에게 자연은 경배해야 할 그 어떤 대상이 아니다. 그렇다고 돌아가야 할 고향도 아니다. 자신의 삶을 구체적으로 성찰하는 매개체, 즉 '사람'과 소통하고 대화하는 파트너이다.

> 한때는 내가
> 그들과 친한 줄 알았다
> 알고 보니 그건 어릴 적
> 외가의 대숲에서 자라날 때 뿐
> 부모 없이 자라는 내가 가여워
> 자연이 잠시 귀와 입을 열어준 것뿐이었다.
>
> 너무 멀리 너무 오래 떠돌다가
> 가뭇없는 길에서 내려 대숲을 찾았지만
> 아무 것도 말할 수 없고
> 아무 것도 들을 수 없다
> 배은망덕하게도, 나를 키운 햇빛과 달빛
> 댓잎 수런대는 소릴 아예 잊은 채
> 사람의 말만 하고 사람의 말만 들었기에
> 마침내 그들이 나를 버린 것이다(「마침내 그들이 나를 버렸다」 부분)

자연은 외로움에 떠는 인간이 가여워 '잠시 귀와 입'을 열어 주는 친구이다. '사람의 말만 하고 사람의 말만 들'으면 '자연'은 '귀와 입'을 닫고 '마침내' '사람'을 버린다. 그렇다고 자연의 말로 인간 세상을 물들일 수도 없다.

> 나는 난 지 두 달도 안 된 강아지를 사람처럼 다루었다 오줌똥을 가리게 하고 내 말에 무조건 복종하게 했다 나는 팟쇼였고 강아지는 영문도 모른 채 인간계의 말단이 되었다 (중략)
>
> 나는 그놈을 인간으로 키웠지만 그 놈은 인간이길 거부했고 새끼들 역시 제 피대로 개의 길을 가고 있는 것이다 그제야 비로소 알았다 개는 개일 뿐 인간이 아니란 걸 사람은 사람이지 아무에게나 꼬리치고 정조를 바치는 개가 아닌 것처럼(「개에 관한 명상」 부분)

'강아지'를 '인간으로' 키울 수는 없다. 그렇다고 사람이 '강아지'처럼 살아서도 안 된다. '개는 개'이고 '사람은 사람'이다. 서로를 존중해야 할 소통의 대상일 뿐이다.

그동안 시인은 그가 원하는 삶으로부터 '너무 멀리 또는 가까이' 있었다.

> 한 잔 또 한 잔 술잔 비우니
> 멀어진 인연들은 가까이 오고
> 가까운 인연들은 멀어져 간다
>
> 그 동안 나는 너무 멀리 또는 가까이 있었다(「낮술」 부분)

시인이 떠나자 '그대'가 피고, '그대'가 지자 시인이 돌아온다. 하여, 시는 '그대'가 진 '자리'를 응시하며 '뜨겁던 그대 넋'의 붉은 '인장(印章)'을

'흔들리는' 시선으로 음미하는 행위(「동백 지다」)에 다름 아니다. 시인이 자신이 '아닐 때에야 비로소/살아 있'는(「나는 살아 있다」), '아무 것도 정말 아무 것도 아닌' 자신을 '더 분명하게 확인'하는 언어를 꿈꾸는(「산티아고 가는 길」) 이유도 여기에 있다.

깨달음은 늘 한 박자 더디게 온다. 한양명의 시는 이 '늦은 각성'을 부여잡고 현재의 삶을 심문함으로써 '오래된 미래'에 접속한다. '시린 반성'의 언어가 '퍼석퍼석한' 대지를 적시며 우리들의 삶을 꿈틀거리게 하는 순간이다.

'일몰'의 순간을 유영하는 '꽃'의 곡예

유혜영 신작시 작품세계

1.

유혜영 시인의 시는 곱씹을수록 그윽한 맛이 난다. 쉽게 이해되고 평범한 듯이 보이는 시어들의 숲을 차분하게 거닐다 보면 어느덧 웅숭깊은 서정의 진경 앞에 서게 된다.

시인이 수놓은 언어의 오솔길을 따라가 보자.

그가 내 눈 속에 들어와 살고 있다
눈 속에서 나를 향해 훨훨 날아온다
앞태가 곱다가 뒤태는 처연하기도 하다
눈길이 멀고 멀어도 끝끝내 따라 잡는다
그가 오면 내 눈은 그를 잡으려
안으로 안으로 파고들어 앞이 캄캄해진다
나보다 먼저 나를 찾아내고 나보다 먼저 웃는다
눈 속에서 반짝이는 그의 별자리에는
원추리도 피고 꽹과리 소리도 울린다
눈 속에 달이 떠올라 먼 바다가 밀려오면
그가 떠내려가지 않으려고 이리저리 몸을 비튼다
깊을수록 거세지는 파도처럼 통증이 눈을 덮쳐도
그의 그물망을 뚫지 못하는 내 눈
속에서 나는 그를 꺼내지 못한다(「집착」 전문)

시인의 '눈 속에 들어와 살고 있'는, 곱기도 하고 처연하기도 한 '그/그것'은 무엇일까? '그가 오면' 시인의 눈은 '그를 잡으려' '안으로 안으로 파고들어 앞이 캄캄해진다.' 시인보다 먼저 그녀를 찾아내고 시인보다 먼저 웃는, 시인의 마음을 움켜쥐고 있는 '그/그것'은 무엇일까?

시를 조금 더 읽어보자. '눈 속에서 반짝이는 그의 별자리에는/원추리도 피고 꽹과리 소리도 울린다.' '눈 속에 달이 떠올라 먼 바다가 밀려'와도 '떠내려가지 않으려고 이리저리 몸을 비튼다.' '통증이 눈을 덮쳐' 눈물이 흘러도 시인은 눈 속에서 '그를 꺼내지 못한다.'

시인이 이토록 '집착'하는 '그/그것'은 '시'가 아닐까? 자신을 향해 '훨훨 날아'오르는 '시(그)'의 '그물망' 앞에 어찌할 수 없어 바르르 떠는 순정한 마음을 시인은 아름다운 연애시의 형태로 수놓고 있는 것은 아닐까.

그렇다면 유혜영 시인에게 시는 '운명'의 다른 이름이라 할 수 있다. 이 운명처럼 시인의 삶에 스며든 시에 대한 애틋한 '집착'이야말로 유혜영 서정의 출발점이자 종착점이리라.

2.

이제 시와 몸을 섞고 있는 서정의 무늬들을 감상할 차례이다.

> 아침에도 일몰이고 점심에도 일몰이고 저녁에도 일몰이네.
> 씨 없는 열매를 먹고 꽃 없이 열매가 익은 나무를 심네.
> 다독다독 어둠을 달래며 마음이 먼저 방망이 불을 켜네.
> 어둠 속에서 익숙하게 세포 분열을 하는 불빛이 홀로 외롭네(「그 여자의 집」 전문).

시인의 몸은 모든 것이 시들고 희미해지는, 생명의 에너지가 서서히 소진되는 황혼의 시간, 즉 '일몰'의 순간을 견디고 있다. '씨 없는 열매를 먹고 꽃 없이 열매가 익는 나무'를 품고 있는 '그 여자의 집.' 마치 생명의 정상적인 흐름에서 벗어나 있는 쓸쓸한 육신의 풍경을 연상시킨다. 하지만 '다독다독 어둠을 달래며' '먼저' '방방이 불'을 켜는 '마음'이 있기에 시인의 집에 온기가 돌기 시작한다. '어둠 속에서 익숙하게 세포 분열'을 하는, '일몰' 속에서 어둠을 벗 삼아 '홀로' 외롭게 빛나는 이 '불빛'이야말로 유혜영 시인의 시가 빚어내는 은은한 젊음의 언어이다. 이 그윽한 빛의 유혹을 뿌리치기는 쉽지 않을 것이다.

가을과 겨울 사이, 혹은 장년과 노년 사이에서 '세포 분열'하는 이 '벼랑 위에 핀 꽃'들의 곡예가 삶의 '허방'을 넘어 '황홀'하게 튀어 오르는 신비로운 장면을 감상해보기로 하자.

> 그녀가 절벽 위에서 뛰어다닌다. 팔짝팔짝 날다람쥐 같은 그녀를 절벽이 허둥지둥 쫓아다닌다. 돌이며 넝쿨이며 뿌리, 줄을 타고, 공중그네를 뛰고, 거꾸로 매달린다. 서커스처럼 황홀하다. 그녀는 손풍금 튕기면서 유연하게 재주를 넘는다.
>
> 오금이 저려 다가갈 수는 없지만, 어찌어찌 하여 벼랑 끝에 서다보면 슬쩍, 한발 헛디디고 싶어지기도 한다. 그러면 허공이다. 시퍼런 칼을 들고 훨훨 날아 거미줄 같은 운명의 줄을 툭툭 끊어버린다. 무정한 하늘빛은 전혀 달라지지 않는다. 아이들의 눈동자가 거미줄에 걸려있다. 우우우, 몰려다니는 진혼곡 소리 들으며 길 잃은 사슴이 울고 있다.
>
> 줄넘기를 할까요. 계십니까. 누구십니까. 들어오세요. 집은 어디이

고 나이는 몇이세요. 이름이 뭐예요. 통성명을 하고 들어가는 유방암 병동에는 하루에도 몇 개씩 허방이 생긴다. 저승문 앞에서 가슴에 손을 얹다가 절로 벼랑으로 뚝 떨어진다. 그녀가 절벽을 씽씽 돌린다. 떨어지는 꽃잎이 통통 튀어 오른다(「벼랑 위에 핀 꽃」 전문).

'일몰'의 순간을 유영하던 '꽃'이 돌연 '절벽 위'를 '팔짝팔짝' 뛰어다니는 '날다람쥐'로 몸을 바꾼다. '돌이며 넝쿨이며 뿌리, 줄을 타고, 공중그네를 뛰고, 거꾸로 매달'리는 '그녀'의 '서커스'는 황홀하다. '손풍금 튕기면서 유연하게 재주를 넘는' 모습은 경쾌하기까지 하다. 오히려 '절벽'이 '허둥지둥' 좇아다니기 바쁠 정도이다.

삶과 죽음의 경계, '벼랑 끝'에서 '허공'을 향해 곡예를 하는 '꽃'의 모습이 애처롭고 눈물겹다. '아이들의 눈동자'가 걸려있는 '거미줄 같은 운명의 줄'이 '시퍼런' 칼날에 '툭툭' 끊어지는 허공에, '우우우, 몰려다니는 진혼곡 소리 들으며 길 잃은 사슴이 울고 있'는 '무정한 하늘' 아래, 시인은 언어의 활시위를 장전한다. 시인의 언어는 '절벽을 씽씽 돌'리며 '하루에도 몇 개씩' '벼랑으로' '떨어지는 꽃잎'들을 다시 '통통 튀어 오'르게 한다. 언어가 삶의 '절벽', '허방'을 집어삼키고 경쾌하게 비상하는 장면이다.

이렇듯 유혜영 시인의 시는 삶을 짓누르는 고통의 '벼랑'을 경쾌하고 유연한 언어의 '곡예'로 가로지르고 있다.

3.

유혜영 시인의 시는 삶의 무게를 곰 삭인 그윽한 향취를 머금고 진부한 일상을 경쾌하고 가볍게 타고 넘는다.

젊은 남녀의 입술이 닿을락 말락이다. 공기방울 같은 몸을 부스럭거리며 소리 내지 않고 길고 긴 대화를 한다. 벌침 같은 손가락이 헤실거리는 꽃잎을 꼭 누르면 짜르르 고압전류처럼 불이 번쩍거린다. 열차 안의 모든 풍경들이 꾸욱 꾹 가속페달을 밟는다. 청보리가 쑥쑥 자라면서 풀냄새가 모든 코를 자극한다. 스믈스믈 안개가 자욱하다. 화들짝. 시절도 모르고 꽃망울이 터진다. 취한 바람이 덜커덩덜커덩 소리를 낸다. 어깨에서 허리로 기어가는 손끝에서 모든 입술들이 타고 있다. 열망이 열 개, 백 개, 만개의 꽃을 일시에 피우고 있다(「지하철 풍경」 전문)

지하철 안에서 젊은 남녀가 '공기방울 같은 몸을 부스럭거리며 소리 내지 않고 길고 긴 대화'를 나눈다. '입술이 닿을락 말락'하다. 이들의 몸짓을 읽어내는 시인의 눈길이 그윽하면서도 경쾌하다. '벌침 같은 손가락이 헤실거리는 꽃잎을 꼭 누르면 짜르르 고압전류처럼 불이 번쩍거린다.' 젊은 남녀의 몸짓 언어가 '고압전류'로 몸을 바꾸어 어느덧 '열차 안'에 스며든다. '열차 안의 모든 풍경들이 꾸욱 꾹 가속페달을 밟는다.' 가속이 붙은 풍경들이 열차 밖으로 퍼져나간다. '청보리가 쑥쑥 자라면서 풀냄새가 모든 코를 자극한다.' '스믈스믈 안개'가 일더니 이윽고 '화들짝, 시절도 모르고 꽃망울이 터진다.' 젊음의 열망에 후끈 '취한 바람이 덜커덩덜커덩 소리'를 내고, 그 '열망'에 타는 '입술들'이 '열 개, 백 개, 천 개, 만 개의 꽃을 일시에' 피운다.

젊은 남녀의 '열망'을 열차 안의 상황과 포개고, 이를 다시 봄을 불러오는 풍경으로 전이시키는 언어의 연금술이 돌올하다. 주위의 풍경을 끌어당겨 변화시키는 언어의 역동적 힘이 인상적인 작품이다.

「호랑이코트」, 「닭님」, 「도깨비 방망이」 등은 유년 시절의 추억을 바탕으로, 어머니 혹은 할머니의 옛날이야기를 듣는 듯한 느낌을 잘 살린 정감 어린 이야기 시편들이다. 맛깔나고, 재미나고, 무섭고 경쾌한 에피소드의 연쇄가 독자들을 동심의 세계로 이끌고 있다.

> 깜깜한 밤이 온통 산발한 머리카락이다. 방문을 열고 배를 쥐어짜다가 후래쉬를 들고 마당으로 나선다. 몇 걸음 걷기도 전에 머리털이 쭈삣거린다. 핏물 줄줄 흐르는 손톱이 뒷덜미를 덮친다. 휙, 돌아서며 후래쉬를 빙빙 돌리면 사라지고 없다. 냅다 변소로 뛰어간다. 쪼그리고 앉아 줄줄이 불러대던 감람나무 노래. 며칠 후 며칠 후 강 같은 평화 있으리. 사탕 얻어먹으며 주워들은 찬송가가 고마운 지킴이다. 볼일 끝나면 걸음아 날 살려라 한달음에 뛰어 들어와 벌떡벌떡 냉수 한 잔 들이킨다. 어두운 밤은 정말 무섭다. 어머니 일러주신 대로 닭장 앞으로 가 머리를 조아리며 손을 모은다. 닭님, 닭님, 제발 밤똥 좀 가져가 주세요. 하느님만큼 쎈 닭님이다(「닭님」 전문).

「닭님」은 짧은 에피소드를 담고 있지만 아주 잘 구조화되어 있는 작품이다. 섬뜩한 비유, 긴박한 상황, 정감어린 추억, 절실하고 순박한 기도 등이 스미고 짜여 '밤똥' 누는 상황이 생생하게 재현되고 있다.

'산발한 머리카락'이나 '핏물 줄줄 흐르는 손톱' 등의 공포스러운 비유는 '냅다 변소로 뛰어간다' 혹은 '벌떡벌떡 냉수 한 잔 들이킨다' 등의 급박한 상황을 효과적으로 견인하고 있으며, '볼일' 보는 순간의 무서움을 잊게 해주는 '고마운 지킴이'(감람나무 노래, 찬송가)는 유년 시절의 아련한 추억을 자극하며 시적 분위기를 부드럽게 감싸고 있다. 이어 '어머니 일러주신 대로 닭장 앞으로 가 머리를 조아리며' '닭님, 닭님, 제발 밤똥 좀 가져가 주세요'라고 '손을 모'으는 천진한 모습은 독자들의 얼굴에 저절로 미소를 머금게 한다. 아이가 된 시인, 독자들에겐 그야말로 '하느님만큼 쎈 닭님이다.'

이 맛깔스럽고 투명한 언어의 향연에는 그 어떤 가공의 목소리도 스며들어 있지 않다. 다만 살아 움직이는 언어들의 몸짓이 새로운 세계(동심의 세계)와 얼굴을 맞대고 있을 따름이다. 시인과 함께 빠져든 동심의 세계는 '지금 여기'의 삶을 훈훈하게 보듬는데 기여하고 있다.

유혜영 시인은 일상의 풍경을 앞지르며 독특한 언어의 집을 구축하고 있다. 그의 시는 '일몰'의 시간을 견디며 '어둠 속에서 익숙하게 세포 분열' 한다. 이 언어의 세포분열은 일상의 고통을 넘어 경쾌한 젊음의 '서커스'를 연출하며 현실을 새롭게 창조한다. '지금 여기'의 삶을 끌어당겨 아름다운 풍경으로 변화시키고 있는 시인의 언어가 우리 시의 영역을 확장하고 있는 지점은 바로 여기이다.

구체와 추상의 랑데부

최승철 시인의 신작시 감상하기

최승철 시인의 시는 구체와 추상, 일상과 관념, 주체와 대상 사이를 오가며 긴장된 서정의 무늬를 연출한다. 구체적 일상을 응시하는 시인의 시선은 과거와 현재, 성과 속, 시간과 공간, 동 · 서양의 사상을 넘나드는 침전된 사유의 앙금으로 걸러지며 깊은 여운을 남긴다.

구체와 추상이 랑데부하는 '따뜻한 고통'(「골목의 이야기」)의 세계를 감상해보자.

> 뿌리를 보면
> 나무가 뻗어나간 나뭇가지를 측정할 수 있다
> 나무의 뿌리로 의자를 만드는 장인의 이야기다
> (의지의 형상화라고 말하고 싶은 그의 의자를 볼 때마다
> 뇌의 단층 촬영이 떠오르곤 했다)
>
> 풍산(風山)에 가면
> 오목하게 바람이 깎아놓은 구멍이 있는데
> 깊이와 넓이를 한번도 재어 본 적이 없다
> 그곳의 푯말에는 입구에 대고
> 망자의 이름을 부르지 말라고 적혀 있다
> 구멍 안을 휘돌아 나온 메아리가
> 자신의 기억을 데려간다고
> 항아리에 흠이 없기로 유명했던 노인의 이야기다

어부들이 바다의 깊이를 측정하는 방법은
물고기의 눈동자에서
빛을 찾을 수 없을수록 심해에 가깝다
어디에서나 마주치는 사람에 관한 이야기다
(외로움은 자신의 생채기로 굳은 소금이다)

죽은 사람의 넋은 연필을 닮아
하늘에 문자를 새겨 넣는다
누군가 수평선에서
그의 일기장을 꺼내보기까지(「등대」 전문)

인용시는 '나무의 뿌리로 의자를 만드는 장인', '항아리에 흠이 없기로 유명했던 노인', '어디에서나 마주치는 사람'에 관한 이야기에서 발원한다. 산문적 일상을 투시하는 시심은 어느덧 존재와 인생의 웅숭깊은 상징을 길어 올리기에 이른다. 그 과정이 익숙하면서도 낯설다. 이를테면 1연에서 시인이 '뿌리를 보면/나무가 뻗어나간 나뭇가지를 측정할 수 있다'라고 했을 때 그 의미는 비교적 단순하다. '뿌리'와 '나뭇가지'의 짝패가 본질과 현상, 과거와 현재, 죽음과 삶 등의 의미를 거느리며 기억(뇌의 단층 촬영)의 문제를 전경화하고 있기 때문이다. 이러한 익숙한 설정이 2연에서는 다소 의외의 상황으로 변주된다. '망자의 이름'(과거에 대한 집착 혹은 그리움)이 '자신의 기억'을 데려갈지도 모르는 일이니 뒤돌아보지 말라는 것이다. 뿌리를 보고 나뭇가지를 측정할 수 있다고 한다면, 망자의 이름을 통해 그와 얽힌 기억을 반추하며 삶의 '의지'를 '형상화'해야 하는 것이 정해진 수순 아닌가. 사정이 이러하다면 시인은 '어떻게 기억할 것인가'의 문제를 제기하고 있는 셈이다. 이윽고 기억의 빛깔(질감)이 문제시된다. 3연에서는 이 '기억의 깊이'를 측정하는 방법을 이야기하고 있다. '빛을 찾을 수 없을수록 심해에 가'까운 '물고기의 눈동자'에 비긴 '바다의 깊이', 이 스스로의 '생채기로 굳은 소금'인 '외로움'의 기억을 발견하는 것이야말로 '항아리에 흠이 없기로 유명했던 노인의 이야기'가 아닌가. 시인은 '죽은 사람의 넋'이 '하늘'에 새겨 넣은 '문자'(일기장)를 '수평선'에서 꺼내 보는 '등대'가 되고자 하는 것이다. 구체적 일상(산문적 이야기)이 존재의 심연(빛의 심해)을 관통해 죽은 영혼(하늘의 문자)을 불러오는 아름다운 장면이다. 어느덧 시인은 삶과 죽음을 매개하는 위치에 선다.

「월인천강지곡식으로 말하기」는 장마철 내려다 본 강의 풍경(실재)과 조용히 책장을 넘기는 독서 행위(관념)를 교차시키며, 삶과 죽음의 경계를 넘보고 있는 작품이다. 현실과 관념, 구체와 추상이 '몸을 부비'며 연출하는 아름답고 웅숭깊은 풍경을 따라가 보자.

보아뱀의 길고 묵직한 몸이 산을 넘어간다
넘어가는 움직임이 게으른,
거대한 산을 조금씩 밀어내며 움직인다

(섬진강 안에서 노인이 조용히 책장을 넘긴다)

장마철 강의 전체를 내려다보면 그 머리가
태평양 한 가운데 있어 꿀꺽,
상어를 삼켜 역류하는 강의 길고 느린 몸짓이
가을 날 눈부신 모습으로 허물 벗는다

(미열이 넘기는 책장의 시간 위에 눈발이 친다)

천 개의 강에서 달빛으로 반짝이던 것들 문득
멈추어 선다 보아뱀과 강과 존재가
마치 눈 내리는 하늘 저 편을 향해 날아가는 것 같다

(하늘 깊숙하게 꽂혀 있던 글자들이 쏟아질 듯 가까운...)

좌우대칭으로 질그릇을 만들기 위해서는
제일 먼저 흙을 풀어 앙금을 만드는데,
침전된 쓸쓸함의 길이를 월인천강지곡식으로 말하자면
치마가 바위를 쓸어 모래가 될 때까지를 일 겁이라 한다

(궁극적으로 나는 죽음 안에서 살았다)

책장이 바람에 펄럭일 때마다 노인은
천 개의 강을 향해 더 깊게 제 몸을 부비는 것이다

(우주로 가는 첫 발자국처럼...) (「월인천강지곡식으로 말하기」 전문)

풍경과 상상력을 '좌우대칭'의 '질그릇'을 만드는 과정으로 포개놓은 듯하다. 이를테면, 장마철 '역류하는 강의 길고 느린 몸짓이/가을 날 눈부신 모습으로 허물 벗'을 때(풍경) '미열이 넘기는 책장의 시간 위에 눈발이' 치며(관념), '보아뱀과 강과 존재가/마치 눈 내리는 하늘 저 편을 향해 날아가는' 듯 할 때(풍경), '하늘 깊숙하게 꽂혀 있던 글자들이 쏟아질 듯 가' 깝게 다가온다는 식이다. 도도하게 흐르는 강의 모습은 '보아뱀'의 '허물 벗'는 이미지를 통해 관념의 세계로 진입하고, '책장의 시간'(상상력)은 '눈발'이 치는 모습을 통해 풍경의 세계로 녹아든다. '책장'(관념)을 넘기

던 '노인'이 상상력의 세계를 박차고 나와 '천 개의 강'(풍경)을 향해 '더 깊게 제 몸을 부'빌 때, 평행선을 긋던 풍경과 관념의 세계는 '눈 내리는 하늘 저편'과 '하늘 깊숙하게 꽂혀 있는 글자들'을 매개로 포개진다. 이 때 '일 겁'과 '죽음'으로 표상되는 영원성의 세계는 '우주로 가는 첫 발자국'(순간)과 랑데부한다. 이 지점에서 시인은 풍경과 관념의 교차로를 응시하며 영원과 순간을 연결하는 연금술사가 된다.

「골목의 이야기」와 「붓다를 만나면 붓다를 그리고 붓다」는 물리적 일상을 관념의 세계로 재구성한 시편들이다. 특히, 「골목의 이야기」는 최승철 시의 특유한 구성방식을 보여주는 작품이다. '골목'과 '이야기'로 표상되는 구체적 시어들로 시상이 전개되지만, 개별 이미지들이 교차하며 발산하는 의미는 쉽게 포착되지 않는다. 이러한 의미의 뒤엉킴은 '바람의 안' 혹은 '사건의 내부'로 지칭되는 구체적 지시대상의 내부(안)를 응시하는 시인의 시선에서 비롯된다. 사물의 '안'(내부)을 들여다보려는 관념이 구체적 일상을 지워버리고 있기 때문이다. '따뜻한 고통'은 이러한 구상(이야기)과 추상(관념)의 팽팽한 긴장을 보여주는 대표적인 이미지인데, '잃어버린 기억'을 좇아 '골목'의 내부로 들어가 길을 잃은 화자의 양가적 감정을 드러내준다.

「붓다를 만나면 붓다를 그리고 붓다」는 이 '골목' '내부'의 풍경을 포착한 작품이다.

> 도로 위에 빨간 장갑이 떨어져 있다 사람의 손목처럼/내가 존재하지 않는 곳에서 나는 생각한다/따라서 나는 생각하지 않는 곳에 존재한다고 라깡이 말했다/애인이 방을 나가자 집이 오그라들기 시작한다/가을

비가 타고 있었다

말린 목련 차를 마신다 지금까지의 통증이 나를 살렸다/'잘 있어'와 '용서해' 사이에 지구가 있다/관념 속으로 딱정벌레 한 마리 날라간다/화장지로 꾸욱 눌러 죽인다

본질은 없다/천 육백년 전 화엄경의 기록이다/내가 믿는 것이 神인 줄 알았는데, 목숨보다 위태로운 것은 없다/손가락이 가리킨 곳은 허공이고 관념이 가리킨 곳은 모래 언덕이거나 지평선 부근/시선이 닿는 곳마다 절벽이었다/질문 이전의 삶은 늘 사유의 밖에 있다

길 위에서 만난 노란 여자에게 한 송이 꽃을 꺾어주었다/내 오른 발이 따라가지 못한 여자였다/무리를 지어 몰려가는 아아오오 바람의 길을 따라/슬픔 안에다 슬픔을 붓는 것은, 종이컵이 품고 있는 종이컵 안이 텅 비어 있기 때문이다/그 사실을 오늘에서야 내 마음이 안으로 끌고 왔다

어느 날 새벽 안테나가 청동기 시대의 돌무덤처럼 신호를 쌓고 있었다/책상 위에 노트가 있고 노트 위에 여백이 있는데, 빗방울이 피어난다/오랜 후 슬프고 외롭다는 말 대신 할 수 있는 말이 없을 때, 참회록을 써야 할 것이다/겨울 숲으로부터 는개가 내려온다/상처란, 결국 현재의 빗방울을 주체하지 못하는 기억

물리적으로 말하자면 바람은 물질의 이동/때로는 잠들기도 하고 때로는 바다 같은 기억의 집에 들어갔다가 나오면 집은 없고 빈 들판에 내 발바닥이 축축이 놓여 있었다(「붓다를 만나면 붓다를 그리고 붓다」 전문)

인용시의 풍경은 생각하지 않는 곳에서 존재하는 주체의 관념이 창조한 역설적 세계이다. '애인이 방을 나가자 집이 오그라들'고, '잘 있어'와 '용서해' 사이에 지구가 존재하며, 관념 속으로 딱정벌레가 날아가는, 이성 너머의 세계 혹은 본질이 없는 세계의 풍경이다. 시인은 사유의 밖에 있는, 이 질문 이전의 삶을 응시한다. 구체적 실감으로서의 슬픔이 품고 있는 '안'은 텅 비어 있는 셈이다. 시인은 텅 비어 있는 슬픔의 '종이컵'에 다시 슬픔을 붓는 방식으로 내면의 상처를 달래고 있다. 이윽고 '오른 발이 따라가지 못'하는 '마음의 안'(노트 위의 여백)에 '빗방울'이 피어나고, 이 '현재의 빗방울을 주체하지 못하는 기억'이 앙금으로 남는다. 시는 이 여백에 '슬프고 외롭다는 말'(슬픔)을 기록하는 참회록이다. '바다 같은 기억'의 집에 들어갔다 나오며 '빈 들판'에 '축축'한 '발바닥'의 흔적을 새기는, 이 '따뜻한 고통'(「골목의 이야기」)의 세계야말로 최승철 시인이 창조한 구체적이면서도 아련한 서정의 속살이다.

이 속살 사이로, '이번 生이 가상(모니터)일지도 모른다'는 의구심을 떨쳐버리지 못하고, '느릿느릿/태양을 밀며' '바다 속으로 헤엄쳐' 가던 거북이, 문득 돌아 본, '무수한 알(무덤)들이' '반짝'이는 '해변'의 풍경(「光마우스」)이 떠오른다. 가상과 실재, 일상과 관념, 삶과 죽음의 경계에 외롭게 둥지를 튼 '빛나는 이성'의 '따뜻한 고통'(「골목의 이야기」)을 시인이 어떻게 요리할 지 지켜보도록 하자.

‘시간의 태엽’을 되감는 언어

정수경 신작시 작품 세계

정수경의 시는 “시간의 태엽”을 되감으며 “검은 피로 홍건한 갯벌의 몸”(「밤, 폭우」)을 따뜻하게 어루만진다. 이를 통해 “밟히고 짓이겨진”(「밤, 폭우」) “해묵은 일상”의 “후미진 곳이 화들짝 환해진다(「서랍이 있는 풍경」).”

충만한 시적 언어를 통해 일상의 속살을 더듬는 내밀한 풍경을 감상해 보기로 하자.

> 눈이불 뒤집어 쓰고
> 재개발지역 지키는 책상이 하품을 한다
> 반쯤 열린 입 속에
> 동짓달 청동하늘 그리려다
> 부러진 크레파스,
>
> 운전사만 태운 버스가
> 정거장을 빠르게 지나가고
> 깨진 유리조각에 목이 걸린 시계는
> 바람의 울음을 빌린다
>
> 서랍의 내력이 궁금한
> 관절 꺾인 담벼락 너머
> 석양이 야트막한 능선으로 녹물처럼 흘러내린다
> 뼈대만 남은 창문은

달 없는 밤을 처마 밑으로 불러들이고

혼수트럭에 실어 보냈던 내 젊은 날은
저 서랍 속에 있다
시간의 태엽을 되감는다
뒤늦은 근황이 발뒤꿈치로 키를 늘이며
낡은 사진첩에서 걸어 나온다

침침한 가로등이 찍어낸 추억들
한장 한장 인화되고
오랜 침묵이 흔들린다
가파른 절벽 쪽으로 기울었던 시간이
평형을 회복하자
실밥처럼 풀려나오는
해묵은 일상이 오히려 따뜻하다

세발자전거 탄 아이의 경적 소리에
후미진 곳이 화들짝 환해진다(「서랍이 있는 풍경」)

"청동하늘 그리려다/부러진 크레파스", "깨진 유리조각에 목이 걸린 시계", "관절 꺾인 담벼락" 너머 "녹물처럼 흘러내"리는 "석양", "달 없는 밤"을 "불러들이고" 있는 "뼈대만 남은 창문" 등 시인이 응시하는 일상의 풍경은 상실과 퇴락의 이미지로 가득 차 있다. 시인은 이 "반쯤 열린" 서랍의 "입 속"에서 "젊은 날"의 "뒤늦은 근황"을 불러오고 있다. "시간의 태엽"이 감기며, '박제가 된 풍경들', 즉 "침침한 가로등이 찍어낸 추억들"이 "한장 한장 인화"되자 "낡은 사진첩"의 "오랜 침묵이 흔들린다." 곧이어

"가파른 절벽 쪽으로 기울었던 시간이/평형을 회복"한다. 비로소 "혼수트럭에 실어 보냈던" "젊은 날"에서 "실밥처럼 풀려나오는" 청춘의 언어가 "해묵은 일상"과 만나 "후미진 곳"을 환하게 밝히기에 이른다.

이렇듯 정수경 시인의 언어는 우리를 둘러싸고 있는 우울한 일상의 상처, 즉 "피신해 있는 병실"의 고독, "아무도 눈치 채지 못한" "고립", "납덩이같은 외로움의 무게"(「아름의 방 후기」) 등을 쓰다듬는 "현명(玄冥)의 손"(「밤, 폭우」)이다.

이 '마이더스의 손'은 "돋보기 쓰고 문자 메시지"를 보낸 후 "답을 기다리며 전화기를 몇 번이고 쓰다듬"는 노인의 손으로 변주되어 "그늘 뒤"의 "푸른 기억"을 길어 올리기도 한다.

> 돋보기 쓰고 문자 메시지 보내는 노인
> 답을 기다리며 전화기를 몇 번이고 쓰다듬는다
> 도꼬마리 씨 같은 메시지 삭제하고
> 몽글몽글 살 오른 꽃나무들 한낮의 시간을 즐기는 동안
> 시든 꽃나무는 어디로 갈까 망설이다
> 물컹한 제 그늘 속으로 발을 옮긴다
>
> 그늘은 어둠 속으로 자꾸 깊어지는데
> 제게로 오는 젖은 길의 지도를 그가 지우고 있다
> 지워진 길 밖으로 시든 꽃의 허공이 열린다
> 허공 딛고 오히려 가벼워진 발자국이 걸어간다
> 꽃의 계절은 사라진 지 이미 오래
>
> 화안한 꽃나무를 떠올리는 생각의 무게만큼

살아온 모서리의 각은 허물어지고 있다
그늘 뒤에도 푸른 기억은 생생하였으므로
가지마자 힘을 나눠주느라 제 그림자 키우는 것 몰랐다
미처 거두지 못한 그늘
망루를 지키던 바람이 뿌리를 흔들었다

얼마만큼의 햇빛이 침묵의 질문을 한 움큼 던진다
속이 타도 끓지 않고
끓어 넘쳐도 분노하지 않는
줄기, 잎새, 인연까지 다 잘라도 눈물 흐리지 않는
그런 불 다시 지필 수 있을까

그믐밤을 건너가야 하는 달빛은
보름밤이 더 깊은 벼랑이듯
그늘 속으로 들어갈 수 없는 젖은 그늘,
젖은 그늘의 속은 그래서 더 푸르다(「그늘의 미학」)

"몽글몽글 살 오른 꽃나무들"이 "한낮의 시간"을 만끽하는 동안, "시든 꽃나무"는 답신이 없는 "도꼬마리 씨 같은 메시지 삭제하고" "물컹한 제 그늘 속으로 발을 옮긴다." "꽃의 계절"이 사라진 "시든 꽃"으로 난 "젖은 길의 지도"는 지워진 지 오래다. "지워진 길 밖으로 시든 꽃의 허공이 열린다." 이 "허공 딛고" "침묵의 질문을 한 움큼" 머금어 "오히려 가벼워진 발자국"이, "그늘 뒤에도" 생생한 "푸른 기억", 즉 "가지마다 힘을 나눠주느라" "미처 거두지 못한" "제 그림자"를 향해 새로운 길을 낸다. 이 내면으로 난 '뿌리의 길'은 지금까지 "살아온 모서리의 각"을 허물고 "속이 타도 끓지 않고/끓어 넘쳐도 분노하지 않는/줄기, 잎새, 인연까지 다 잘라도 눈물 흐리지 않는/그런 불"을 다시 지피기에 이른다. "그믐밤을 건너가야 하는 달빛"에게 "보름밤"은 오히려 "더 깊은 벼랑"일 수 있다. 그래서 "그늘 속으로 들어갈 수 없는" "젖은 그늘의 속"이 더 푸를 수 있는 것이다.

이렇듯 정수경의 시는 "시든 꽃나무"의 "그늘"(박제된 몸의 기억)을 추슬러 그 이면의 "푸른 기억"을 생생하게 되살려낸다. '청춘', '열정'을 품었던 "그런 불", 지금은 없다. 하지만 그 "물컹"했던 기억을 부여잡고 박제된 일상의 "젖은 그늘"을 탐색하는 일이야말로 포기할 수 없는 서정의 운명이 아닌가? 시인의 따스한 공감의 언어가 퇴색한 일상의 "그늘"에 스며들어 독자들의 가슴을 훈훈하게 적시는 지점도 바로 여기이다.

떨어질 줄 알면서도 바위를 굴려 올리는 '시지포스'의 형벌처럼 아득해 보이는 행위지만, 이를 기꺼이 감수하며, '박제(剝製)된 꽃나무'의 기억을 찾아 일상의 바다를 항해하는 "그늘의 미학"이 있기에, "천둥과 번개 사이 난기류"로 서 있는 우리들의 삶이 "새로운 바다의 배경"(「밤, 폭우」)이 될 수 있는 것이리라.

가슴 저리게 아름다운 소통의 무늬

김영서의 『그늘을 베고 눕다』

이번 시집을 열어젖히는 「득음」은 김영서 시인의 서정이 지향하는 한 정점을 시사하고 있는 작품이다.

> 송아지를 사왔다
> 사흘 낮밤을 울더니
> 울음소리가 입안을 넘지 않는다(「득음」 전문)

시인은 '언어를 넘어선 언어', '소리를 넘어선 소리', 즉 '득음'의 서정을, 부모와 이별한 슬픔을 '입안'으로 삭이는 '송아지'의 '속울음'을 통해 직조하고 있다. 몸으로 스며든 울음(슬픔)이라 지칭할 수 있는 이 "입안을 넘지 않"는 '울음소리'는 김영서 시인의 시에 대한 자의식을 잘 보여주는 사례이다.

이러한 '송아지'의 '속울음'은 「고양이처럼」에서 '온몸으로 우는' '고양이'의 울음으로 변주되고 있다.

> 달밤에 담장에서 고양이가 우는데 저렇게 한번 앙칼지게 울어본 여인네 없다는데 그래서 산통이 오라지게 온다는데 울음도 내성이 생겨 쥐도 새도 모르게 산통도 모르고 고요를 낳는 것이 고양이라고 고양이가 온몸으로 우는 밤 이 순간만큼은 있는 것도 아니고 없는 것도 아니어서 고양이처럼 우는 법을 배운다면 밤마다 까무러쳐 잠이 든다면 울음소리 속으로 고요 속으로 녹아내린다면(「고양이처럼」 전문)

시 쓰기를 울음에 비유할 수 있다면, 문제는 이 우는 행위를 어떻게 시적 정서로 승화시키느냐에 있다. 시인은 "고양이가 온몸으로 우는" 순간, "있는 것도 아니고 없는 것도 아"닌 고요의 정적을 응시하면서, 이 "울음소리 속으로 고요 속으로 녹아내"리기를 염원한다.

이처럼 김영서 시인의 시는 내면으로 스며드는 슬픔의 정서를 고요하고 투명한 시적 언어로 길어 올리고 있다.

한편, 존재의 내면에 충만하게 고인 언어는 자아의 경계를 넘어 세계로 흘러넘치게 마련이다. 이제 내면으로 스며든 김영서 시인의 언어가 세계로 흘러넘치는 장면을 감상할 차례이다.

김영서 시인이 세계를 바라보는 시선은 따스하다. 존재의 내면으로 스며든 슬픔의 정서가 충분히 숙성 · 응축된 후, 자연스럽게 흘러넘치는 언어로 음각되기 때문이다. 그가 수놓고 있는 서정의 무늬를 따라가 보자.

> 출근길에 용역사무실을 나서는 이웃과 마주쳤다
> 서로 눈이 마주치지 않는 배려를 했다
> 직장에서 사표를 던지고 나올 때도 그랬다
> 용역사무실에는 모든 곳으로 통한다는 문이 있는데
> 밖에서 이름을 부르지 않는 날은
> 하루를 유령으로 살아야 했다
> 출근한다고 집에서 나왔을 때도 그랬다
> 궂은 날 대합실과 공원은
> 유령들로 가득했다
> 해가 질 때까지 뚝방길을 걸었다
> 작은 혼령들이 집에 들어갈 시간이라고 속삭인다
> 발밑의 밥풀꽃이 그곳을 지나는 바람이

잔가지 사이를 폴폴대는 새가 그랬다
집으로 가는데 어둠속으로 내 그림자가 사라졌다
사람들이 나를 알아보지 못한다(「나도 한때는 유령이었다」)

우리가 살고 있는 사회는 '유령'들로 넘쳐난다. 시인 자신도 '한때는' '유령'이었다. "출근한다고 집"을 나서 하릴 없이 "해가 질 때까지 뚝방길을" 걷는 실직자, '용역사무실'에서 일거리를 찾지 못한 일용직 노동자, "대합실과 공원"을 가득 채운 '유령'들. 그야말로 '유령'들의 사회이다. 그의 언어는 이 '유령'들의 삶을 어루만지는 '작은 혼령'들의 속삭임이고자 한다.

사람과 사람 사이에 "눈이 마주치지" 않는 '배려'가 필요한 사회는 얼마나 안타깝고 눈물겨운가? 서로가 서로를 "알아보지 못"해 각자가 '어둠속으로' '그림자'가 되어 사라지는 '유령'들의 사회에서 김영서 시인은 '작은 혼령'들의 언어(밥풀꽃, 바람, 새의 속삭임)를 통해 희망의 빛을 길어 올리고 있는 셈이다.

이 '유령'들의 사회는 "밥그릇이 조각"나 "발아래 곳곳에서 반짝거"리는 사회이다.

밥그릇이 조각났다
발아래 곳곳에서 반짝거린다
발바닥을 파고들었다
진홍색 피를 머금은 놈들이 있다
조심스럽게 하나씩 성한 그릇에 담았다
밥값 못하는 사이 날을 벼른 것이다
날카로운 것에 밥을 담아먹는다

소태 같은 하루를 살았다
밥알이 입안에서 굴러다녔다
성한 그릇을 비운다
날선 것들 부딪치는 소리 쨍쨍하다(「밥그릇」 전문)

"밥값 못하는" '유령'들이 넘치는 사이 "날을 벼른" 밥그릇이 조각났다. 깨진 밥그릇은 삶의 팍팍함, 고단함을 상징하는 시적 장치이다. 시인은 자신의 발바닥을 파고들어 "진홍색 피를 머금은" 부서진 밥그릇 조각을 모아 그것에 밥을 담아 먹는 존재이다. 이 날카로운 밥알이 "입안에서 굴러다"니는, "소태 같은 하루"가 투명하게 빛나는 작품이다.

시인은 이러한 "부딪치는 소리 쨍쨍"한 "날선 것들"의 아우성을 '사랑방'이라는 '성한 그릇'에 담고자 한다.

사랑방 하면
까닭 없이 가슴 한편 저려온다
사랑방이 가슴에 있기 때문이다

사랑방은 한문으로 행랑채를 말하지만
한글로 보면 더 아름답다
사랑이 가슴속에서 살기 때문이다

사랑방 구조는 가슴을 견본으로 한 것이어서
두드리지 않아도 열어주는 사람이 있다

가슴이 답답하면 나에게 오라
사랑방 딸린 집 한 채 있으니(「사랑방」 전문)

'사랑방'은 손님을 접대하는 장소(행랑채)이다. 시인은 이러한 한자적 의미(한문)를 한글로 전용하여 아름다운 교감의 언어를 창조하고 있다. 우리말 '사랑'은 "가슴속에서" 산다. "사랑방 구조는 가슴을 견본으로 한 것이어서/두드리지 않아도 열어주는 사람이 있다." 이 "두드리지 않아도 열"리는 흘러넘치는 가슴의 언어로 "사랑방 딸린 집 한 채"를 짓고 가슴 답답한 이들의 마음을 불러들이는 애틋한 장면이야말로 김영서 시인이 다다른 서정의 한 꼭짓점이 아닐까 싶다.

시인은 이러한 사랑의 집을 짓기 위해 오늘도 부지런히 '삽질'을 하고 있는지도 모른다.

> 삽이란 물건 왜 삽이라 불렀는지 아나
> 삽질하는 소리 들어 봐
> 좋은 흙 있지 사람이 묻혀도 좋을 만한 흙
> 그런 흙을 만나면 사아압 사아압 하다가
> 순식간에 삽 하는 외마디
> 가슴 파헤치는 소리다
> 내 인생에 쥐어진 삽 한 자루
> 무뎌진 삽날을 벼르기로 했다
> 날 세울수록 짧아지는 것을 안다
> 날 세우고 들어가면 네 속에서 무뎌지는 것도 안다
> 할수록 뜨거워지는 것이 삽질이다(「삽질」 전문)

인생을 '삽질'에 비유할 수 있다면, 시인이 지향하는 삶은 좋은 흙 만나 그 속에 파묻히는 것이다. 그런 흙 만나면 시인의 삽은 "무뎌진 삽날을 벼"르며 "사아압 사아압 하다가/순식간에 삽 하는 외마디" 소리 지르며 흙의 가슴으로 파고든다. "날 세우고 들어가면" 흙(네)속에서 무뎌지는 것 알지만, 끊임없이 무뎌진 삽날을 벼르며, 뜨겁게 '네' 속으로 날 세우고 들어가는 것, 이 언어의 삽질이야말로 김영서 시인이 직조하고 있는 가슴 저리게 아름다운 소통의 무늬이다.

하여, 소통의 도구인 연장(삽)에 대한 시인의 애정은 각별할 수밖에 없다. 「폼 잡는 어르신」에서는 시인의 '삽질'이 늙은 농부의 삶과 포개지며 구체적 형상을 부여받고 있다.

> 헛간에 매달린 연장이 반들거린다
> 식구라고는 달랑 늙은이 둘인데
> 윤나는 손잡이는 얼핏 봐도 열개가 넘는다
> 보기 좋으라고 그런 것이여
> 농사꾼한테는 연장이 훈장인디
> 녹슬면 말이 안 되지
> 광나야 폼 나는 것 아닌가벼
> 어찌보면 이것도 마지막 풍경일껴
> 늙은이덜 죽으면 쓸 일도 없지
> 생각하면 그냥 속상해서
> 폼 한번 잡아보는 것이여
> 일없으면 그만 가봐(「폼 잡는 어르신」 전문)

"헛간에 매달린 연장"에 대한 어르신의 애착과 아쉬움은 일에 대한 자부심(자긍심)에 다름 아니다. 농사꾼에게 연장은 그들의 삶을 대변하는 사물이다. 따라서 광나고 윤나는 연장은 농부의 훈장이다. '어찌보면' '마지막 풍경'일지 몰라 "그냥 속상해서/폼 한번 잡아보는" 어르신의 모습은,

내실 없이 겉멋 들어 폼만 잡는 현대인의 모습을 되비추는 거울이다. 헛간에서 연장을 어루만지고 있는 쓸쓸한 늙은 농부의 뒷모습이 암울해져만 가는 '지금 여기'의 '시의 운명'을 떠올리게도 한다.

시의 연장(언어)을 갈고 닦으며 '구멍가게' 간판처럼 사라져가는 삶의 쓸쓸한 풍경을 응시하는 김영서 시인의 모습이 눈물겹도록 아름다운 이유도 이와 무관하지 않다.

> 생각 없이 지나는데 눈이 돌아간다
> 무슨 일인가 했는데
> 허물어지는 가게에 문패를 새로 달았다
>
> 안으로 들어서자 기억자로 구부러진 할머니가 웃고 있다
>
> 하루 매상이 일만 원인 구멍가게
> 읍내 대형마트와 동등한 건 담배 가격뿐이다
>
> 담배판매소
> 푯말 잘 보이라고
> 30년 된 가게 간판을 내렸다(「구멍가게」 전문)

문패를 새로 단 '허물어지는' 구멍가게에 담긴 삶(세월)의 무게를 포착하는 시인의 마음이 따사롭다. "읍내 대형마트"에 밀려 사라지는 구멍가게에 녹아 있는 30여 년의 세월, 즉 "기억자로 구부러진" 할머니의 웃음이 '담배판매소'라는 '푯말'과 대비되며 진한 여운을 남긴다.

이렇듯, 병들고 늙은 부모의 몸은 "허물어지는 가게"처럼 "뼈에서 찬바람이 숭숭 일어난"다.

뼈에서 찬바람이 숭숭 일어난다고
브래지어 무릎에 차고 소풍 나왔다
눈인사만 건넸는데 말문을 터트린다
팔십년을 넘게 걸어 다녔는데도 아직도 걸음마여
휠체어에 몸을 기대어 묶어놓은 것이 우습지
한참을 기대고 있으면 쇠붙이도 따뜻해져
이것 아니면 일어서지도 못한다니께
이대로 죽으면 좌탈입망이지
피붙이 하나 때문에
평생 거르지 않고 정안수를 올렸어
이제는 더 줄 것이 없어
자꾸만 가벼워지는 것이
바람에 날라 갈까 봐 겁이 나지만
이것 무게가 여간히 나가니께 든든허여
속으로 따뜻한 것에 기대고 살고 싶다고 빌었는데
쇠붙이와 통정을 하네 그려(「햇살 좋은 날」 전문)

"이제는 더 줄 것이 없어/자꾸만 가벼워지는", 자식을 위해 모든 것을 바친 늙은 부모의 비애(슬픔)가 잘 드러난 작품이다. "따뜻한 것에 기대고 살고 싶"었지만, 이제 늙고 병든 몸을 의지할 곳은 '휠체어'밖에 없다. 기댈 곳 없어 "쇠붙이와 통정"하게 된 노년의 쓸쓸함이 진한 여운을 남긴다. '휠체어'의 차가움마저 녹이고 따뜻하게 하는 내리사랑의 끝, 헌신적인 사랑의 모습과 그 쓸쓸함이 '햇살 좋은 날'이라는 제목과 호응하며 더 깊고 절절한 울림을 선사하는 작품이다.

이제 김영서 시인과 함께 한 시적 여정을 마무리해야 할 시간이다. 이번 시집에서 김영서 시인은 존재의 내면으로 스며든 슬픔의 정서가 세계로 흘러넘쳐 가슴 저리게 아름다운 '사랑방(소통)'의 언어로 거듭나는 풍경을 연출하였다. 「그림자 없는 나무」는 이러한 시인의 언어가 존재와 타자를 동시에 긍정하는 깨달음의 서정으로 심화 · 확장되고 있음을 보여주는 절창이다.

> 큰바람이 지나간 뒤 그림자가 사라졌다
> 집 앞에 두고 힘들 때마다
> 잠시 쉬었던 그늘이 사라졌다
> 가까이 보니 나무가 그늘을 베고 누워 계시다
> 힘겨웠을 게다
> 그늘에 들 때마다
> 나의 푸념을 거두어갔던 나무가
> 그늘을 베고 상념에 젖어 계시다
> 발가락이 이불 밖으로 보인다
> 아직 촉촉한 발가락을 바람이 말려주고 있다
> 나뭇잎이 시들기 시작한다
> 생각이 깊어지나 보다(「그림자 없는 나무」 전문)

'큰바람'에 쓰러진 나무에 대한 세심한 관찰과 사유가 돋보이는 작품이다. 시적 화자의 그늘이 되어 푸념과 상념을 말없이 받아주던 나무의 존재에 대한 깨달음이 물씬 배어나는 풍경이다. 나무가 맞는 최후의 모습을 그늘을 베고 누운 평화로운 장면으로 이미지화하고 있는 시인의 언어가 맑고 투명하다. 시인은 나무의 최후의 모습을 우리에게 휴식을 주던 그 그늘을 베고 눕는 나무의 휴식으로 형상화하고 있다. 그러기에 '이불 밖'

으로 드러난 "촉촉한 발가락"을 "바람이 말려주고 있"다는 표현이 가능하고, "시들기 시작한" '나뭇잎'을 "생각이 깊어지"는 이미지로 포착할 수 있는 것이다.

'힘겨웠던' 삶을 마무리하며 스스로의 삶과 타자의 삶을 동시에 긍정하는 나무의 쓸쓸하면서도 아름다운 모습이 잔잔한 감동의 물결을 일으킨다. 김영서 시인의 시를 곱씹는 이 밤의 '고요'가 우리의 삶을 살찌우게 하는 순간이다.

'설레임', 혹은 소통의 물꼬

윤여건의 『새를 꿈꾸지 않았다』

윤여건의 시에는 삶의 숙명적 슬픔이 빚어내는 비애(悲哀), 그리고 이 비애가 타자에 대한 따스한 연민의 정서로 몸을 바꾸는 장면이 아름답게 주조되어 있다. 이러한 정서는 시적 자아의 내면적 울타리를 넘어 그를 둘러싸고 있는 세계로 흘러넘친다. 이 자아와 세계를 이어주는 소통의 물꼬, 나아가 이 물꼬를 따라 직조되는 언어의 무늬야말로 윤여건 시인이 이번 시집을 통해 연출하고 있는 값진 서정의 풍경이다. 그 장면을 살짝 엿보기로 하자.

> 삼천 원짜리 신발을 신고 지하철 문 앞에 쭈그려 앉아 울었다는 이야기에, 슬프지 않구나. 세상의 모든 것이 슬프지 않구나. 나는 에어 찬 나이키 신발을 신고 다닌다. 길은 설레임의 꽃밭. 밟아도, 밟아도 발바닥 쓰리지 않아 땅에 닿고 싶지 않구나. 남편과 이혼하고 아이를 홀로 키우고 있다고 비밀처럼 속삭이던 여자여. 지하철을 탄 적이 있다. 휠체어 탄 할아버지를 끌며 동전 바구니를 들고 지나가는 할머니 앞에서 고개 숙일 때, 두 노인의 삶이 슬픈 것이냐, 아니면 내가 슬픈 것이냐. 가난은 죄처럼 옹졸한가 보다. '설레임'의 여자여.(「'설레임' 그 여자에게」 전문)

존재론적 고독, 혹은 '슬픔'은 '가난'이나 물질적인 것 너머에 존재하는 그 무엇이다. 나의 슬픔과 '그 여자/두 노인(타자)'의 슬픔이 접속하는 순간, 반짝 '설레임'의 감정이 물결친다. 이 '설레임'의 느낌이야말로 순정한 시심(詩心)이 아니겠는가?('설레임'은 '설렘'이라는 표준어보다 얼마나 애틋한 울림을 주는가!) 여기에는 값싼 동정(연민)으로 삶의 무게를 연기(演技)하는 가식(假飾)도, 슬픔의 정서를 표 나게 내세우는 과잉된 자의식도 들어설 틈이 없다. 다만, 진솔한 내면이 투명하게 표출되고 있을 따름이다. 이 진솔한 내면이 독자들의 마음을 끌어당기는 지점은, 함부로 슬퍼하고, 함부로 연민하는 값싼 동정의 시선을 경계하는 시적 화자의 단호한 어조에 있다. 지하철에서 만난 가난한 노부부의 모습이 슬픈 것인가, 아니면 그들을 바라보며 고개를 들지 못하는 자신의 태도가 슬픈 것이냐를 심문하는 화자의 진술 속에는 타자와의 투명하고 맑은 소통, 즉 '설레임'의 대화를 갈망하는 마음이 투영되어 있다.

시적 대상을 새롭게 전용하여 소통의 무늬를 수놓고 있는 표정을 조금 더 들여다보기로 하자.

> 갑순이가 하늘을 바라보고 앉아 있다 나를 보고 꼬리를 흔들어요. 저건 또 무슨 청승이냐. 속으로 웃음이 나왔는데요. 머리를 두 발에 내려놓기도 하고 눈을 감기도 하다가 다시 하늘을 올려다봅니다. 무슨 시련을 당했나. 어디 아픈 건가. 고민을 하고 있는데 진눈개비가 흩뿌리며 떨어지다 이젠 채찍처럼 달려듭니다. 갑순이는 어디 있나요? 아, 꽃잎 속에 있어요. 논가 짚더미처럼 꽃잎에 쌓여가요. 저기 좀 보세요. 갑순이의 배가 부풀어 오르고 있어요. 하늘을 삼키더니 겨울을 잉태하고 있나 봐요.(「겨울 풍경―생산성에 관하여」 부분)

평이하게 이어지던 시상의 전개가 '진눈개비'를 통해 급격한 전환을 맞이한다. '갑순이'를 좇던 화자의 시선이 갑작스럽게 '꽃잎'을 불러온다. '채

찍처럼 달려'드는 '진눈개비'가 순식간에 '꽃잎'으로 변신한다. 나아가 시인은 그 '꽃잎' 속에서 '갑순이'를 발견한다. '갑순이'의 몸에 쌓이던 '진눈개비(꽃잎)'가 '갑순이'를 품은 형국이다. 그리고 '갑순이'가 '논가 짚더미처럼 꽃잎에 쌓여'간다. 이윽고 '꽃잎'에 쌓인 '갑순이의 배가 부풀어 오'른다. 꽃잎(진눈개비)과 갑순이(강아지)가 서로의 경계를 허물고 하나가 되는 장면이다. 시인은 이를 '하늘'을 삼키고 '겨울'을 잉태하는 풍경으로 포착하고 있다. '꽃잎'(봄) 속에서 '겨울'을 생산하고 있는 그로테스크한 풍경이다. 이는 '진눈개비(겨울) → 꽃잎(봄) → 부풀어 오르는 갑순이의 배(겨울)'로 이어지는 상상력의 변주를 보여준다.

이 작품에서 시인의 시선은 '겨울'에 머물러 있다. 시인은 시적 언어를 통해 겨울 속에서 '겨울'을 잉태하고 있는 셈이다. 이는 '봄'에 대한 염원보다는 척박한 겨울(현실)에 무게중심을 두고 있다는 사실을 시사한다. 하지만 '꽃잎(봄)'에 겨울 풍경을 담아 새로운 현실(겨울)을 잉태하고 있다는 점에서 봄에 대한 시인의 갈구는 여전히 애틋하다. 다만 섣부른 희망을 경계하고 있을 따름이다. '하늘을 삼'키고 잉태한 갑순이의 '겨울'은 그 이전의 겨울과 크게 다를 바가 없을 것이다. 하지만 조금 다를 것이다. 이 조금의 차이야말로 시인이 잉태한 서정(언어)의 결실이자, 황폐한 현실(겨울)을 촉촉하게 적시는 '곡우(穀雨)'일 것이다.

이 '겨울을 잉태하는 겨울 풍경'은 '소리 속에 있는 소리를/듣기 위해' '장자와 경계를 허무'는 시인의 '귀머거리' 내면과 동궤에 놓인다.

오늘 처음으로 듣는다.

소리 속에 있는 소리를
듣기 위해서는 나를
잊어야 한다는
말처럼
고요한 방에서
장자와 경계를 허무니
귀머거리가 되어 버렸다.

감각을 잃고
이 밤,
개구리 소리를 듣는다.(「곡우(穀雨)」 전문)

농사철이 시작될 즈음 비가 내린다. 이 비(穀雨) 내리는 소리 속에 또 다른 소리(비의 속살)가 있다. 이 소리를 듣기 위해서는 '나(감각)'를 잊어야 한다. '귀머거리'가 되고 나니 비로소 '소리 속의 소리'(개구리 소리/생명의 소리)가 들린다. '나'를 잊고 '장자와 경계를 허무니' '불임의 시간' 너머 '눈 맑은 야생'의 시간이 깨어난다.

불임의 시간이 눈 뜨는 여기는 지상
눈 맑은 야생이 아니면 깨어나지 마라.(「나무야」 부분)

시인은 '그물 같은 세상 보기 싫어/잉여의 시간을 거부해 버린 붉은 몸뚱어리'(「눈치」)의 언어로 '사랑의 노래'를 부른다.

세상의 눈과 마주하지 못해 불안할 때면 마음에 드리운 언어의 찌를 물어라.

나는 석탄기의 곤충처럼 너의 등뼈가 되리니.
유리창에 글자처럼 흐르는 사랑의 노래가 되리니.(「나에게 쓰는 편지」 부분)

'체온을 바꿔가며'(「낙엽 · 1」) 서로의 '마음에 드리운 언어의 찌'를 물고, '너의 등뼈'가 되어주기. 윤여건 시의 뼈대이자 지향점이다.

그렇다면 '나'와 '너' 사이에 가로놓여 있는 아득한 심연(深淵)은 어찌할 것인가?

산을 올랐다. 마음이 도깨비불처럼 이리, 저리 떠돌고 사람들을 바라보지 못해 고개를 숙였다. 바위에 올라 도시락 김밥을 먹으며, 맥주도 마시며 억새군락에 오가는 사람들을 바라보았다. 억새밭을 가로질러 산 아래 펼쳐진 논밭으로 달려갔다 달려오고, 순간이었다. 그것은 거리였다. 거리를 두고 바라보면 그 사이에 바람이 지나가는 것이 보이고 하늘이 보이고 노란 들녘이 보였다. 사람들이 개미들처럼 줄지어 내려가고 있었다. 그들의 목소리에 귀 기울이고 그들이 미끄러지면 가벼운 탄성도 질렀다. 그들과 함께 바람처럼 내려오고 있었다.(「바위에서 보았다」 전문)

인용 시에는 '사람들을 바라보지 못해 고개'를 들지 못하던 시선이 '거리'에 대한 인식을 계기로 시적 대상과 하나되는 과정이 음각되어 있다. '거리를 두고 바라보면' 나와 대상 '사이'의 '바람', '하늘', '노란 들녘' 등이 보인다. 여기에 몸을 싣는 '순간' 나와 타자 사이의 '거리'가 무화된다. 하여, '개미들처럼 줄지어 내려가는' 사람들과 '함께 바람처럼 내려' 올 수 있는 것이다. 이 때 시 쓰기는 '사이'에서 대상을 바라보는 것이자, 대상과 자아 사이의 거리를 무화시키는 행위이다. 여기에서 '거리'는 자아와 대상 사이에 존재하는 그 무엇과 소통하는 매개이자, 이를 통해 대상에 가 닿기 위한 수단이 된다. 또한 나와 대상 사이의 경계에 살기 위한 몸부림이자, '그들(타자)과 함께' 호흡하기 위한 노력이다.

하여, '거리'는 나와 대상을 잇는 '구멍'이라 할 수 있다.

> 석고보드가 맞닿은 곳에 구멍이 숭숭 뚫려 있다.
> 모두 볼펜으로 뚫어 놓은 것
> 구멍을 본다.
> 집요하다.
> 시멘트벽만 없었다면 뒤쪽까지 뚫을 태세다.
> 피스 자국 선명한 몸뚱이들이 어그러져 맞닿은 빈틈
> 그 무모한 허술함 속에 볼펜을 넣어본다.
> 콕,
> 콕,
> 찌르는 재미?
> 이것은 타전이다.
> 외로운 울림이다.
> (중략)
>
> 나는 마음의 틈을 메우며 살아왔다.
> 볼펜을 꽂으려 해도 튕겨 보냈을 나의 벽
> 무심히 짓밟은 볼펜심이 이제야 눈에 보인다.(「벽」 부분)

시인에게 시는 '철창' 너머의 '벽'을 향해 '외로움'을 '타전'하는 순정한 메아리이다. 이 '울림'으로 인해 나와 타자 사이에 놓인 '벽'에는 '무모한 허술함'의 '구멍'이 생긴다. 여기에서 '구멍'은 존재의 균열(상처)이자, 대상을 향한 열림의 문이다. 지금까지 시인은, 아니 우리들은 이 마음의 구멍(틈)을 메우려고 노력하며 살아왔다. 상대방의 타전(외로운 울림)을 튕겨 보내기에 급급했던 셈이다. 윤여건의 시는 이 마음의 감옥을 부수는 '볼펜심'이다.

> 받아들이기로 했다.
> 바라보며 사랑하기로 했다.
>
> 나를 사랑하면 당신도 사랑하겠기에
>
> 상처 입은 영혼을 가슴에 담기로 했다(「사랑하기로 했다」 부분).

이 마음의 벽을 부수기 위해서는 먼저 '나를 사랑'하고 '받아들'여야 한다. '상처 입은' 스스로의 '영혼을 가슴에 담'을 수 있어야 '당신도 사랑'할 수 있게 된다.

나를 '받아들'이자 비로소 당신(어머니)의 사랑이 나에게로 흘러넘친다. 이 사랑으로 인해 나의 '몸'은 '파랗게 물이 들고 잎사귀는 하늘로 솟'는다.

> 보내주신 물이 논두렁에 찰랑입니다.
> 몸은 어느덧 파랗게 물이 들고 잎사귀는 하늘로 솟았습니다.
> 그러나 나는 당신을 볼 수 없습니다.
> 그것은 배꼽까지 차오른 물이 길의 흔적을 지워버린 까닭입니다.

이젠 때가 되었습니다.
물고를 열고 말라가겠습니다.
바닥이 갈라지면 부리에서 태양의 붉은 무늬를 볼 수 있다지요.
그 무늬에 흘러온 물길이 새겨져 있다지요.

동으로, 동으로 떠나는 길
마른 이삭 짊어지고 떠나는 길

당신은 등 굽은 산마루 아래 얼굴을 묻고 계시겠지요.
서릿바람에 하얀 치맛자락이 날리겠지요.
그러나 눈물짓지 마세요.
이삭의 탑이 태양을 안고 당신 곁에 서 있을 것입니다.(「어머니」 전문)

'배꼽까지 차'올라 '찰랑'이는 '물이 길의 흔적을 지워버'려 '나는 당신을 볼 수 없'다. 어머니의 사랑은 늘 이렇다. 하지만 그 사랑(물)을 통해 성장하면서 나아가 '물고를 열고 말라가'면서, 사랑이 '흘러온 물길', 즉 '태양의 붉은 무늬'를 서서히 '볼 수 있'게 된다. 이제 내가 당신의 사랑에 응답할 '때가 되었'다. 하여, '동으로 동으로' '마른 이삭 짊어지고' 당신에게로 떠난다. 이윽고 '태양을 안고' '이삭의 탑'이 되어, '등 굽은 산마루 아래 얼굴을 묻고' '서 있'는 '당신 곁'에 이른다. 당신의 사랑이 흘러넘쳐 나의 삶을 영글게 하고, '흘러온 물길'의 흔적을 좇아 나의 사랑이 기어코 당신에게 합류하는 눈물겹도록 아름다운 장면이다. 윤여건 시인의 순정한 사랑 노래가 '지금 여기'의 삶을 살찌게 하는 장면이다. 이 '설레임'의 서정과 함께 하는 이 순간 세상이 한결 부드러워진 느낌이다.

마음의 문을 두드리는 꿈의 언어

최향란 신작시 작품세계

2000년대 이후 이른바 '미래파'로 지칭되는 새로운 시적 경향이 출현해 한동안 뜨거운 논쟁의 대상이 되었다. 새로운 흐름이라는 진단과 더불어 소통부재의 난해시라는 비판도 제기되었다. 이러한 논쟁에 대해 왈가왈부할 할 생각은 없지만, 새로운 시들의 흐름이 전통 서정의 질서를 갱신하는 전복적 미학을 얼마나 함축하고 있었는가에 대해서는 곱씹어볼 필요가 있다. 새로움을 강조하기에 급급하다보니 서정의 본래적 요소가 너무 가볍게 취급되었던 것은 아닌지 의구심이 든다. 새로움은 전통적 관습을 타고 넘어야 한다. 해체를 위한 해체가 아니라 재구성을 위한 해체여야 한다는 것이다. 전통을 창조적으로 계승하는 '오래된 미래'로서의 서정이 기다려지는 이유이다.

이런 점에서 최향란의 시가 반갑고 믿음직스럽다. 인간은 자연을 노래하는 서정을 통해 스스로의 본질을 되새김질해 왔다. 여기에서 서정은 단순히 자연을 노래했다는 사실을 넘어, 자연이 지닌 다양한 속성을 통해 인간의 세속적 삶을 성찰한다는 의미를 담고 있다.

한편, 단독자로 세상에 던져진 인간의 고독한 운명은 끊임없이 타자와의 소통을 꿈꾸게 한다. 죽을 때까지 타자와 완전한 소통 혹은 하나됨을 성취할 수 없는 유한한 존재인 인간은 사랑의 서정을 통해 타자와의 하나됨을 꿈꿔왔다.

이번에 내놓은 최향란의 신작들은 자연과 사랑을 노래하는 전통 서정의 본령에 충실하다. 우리들이 근대적 일상의 늪에서 허우적거리며 자연의 품을 그리워하고 있다면, 혹은 타자와의 소통을 갈구하면서 질퍽질퍽한 사랑의 펄에서 헤어나지 못하고 있다면 전통 서정의 영역은 여전히 건재하다.

최향란의 시는 전통 서정의 현주소를 투명하게 비춰준다. 에둘러가는 법이 없이 우직하다. 이를테면 그 첫 단계는 다음과 같다.

> 감이 뾰족하게 잘도 자란다.
> 두 해 내리 열매 맺지 못하고 그냥 잎만 무성했던 감나무다.
> 저놈의 밑동 싹둑 잘라버려야지 안달했는데
> 둥근 초록 앞에 참으로 무색하다.
> 늘 반 박자 빠르게 가슴 철렁이며 성급했던 나를
> 그냥 안 본 듯 기다릴 수는 없었느냐,
> 고요하게 꾸짖는 소리를 엮으니 한 바구니다.
> 움찔하는 부끄러움.(「반성」 전문)

제목도 직설적이다. '반성.' 자연물(감나무)을 관찰하며 인생의 의미를 곱씹어본다는 전통 서정의 기본 구도다. "두 해 내리 열매 맺지 못하고 그냥 잎만 무성했던 감나무"를 두고 "저놈의 밑둥 싹둑 잘라버려야지 안달했는데" "둥근 초록 앞에"서 "참으로 무색하게" "감이 뾰족하게 잘도 자란다." "감나무"는 "늘 반 박자 빠르게 가슴 철렁이며 성급했던" 화자를 "고요하게 꾸짖는"다. 이 "소리" "엮으니 한 바구니다."

이렇듯, 최향란의 시는 자연이 고요하게 꾸짖는 소리에 귀를 기울이고, 이와 공명(共鳴)하며 "움찔하는 부끄러움"을 직조하여 "한 바구니"의 성찰을 담아낸다. 우리가 "늘 반 박자 빠르게 가슴 철렁이며 성급"하게 "안달"하는 삶을 살아가고 있는 한 이러한 전통 서정의 풍경은 여전히 위력을 발휘한다.

깨달음은 늘 "반 박자" 늦게 온다. 이 늦은 깨달음에 대한 자각이 서정의 '오래된 미래'를 구축하는 든든한 토양이다.

> 뿌리가 허옇게 드러난 곳을 이제야 다독인다.
> 얽히고설킨 뿌리가 땅 밑 물기를 세차게 잡아당겨
> 화들짝 하얀 꽃대를 밀었다.
> 제 몫도 못할 풀쯤이라 단정하고 먼저 등 돌렸는데
> 잎 사이로 오른 꽃대에서 기다림을 엿본다.(「문주란」 부분)

"제 몫도 못할 풀쯤이라 단정하고 등 돌렸는데" "문주란"의 "얽히고설킨 뿌리"가 "땅 밑 물기를 세차게 잡아당겨" "화들짝 하얀 꽃대"를 민다. 그제서야 화자는 "뿌리가 허옇게 드러난 곳"을 "다독"이며 "기다림을 엿본다." 이 '늦음 혹은 기다림에 대한 성찰'이야말로 인생을 살찌우는 자양분이 아닌가.

그럼 최향란의 시에 투영된 전통 서정의 다음 단계를 감상해보기로 하자. 앞에서 살펴본 시편들이 자연(객체)을 응시하는 주체(자아)의 내면 풍경을 길어 올리고 있다면, 아래의 작품에서 자연은 '나/세상'을 관찰하는 능동적인 주체로 몸을 바꾸고 있다.

> 중심이라 믿었던 팽팽한 줄을 놓친다.
> 힘껏 줄 당기다가 놓친 자국 손바닥에 선명하다.

사방으로 흩어진 줄에 발 걸려 기우뚱거리는데
유리창 너머로 기우뚱 바라보시는 늙은 배롱나무,
기우뚱기우뚱 웃으신다. 반질반질 윤나게 웃으신다.
날카로운 고양이 발톱으로 세상을 엿보면서
얽혀 옴짝 못해 몇 자락 햇살로 주저앉은 나를
기우뚱 웃으시며 발그레 내려다보신다.
이 쪽 허공에서 저 쪽 허공으로 줄 던지는
저 굽은 등의 자유로운 줄타기
기우뚱하게 비틀어진 것도 평화로울 수 있구나.
깊은 물관을 타고 우주가 기우뚱거리며 올라온다.(「배롱나무」 전문)

"날카로운 고양이 발톱으로 세상"을 엿보다가 "중심이라 믿었던 팽팽한 줄"을 놓치고 "사방으로 흩어진" 세속의 그물망에 "발 걸려" "기우뚱거리는" 화자의 모습이 전경화되어 있다. 균형을 잃고 한쪽으로 비스듬히 기울어진 우리들의 자화상이다.

시인은 "배롱나무"의 "기우뚱"한 관점에서 '나/세상'을 다시 본다. 이 지점에서 세상의 중심이 "기우뚱" 흔들린다. "늙은 배롱나무"가 "유리창 너머로" "기우뚱" 바라보며 "기우뚱기우뚱" 웃는다. 순간, 우주가 "기우뚱거리며" "깊은 물관을 타고" 올라온다. 이윽고 "기우뚱하게 비틀어진 것"들이 "중심이라 믿었던" 세상의 "팽팽한 줄"을 끊고 새로운 평화를 안겨준다. "기우뚱"의 이미지를 전용하는 경쾌하고 발랄한 감수성은 물론, "배롱나무"(자연)의 "발그레"한 웃음을 통해 '나/세상'을 "반질반질 윤나게" 닦는 언어적 연금술이 돋올하다.

그렇다면 다음의 시에 음각된 자연의 풍경은 어떠한가? 내면을 돌아보게 하고, 세상을 새롭게 바라보게 한 시적 대상(자연)은 몸을 낮추어, '당신'과 '나'를 이어주는 그리움의 언어로 시 속에 녹아든다.

> 내가 따라가지 못할 당신 생에는 방 하나 있으면 좋겠습니다. 새벽까지 무심히 털어낸 별이 창가에 가득 엉겨있어 멈춘 세월처럼 있어 한 사발쯤 떠내어 흐르게 할 수도 있을 그 방, 먼지가 풀풀거리는 책을 읽다가 잠들어도 좋아서 마당가 떨어지는 비는 곡선으로 마른 지느러미를 흔들어 깨우고.
>
> 당신에게 꽃나무 한 그루 선물할 게요. 떨어진 꽃잎 돌돌 말아 나무 아래 가지런히 꽃길 만들어요. 따라가지 못할 길 새로이 만드는 사이 당신 목소리라도 등 뒤에서 느낄 수 있다면, 따스한 온기도 훅 들어와 비늘이라도 떨어지면 좋겠어요.
>
> 가끔 세월이 지루하여 바람도 일지 않고 꽃잎조차 떨어지지 않을 때에는 스스로 바람을 일으켜 허공을 가르네요. 별 한 사발씩 간절히 떠내다 보면 오랜 수형을 벗어 살점이라도 돋을까요. 한 사흘쯤 당신이 장대비로 찾아와 누렇게 시든 꽃길 위로 생긴 물길 열린다면, 한 마리 반짝이는 물고기로 그 방에 갈 수 있을까요.(「물기 사라진 건어는 꿈을 꾼다」 전문)

"당신"을 향한 그리움을 수놓은 언어의 무늬가 애틋하다. "당신"과 화자 사이의 건널 수 없는 심연(深淵)을 시적 상상력을 통해 메우려는 염원이 눈물겹다. 시인은 결코 가 닿을 수 없는 "당신"의 "생"에 "방 하나"를 마련하고자 한다.

"물기 사라진 건어"의 이미지로 투영된 화자가 "당신"의 "방"에 닿기 위해 갈고 닦은 꿈의 언어가 출렁인다. '나'와 '당신'을 이어주는, 촉촉함을 머금은 자연의 언어가 꿈틀거리며 깨어난다. "마당가 떨어지는 비는 곡선으로 마른 지느러미를 흔들어 깨우고", 당신에게 선물한 "꽃나무"에서 "떨어진 꽃잎"은 가지런한 "꽃길"을 만든다. "별 한 사발씩 간절히 떠내다 보면 오랜 수형을 벗어 살점"이라도 돋을 것 같다. "한 사흘쯤 당신이 장대비로 찾아와" "시든 꽃길 위로" "물길"을 연다면 "한 마리 반짝이는 물고기로 그 방"에 닿을 수 있을 듯하다.

"비", "꽃", "별" 등은 "당신"과 "나"를 이어주는 매개체이자, "물기 사라진 건어"가 "한 마리 반짝이는 물고기"로 거듭나게 하는 꿈의 언어이다. 이 꿈의 언어에 몸을 맡기고 "당신"의 "방" 문을 조용히 두드려보자.

'밥'의 언어를 꿈꾸다

최승헌의 『이 거리는 자주 정전이 된다』

최승헌은 첫 번째 시집 『고요는 휘어져 본 적이 없다』(2003)에서 몸과 욕망, 자아와 세계, 세속과 신성 사이를 오가며, 중유(中有)의 넋을 떠도는 시인의 역설적 운명을 선보인 바 있다. 일상적 삶의 진실을 서정적 언어로 길어 올린 최승헌의 시는 '새로움을 위한 새로움'을 강박적으로 추구하는 일군의 시풍에 식상한 독자들에게 적지 않은 위안을 주었다.

두 번째로 묶일 시집 원고를 앞에 두고 잠시 생각에 잠겨본다. '현실'과 '현실 너머' 사이에서 진자 운동하던 시인의 목소리가 현실 쪽으로 무게중심을 이동하고 있는 듯한 느낌을 받았다. 이는 자아와 세계를 성찰하는 시선이 심화 · 확장되고 있음을 반영하는데, 서정적 자아의 발화가 구체적 형상을 부여받고 있다는 점과 무관하지 않다. 그의 시는 더 깊어졌고 더 넓어졌다.

우선, 시인의 내면 풍경부터 엿보기로 하자.

내 슬픔이 금강삼매경 속에서 샤워를 할 때
허깨비 같은 정욕이 겁 없이 입을 벌리네
부실한 슬픔의 창자 속으로 기어들어오는
무거운 발자국 소리를 들으며
기억이 모자이크로 도안 되어버리는 것을 알았네
그래서 가끔은 메틸렌 블루로 만들어
슬픔의 형체를 혼돈하게도하네

생이 투명하게 탈곡되어지는 전환점에
서 있은 후에야 이제 알겠네
색色이 공空의 빈 방을 서성일 때
날마다 무덤 속 이불이
한 장씩 펼쳐지고 있다는 것을
그 잘난 것들이 평생 우리를 끌고 왔음을
아주 오래도록 몰랐네

어디서 왔는지 출처도 알 수 없는 마음
돌장승이 아이 낳는 까닭을 나는 모르겠네
유효기간이 언제인지도 모르는 생의 아궁이에
미련하게 군불을 지피며 저 마른 정욕의 시시한 것들이
내 슬픔의 창고를 지켜 줄 뿐이네(「슬픔의 창고」 전문)

'허깨비 같은 정욕', 즉 '저 마른 정욕의 시시한 것들'이 지키는 '슬픔의 창고.' 최승헌 시인의 내면 풍경이다. 시인은 '생이 투명하게 탈곡되어지는 전환점'에서 슬픔의 기억(무덤 속 이불)이 '한 장씩 펼쳐지고 있'음을 깨닫는다. 시인은 '생의 아궁이에/미련하게 군불을 지피'는 '그 잘난 것'(정욕)을 부정하지도 그렇다고 긍정하지도 않는다. 그것이 시인을 '지금 여기'까지 끌고 왔기 때문이다. 시인은 떼어버릴 수도, 그렇다고 온전히 수용할 수도 없는 이 '색色과 공空의 빈 방'에 보금자리를 튼다.

'슬픔의 창고'이기도 한 이 둥지에서 시인은 두 방향으로 길을 내고 있다. 하나는 '분실당한 유년'의 기억으로 난 오솔길이고, 다른 하나는 '자주 정전이 되'는 세상으로 향하는 물꼬이다.

먼저, 과거로 잠입하는 화자의 오솔길을 따라가 보자. '온전히 치유하지 않고/긴긴날 그 상처에만 집착'하면 '상처는 발효될 틈도 없이/늘 그 자리에 머물러 있'(「풍란」)기 마련이다. 시인이 유년의 기억(상처)으로 길을 떠나는 이유도 '발효되지 않는 덜 여문 인생'을 '뼈골 빠지게 지키고 있'는 '집착'을 떨쳐내기 위해서이다. 꼭꼭 숨겨둔 시인의 내밀한 기억이 펼쳐진다. 유년의 추억은 멀고도 가깝다. 다가서면 도망가고, 짐짓 외면하면 끈질기게 들러붙는다.

새벽이 와도 바다는 억장이 무너지는지
쉽게 속내를 드러내지 않는다

오늘 내 아버지의 냄새가 도배된
동해에 와서 한겨울 내내 심한 몸살로
기침소리 잦아지던 위태로운 바다를 본다
누군가 세상 밖으로 내 몰려
제 걸어왔던 길을 조용히 거두어가고 있는지
바다는 중병에 걸려 신음 중이다

한평생 뱃놈으로 살 팔자라며
평생 뭍으로 떠나 본 적이 없는
늙은 아버지의 휘어진 등에 붙어있는
햇살이 분실 당한 유년을 찾아 준다

— 얘야, 바다는 네 몸속에 살고 있단다

바람이 조금만 불어도 비린내가
제일먼저 달려와 넉살좋게 설쳐대던

고향집 마당에는 아직도 유년의 상처들이
쑥쑥 자라고 있다
기억 속에서 한 번도 베어본 적 없는
모진 추억의 뿌리가 뱃심 좋게 버티고 있나보다

한때 내 심장에서 헤엄치는 것들은
어디로 떼 지어 흘러갔는지
수평선의 빗장을 열어도 보이지 않는다
오랜만에 만난 바다가
내 유년의 신발 한 짝을 감추고 있다(「바다는 기억상실증에 걸려있다」 전문)

시인은 '아버지의 냄새가 도배된/동해'를 찾는다. '바다는 중병에 걸려 신음 중이다.' '한 겨울 내내 심한 몸살로/기침소리 잦아지던 위태로운 바다'는 '평생 뭍으로 떠나 본 적 없는/늙은 아버지의 휘어진 등'에 다름 아니다. 시인의 '몸속에 살고 있'던 바다, 즉 한때 시인의 '심장에서 헤엄치던 것들'은 '수평선의 빗장'을 열어도 쉽게 모습을 드러내지 않는데, 아버지의 등에 붙어있는 '햇살'이 '분실 당한 유년'을 찾아준다. 시인은 아버지를 매개로 '기억 속에서 한 번도 베어본 적 없는/모진 추억의 뿌리'가 '고향집 마당'에서 '유년의 상처'를 보듬고 '쑥쑥' 자라고 있는 모습을 본다. 여기에서 '유년의 신발 한 짝을 감추고' '기억상실증'에 걸린 바다는 '그리움이 터지고 갈라져 숙변처럼 쌓인 그곳'이 된다.

내 발 뒤꿈치처럼 갈라진
일상 속으로 슬슬 기어들어오는

해장술에 취한 아버지의
타향살이 가락 속에 헐떡거리는
허기진 유년을 보고 있다

나 때로 그리움이 터지고 갈라져
숙변처럼 쌓인 그곳에 가고 싶었다
아버지 술잔 밑에서 실없이 떠돌던 유년을
벌컥 삼켜버리고 싶었다(「무료한 날」 부분)

'해장술에 취한 아버지의/타향살이 가락'에 '허기진 유년'은 '헐떡거리'며 풀어헤쳐지고, '아버지의 술잔 밑에서 실없이 떠돌던 유년'은 '발 뒤꿈치처럼 갈라진/일상 속으로 슬슬 기어들'어 온다. '오래 동안 잘 먹지 않아 하얗게 곰팡이가 핀 오이지'처럼 '평생 물러터지기만 했던 아버지'는 '마른 등짝에 기생충처럼 들러붙은 식솔'들을 위해 '평생 뼛골이 빠'(「삭은 오이지와 아버지」)지게 일했다. 아버지의 삶은 이렇게 화자의 가슴 속으로 들어온다. 내면(유년의 기억)으로 향했던 시인의 시선이 '아버지의 삶'을 매개로 '지금 여기'의 현실과 포개지는 지점도 바로 여기이다.

때론 이렇게 어긋난 숫자 속에 갇혀 너와 나 증오하며 사는 것도 행복한 일이라 믿고 싶어 때때로 유년의 기억을 풀어 너를 떠올리면 네가 남긴 그리움의 자투리땅이 아직도 내게 남아있으니까 언젠가 너를 만나러 동해에 갔던 적이 있었어 겨울 끝에서 미처 떠나지 못한 바람이 분풀이라도 하듯 칼춤을 추며 덤벼들던 그 바다에는 소금에 절인 포구마다 어부들의 소주잔속에서 그들의 벌거벗은 생애가 떠다니고 있었어 어업재해보상도 어로자금도 찾아와 주지 않는 사각지대에서 오래 기생했던 근심이 둥둥 떠다니고 있었던 거지

> 겨울이 다 가도록 비릿한 갯바람을 몰고 다니는 건 어부들만이 아니었어 종일 명태를 말리던 아낙네들의 까칠한 손바닥에서 성난 바다가 출렁이는 것을 보았어 철조망에 머리가 박혀 장렬히 전사한 수 만 나리 명태의 눈알이 일제히 그 바다를 공격하고 있었어 우리가 묻어서 품고 온 비밀도 그 날카로운 눈알에 잡혀 끝장이 나는 줄 알았어 그런데도 너는 어디에도 보이지 않았어 나는 내가 이곳까지 찾아와 손을 내밀면 네가 금방이라도 잡혀지는 줄 알았어 곰곰이 생각해보니 네가 내겐 너무 멀리 있다는 걸 이젠 알겠어 그래, 그 바다, 지금까지 어촌 아낙네들의 피부를 한 겹씩 벗겨 왔으니 이젠 그 손바닥에서 머물 때도 되었어 결국 우린 또 이렇게 애증만 갖고 잠시 이별을 하는 거지(「유년의 바다」 전문)

유년의 기억으로 떠난 시인은 '어부들의 소주잔속'에서 '그들의 벌거벗은 생애'를 발견하고, '종일 명태를 말리던 아낙네들의 까칠한 손바닥에서 성난 바다가 출렁이는 것'을 목격한다. 아버지가 '어부들'과 '아낙네들'로 변주되는 장면이다.

이제 '그리움의 자투리땅'을 남긴 '너'(순수한 기억)는 '어디에도 보이지 않'는다. 시인은 비로소 '네가 너무 멀리 있다는 걸' 깨닫는다. '애증만 갖고' 순수한 유년의 기억과 '잠시 이별'하는 것도 이 때문이다. 애증의 양가감정은 과거와 현재, 유년의 바다와 현재의 바다, 그리움과 황폐함 사이의 간극에서 발원한다. 따라서 이별은 유년의 상처(과거)를 내면화하는 동시에 황폐한 현실(현재)을 껴안는 행위가 된다. 이렇게 과거는 이별을 통해 현재와 접속한다.

다음으로, 유년의 기억을 통과한 물줄기가 사막 같이 황폐한 세상을 촉촉하게 적시는 '밥'의 서정을 감상해보자.

양수리 부근에서 마당극 "밥"을 보고 나와 시퍼런 물빛이 방안까지 따라 들어온 식당에서 밥을 먹던 목구멍에 밥이 걸려 넘어가지 않는다 세상만물이 돌고 돌아 서로의 밥이 되고 똥이 된다던 아까 보았던 그 밥이 걸려 자꾸 나를 붙들고 있다 밥값도 제대로 못하고 살아온 내게 화풀이라도 하듯 이 한낮에 억센 힘으로 내 목을 죄여와 도저히 밥을 삼키지 못하고 있다 밥을 먹을 때면 밥 속에 신비한 묘약이 숨어 있는지 자주 마술을 부린다 밥으로 길들여 놓은 몸뚱어리 구석 어딘가에 잠복해 있다가 언제라도 튀어나와 내 목을 비틀 것 같다 밥 속에 잠시 길 떠났던 전생이 보이고 유효기간이 다된 세상이 보인다 밥의 힘으로 출세를 하고 밥의 힘으로 사기를 치고 밥의 힘으로 사랑을 하고 밥의 힘으로 이별을 하던 사람들이 하나 둘씩 세상 밖으로 사라진다 퉤퉤, 침 발라가며 구겨진 돈을 몇 번씩이나 세어보던 새벽시장 아낙네의 거친 손 같은 세상에서 밥은 더 이상 꿈도 아니고 분노도 아니다 그저 부실한 몸 하나 지탱시켜주고 굳은살처럼 단단한 삶을 챙겨 줄 뿐이다 둘러보면 이 세상, 돌지 않는 것이 어디 있으랴 밥이 똥으로 돌아가서 세상 먹거리를 만들고 다시 똥으로 돌아가듯.(「밥」 전문)

시인은 마당극 '밥'을 감상한다. '세상만물이 돌고 돌아 서로의 밥이 되고 똥이 된다'는 내용이다. 그 '밥'이 자꾸 목구멍에 걸려 식당에서 밥을 먹던 시인을 붙들고 있다. '밥값도 제대로 못하고 살아온' 시인의 내면을 들쑤시는 것이다. 시인은 여기에서 멈추지 않고, '유효기간이 다된 세상'에서 '밥은 더 이상 꿈도 아니고 분노'도 아니라는 인식에 다다른다. 다만 '부실한 몸 하나 지탱시켜주고 굳은살처럼 단단한 삶을 챙겨 줄뿐이다.' 이러한 과정을 거쳐 '이 세상, 돌지 않는 것이 어디 있으랴 밥이 똥으로 돌아가서 세상 먹거리를 만들고 다시 똥'으로 돌아가는 마당극 '밥'의 세계에 이른다. 관념(마당극 밥)이 내면(밥값도 제대로 못하고 살아온 시인의 내면)을 거쳐 현실(더 이상 꿈도 분노도 아닌 밥)로 투사되고, 그 현실이 다시 내면적 깨달음(밥이 똥으로 돌아가서 먹거리를 만들고 다시 똥으로 돌아간다)으로 전이되는 모습이다. 이러한 과정 속에는 '침 발라가며 구겨진 돈을 몇 번씩이나 세어보던 새벽시장 아낙네의 거친 손'(아버지의 삶)에 대한 따듯한 연민의 시선이 매개되어 있다.

시인이 세상의 풍경을 데우는 '밥그릇' 속으로 들어가 '근심 많은 사람들의 입맛'을 돌게 하는 '콩장'(「콩장에 밥을 비벼 먹다가」)으로 살고 싶어 하는 이유도 여기에 있다.

> 이 거리는 자주 정전이 된다 언제부터인가 낯선 인기척이 들리기 시작할 때부터 이 거리에 꽃이 피자 근심을 피우는 사람들이 늘어간다 꽃이 피어도 꽃향기가 함께 행방불명되는 것들이 많아진다 아무것도 잉태할 수 없는 불임의 하루가 저물면 종일 컴퓨터 속에서 신속하고 튼튼한 정보를 사냥하는 셀러리맨이나, 두 바퀴에 매달려 방부제 뿌려진 세상을 질주하는 퀵 서비스맨이나, 개업한지 며칠이 지나도 손님 구경 힘들어 애꿎은 담배만 피워대는 닭발집 주인남자나, 발광하던 네온사인이 현란한 춤을 멈출 때쯤이면 어김없이 나타나 서성거리는 대리운전기사들이나, 그들은 지금까지 자시들을 길들여 왔던 허약한 언어로는 한 끼의 밥도 얻지 못한다는 것을 안다 늘 밥은 너무 멀리 있기 때문이다(「이 거리는 자주 정전이 된다」 부분)

시인은 '꽃이 피어도 꽃향기가 함께 행방불명'되는, '꽃이 피자 근심을 피우는 사람들이 늘'어가는 '불임의 거리'에서, 이 불모의 세상이 사람들(셀러리맨, 퀵 서비스맨, 닭발집 주인남자, 대리운전기사)을 길들이는 '허약한 언어'를 넘어, '멀리 있'는 '밥'을 얻게 할 수 있는 언어(시)를 꿈꾼다. 이러한 시인의 따스한 마음이 있기에 세상은 아직 살만하다.

최승헌 시인의 '밥'의 언어가 빚어내는 따뜻한 교감의 풍경 하나를 곱씹으며 두서없는 글을 맺기로 하자.

> 어무이, 안 추운교? 목도리 꼭 하이소
>
> 그러더니 호주머니에서 노끈을 꺼내
> 할머니와 자신을 꽁꽁 묶는다
> 그 가녀린 노끈이 무슨 힘이 있겠냐마는
> 먼 옛날, 자신이 어머니의 뱃속에서
> 탯줄 하나로 생명의 줄을 연결하였듯이
> 지금은 힘없는 노끈 하나에
> 늙은 어머니와 늙은 아들이 연결된다(「아름다운 아침」 부분)

제4부

'문학과 역사적 인간' 혹은 전통과 근대의 경계를 넘어

김흥규의 비평세계

1.

김흥규의 1970년대 평론은 한국 근·현대비평사에서 중요한 위상을 차지한다. 순수/참여, 모더니즘/리얼리즘, 이상/현실, 전통/근대 등 이른바 이분법에 기초한 한국문학(비평)의 고질적 편향성을 지양(止揚)할 수 있는 한 가능성을 시사하고 있기 때문이다. 특히, 『창작과 비평』과 『문학과 지성』을 중심으로 전개된 1970년대 비평은 '이상(자유)과 현실(평등)의 긴장이 첨예하게 대립'하는 논쟁적인 문학 담론을 생산하였다. 『창작과 비평』이 문학의 현실 기능면, 즉 문학을 통한 실천과 변혁 가능성에 초점을 두었다면, 『문학과 지성』은 문학이 갖는 인식 기능면, 즉 현실의 모순에 대한 구조적 인식과 그것에 대한 반성적 기능에 주목하였다.[1] 물론 이러한 두 경향은 순수/참여라는 대립을 넘어 현실의 모순에 대한 '문학적 응전 양상'을 보여주었다는 점에서 기존의 단순한 이분법을 넘어선다. 하지만 여전히 악명 높은 이분법의 자장에서 벗어나지 못한 반쪽짜리 문학 담론이라는 사실에는 변함이 없다.

김흥규 비평의 문학사적 의미는 이 지점에서 빛을 발한다. 1970년대

1) 정희모, 「문학의 자율성과 정신의 자유로움」, 『1970년대 문학연구』, 소명출판, 2000, 86쪽 참조.

발표한 글들을 묶어 출간한 그의 평론집 『문학과 역사적 인간』(창작과 비평사, 1980)은 우리 문단에 신선한 충격을 던져 주었다. '문학과 역사적 인간'이라는 제목이 시사하듯 그의 비평은 리얼리즘적 역사인식에서 출발하고 있다. 평론집에 실린 글들의 공통된 문제의식은 '문학을 역사적 존재로서의 인간이 지닌 현실조건, 세계이해 및 지향에 관련된 행위의 일부로서 구명하려는 노력'의 일환이다. 이 평론집에 대한 문단 선배들의 짤막한 추천사는 당시 김흥규 비평의 위상을 짐작케 하는 흥미로운 사례이다. 김우창은 김흥규를 일컬어 '우리 전통에 대한 학문적 이해, 오늘의 문학과 사회의 보다 나은 미래에 대한 진지한 의식, 이러한 학문과 사회의식이 간과하기 쉬운, 문학의 내면적 의미에 대한 섬세한 감각'을 동시에 지닌 비평가라 평가하고 있다. 영문학자이자 모더니스트라 할 수 있는 김우창은 김흥규의 글이 리얼리즘적 현실인식(오늘의 문학과 사회의 보다 나은 위상에 대한 진지한 의식)과 더불어, 이러한 '사회의식'이 간과하기 쉬운 '문학의 내면적 의미'에 대한 '섬세한 감각'(모더니즘적 감각)까지 갖추었다고 보았다. 조동일은 '이 시대 문학비평의 깊은 문제의식을 안고 국문학 연구'에 도전하는 김흥규의 '세찬 활동'이 '기존 학계의 안이한 학풍을 쇄신할 크나큰 조짐'을 보인다고 상찬한다. 고전과 근대(현대)를 아우르는 국문학자의 관점에서 볼 때, 김흥규 비평의 문제의식이 전통(기존 학계)과 새로움(쇄신), 국문학 연구와 문학비평을 이어주는 디딤돌의 역할을 할 수 있다는 것이다. 독문학과 출신의 대표적인 리얼리스트 염무웅은 '자료에 대한 치밀한 실증적 천착과 철저한 분석, 견고한 논리의 전개와 온당하고 적절한 판단력'에 기초한 김흥규의 글들이 '우리 비평의 중요한 한 걸음 진전'을 이루어내고 있다고 평가한다. 기존의 리얼리즘 비평이 소홀히 했던 텍스트에 대한 실증적이고 치밀한 분석을 염두에 둔 표현이라 할 수 있다.

이상의 추천사는 한 신진 비평가의 문제의식과 성취에 대한 의례적이고 상투적인 언급이라 여길 수도 있겠다. 하지만 외국문학을 전공한 국문학 연구자와 한국문학 전공자, 리얼리즘과 모더니즘 그리고 전통적 성향을 대표하는 선배 문인들에게 두루 가능성을 인정받고 있다는 사실은 김홍규 평론의 위상을 가늠하는데 결코 지나칠 수 없는 요소이다. 김홍규의 비평은 리얼리즘과 모더니즘, 전통과 근대, 국문학과 외국문학, 문학연구와 현장비평 등을 두루 아우르는 문제적 성격을 지니고 있는 셈이다

2.

전통과 근대를 매개하는 역사적 균형 감각은 김홍규 비평의 남다른 미덕 중 하나이다. 이는 저자가 고전문학 전공자라는 점과 무관하지 않는데, 김홍규는 전통사상에 대한 깊이 있는 이해를 바탕으로 근대 이후의 텍스트들을 풍요롭게 분석하고 있다. 그는 불교사상(용수의 『중론』과 『유마경』)과 식민지 현실을 넘나들며 한용운 시의 역사적 의미를 탐색하고 있으며, 동양적 교양을 바탕으로 한 유가적 전통에서 식민지 시대 이육사 문학의 뿌리를 추적하고 있으며, 김종길 시에 투영된 고전적 관조의 세계를 유교의 '세계내적 초월의 비전'에서 추출하고 있다. 이러한 전통사상과 근대문학은 초월과 세속 사이를 길항(拮抗)하는 저자의 치열한 역사인식을 통해 역동적 만남의 장을 마련한다. 저자에게 역사의 참다운 모습은 '극단적인 현실부정이나 현실에의 집착을 넘어선 경지', 즉 '불완전한 세

계 안에서 현실의 기반을 부정하지 않고 가치의 실현을 추구'하는 과정에서 드러난다. 따라서 '참다운 삶의 길'은 '역사적 삶의 지평'에서 추구되어야 하며, '세속적 삶은 열반이 얻어질 수 있는 유일한 근거'이다. 이에 따른다면 일제강점기 한용운, 이육사, 윤동주 등의 텍스트는 '압도적인 어둠의 무게를 지탱하면서 역사적 삶을 긍정하고 불완전한 세계에서 정의로움의 실현을 위해 나아가고자 했던' 필연적인 자기 확인 과정이 낳은 결실이다. 불교사상, 유가적 전통, 동양사상 등은 이러한 작가의 역사관을 뒷받침해주는 든든한 배경이 되고 있다.

이러한 역사관은 고스란히 그의 문학관으로 이어진다.

> 윤동주의 시가 항일적(抗日的)인 저항시이기에 가치 있는 것은 아니며, 빼어난 서정성(抒情性)이나 미적(美的) 특질을 가져서 가치 있는 것도 아니다. 이러한 견해는 그릇된 것이거나, 적어도 부적절한 것이다. 윤동주 시의 가치는 그가 '시대의 고뇌와 개인적 번민을 통일된 육체'로 느끼고 표현했다는 점에서 온다. 그는 자신의 개인적 체험을 역사적 국면의 경험으로 확장함으로써 한 시대의 삶과 의식을 노래하였고 동시에 특정한 사회 · 문화적 상황 속에서의 체험을 인간의 항구적 문제들에 연결함으로써 보편적인 공감에 도달하였다(「尹東柱論」).

시에 나타나는 사상과 감정이 곧 시인 자신의 것이라고 속단할 수는 없다. 시 작품은 시인의 현실적 삶에서 분리된 허구적 의미 단위이기 때문이다. 하지만 문학의 언어적 표현은 단순히 심미적 효과만을 추구하는 기교가 아니라 '나'의 체험을 '너'의 체험으로 만들고 '우리'의 체험으로 정립하는 자기 개방의 행위이기도 하다. 따라서 우리가 물어야 할 것은 '그의 시가 어떻게 당대의 삶의 깊이를 파고 들어갔으며, 그것을 얼마만큼 절실하게 형상화하였는가, 그리하여 그와 우리가 어떠한 공동 의미의 장에서 만나게 되는가 하는 질문'이다.

이러한 질문은 '이해'되기보다는 회고담 속의 '전설'이 되어버린, 즉 비극적 삶 자체가 '시적 탁월성'으로 동일시되고 있는 시인들(이육사, 윤동주 등)에게 '인간적 실체'를 되돌려주고 있다. 저자는 시가 '그들이 살았던 시대의 역사에 참여하는 행위'이면서 동시에 '스스로의 삶에 대해 묻고 대답하는 자기 해명, 자기 구제의 행위'였다는 점을 강조한다. 이육사와 윤동주가 '피와 살'을 지닌 실존적 인간으로 거듭나는 인상적인 장면이다.

김흥규의 비평은 리얼리즘과 모더니즘, 현실과 이상, 고전(전통)과 현대(근대) 등의 이분법을 가로질러 그 너머의 세계를 응시하고 있다. 주목해야 할 점은 그의 비평이 당위적 명제를 내세워 이러한 대립적 관점을 어정쩡하게 통합하고 있지 않다는 점이다. 오히려 한 쪽의 입장에서 스스로의 문학관을 심화 · 확장함으로써 다른 쪽의 관점과 만나는 흥미로운 경우라 할 수 있다. 김흥규 비평의 미덕은 바로 여기에 있다. 지금까지 우리의 비평은 자신이 서 있는 위치를 되돌아보고 스스로의 관점을 날카롭게 벼리기보다는 자신과 입장이 다른 타자의 관점을 비난하고 공격하기에 급급했던 것이 사실이다. 김흥규의 비평이 우리 문학의 고질적인 편향성을 넘어 한국문학사를 풍요롭게 장식하는 지점은 바로 여기이다.

3.

마지막으로 음미하고 싶은 글은 「傳播論的 前提와 比較文學의 問題―

韓國 比較文學의 自己省察과 再定向을 위하여」이다. 40여년의 시간적 간극이 무색할 정도로 '지금 여기'의 한국문학이 직면하고 있는 딜레마를 제기하고 있기 때문이다.

> 19세기 이전의 한국문학을 '비교문학적으로' 다루면서 중국문학으로부터 그 성립 · 발전의 근거를 찾아 결부시키거나, 20세기 이후의 문화사적 추이를 논하면서 그 원천이 된 서구문학이 무엇이었는지, 얼마만큼 '제대로' 이해하고 받아들였으며, 그 결과 우리 문학이 어떻게 근대화 또는 현대화되었는지를 확인하기에 골몰했던 연구를 우리는 숱하게 볼 수 있다.(「傳播論的 前提와 比較文學의 問題－韓國 比較文學의 自己省察과 再定向을 위하여」)

이 글에서 저자는 동양사상인 『시경』과 『논어』에 경도된 파운드와, 이러한 파운드에 깊은 관심을 보였던 김기림의 문학적 태도를 비교·분석하면서 한국 비교문학의 고질적인 병폐를 문제 삼고 있다. 저자에 따르면 파운드와 김기림의 외래문학에 대한 관심은 '서양 혹은 동양 문학 · 문화의 고갈된 세계로부터 벗어나 창조적이고 조화된 정신의 터전을 이루려는 시도의 일환', 즉 그 자신의 문학적 터전에서 '새로운 것을 추구한 지적 · 예술적 편력의 일부'였다. 따라서 그들의 문학적 가치 여부 및 정도는 그들이 관심을 가졌던 '외래적 원천의 가치나 그것에 대한 이해 정도'에 의해서가 아니라 그들이 자신의 문학적 터전에서 무엇을 모색했고 그것을 어떻게 이루었는가에 대한 평가에 의해 결정되어야 한다. 바람직한 형태의 비교문학은 '외래문학을 어떤 상황에서 왜 어떻게 받아들였는가를 구명함으로써 그 주체의 지향과 움직임에 작용한 자발성의 깊은 의의를 이해하는 성과에 도달'하는 것이다. 어떤 문학인의 성취를 '외래적 원전에의 이해 접근 정도'를 기준으로 판단하는 것은 그릇된 발상이다.

그런데 우리는 어떠했는가? 우리에게 비교문학은 보다 풍부한 각주와 세련된 방법론을 동원한 형태로 이식사관이 재생산, 증대되는 터전이 되어오지 않았던가? 김홍규의 비평이 '지금 여기'의 국문학자들과 외국문학 전공자들의 '안이한 학문적 태도'를 되돌아보게 하는 지점은 바로 여기이다.

'문학의 진정성'을 위하여

최강민의 『문학 제국』

1.

『문학 제국』을 읽는 내내 마음이 불편했다. 최강민의 논리에 따른다면 지금까지 내가 써온 거의 대부분의 글이 흔히 말하는 '주례사비평'에 해당하고, 이 글 또한 그가 말하는 '문학의 진정성'의 기준에 턱없이 모자란다. 그의 비평적 언어가 지닌 단호함이 두렵기도 하다. 근대적 일상에 깊숙이 침윤되어 있다는 사실을 인정하면서도, 이를 거부하고자 하는 모순된 욕망이 뒤엉켜 있는 나의 문학적 포즈를 들쑤시고 있기 때문이리라.

2.

최강민은 "출판자본과 제도권 학계의 포위 속에" "죽어가고 있"는 2000년대 비평의 "부활"을 꿈꾼다. 그는 "비판적 진단 자체를 금기시하는 문단의 분위기를" 넘어 "문학계의 바이러스를 퇴치하고, 독자와 수평적으로 교감하는 백신의 비평"을 지향한다.

저자에 따르면 "1990년대 이후 비평에서 해석과 감상이 과잉 비대화되면서 공정한 평가가 사라져버렸다." 그는 『문학 제국』에서 "낡고 병든 문학적 관행과 후기 자본이라는 물신주의가 지배하는 문학제국의 유령을 성찰"하고자 한다. "문학판의 고질적 병폐를 치유"하기 위한 "작은 불씨"

가 되고자 한 비평적 개입에 "거의 누구도" "대꾸조차 하지 않"았지만, 그는 이러한 문학판의 현실에 좌절하지 않고 고독하고 배고픈 비주류의 길을 기꺼이 선택한다.

3.

『문학제국』은 총 3부로 구성되어 있다. 제1부에는 2000년대 문학을 진단하는 글들이 묶여 있다. 여기에는 "문학주의의 파탄과 새로운 문학 패러다임이 필요하다는 문제의식"이 담겨 있다. 제2부는 "2000년대 문학판을 구성하는 중요 매체에 대한 메타적 점검"을 시도한 글로 채웠다. 제3부에서는 "당대의 문학적 쟁점과 문제에 대해 비판적 성찰을 했던 글을 주로 모았다." 이렇듯 『문학제국』은 "당대의 첨예한 문제점을 진단한 메타적 비평"의 성격을 지닌다.

처자가 진단한 우리 문학계의 환부를 들여다보자.

> 요새 비평계는 조용하다 못해 음산한 기운마저 풍긴다. 한때 비평마을이 정신없이 분주하던 1980년대라는 호시절도 있었다. 이때 평론가는 소설가와 시인을 진두지휘하며 반독재, 민주, 민중, 자유, 평등, 통일을 주장하면서 시대의 모순과 첨예하게 맞서 싸웠다. 민족문학론, 노동문학론, 민중문학론, 리얼리즘론 등은 그 당시의 민족민중문학 진영의 비평가들이 애용하던 리볼버 매그넘44라는 강력한 권총무기였다. 그러나 막강한 파워를 자랑하며 당대의 구조적 모순과 싸우던 평론가 총잡이들은 1990년대에 탱크를 앞세운 후기자본주의의 총공세 속에 주변부로 내몰렸다. 이 과정에서 문학주의를 내세운 일부의 평론가들은 출판자본이라는 두목에게 봉사하는 대가로 소설가와

시인 위에 계속 군림할 수 있는 한시적 권력을 유지한다. 문학의 자율성을 내걸고 1990년대에 화려하게 복귀한 문학주의는 아이러니하게도 출판자본의 입맛에 맞는 주례사비평을 지원하는 이데올로기적 장치로 전락한다(최강민, 「비평 논쟁의 침체와 문학의 죽음」, 『문학 제국』, 실천문학사, 2009, 17∽18쪽).

저자가 보기에 "문학과 비평을 연쇄적으로 살인한 살인범"은 "가치의 분별이라는 비평 본래의 기능"을 출판자본 등에 팔아버리고 "화려하게 복귀한" 1990년대 이후의 "문학주의"와 무관하지 않다. 이러한 경향에 "이의를 제기하거나 불만을 토로하는" "저돌형의 돈키호테들"이 "주례사비평 논쟁, 문학권력 논쟁 등을 촉발시키며 문단의 자성을 촉구"했으나 결국 문학주의 세력들은 "자신의 기득권을 절대 포기할 수 없다는 철밥통의 수비 전략"인 "침묵의 카르텔"로 맞선다. 이 과정에서 "텍스트 또는 타자와의 열린 소통의 시도는 행방불명"된다. 저자는 "대화의 장 자체가 거의 형성되지 않는" 이러한 "난국을 극복하기 위해 다시 비평 논쟁의 불꽃을 점화하고, 제기되었던 논쟁점들을 성찰하여 문단을 구조적으로 혁신해야 한다"고 주장한다. 나아가 "비평 논쟁이 부재한 이유를 비판적 내시경으로 꼼꼼히 진단하고, 비평 논쟁의 재출발을 위한 몇 가지 처방"을 내린다.

"비평 논쟁이 침체되는 원인"에 대한 저자의 진단서를 일별해 보자.

첫째, 서열적 권위주의의 작동이다.

둘째, 문단 주류의 기득권 사수를 위한 협박 및 왕따 작전이라는 봉쇄정책이다.

셋째, 문학과 학계의 검은 유착이다.

넷째, 비합리적인 패거리주의의 작동이다.

다섯째, 출판자본의 공룡화와 상업주의의 범람이다.

여섯째, 비평가 본인의 자의식 부족과 보신주의 때문이다.

일곱째, 이념성의 약화와 텍스트에 대한 과도한 집착이다.

여덟째, 대화성의 상실과 승자 독식주의이다.

아홉째, 무기력한 패배주의와 냉소주의의 확산이다(「비평 논쟁의 침체와 문학의 죽음」, 20∼31쪽 참조).

그의 비평적 진단은 정확하다. 하지만 위의 문제점들을 극복하기 위한 구체적 방법이 진지하게 모색되고 있기보다는, 우리 문단의 고질적인 문제점을 윤리적 차원에서 나열하고 주체의 각성을 촉구하는 당위적 명제를 추출하는 수준에 머무르고 있는 듯하다. 이를테면, 저자는 "비합리적인 패거리주의의 작동"을 비판하면서 이러한 현실의 타파는 "학벌과 인맥이 만든 기득권의 포기에서부터 시작"된다고 보고 있으며 또한, "비평가 본인의 자의식 부족과 보신주의"를 질타하면서 "소장평론가"들에게 "일상의 안락함을 포기하고 사즉생(死卽生)의 자세로 투쟁하는 게릴라 정신"을 요구한다. "자기희생 없는 곳에 새로운 세계의 창조와 대가로의 성장은 기대하기 힘들다"는 것이다. 구구절절 옳은 말이다. 하지만 "문학의 진정성을 향해 함께 나아가는 상생의 길"이라는 무소불위의 명제를 앞세우면서 주체의 기득권을 포기하라는 당위적 목소리는 공감을 얻기 어렵다. "비평 논쟁"이라는 "진검 승부"를 강조하기 위해 '목검 승부'를 통해 발산되는 다양한 목소리를 억압하고 있는 것은 아닌지 곱씹어 볼 일이다. 저자의 입장에 원칙적으로 동의하면서도 '∼이 필요하다', '∼해야 한다'는 당위적 목소리가 부담스러웠던 이유도 이와 무관하지 않으리라.

4.

앞장에서 우리 문학계를 진단하는 저자의 입장을 일별해 보았다. 이러한 저자의 태도는 이번 평론집 전체를 일관된 논리로 관통하고 있다. 아래에서는 저자의 글을 읽으면서 든 단상을 두서없이 기술해보기로 한다.

먼저, 1990년대 문학계를 빠르게 점령한 문학주의에 대한 저자의 비판적 태도이다. 저자는 "문학주의"가 "주례사비평의 번성 속에 대상 텍스트의 가치판단을 유보하는 무뇌아적 텍스트주의"를 양산하고 있다고 진단한다. "무뇌아적 텍스트주의"라는 용어의 과격함은 차치하고라도, 그들의 입장을 따라가면서 한계를 지적하는 섬세한 비평적 태도가 부족한 점이 조금은 아쉽다. 이를테면, 저자는 "작품의 내재적 가치를 존중한다면서 정치적 · 사회적 상상력을 추방"시킨 1990년대 이후의 문학주의를 "문학의 중심부에서 은퇴"시켜야 한다고 주장한다. 여기에는 "문학주의"가 문학계의 중심부에 있다는 사실을 인정하는 태도가 함축되어 있다. 그렇다면 그만한 이유가 있지 않겠는가? 이에 대한 타당한 해명이 전제되지 않은 당위적 비판은 설득력을 지니기 어렵다. "문학은 굶주린 독자들의 영혼에 양식을 줄 수 있는 존재론적, 사회학적, 전 지구적 깊이를 확보해야 한다", "문학의 진정성을 지키기 위해 필요한 것은 패배주의적 절망과 냉소보다 위선적 세력과 맞서서 투쟁하겠다는 결연한 의지이다" 그리고 "이제 비평은 사이비 비평이나 문학과 사생결단의 자세로 싸워야 한다" 등의 선언적 명제의 반복은, "문학주의"나 "보수주의" 진영을 대화의 장으로 끌어들이기에 역부족인 듯 보인다.

> 심사원칙의 일관성, 심사과정의 투명성, 자급자족형을 탈피한 심사위원의 객관적 구성, 작품 본위 위주의 선발, 개혁적 보수로의 정체성 변신, 문학언 유착 관계의 탈피, '현대문학상'을 통한 문단권력 유지라는 기득권의 포기 등이 이루어져야만 비로소 '그들'만의 축제에서 벗어나 일반 독자가 함께 참여하는 '우리'들의 축제가 될 수 있을 것이다(「노년의 '현대문학상', 사망과 회춘의 기로에서」, 277쪽).

저자는 노년의 "현대문학상"을 위해 "조의금"을 준비하고 있다고 고백한다. 저자가 『현대문학』을 비판하는 근거는 상업주의적 욕망, 위선적 자기기만성, 문학에 대한 진정성 부족, 수구적 보수성, 일반 독자들의 소외 등이다. 하지만 이러한 문제점 지적이 그들에게 기득권을 포기하라는 주장으로 확대되어서는 곤란하다. 이는 공공의 목적을 위해 개인의 욕망을 버리라는 논리와 무관하지 않다. 문제는 저자가 생각하는 공공의 목적, 즉 문학에 대한 순수한 열정(초심)으로 무장하라는 주장에 대다수의 문인들이 동의하는 것은 아니라는 사실이다.

여기에서 저자는 스스로의 태도를 점검해 볼 필요가 있다. 혹 자신과 뜻을 같이하는 소수의 문인만 "도덕적 순결함"을 지니고 있고, 나머지 대다수의 문인들은 그렇지 않다는 태도가 전제되어 있는 것은 아닌가. "문학상을 받는 것이 오욕인 이상한 땅에서" "정착지를 찾지 못한 채 승냥이처럼 서글프게 떠도는" 저자의 초상이 "문학의 진정성"이라는 성채에 갇힌 '수인(囚人)'의 모습을 닮아 있는 것은 아닌지 말이다.

저자는 "출판자본의 전횡을 감시하고 통제하지 못"한 "타락한 문학주의를 탄핵"하기에 앞서 "타락한 출판자본의 전횡을 감시하고 통제"하는 방법에 대해 구체적으로 고민해야 한다. 여기에 대해 저자가 준비한 모범

답안은 활발한 비평 논쟁을 통해 진정성의 문학(건강한 문학)을 활성화시키는 것, 즉 초심으로 돌아가는 것이다. 말은 쉽지만 어찌 이것이 쉽게 이루어질 수 있는 일인가?

5.

저자는 "1980년대 계몽적 문학담론이 하나의 기준으로 작품을 평가했기에 문제가 발생한 것이지 가치분별 행위 자체가 문제가 되는 것은 아니"라고 주장한다. 이어 "문학주의가 텍스트에 대한 평가를 소홀히 한 것은 독자에게 유익한 정보를 제공해야 할 비평 본래의 역할을 포기한 것에 다름 아니"라고 본다. 저자는 1980년대 문학담론에 대한 비판에는 인색하고 1990년대 이후의 문학주의에 대한 공격에는 과도한 집착을 보인다. 이는 1980년대 문학에 대한 향수로 보이기도 하는데, "문학의 진정성"이라는 단일한 기준으로 작품을 평가하는 저자의 태도와 1980년대 계몽적 문학담론이 닮은꼴이라는 사실을 암시한다. 이러한 태도는 저자가 비판의 대상으로 삼고 있는 매체나 평론가들을 바라보는 관점에서도 잘 드러난다. 그는 이들의 1980년대까지의 문학에 대한 평가에 대체적으로 호의적이다. 저자가 보기에 모든 문제는 1990년대 이후부터 시작되었다. 그 이전까지는 나름대로 문학의 진정성이 유지되었다.

> 전후에 『사상계』가 점화시킨 이 땅의 진보주의는 『창작과비평』을 통해 화려한 비상을 한다. 『창작과비평』은 1970년대에 비판적 자유주의에 입각한 민족문학을, 1980년대에 민중적민족문학을 주장하면

서 민주화의 성취와 문학의 실천성 부분에서 뛰어난 업적을 이룩한다.
그런데 1990년대 후반부터 『창작과비평』의 정체성에 의문을 품는 사람들이 점차 늘어나고 있는 실정이다(「『창작과비평』의 진보적 신화, 아직도 유효한가」, 162쪽).

『문지』는 '문학주의'를 시종일관 표방했다. 그러나 1990년대 이후 『문지』의 문학주의는 초기의 건강함과 신선함을 잃고 병든 문학주의로 전락했다(「'문학과지성사' 30주년의 빛과 그늘」, 212쪽).

1980년대 문학이 없었다면 1990년대 문학에서 하위주체의 다양한 권리 찾기도 불가능했을 것이라는 점을 상기해보면 『문학동네』의 논리가 지닌 허점을 바로 알 수 있다(「『문학동네』, 12년 종합건강진단서」, 225쪽).

정과리가 지향했던 유토피아의 세계는 합리적 이성에 기초한 다원적 가치가 존중받는 세계였다고 볼 수 있다. 정과리는 1980년대에 거대담론인 변증법이라는 큰 틀 속에서 다원적 가치인 일종의 미시담론을 동반자로 끌어안으려고 노력한다. 이러한 통합주의적 몸부림은 1990년을 전후한 거대담론의 위축 속에 좌초의 위기에 봉착한다(「파산한 존재의 변증법과 과잉의 수사학」, 326쪽).

이러한 태도는 1990년대 이후 문학에 대한 비판에 저자의 관심이 집중되어 있기 때문이다. 1970년대 혹은 1980년대 문학에도 그 시대에 부응하는 제반의 문제점들이 존재했을 것이다. 이에 대한 저자의 관대한 태도는 오늘의 시점에서 그 시대를 파악하려는 의도에서 기인하는 바 크다. 지금의 현실을 진단하고 해결책을 모색하는 과정에서 과거의 문학적 태도가 필요했던 것은 아닌지 심문해 보아야 한다. 여기에는 은연중 1970〜1980년대 문학에 대한 향수(긍정적 평가)가 전제되어 있다. 지금의 관점으로 과거를 바라보고 있기 때문이다. 하지만 과거의 문제점은 지금의 방식으로 표출되지 않았을 뿐이다. 문학이 상품화될 수 있는 여건이 갖추어지지 않았으며, 당시의 현실 정치가 그에 걸 맞는 문학의 진정성을 요구하고 있었다. 하여 그때의 진정성 판단 기준을 현재에도 그대로 적용하는 것은 문제가 있지 않을까. 문학계의 주류, 이른바 제도권의 문학에 진입하는 순간 "불온한 청춘의 항심"은 사라지는 것이 아니라 새로운 옷을 입게 되는 것이기 때문이다.

그렇다면 1970〜1980년대 문학 정신을 현대적으로 갱신하는 태도가 필요한 것이 아닐까? 하지만 이에 대한 진지한 탐색이 부족한 것이 사실이다.

> 민족민중문학과 문학주의를 넘어서는 제3의 길이 2000년대 문학의 존재방식이어야 한다. 이것을 위해 지엽적인 텍스트주의를 넘어서는 컨텍스트주의가 요구된다. 텍스트와 텍스트를 연결하는 컨텍스트주의는 문학 텍스트를 넘어 다양한 장르와 분야의 텍스트와 상호 교섭하여 포스트 총체성을 실현하는 밑거름이 될 수 있을 것이다(「2000년대가 호출하는 문학은 무엇인가」, 85쪽).

> 양자는 불구대천의 적이 아니라 공동의 거대한 적을 맞서 싸우기 위한 동지적 관계로 재편해야 한다. 문학계 내부의 싸움에 골몰해 적전분열의 우를 범해서는 곤란하다(「2000년대가 호출하는 문학은 무엇인가」, 86쪽).

저자는 꿈꾸기만 해서는 소용이 없다는 사실을 누누이 강조한다. 그 꿈이 구체적 실천으로 나아가야만 "혁신"이 이루어진다는 것이다. 하지만 『문학 제국』에서 "삶의, 문학의 진정성을 지키기 위한 구체적 실천"은 찾아보기 어렵다. 다만, 비판적 글쓰기의 활성화를 통해, "예술의 순수성을 지키는 듯한 포즈"를 취하는 무능하고 썩은 문학주의에 대한 "장례식"을 치르고, "문학의 진정성"을 회복시키기 위한 투쟁에 나서야 한다는 당위적 목소리가 강조되고 있을 따름이다.

6.

"문학의 진정성"에 대한 판단 기준도 시대에 따라 변하는 것은 아닐까? "문학의 진정성을 추구하는 열정적 문학도"의 초심을 끝까지 유지한다는 것은 불가능하지 않을까? 이를테면, 저자가 1990년대 이후의 『창작과비평』에 "불온한 청춘의 항심"을 기대했을 때, '지금 여기'의 『창작과비평』은 저자가 요구하는 과거의 불온한 상상력을 그대로 유지할 수 없는 것은 아닐까. 다만, '지금 여기'에 맞는 "진보적 옷차림"을 보여줄 수 있을 뿐이다. 그러면 지금 여기에 맞는 진보적 옷차림은 어떤 것인가에 대한 논의가 진행되어야 할 터이다. 여기에서 1990년대 이전과 이후 문학 사이의 차별성에 대한 진지한 모색이 요구된다. 하지만 저자의 글에서 이를 찾아보기는 쉽지 않다. 저자는 문학의 진정성을 지키기 위해 주류의 기득권을 포기하라는 주장을 반복하고 있다. 이러한 선언이 과연 얼마나 설득력을 지닐까 의문이다. 『창작과비평』은 "문학의 진정성"이라는 자양분을 통해 주류의 기득권을 획득하게 되었다. 저자가 『창작과비평』에 "주류의 기득권을 과감하게 포기하고, 야성을 회복한 논쟁적인 글쓰기에 매진하는 모습"을 요구하려면, 과거와 현재 사이를 구분 짓는 "진보"의 개념에 대한 설득력 있는 논점을 제시해야만 한다.

> 내 글을 읽었다는 사람은 많았지만 비평적 논의의 대상으로 삼아 글을 쓴 필자들은 불행히도 없었다. 나의 목소리는 문단에 존재했으나 여전히 나는 문단에서 존재하지 않는 외계인이자 투명인간이었다(「김윤식 현장비평의 빛과 어둠」, 304쪽).

"핵심을 찌르는 제대로 된 비판을 요구"하려면, "핵심을 찌르는 제대로 된 비판"이 선행되어야 하지 않을까. 이에 대한 책임을 타자에게 전가시키는 행위는 저자가 아닌 모든 문인들의 진정성을 의심하는 행위가 되지 않을까.

7.

원칙적이고 당위적인 주장을 반복하면서 원색적인 비판을 서슴지 않는 비평적 태도 또한 되짚어봐야 하지 않을까.

> 입법비평과 지도비평을 탄핵했던 『문학동네』가 '문학/비문학'을 선명하게 가르는 행위에서 불현듯 파시즘의 망령이 떠오르는 것은 왜일까. 지독한 개인주의자들이 모여 다원성, 소통성을 강조하는 『문학동네』에서 공포스러울 정도의 획일성을 발견했다면 지나친 억측일까. 역사는 어리석게도 과거의 오류를 그대로 반복하는 것인가. 『문학동네』가 주장하는 문학은 단언하건대 아우슈비츠에서 자행된 폭력과

동일한 형태이다. 그것은 수많은 영혼을 질식시키는 독가스이자 무수한 살해를 자행하고서도 스스로를 구원자로 여기는 자아도취의 극치이다. 근본을 지나치게 강조하는 근본주의적 문학주의자들의 책동이 오히려 삶과 세상을 어지럽게 한다는 것을 『문학동네』는 하루속히 깨달아야 한다(「『문학동네』 12년 종합건강진단서」, 234∼235쪽).

이 글은 21살에 등단해 26년 동안 줄기차게 평론 활동을 하다가 일종의 상징적 죽음을 맞이한 정과리의 영전(?)에 바치는 서글픈 조사이다(「파산한 존재의 변증법과 과잉의 수사학」, 317쪽).

김명인은 문학을 사랑하는 독자와 주례사비평을 비판한 비평적 동지들인 권성우나 이명원 등에게 사과해야 할 것이다. 일관되지 못한 비평은 새로운 문학판을 건설하지 못한 채 스스로 기득권이 되거나 조로해버린다. 비판적 글쓰기는 지속적인 자기성찰이 동반될 때에만 그 빛을 발한다. 나는 아직도 문학을 향한 김명인의 순수한 열정과 진정성을 믿고 싶다. 그의 고해성사를 간절히 기대한다(「「바다의 편지」와 김명인의 주례사비평」, 365－366쪽).

『문학동네』 그룹의 문학주의를 "아우슈비츠에서 자행된 폭력"과 연결시키는 논리는 명백한 언어폭력이라 할 수 있다. 누구나 비판은 할 수 있다. 하지만 그들에게 자신의 입장을 강요해서는 곤란하다.

엄밀하게 말해 한 평론가가 "김현의 우산 속"으로 들어가 "지엽 말단에 집착하는 텍스트 비평을 양산하든", "현학적 과장을 일방적으로 전달하는 일방향성의 글쓰기"를 지향하든 그것은 그 자신의 문제이다. 이러한 평론가의 비평적 태도를 비판할 수는 있다. 하지만 저자가 문학의 이름으로 그에게 "김현이라는 유령을 죽여라, 『문학과 사회』를 죽여라, 그리고 자신을 죽여라"라고 강요하고, 이 "모든 것을 죽이고 난 이후, 비로소 정과리는 새로운 생명을 얻으리라!"라고 선언할 때, 문학은 폭력이 될 수 있다.

또한 "독자"와 "비평적 동지"들의 이름으로 한 평론가에게 "사과"를 강요하고, "고해성사"를 기대하는 것은 일종의 월권행위가 아닐까.

이 책을 읽는 내내 "문학의 진정성"이라는 무소불위의 권위를 앞세우며 심판자의 자리에 서 있는 고독한 영웅의 모습이 머릿속을 떠나지 않았던 이유도 이러한 저자의 태도와 무관하지 않으리라.

8.

최강민의 비평은 문학의 진정성에 대한 열정으로 가득 차 있다. 문제는 이러한 열정이 문학 비평의 영역을 넘어 당위적 명제를 강요하는 윤리적 지침으로 작용할 때 타자에게 상처를 줄 수도 있다는 점이다. 도를 넘어서는 간섭과 개입은 오히려 "문학의 진정성"을 해칠 수도 있기 때문이다.

우리 문단의 "금기의 벽"을 넘나드는 "메타적 비평"의 성격을 지닌 첫 평론집이라 의욕과 열정이 다소 과잉된 면이 없지 않은 듯하다. 저자의 순정한 문학적 열정이 텍스트에 스며든 "작가론과 작품론" 중심의 두 번째 평론집을 기대하며 글을 마무리한다.

공감과 연대: 코리안 디아스포라 문학의 현장

이승하의 『집 떠난 이들의 노래』

1.

이승하 교수의 『집 떠난 이들의 노래』(국학자료원, 2013)는 한민족 디아스포라 문학의 흔적을 꼼꼼하게 탐사한 방대한 연구 성과의 하나이다. 이 책에는 저자의 현장 체험과 실증적인 탐구의 결실이 고스란히 녹아 있다. 세련된 서구 이론으로 무장한 경쾌하고 발랄한 전복적 상상력이 강하게 작동하는 '지금 여기'의 문학 현실에서, 땀 냄새 · 인간 냄새 물씬 풍기는 이 책의 우직한 논리는 역설적 새로움으로 다가오기까지 한다. 저자는 1999년 윤동주의 발자취를 찾아 중국을 여행한 이래, 중앙아시아, 일본, 미국 등으로 관심을 확장하여 꾸준하게 재외동포문학을 탐사해 왔다.

이 책은 크게 2부로 구성되어 있다. 제1부 디아스포라의 현장에서는 중국, 중앙아시아, 일본 등에서 활동하고 있는 재외동포들의 문학과 더불어 '한국에 살면서 자국의 언어로 쓰거나 한글을 배워 한글로 시를 쓰는 제3세계 시인들의 작품'을 분석하고 있다. 제2부는 '미국에서 활동하고 있는 7명의 시인과 1명의 소설가'가 쓴 작품을 다루고 있다.

이승하 교수의 글은 귀납적 방식으로 전개된다. 그래서 믿음직스럽다. 그는 구체적 관심사에서 논의를 시작하여 철저한 텍스트 분석을 통해 보편적 삶의 가치를 추출한다. 이 책에 실린 첫 번째 논문 「연변 조선족 중 · 고교 개편 교과서에 수록된 시」를 살펴보자. 그는 이 글에서 '2004년부터

2008년까지 연변에서 발간된 중 · 고등학교 국어 교과서에 실려 있는 현대시'를 분석하고 있다. 이 글에서 저자가 관심을 가지고 있는 '중 · 고등학교 교과서', '개편이 진행된 시기', '현대시' 등은 중국 조선족의 현실을 가장 잘 이해할 수 있는 키워드라 할 수 있다. 저자는 연구의 범위를 효과적으로 좁히고 연구 성과를 극대화할 수 있는 방식으로 글을 전개하고 있다. 그는 분석 텍스트를 다시 세 부류로 나누어 고찰한다. '재중국 조선족 시인의 시', '일제 강점기 때의 시', '광복 이후 남한 시인이 쓴 시' 등이 그것이다. 이 또한 '지금 여기'의 연변 조선족이 처한 현실을 잘 보여주기 위한 장치이다. 저자는 텍스트 분석을 통해 효용성을 강조하는 연변의 교육 현실, 소수민족 공동체 연변의 딜레마적 위치, 남한을 바라보는 미묘한 입장의 변화 등의 결론을 추출한다. 그리고 재중국 조선족 시인들의 시를 음미하면서 '지금 연변에서 사는 조선족의 삶과 꿈에 초점을 맞추었으면 더욱 현실감 있는 시가 되었을 것'이라는 조언을 덧붙인다. 이렇듯, 그의 글에는 그 어떤 비약이나 과장도 없다.

「연변 조선족 시인들의 시에 나타난 '두만강'」 또한 비슷한 논리로 전개된다. '두만강'이라는 구체적 소재(주제)를 통해 연변 조선족 시의 특성을 분석하고 있는 것이다. 여기에서 우리가 눈여겨봐야 할 점은, 저자가 익숙하거나 진부한 내용을 담고 있는 작품이라 하여 쉽게 배제하지 않는다는 것이다. 저자는 철저한 연구자의 자세를 견지하면서 기존의 경향에 대한 충실한 분석을 바탕으로 현 상황을 진단하고 새로운 작품의 경향을 추출하고 있다. 특히, 「연변 조선족 시인들의 시에 나타난 민족의식과 국가관」에서 논의하고 있는 석화 시인의 작품들은 인상적이다.

연변에서는 사과도 아니고 배도 아닌, 접붙이기하여 탄생한 '연변사과배'로 살아갈 수밖에 없다는 자조적인 말을 하고 있다. 혈통은 소수민족 중 하나인 조선족이지만 국적은 분명 중국이다. 그래서 조국도 중국인 것이다. 중국 땅에 살지만 "동구밖으로 서성이는/할아버지의 허리가 더욱 굽어"(「연변·31」) 있으니 선조의 고향에 가서 살 수는 없다. 이런 이중성은 자신을 사과도 아니고 배도 아닌 '연변사과배'라는 애매한 위치에 두게 한다. 이는 어찌할 도리가 없는, 자신에게 주어진 운명이다. 이런 운명에 대해 고민을 하는 석화는 누구보다 진지하다.(이승하, 「연변 조선족 시인들의 시에 나타난 민족의식과 국가관」, 『집 떠난 이들의 노래』, 국학자료원, 2013, 97쪽)

'연변사과배'라는 상징을 통해 자신에게 주어진 모순된 정체성을 부여안고 고투하고 있는 석화 시인의 자의식은 중국 조선족 문학의 현주소를 보여주는 바로미터이다. '이러한 혼란과 갈등이야말로 재중국 조선족의 정체성을 가장 정직하게 말해주는 것'이기 때문이다.

박미하일, 강태수, 전동혁, 이스따니슬라브, 김병학 등 중앙아시아 고려인 문학을 검토하고 있는 글들 또한 이러한 저자의 태도와 멀리 떨어져 있지 않다. 특히, 이스따니슬라브, 김병학의 시세계를 분석하고 있는 글들에서는 이승하 교수의 따듯한 마음씀씀이가 느껴져 인상적이다. 이스따니슬라브와 김병학 시인은 카자흐스탄 고려인 문학을 연구하는 사람이라면 누구나 알고 있는 사람이다. 이들의 활동과 도움이 없었다면 중앙아시아 고려인 문학이 꾸준히 연구되기 어려웠을 것이다. 이들의 따뜻한 환대를 받은 연구자라면 누구나 그들의 작품세계를 분석해 보고 싶다는 욕망을 떨치기 어려울 것이다. 하지만 한국에 돌아오면 이런 저런 핑계로 실천하지 못한다. 이승하 교수는 그렇지 않았다. 저자는 그들의 삶과 문학에 공감하고 섬세한 필치로 문학세계를 탐사하고 있다.

> 김병학에게 시 쓰기는 음풍농월이 아니었다. 그 땅에서 죽어간 수많은 사람들의 영령을 위로하는 장송곡이면서 풍찬노숙으로 대륙을 전전한 독립운동가의 발자취를 찾아다닌 취재기자의 취재노트였다. 아버지의 삶과 죽음을 다루기고 하였고 시를 쓰면서 자신의 죽음과 인류 최후의 날도 생각해보았다. 고향과 조국에 대한 그리움도, 이방인으로서의 외로움도 진하게 느껴진다. 이 모든 시세계의 기본은 대륙적인 호방함이다. 언젠가 반드시 고국으로 돌아가리라는 김병학의 이런 시는 682만 한인 디아스포라의 마음을 대변해준 것이 아닌지.(이승하, 「카자흐스탄 한국인 시인 김병학의 시세계」, 『집 떠난 이들의 노래』, 국학자료원, 2013, 222쪽)

인간에 대한 예의가 깃든 인상적인 대목이다.

재일 교포 문학을 다루고 있는 「아쿠타가와상 수상 재일교포 작가의 소설에 나타난 조국과 모국어」 또한 주목을 요하는 글이다. 저자는 김사량에 대한 기억을 시작으로, 이회성, 이양지, 유미리, 현월의 작품을 차례로 탐사한다. 이는 재일 교포 소설가들이 자기정체성의 문제를 심화 · 확장하는 과정과 동궤에 놓이는데, 이는 '한국적인 것의 형상화(이회성) → 민족적 동질성의 강요가 낳은 부조리(이양지) → 민족적 동질성을 넘어선 보편적 주제 지향(유미리) → 재일 교포라는 자의식 벗어나기(현월)'의 순서로 전개된다. 저자는 '아쿠타가와상'을 중심으로 일본 문학에 융화되어 가는 재일 교포문학의 현주소를 담담한 시각으로 그리고 있다.

재미 시인과 소설가를 다루고 있는 2부의 글들은 작가, 작품론이 주류를 형성하고 있다.

> 1992년에 미국행 비행기를 타고 LA국제공항에 내려 '재미교포'의 대열에 선 박경숙 씨는 20년 동안 고국을 떠나 있었다. 씨의 소설이 그 어떤 의미를 지니고 있고, 다소라도 의의를 갖고 있다면 탈향과 재미(在美), 이산(離散)과 20년 동안의 간극(間隙)을 논의의 대상에서 제외할 수 없다. 하지만 재미교포로서 한글로 소설을 쓰면 두 가지 큰 어려움을 감내해야 한다. 첫째, 국내 문단에서는 재미교포의 한글 소설을 도무지 인정해주지 않는다는 것이다. 즉, 소설의 독자는 재미교포 중에서도 한글 해독이 자유로운 이민 1세대에 국한된다. 따라서 비평적 조명을 거의 받을 수 없다. 둘째, 영어로 쓴 것이 아니기 때문에 미국 주류문단의 인정도 전혀 받지 못한다. 미국에서 영어로 작품을 써 평가를 받은 강용흘·김용익·김은국·차학경·노라 옥자 켈러·수잔 최·김난영·이창래·돈 리 등과 달리, 이쪽저쪽 모두에서 인정을 못 받는 이중의 불리함을 감내해야 하는 것이다. 과연 재미교포가 한글로 쓴 소설이 지구별 저쪽에서 벌이는 '그들만의 리그'일까?(이승하, 「뿌리 뽑힌 자들이 꾸는 아메리칸 드림-박경숙론」, 『집 떠난 이들의 노래』, 국학자료원, 2013, 464쪽)

저자는 그들의 삶에 다가가 공감하고, 그들이 처한 현실을 한국의 상황과 연결하면서 따뜻한 연대의 손을 내밀고 있다. 한 편 한 편 저자의 따뜻한 마음이 녹아 있는 훈훈한 글들이다.

2.

이승하 교수의 『집 떠난 이들의 노래』를 검토하면서 재외동포 문학의 정체성에 대한 두 가지 선입견을 곱씹어보았다. 첫째, 여전히 아마추어리즘이란 이름으로 이들의 작품을 폄하하려는 태도. 이 책의 흐름에 몸을 맡겨 보면, 이러한 태도가 얼마나 피상적이고 자기중심적인 아집에 기반한 논리인가를 자연스럽게 깨닫게 된다.

둘째, 재외동포문학을 한국문학의 한 연장으로 보는 시각. '고국을 떠난 이민자들이 고국과 관련지어 쓴 문학작품'을 탐사하고 있는 이 책의 논리는 얼핏 보면 재외동포문학을 한국문학의 영역으로 흡수하려는 의도를 담고 있는 것으로 보인다.

> 태어나기는 한반도에서 태어났으나 이국에 가서 살아야 했던 사람들의 삶은 무척 고달팠으리라. 그 나라의 말을 배우고 관습을 익혀야지만 먹고 살 길이 생겼을 것이다. 말뿐만 아니라 피부색도 다르고 생활습관도 다르고 가치관도 다르고 입맛도 다르니 서러운 일을 어디 한두 번만 겪었을 것인가. 집 떠나면 고생인데 이민자들은 서러워도 먼 이역의 하늘 아래 삶의 터전을 마련하고 어떻게든 살아가야만 했다. 그런 그들이 시를 쓰고 소설을 썼다. 한글로 쓴 이도 있었고 그 나라의 언어로 쓴 이도 있었다. 이민 1.5세대만 해도 모국어 구사에 서툴게 되고 이민 2세대가 한글로 글을 쓰기란 거의 불가능한 일이었다. 재외동포가 구사한 언어가 모국어가 아닐지라도 한국인으로서의 정체성 확인에 골몰하고 이민자로서의 애환을 다루었다면 한국문학의 변방에 위치할 수 있지 않을까? 세계화를 말로만 부르짖지 말고 우리 문학의 외연을 넓히는 의미에서 그들의 문학을 포용할 수는 없는 것일까?(이승하, 「머리말」, 『집 떠난 이들의 노래』, 국학자료원, 2013)

하지만 저자는 이들의 작품이 중국, 중앙아시아, 일본, 미국 등의 사회에서 그들의 국적으로 씌어진 문학이라는 점에서 근대 국민국가로 존재하는 '대한민국'의 배타적 정체성을 넘어서고 있다는 사실을 분명히 인식하고 있다. 물론 한글이 한국과 이들을 이어주는 매개체로 기능하고 있음을 부인할 수는 없다. 하지만 냉정히 따져보면 한글은 민족적 향수를 불러일으키는 차원을 넘어서고 있지 못하다. 모국어로서의 한글을 강조한다고 해서 이들의 문학이 저절로 한국문학에 편입되지는 않는다. 또한, 이들이 형상화하고 있는 작품세계가 과연 한국의 현실인가도 되새겨볼 일이다. 정체성을 탐색하고 있는 작품들로 한정해서 논의한다면, 이들의 문학이 주목하고 있는 문제는 한국과 그들이 살고 있는 국가(중국, 중앙아시아, 일본, 미국 등) 그 어디에도 완전히 속하기 어려운 이민자로서의 삶의 양상이다. 여기에서 한국은 이들의 뿌리를 이루는 원형질로 존재한다. 이 원형질은 한국의 국내 문학이 추구하는 정체성 탐색의 기원과 질적으로 다른 차원에 놓인다. 자신이 살고 있는 사회에 적응하는 과정에서 겪게 되는 혼란의 문제와 불가분의 관계에 있기 때문이다. 국내 문학이 한국을 중심으로 구심력의 운동 궤적을 그리며 정체성을 문제 삼는다면, 그들의 작품에서 한국은 그들의 정체성을 심문하는데 있어 자신이 살고 있는 국가를 중심으로 한 원심력의 자장에서 자유롭지 못하다.

한국과 그들이 살고 있는 국가 사이에서 길항하고 부유하는 제3의 정체성. 이런 관점에 섰을 때 재외동포문학은 한국문학과 그들 국가 문학에 새로운 충격을 가하는 의미 있는 지점에서 논의될 수 있지 않을까. 저자의 문제의식은 바로 여기에 있다. 한국문학에는 세계화를 지향하는 한국을 객관적으로 조망하는 계기를 마련해줄 수 있을 것이며, 그들 문학에서는 소수자인 한국인의 정체성 문제를 제기함으로써 다양한 가치가 공존하는 열린사회의 가능성을 타진하는 자리가 마련될 수 있을 것이다.

이 책의 저자도 여러 번 강조하고 있듯이, 이제 한 민족이었다는 공동체적 감수성을 환기하는 것만으로는 재외동포문학을 포괄하기 어려워졌다. 그들이 실제 살아가고 있는 환경과, 그 환경과 응전하면서 형성된 내면의식을 동시에 고려하지 않는다면 이들의 문학은 영원히 한국문학의 아류, 혹은 그들이 살고 있는 국가 문학의 변방이라는 꼬리표를 떼기 어려울 것이다. 이들의 복수적 정체성은 한국문학의 특수성과 보편성을 가로질러 우리 문학의 결핍을 보완하는 데 기여하는 방향으로 탐사되어야 할 것이다.

재외동포문학을 민족문학의 이름으로 흡수하려는 욕망이나 외국문학으로 간주하여 배제하려는 논리는 둘 다 위험하다. 한국문학과 객관적 거리를 유지하며 '있는 그대로' 바라보려는 시선이 필요한 때이다. 지금까지 우리는 재외한인문학을 바라보는 데 있어서 언어나 민족의 문제를 지나치게 강조한 나머지 그들의 구체적인 삶의 현장을 소외시키는 우를 범하곤 했다.

저자는 박미하일의 작품을 논의하면서 '고려인 소설가가 썼다는 것이 중요한 것이 아니라 모두 러시아에서 살아간 조선인들의 애환을 그린 작품이고, 자신의 정체성을 확인하거나 부정하는 경우를 말해주고 있어 논의의 대상'이 되었다고 밝히고 있다. 이승하 교수의 『집 떠난 이들의 노래』는 이 정체성 확인과 부정 사이에서, '한글'과 '민족'이라는 뿌리를 타고 넘는 힘겨운 첫 발을 내딛고 있는 저서의 하나라 할 수 있다.

예술성과 대중성의 행복한 만남을 위하여

박진숙의 드라마에 대해서

1.

박진숙 작가에게는 늘 '진짜'라는 말이 따라다닌다. 소설가 김주영 왈, "박진숙이 진짜 작가데이……", 김원일은 "그 아이. 진짜데이. 글 잘 쓴다 아이가"라고 말했다고 한다. 특히, 김원일의 경우는, 박진숙이 그의 소설 『마당 깊은 집』의 각색으로 본격적인 드라마 작가로 이름을 얻었으니, 원작자가 각색자를 칭찬한 드문 사례인 셈이다. 대학 은사였던 조병화 시인은 "진짜 같은 제자, 가짜 같지 않은 진짜"라고 평했다 한다.

문인들이 방송작가를 두고 이구동성으로 '진짜'라고 말한 의미는 무엇일까? 잠시 박진숙의 이력을 되짚어 보자. 박진숙은 1981년 『여성동아』 장편소설 공모에 『지다위』가 당선되어 등단했다. 이후 소설을 각색하는 작업을 통해 방송 드라마의 세계로 들어섰다. 1990년 MBC TV 드라마 <마당 깊은 집>으로 백상예술대상 극본상, 1991년 MBC TV 드라마 <그 여자>로 MBC 특별상, 1992년에는 MBC TV 드라마 <아들과 딸>로 한국방송대상을 수상했다.

박진숙에게 각색은 특별한 의미를 지닌다. 자신의 단편소설 「필드」를 각색하여 MBC 베스트셀러 극장에 내보냈으며, <마당 깊은 집>은 김원일 소설을 각색한 작품이고, <그 여자>는 그의 장편소설 『지다위』의 내용을 각색한 드라마이다. 또한 올 초 조세희의 『난장이가 쏘아 올린 작은

공』을 각색하여 KBS TV 문학관을 통해 방영했다. 박진숙은 소설을 쓰다가 방송 드라마로 전업했으며, 그에게 소설은 여전히 중요한 상상력의 원천이다. 누군가 그에게 창작극보다는 각색극이 쉽다고 하면 펄쩍 뛰면서 그렇지 않음을 항변한다고 한다. 이렇듯, 그가 쓰는 드라마의 원천이 소설에 있으니, 예술성(문학성)의 향취가 물씬 풍기지 않을 수 없다. 소설 쓰던 마음을 방송 드라마를 쓰면서도 결코 잊어버리지 않기 때문이리라.

시인 김정환이 박진숙의 드라마를 보면서 '현실주의 예술의 한 가능성'을 보았다는 진술 또한 이와 무관하지 않다. 그는 당시 시청률이 천정부지로 치솟던 <아들과 딸>을 시청하며, '촘촘한 장면 구성 및 사실적인 대사', '진지함의 무게를 더한 화면, 갈수록 문제의식을 심화시켜가는 연출 기법' 등이 어우러져 '작품이 좋을수록, 좋아질수록 시청률이 높아져 가는 어떤 이상적 상태의 예감'에 '전율'했다고 고백한 바 있다.

소설 쓰는 마음을 놓치지 않았기 때문에 대본 쓰는 것이 더 힘들고, 또 그 마음이 시청률에 치명적인 타격을 가할 지도 모른다는 점을 알고 있으면서도, '그 괴로운 자기모순'을 기꺼이 감내하는 치열한 작가 정신이 '대중적인 방송드라마와 고급한 소설이 만나는 현실주의적인 접점'을 만들 수 있었다는 것이리라.

2.

박진숙 작가를 이야기할 때 <아들과 딸>을 지나칠 수 없다. 방영 한 달 만에 시청률이 60%에 달했다고 한다. 특히, 연령, 학력, 성별, 연고 등에 큰 편차 없이 고루 사랑을 받은 것으로 나타났다. 필자 또한 거의 한 회도 거르지 않고 시청했다. 무엇이 이러한 시청률을 낳게 만들었을까? 당시의 자료를 검토해보니, '가부장적 이데올로기를 당연지사로 보는 것이 아닌 변화의 대상으로 본 최초의 드라마' 혹은 '드라마라고 하기엔 너무나 문학적으로 구성되어 높은 시청률에 기여'했다는 평가가 시선을 끈다.

남아선호 사상이 뿌리 깊게 박혀 있는 이 때에 어떻게 아들은 불쌍하고, 딸은 사랑 받을 만하다는 결론을 시청자들로부터 끌어낼 수 있는지 작가의 솜씨가 놀랍기만 하다는 한 시청자의 지적은 오늘날까지 이 드라마의 생명력이 이어지고 있음을 시사한다. 작가의 목소리와 애청자의 생각을 직접 들어보자.

> "겉으로 보기에는 후남이만이 남아선호 사상의 희생자인 것처럼 보이지요. 하지만 먼 훗날 후남이는 깨닫습니다. 그 귀한 아들 귀남이 역시 최대의 희생자라는 사실을, 그 순간 후남이는 진심으로 어머니를 이해합니다. 아들만 최고인 줄 아는 어머니 역시 그 '아들 최고 사상'의 커다란 피해자임을 후남이가 절감할 때 비로소 마음을 열고 어머니를 용서할 수 있는 것이죠. 그릇된 사상 안에서는 가해자든 피해자든 그 누구도 자유로울 수가 없습니다." 남아선호 사상이 비단 딸뿐만 아니라 아들마저 망치고 있다는 작가의 준열한 비판은 참으로 지당하다. 그런데도 마치 전혀 새로운 사실을 보는 듯이 고개가 끄덕거려지는 것은 결코 과장도, 미화도 하지 않고 현실을 있는 그대로 솔직하게 그려내는 작가의 질박한 솜씨 때문이다. 그리고 또한 우리에게 깊이 잠재되어 있어 묻혀 지나가는 것을 끄집어내어 "아, 이거다!"하는 느낌을 주고 싶은 것이 작가 박진숙의 글을 쓰는 동기이자 재미이기 때문인 것이다.

드라마가 던져주는 메시지가 없다면, 시청률이 아무리 높다 한들 무슨 소용이 있겠는가? 동시에 아무리 주제의식이 뛰어나다한들, 시청자들이 외면하면 방송 드라마로서의 의미는 사라지고 말 것이다. 시청률과의 피 말리는 전쟁은 상업성과 예술성 사이에 낀 작가에게 상상할 수 없을 정도의 스트레스를 준다. 드라마는 광고와 더불어 TV 방송, 나아가 자본주의 사회의 꽃이기 때문이다. 고독하고 괴로운 일이지만, 박진숙은 이 대중성(재미)과 문학성(감동) 두 마리 토끼를 동시에 잡으려는 의지를 끝내 포기하지 않는다. 이미 그는 <아들과 딸>과 같은 몇몇 드라마를 통해 이 일을 성공적으로 수행한 바 있으며, 지금까지 이 화두를 놓지 않고 묵묵히 자신의 길을 가고 있다.

3.

박진숙도 몇몇 '쓰라린 일'을 겪었다고 한다. 그의 작품인 <동기간>, <아버지와 아들> 등의 시청률이 저조하자, 방송사가 계획했던 방영 기간을 취소하고 조기 종영을 결정한 것이다. 이들 두고 박진숙은 '작가로서의 모욕을 느낀 기분'이었으며 '프로의 세계가 얼마나 비정한가를 깨달'았다고 회고한다. 누구에나 시련은 있다. 문제는 그 시련을 어떻게 극복하느냐에 있다. 할리우드 영화나 홍콩 영화에 길들여져 화려한 이미지와 스펙터클을 요구하는 시청자들의 기대에, 잔잔한 이야기 쓰는 것으로 정평이 난 작가가 따라가기 힘들었을 것이다. 박진숙은 이 아픔을 '정도(正道)의 방송작가 정신'으로 추슬러 냈다. 그는 잘 나가던 때보다 더 '이 시대의 시청자들이 진실로 무슨 이야기를 원하고 그리워하는지를 연구'해

나갔다. 이러한 과정을 통해 시청자들이 '믿고 기다려줄 줄도 안다는 사실'을 깨닫게 되었다고 한다. '실력만이 엄정한 잣대'일 뿐 운이 통할 리 없다는 사실 또한 절감한다.

> 문자는 남는데 방송은 흘러. 내가 아무리 예전에 잘 나갔어도 사람들이 금새 잊거든. 지금 잘 안 나가는 것도 곧 잊어. 사람은 흐르지 않으니까. 사람을 잃지 말아야지. 난 그게 다행이야. 인복이 있거든, 주변에 참 좋은 사람들이 많아. 그것 자체가 좋아. 남들한테는 없는 자산이지. 내가 좀 어려운 처지에 놓이면 그 사람들한테서 평소에 안 보이던 것들을 보게 돼. 그게 진국이지…….

박진숙은 '사람'을 소중히 여긴다. 그래서 그의 드라마 속에는 늘 '사람의 향취'가 스며있다. 소박하지만, 그래서 더더욱 질박하고 따스한 마음은 다음의 진술에 잘 드러나 있다.

> 일상에 지친 우리의 이웃들이 저녁 한 때 TV를 켜서 거기서 재미와 감동을 동시에 느낄 수 있으면 얼마나 좋으랴. 마음이 넉넉해지면서 주변을 한번 돌아보게 된다면 얼마나 좋으랴.

그의 드라마 속에서는 '아득하고 그리운 고향 내음이 물씬 풍긴다.' 시선도 따스하다. '화제가 되거나 시청자의 눈길을 사로잡을 만한 요소'는 없지만, '서정적인 화면과 테마'로 '사람냄새 나는 드라마'(<방울이>), '선이 굵고 푸근한 시선'으로, '중년의 가슴을 뭉클하게' 하는, '이 시대를 살아가는 우리들에게 진지하지만 무겁지 않은 메시지'(<사람의 집>), '잊혀져가는 추억에 대한 향수와 이제는 그 시대를 모르는 신세대에 대한 안타까움'을 교차시키면서, '불륜이나 폭력 같은 선정적인 소재가 비빔밥 처럼 버무려진' 기존의 아침드라마와는 다르게, '허황되지 않아 공감할 수 있는, 땅에 붙어 있는 이야기'(<그대의 풍경>) 등의 평가는 이를 보여주는 예다.

자신이 할 수 있는 일과 할 수 없는 것을 냉철하게 구분하여, 자신이 가장 잘 할 줄 아는 부분을 찾아 최선의 노력을 쏟는 작가, 박진숙. 그래서 그의 드라마는 그만의 특장이 살아 있는 '진짜'다.

이 글을 쓰면서 가장 곤혹스러웠던 점을 고백하지 않을 수 없다. 필자가 문학을 전공하는 평론가라는 사실을 차치하고라도, 작가에 대한 예의를 갖추지 못했다는 사실 때문에 얼굴을 들 수 없다. 그의 드라마나 대본을 면밀하게 검토하지 못하고 글을 썼기 때문이다. 경희문학상 수상 결정이 난 후 원고를 작성해야했기에 시간이 그리 넉넉하지 않았다는 사실을 고백하며 조금의 위안을 삼는다.[1)]

마지막으로, 이 글을 준비하는 필자에게 가장 인상적이었으며, 박진숙 작가의 진면목을 보여주는 인터뷰 장면이 있어 이를 인용하며 글을 맺는다. 고집과 뚝심, 솔직함이 어우러진 그의 작가정신은 드라마 작가는 물론이고, 나아가 문학, 예술을 지향하는 모든 사람들에게 귀감이 되기에 충분하리라.

---

1) 이 글은 박진숙 작가의 드라마에 대한 언론의 평가를 참고로 작성되었다. 특히, 박진숙의 「장르를 바꾸는 일－TV 드라마 창작일기」(제12회 계명 문학창작 교실, 2001년 5월 21일)와 김정환의 「김정환의 '할 말, 안할 말' <2> － 이쁘게 늙는 프로 박진숙」(프레시안, 2001년 10월 26일) 그리고 김용심의 「우리교육이 찾은 사람－드라마 <아들과 딸>작가 박진숙」(초등우리교육, 1993년 3월) 등을 참고로 했다.

"따뜻하고 감성어린 드라마가 참 좋습니다. 하지만 그 따뜻함 속에, 그 감성 속에, 치열한 역사의식이나 날카로운 현실 비판이 제대로 날을 세우지 못하고 무딘 채로 남아 있는 것은 아닌지요?"

꽤 고심하여 어렵게 던진 이 질문에 그는 살짝 고개를 숙이더니 아이처럼 까르르 웃었다. 그리고 다음과 같이 대답했다.

"맞아요. 나, 그래요."

이쯤 되면 질문한 사람이 오히려 얼이 빠지게 마련이다. 그는 재밌다는 듯 여전히 아이 같은 미소를 입에 문 채 말문을 열었다.

"그 질문, 하지 않았더라면 제가 먼저 얘기하려고 했어요. 선수를 뺏겼네요. 제게 역사 감각이 부족한 건 사실이에요. 가장 큰 취약점이죠. 변명할 여지도 없이 공부를 많이 안했기 때문일 겁니다. 물론 가볍게 살짝살짝 집어넣는 거라면 지금이라도 할 수 있어요. 하지만 그건 싫거든요. 전 제가 논리성이 부족하다는 것을 알아요. 글을 잔잔하게, 감수성 있게 쓸 수는 있어도 정확한 논리에 맞춰 쓰지는 못하리라는 것을요. 그러니 모르는 것을 섣불리 집어넣어 글을 망치기보다는 차라리 솔직하게 있는 그대로 쓰는 게 낫겠다 싶었지요."

그의 지나치게 솔직한 고백이 백마디의 '화려한' 변명보다 훨씬 담백하게 들린 것은 아마도 그에게서 전해져온 '진짜'라는 느낌 때문일 것이다.

‘신화 · 문학’과 함께 하는 세계 여행

1. ‘신화 · 문학’과 함께 하는 세계 여행

『세계신화여행』은 비서구 지역, 특히 아프로아시아의 광활하고 심원한 신화 세계를 소개하고 있는 책이다. 한 권의 책에 담기 어려운 방대한 내용을 각 분야의 전문가들이 조리 있게 요리한 깔끔한 ‘신화 레시피’라 할 수 있다. 새로운 영역을 접하는 경이로움과 관심 분야의 문제의식을 공유하는 즐거움을 동시에 선사한 책이다. 무림의 고수를 연상시키는 필자들의 면면 또한 믿음직스럽다. 개인적으로는 평소 존경하고 흠모하던 ‘아름다운 사람들’의 날카로운 역사인식까지 보너스로 챙겼다. 비서구 신화의 세계에 쉽고 재미있게 접근할 수 있는 안내서인 동시에 전문성까지 두루 갖춘 격조 높은 교양서이기도 하다.

『세계문학여행』은 ‘소설을 통한 역사 읽기’ 혹은 ‘역사를 통한 소설 읽기’라는 문제의식이 문학과 근대 그리고 세계를 가로지르며 다채롭게 펼쳐지고 있는 역작이다. 이 책의 문학 여행은 ‘서유럽에서 시작하여 아프리카를 지나 아메리카, 아시아를 거쳐 다시 유럽 소설로 마무리’된다. 여덟 지역 스물 두 나라, 총 서른세 권의 소설을 다루고 있는 스물두 편의 글들이 독자들을 기다리고 있다. 저자는 ‘전공하지 않은 나라의 소설을 다룬다는 데서 오는 부담’을 애써 숨기지 않고 있는데, 이 책이 ‘개별국가의 문학을 전공한 이들을 대상으로 하지 않는다는 점’을 위안으로 삼고 있다. 한 권의 책에서 이처럼 다채로운 소설의 향취와 광범위한 세계의 역사를 만나기는 쉽지 않다. '소설로 읽는 세계사'라 할 만하다.

『세계신화여행』이 유사한 문제의식을 지닌 여러 필자들이 다양한 비서구 신화에 대한 이야기를 들려주는 형식을 취하고 있다면, 『세계문학여행』은 한 명의 필자가 세계 여러 지역의 역사와 소설을 소개하는 구성을 지니고 있다. 전자가 아프로아시아의 다양한 신화를 통해 서구중심의 신화 담론, 나아가 구미중심의 세계관을 상대화하려는 뚜렷한 목적의식을 함축하고 있다면, 후자는 세계 여러 나라의 다양한 소설을 통해 세계의 역사를 읽으려는 야심찬 의도를 담고 있다.

2. 비서구 신화의 저력(底力): 『세계신화여행—아직 끝나지 않은 이야기』(실천문학사, 2015)

무엇보다 『세계신화여행』이 뚜렷한 문제의식을 지닌 책이라는 점을 강조하고 싶다. 이 책은 '그리스 로마 신화만을 끼고 살던 세월에 대한 자기반성'을 매개로 '지난 300년 동안 특권화 된 서구적 근대라는 인식의 틀'을 상대화하려는 의욕적인 작업의 하나로 기획되었다. 저자들은 '모든 신화는 평등하다. 세계 모든 민족에는 신화가 있다.'라는 명제를 모토로 비서구 지역의 다양한 신화를 탐색하는 여행을 시작하는데, 이는 '신화에서조차 불균등과 비대칭성이 반복되고 있'는 오늘의 현실을 심문하는 것으로 귀결되고 있다.

이 책의 저자들은 다양한 아프로아시아의 신화를 통해 서구중심의 신화 인식을 상대화하는데 주력하고 있다. 그 일차적 면면을 개략적으로 소개하면 다음과 같다. 메소포타미아 문명 초기, 수메르의 영웅 이야기인

<길가메쉬>는 호머의 <일리아드>와 <오디세이> 그리고 구약 성경의 <창세기>보다 수백 년 앞선다. 그리스 로마 신화, <일리아드>와 <오디세이>를 다 합쳐도 인도의 힌두교 신화 <마하바라타>의 7분의 1도 되지 않는다. 이집트 <오리시스> 신화의 오리시스는 예수보다 무려 2,400여 년 선배다. 아프로아시아 신화는 다양성과 개방성을 지니고 있다. 힌두교 신화 <라마야나>는 이슬람과 불교에 영향을 끼쳐 시대, 국가, 종교, 지역, 계급 등에 따라 다양하게 변주되며 전승되고 있다. 선대 문명인 메소포타미아 문명, 이집트 문명에는 우주에 단 하나뿐인 신이 특정 민족, 또는 특정 종교를 선택하여 세상을 맡긴다는 아이디어가 없다. 고대 이집트의 신화적 상상력은 기독교, 이슬람교, 유대교, 불교, 도교 등은 물론이고 전 세계 각 나라의 전설과 민담에 지대한 영향을 끼쳤다.

저자들의 문제의식은 여기에서 멈추지 않는다. 아프로아시아 신화의 세계가 서구의 신화 · 서사시보다 시기적으로 앞선다는 사실 혹은 풍부한 상상력을 지니고 있다는 점을 강조한다고 해서 현실을 지배하고 있는 구미중심주의적 세계관을 변화시킬 수 있는 것은 아니다. 이러한 사실에도 불구하고 '성경'과 '서구'가 우월하다는 현실관과 세계관은 여전히 막강한 힘을 발휘하고 있기 때문이다. 2003년 '십자군 전쟁'이라는 명분으로 이라크를 공격한 미국, 성경의 논리를 바탕으로 팔레스타인을 점령하고 있는 이스라엘 등은 이를 보여주는 대표적인 사례이다.

하여, 아프로아시아 신화의 현재적 의미를 추출하는 실천적 해석이 요구된다. 몇몇 대목에 주목해 보자. 한 저자는 <길가메쉬>에서 '개인적인 영생을 포기한 후 인류라는 더 큰 생명체의 존속에 기여하는 문화영웅'의 모습을 발견한다. 죽음을 받아들이자 삶의 의미, 즉 살아 있는 동안 인간답게 살아야 한다는 인생의 지혜가 오롯이 드러난다는 것이다. 나아가 오리시스 신화에서는 '죽은 자의 무기력'을 해결하려는 의지를 읽는다. 현세와 내세가, 삶과 죽음이 서로 지지하고 응원하고 있는 풍경이 오리시스 신화의 핵심이라는 것이다. 삶과 죽음, 창조와 파괴, 혼돈과 분리, 하늘과 땅이 뒤엉킨 신화의 세계가 수천 년의 시간을 가로질러 '지금 여기'를 살아가는 현대인의 가슴을 두드리는 대목이다. 또 다른 필자는 <마하바라타>에서 결말 부분, 즉 승리에 만족하거나 기뻐하지 않는 영웅들의 '결과에 대한 회의, 전쟁에 대한 회의, 그리고 거기에 따라서 해탈과 구원을 추구하는 담론'에 주목한다. 이러한 논리에 따른다면 우리 모두는 '죽음에 맞선 영웅'이며 지금 우리는 우리의 '서사시'를 쓰고 있는 중이다. 이렇듯 저자들은 각 지역의 신화를 소개하는 데 그치지 않고 신화를 통해 '지금 여기'의 현실을 되돌아보라고 손짓하고 있다.

특히, 제주도의 전승신화 <원천강본풀이>의 주인공 '오늘이' 이야기는 현대를 살아가는 사람들에게 시사하는 바가 크다. '오늘이'는 '보잘 것 없는, 잊혀진' 신이다. 그래서 역설적으로 더욱 소중하다. 그는 타자, 즉 우주를 구성하는 전체인 자연(연꽃나무와 구렁이), 인간(장상이와 매일이), 신령(선녀) 등의 결핍을 채워주면서 자신의 결핍도 채우는 이른바 '문제해결사'다. '오늘이' 이야기의 주제는 간단하다. '욕심을 버려라, 타자를 도와야 한다.'는 것이다. 무당의 존재 이유가 '오늘이'에게 투사되어 있다. 이러한 '오늘이' 이야기는 힌두교적 · 불교적 세계관, 신화적 · 무속적 세계관에 바탕하고 있다. '우리 각자의 얼굴 속에 가족들의 얼굴, 이웃들의 얼굴, 온 세계의 얼굴, 온 우주의 얼굴이 비친다.' '내 안에 너가 있다.' '혼자서는 살 수 없다.' '네트 속에서 네트가 아름다워져야 존재는 행복해진다.' 신화가 누설하고 있는 이 우주의 비밀은 이렇듯 단순하면서도 명쾌하다.

한편, 『세계신화여행』은 신화가 지닌 야누스적 성격 또한 지나치지 않는다. 신화는 '한 공동체를 결속시키고 개개인에게 내면화되어서 그 사람의 행동규범이 되고 행동양식으로 발현'된다. 반면 '현실의 기득권을 지탱하고 정당화하는 수단'이 되기도 한다. 전자의 예는 중국 소수 민족들의 구비 전승 신화, 동북아시아 티벳의 영웅 서사시 <게세르>, 유목민 튀르크 족의 영웅 신화 <알퍼므쉬> 등을 들 수 있다. 이들 신화는 '자연과 공존하는 지혜로운 삶, 공동체를 위해 봉사하면서 사는 영웅들의 이야기, 나누고 배려하는 선량함에 관한 이야기' 등을 구비전승의 언어로 계승하고 있다. 반면 후자의 예는 중국의 한족 문헌 신화나 일본의 창세신화를 들 수 있다. 중국의 <산해경>은 중국 고대인들의 상상력의 보고이자 소설의 원조로 평가받는다. 하지만 천하통일을 꿈꾸던 시대, 중국을 중심에 놓고 주변에 거주하는 다른 민족들을 야만스러운 민족으로 보고자 했던 정치적인 의미를 함축하기도 한다. 이는 사마천의 <사기> 등으로 이어져 중화민족의 시조를 역사적 실존인물로 보려는 의도로 연결되며, 최근 중국 정부가 공을 들이고 있는 '역사공정'에까지 영향을 미치고 있다. 일본 국토의 창생과 천황제의 기원을 암시하는 이자나기, 이자나미 신화 또한 홋가이도, 오키나와를 식민화하는 국가 이데올로기적 측면을 지니고 있다. 이 두 신 이후에 태어난 태양신 '아마테라스 오오카미'가 일왕가(日王家)의 맨 앞에 내세워진다는 점에서 일본의 창세신화는 천황제의 뿌리를 드높이는 전략의 하나로 이용되고 있는 셈이다. 이렇듯 신화는 양날의 칼이다. '누가', '어떻게' '무엇을 위해' 전용하느냐에 따라 인간의 삶을 풍요롭게 하는 길잡이가 될 수도, 타자의 자유로운 삶을 억압하는 이데올로기적 도구로 전락할 수도 있다.

2. 소설로 세계를 읽다: 『세계문학여행—소설로 읽는 세계사』(실천문학사, 2005)

『세계문학여행』의 마지막 장을 덮고 나니 마치 소설이라는 기구를 타고 세계 일주를 한 느낌이 들었다. 이미 읽어본 소설을 만났을 때에는 그 지역의 역사를 곱씹어보며 새롭게 작품을 음미하는 기회를 얻었고, 낯선 작품을 접했을 때는 허겁지겁 찾아 읽기도 하면서 게걸스럽게 소설 속으로 빨려들어 가기도 했다. 소설과 역사, 근대와 문학이 어우러진 행복한 시간을 선사한 저자에게 고마움을 표하고 싶다.

『세계문학여행』을 국문학 전공자가, 그것도 단독 저서로 출간했다는 소식을 접하고 흥분했던 기억이 아직도 생생하다. 장기적인 계획을 가지고 몇몇 동료들과 추진하고 있는 테마였기 때문이다. 비서구문학에 대한 새로운 인식을 바탕으로 세계문학의 온전한 생태계를 복원해보고자 의기투합한 모임에서이다. 특히 한국문학 전공자들이 앞장서야 한다고 생각하였다. 지금까지 외국문학은 주로 외국문학 전공자들에 의해 논의되었는데, 외국문학의 번역과 소개 혹은 한국문학과의 비교연구 차원에 머무르는 경우가 많았다. 하여 외국문학은 한국문학의 구체적 현실과 온전하게 접속하기 어려웠다. 아시아문학, 세계문학의 일원으로서 한국문학의 위상을 재검토하는 주체적 관점에서 세계문학의 다양한 목소리들을 우리 문학의 장으로 끌어들여야 한다는 문제의식이 발동했다. 거창하게 말하자면 구미중심주의 담론이 주도면밀하게 은폐한 비서구적 가치를 재조명하면서 온전한 지구문학을 건설하기 위한 노력의 일환인 셈이다.

이런 점에서 『세계문학여행』은 우리의 문제의식을 한 발 앞서 구체화한 작업의 하나라 할 수 있다. 저자와 함께 '세계문학여행'을 하면서 꼬리에 꼬리를 물었던 상념 몇 가지를 소개하면서 감상을 대신하고자 한다. 저자는 서구적 의미의 근대적 개인이 탄생하는 과정을 보여준다는 관점에서 『로빈슨 크루소』를 다루고 있다. 그리고 이를 되받아 쓰고 있는 비서구적 관점의 소설을 소개하는 것도 잊지 않는다. 그렇다면 우리의 근대와 연결지어 이 작품을 바라본다면, 즉 우리에게 '로빈슨 크루소'의 삶은 어떤 의미로 다가오는 것일까? 통일 이전의 동독 소설을 소개하고 있는 대목에서는 분단시대를 살아가고 있는 우리의 현실에 대한 자의식이 꿈틀거렸다. 저자는 '아체베'의 작품을 분석하는 대목에서 '옳고 그름의 문제를 떠나 이미 벌어진 자신들의 과거를 소설을 통해 덤덤하게 돌아보고' 있다고 서술한다. 그렇다면 아체베는 왜 이렇게 되돌아볼 수밖에 없었을까? 그리고 이렇게 돌아보는 것이 지닌 의미는 무엇일까? '야사르 케말'의 작품은 '시대의 변화를 감내하며 살아야 하는 유목민들의 삶을 안타까운 시선'으로 그려내고 있다. 우리는 이러한 작가의 의도를 어떻게 바라봐야 하는 것일까? '살만 루슈디'의 생각대로 '역사라는 것이 만들어지는 것이고 혼종일 뿐이며 권력에 의해 좌우되는 것'이라면 『한밤의 아이들』에서 '깊이 있는 역사인식을 논의하는 것은 무의미할지도 모른'다. 이렇게 '이념이나 역사에 대한 불신', 즉 '탈역사적 세계관'이 '새로운 시대의 조류'가 되었다면, 이러한 세계관이 지닌 의미는 무엇이고, 이는 '지금 여기'의 우리 삶과 어떤 관련을 맺고 있는 것일까?

의도했던 의도하지 않았던 이 책의 저자는 위와 같은 의문에 대한 답변을 유보하고 있는 듯하다. 책의 성격이 가치중립적이고 균형 잡힌 시선을 요구하고 있는지도 모른다. 작품 분석이 개괄적 해설에 머물고 있는 것도 이와 무관하지 않을 것이다. 『창문 넘어 도망친 100세 노인』의 행적을 좇아 저자와 함께 한 '세계문학여행'을 마무리 할 때쯤, 불현듯 '서구의 역사관 혹은 문학관'으로 포장된 안전한 길로 여행한 것은 아닌가 하는 의구심이 들었다. 동시에 세계문학을 바라보는 '국문학자'의 구불구불한 비포장도로를 여행하는 것도 나쁘지 않을 것이라는 생각이 스치기도 했다.

추방자의 시선, 어떻게 되돌아오는가?

정은경 『디아스포라 문학』, 서경식 『디아스포라 기행』

2007년 11월 전주에서 '아시아–아프리카 문학페스티벌'이 열렸다. 식민 지배와 이에 대한 내적 응전 속에서 근대문학을 일구어온 아시아 아프리카 작가 200여 명이 서구중심의 문학에 이의를 제기하며 연대의 손을 맞잡았다. 마치 디아스포라 문학 축제를 보는 듯했다. 대회에 참석한 작가 대다수가 조국을 떠나 식민 지배자의 영토에서 식민자의 언어로 문학 활동을 하고 있었으며, 이들의 문학적 관심 또한 이산의 경험에서 오는 개인적 혹은 공동체적 정체성의 문제에 집중되어 있었다. '자기 땅에서 유배당한 자들'이 '망명지'에서 자아와 민족의 정체성을 심문하는 형국이었다.

이 문학 축제에 참가하면서 디아스포라 문학의 몇 가지 딜레마를 곱씹어 보았는데, 마침 이와 관련하여 주목할 만한 두 권의 저작이 출간되어 반가운 마음으로 책장을 넘겼다. 정은경 교수의 『디아스포라 문학–추방된 자, 어떻게 운명의 주인공이 되는가』, 서경식 교수의 『디아스포라 기행–추방당한 자의 시선』 등이 그것이다. 디아스포라 문학의 현주소와 방향성에 대한 의미 있는 진전을 보여주는 역작들이다. 필자가 고민해 온 디아스포라 문학의 아포리아와 연관하여, 위의 책들이 시사하는 혜안을 음미해보기로 한다.

먼저, 디아스포라 문학의 현실성에 관한 문제이다. 디아스포라 문학의 창작 주체는 성공한 소수의 작가들인데, 이들의 문학이 이산의 고통을 절실하게 체험하고 있는 다수의 디아스포라인들에게, 나아가 근대 국민국가의 시민들에게 어떻게 스며들 수 있을까 하는 의문이 그것이다. 이는 '혼종성'(hybrid)과 같은 개념이 (신)식민주의에 대한 저항의 의미를 얼마나 담아낼 수 있는가 하는 탈식민주의 문학의 효용성에 대한 심문과 통한다. 또한 '디아스포라 문학이 세계문학의 가능성을 담보할 수 있는가?'라는 문제와 맞닿아 있다. 정은경 교수는 디아스포라 문학의 '이중 정체성, 부재하는 정체성, 반(反)정체성'으로서의 자의식이 '현실적인 조국'이 아니라 '유토피아적' 고향을 '상상'한다는 점에서 '세계와 인류 평화에 기여하는 보편성'을 지향할 수 있다고 본다. 하지만 여전히 문제는 남는다. 다시 질문해 보자. '차별과 고통이 없는' '상상된 조국'이 '지금 여기'의 현실과 어떻게 대화적 관계를 형성할 수 있는가? 이는 서구 중심의 근대성과 개별 민족 특유의 근대성을 어떻게 매개할 것인가의 문제와 무관하지 않다. 따라서 동시대 디아스포라 문학은 서구중심의 탈식민주의 이론을 전면적으로 수용할 수도, 그렇다고 기존의 저항적 민족주의 이념을 그대로 승인할 수도 없는 위치에 놓여 있다.

이와 연관하여 '디아스포라 문학은 근대와 탈근대 문학을 매개할 수 있는가?'라는 문제가 제기된다. 디아스포라는 근대와 근대 이후의 삶에 걸쳐있다. '근대 국민국가의 틀로부터 내던져진 디아스포라'야말로 '근대 이후'를 살아갈 인간의 존재형식을 앞서 구현하고 있다는 점에서이다. 주지하듯, 이산 문학은 국민국가의 배타적 영역을 거부한다. 하지만, 이들의 현실적 삶이 국민국가의 영역 안에서 영위된다는 사실 또한 부인할 수 없다. 따라서 디아스포라 문학은 국민국가의 모순을 비판하는 동시에 근대의 메커니즘을 껴안아야 하는 모순된 운명을 지닌다. 서경식 교수가 보기에 이 운명으로부터 자유로워진다는 것은 거의 불가능하다. 근대의 내셔널리즘이 만들어낸 국민이라는 관념은 죽음에 대한 두려움, 즉 불사의 욕망에 의해 지탱된다. 이 관념에 맞서기 위해서는 죽음이라는 숙명과 삶의 우연성을 있는 그대로 받아들일 수 있어야 한다. 하지만 '사람은 우연히 태어나 우연히 죽는 것이다. 혼자서 살고 혼자서 죽는다. 죽은 뒤는 무(無)다' 등의 관념을 수용하기에 '지금 여기'의 인간은 너무도 무력하다.

그럼에도 우리는 '왜 사는가?' 혹은 '자본의 논리가 지배하는 세상에서 어떻게 살아야 하는가?'라는 질문을 포기할 수 없다. 놀랍게도 '먹고 살기도 힘든데, 왜 그런 고민을 해야 하는가?'라는 반문도 만만찮다. 자조 섞인 물음이 이어진다. 과거 제국주의/식민주의의 억압과 그 잔재는 '기억'해야 하지만, 전지구적 자본의 논리가 지배하는 현실에서는 어쩔 수 없이 '망각'해야 하지 않을까? 디아스포라 문학의 절박함에는 공감하지만, '지금 여기'에서 살아남기 위해서는 '민족' 혹은 '국가'의 울타리가 필요하지 않은가? 한편으로는 디아스포라의 타자성에 연민의 시선을 보내기도 하지만, 다른 한편으로는 그 타자성을 통해 그들과 다른 자신의 동일성을 확인하고 내밀한 안도의 한숨을 내뱉는 형국이다. 여기에 디아스포라의 이중적 정체성을 들이대며(?) 국가, 민족, 국민의 불안정성을 환기하기란 여간 곤혹스러운 일이 아니다.

이렇듯, 경제력으로 인간의 가치를 서열화하는 신자유주의의 메커니즘은, 서구와 비서구, 중심과 주변 그 어디를 막론하고 예외 없이 작동된다. 자본의 바깥은 없다. 이러한 상황에서 '디아스포라를 문학의 언어로 껴안기 위해, 인류의 땅 그 전부가 유랑의 땅이라 말한다한들 그리 큰 위로가 되지 못한다.' 그렇다면 한 시인의 다음과 같은 절규를 되새기는 일이 디아스포라 문학의 미래에 희미한 구원의 빛이 될 수 있을까? 판단은 그들의 몫이 아니라, 우리들의 몫이다.

> 유랑자라 해서 누구나 다 작가는 아니다. 그러므로 수백만의 피난민, 유랑자, 강제이주자, 추방당한 사람, 자신의 나라로 돌아갈 권리를 빼앗긴 사람, 자신이 거주하는 나라에서 시민권을 박탈당한 사람들이 겪고 있는 비참함과 고통, 그리고 재앙들을 망각할 권리가 작가에게는 없다. 이들은 부유하는 사람들이며 주변인이요, 뿌리가 뽑힌 사람들이다. 이들은 미래가 그들을 두렵게 하기 때문에 앞을 바라볼 수가 없다. 또한 뒤로 돌아갈 수도 없다. 과거는 자꾸만 멀어져 가기 때문이다. 이들은 현재를 발견하지 못하면서도 그저 현재 주위를 맴돌면서 자비와 희망이라곤 없는 비참한 언저리에 머물러 있다.(마흐무드 다르위시, 「유랑에 대하여」)

자아의 껍질을 깨는 아픔,
혹은 '자기 자신에게로 이르는 길'

헤르만 헤세의 『데미안』

1.

삶의 여정은 '봄(탄생) → 여름(성장) → 가을(성숙) → 겨울(죽음)'로 이어지는 계절의 순환에 비유되곤 한다. 여기에서 여름은 유년기 혹은 청소년기에 해당한다. 뜨거운 태양과 푸르른 신록으로 표상되는 여름은 무한한 가능성을 품고 미지의 세계로 모험을 떠나는, 짧고 강렬한 젊음의 시기를 상징한다.

헤르만 헤세의 『데미안』은 이 청춘의 계절을 배경으로 삼아 '주인공의 정신적 번민과 그 해소 과정'을 그린 성장소설이다. 성장소설은 성장기의 주인공이 자아에 눈뜨면서 자기를 둘러싼 외부 세계와 대립하고 갈등하는 가운데 정신적으로 한 단계 승화되는 과정에 의미를 부여하는 소설이다. 흔히 교양소설(教養小說)이라고도 한다.

서구의 문학에서는 일찍부터 성장소설의 전통이 이어져 왔다. 특히, 독일에서는 자아의 완성과 국가적 이상을 동시에 추구하려는 경향이 강해 이러한 성격의 소설이 꾸준히 발표되었는데, 괴테의 『빌헬름 마이스터의 수업시대』, 헤르만 헤세의 『데미안』, 토마스 만의 『마의 산』 등이 대표적이다. 한국의 경우, 현기영의 『지상에 숟가락 하나』, 이문열의 『젊은 날의 초상』, 위기철의 『아홉 살 인생』, 공지영의 『봉순이 언니』, 황석영의 『개밥바라기별』, 은희경의 『새의 선물』 등이 대표적인 성장소설에 속한다.

삶을 구성하는 두 요소인 외부 현실과 내면세계 사이의 간극을 확인하는 고통스러운 과정, 즉 '자아의 껍질을 깨는 아픔'을 통해 우리는 성장하게 된다. 하여, '성장'은 '나'를 성찰하는 행위인 동시에 세상을 알아가는 과정이며, 가족의 울타리를 벗어나 사회에 편입되는 과정이기도 하다.

우리는 새로운 세계를 접할 때 자신이 가졌던 기대나 신념이 무너지는 경험을 한다. 삶은 이러한 깨짐의 연속이다. 이 알을 깨는 성장통을 겪으며 청소년들은 한 단계 성숙한다.

정신분석학에서 말하는 성장은 내면에 억압되어 있는 감정(죄의식) 극복하기, 가족의 울타리를 벗어나 사회의 일원으로 거듭나기, 마음속의 우상(偶像)을 극복하고 타인과 어울려 사는 법 터득하기 등의 과정으로 이루어진다.

'우리는 다른 사람들이 만들어준 우리의 모습을 근본적으로 또 정신적으로 거부함으로써만 우리 자신이 될 수 있다(장 폴 사르트르).' 우리는 '외부에서 찾던 진정한 늠름함'을 스스로의 '내부에서 키우지 않는 한' 영원히 미숙아의 그림자를 벗어버리지 못할지도 모른다. '누구에게도, 어디에도 의지할 데'가 없다는 '고독', '바로 그 지점'부터 인간은 '독립된 개인'으로 살아가기 시작한다.

『데미안』을 열어젖히고 있는 아래의 장면은 '성장'의 첫 단추를 어떻게 끼울 것인가에 대한 시사점을 제공한다.

> 나는 내 자신으로부터 저절로 우러나오는 인생을 살려고 했을 뿐이다. 그런데 그것이 왜 그리 어려웠던가?(『데미안』)

내가 원하는 일을 하면서 사는 삶이 가장 행복한 삶이다. 적성과 직업이 일치하는 삶이라 할 수 있겠다. 이를 헤세식으로 표현하면, "내 자신으로부터 저절로 우러나오는 인생"을 사는 것이다. 가장 상식적인 이야기지만 가장 어려운 일이기도 하다.

"그런데 그것이 왜 그리 어려"울까?

헤르만 헤세의 『데미안』은 이에 대한 질문이자 그 해답을 찾아가는 소설이라 할 수 있다.

우선 "내 자신으로부터 저절로 우러나오는" 것을 파악하기가 쉽지 않다. '성공'하기 위해서는 앞만 보고 달려가도 부족하다. 그런데 『데미안』은 이 '성공'의 의미를 곱씹어보며 뒤를 돌아보라고 손짓한다. 나아가 내면의 삶을 정면으로 응시하라고 주문한다. 싱클레어 혹은 데미안의 고민과 방황은 하루하루를 바쁘게 살아가느라 자신을 들여다볼 여유가 없는 현대인의 모습과 대비되며, "자기 자신에게로 다가서는 것보다 더 어려운 일"이 없는 우리 사회의 황폐함을 되돌아보게 한다.

『데미안』이 싱클레어의 "소년 시절의 초기", 나아가 "아득한 조상적 옛날"에서 시작되는 이유도 여기에 있다. 이는 또한 "인간이란 누구나 유일한 존재 그 자체이고, 아주 경이롭고, 어떤 경우에도 소중하고 특별하며 결코 되풀이될 수 없는 단 한 번뿐인 존재"라는 인식에 바탕하고 있다. 자신을 소중하게 여기지 못하는 사람이 무엇을 할 수 있겠는가. 자신을 소중히 여기고, 나아가 자신의 "내면에서 피가 속삭여 주는 교훈"(내면의 목소리)에 귀를 기울이고, 이를 통해 자신을 둘러싼 세계와 만나는 일, 즉 "자기 자신으로 향하는 길"이야말로 『데미안』의 진정한 주제이다. "일찍이 누구도 완전한 자기 자신이 되었던 사람은 없다." 그럼에도 "각자는 나름대로 자기 자신이 되어 보려고" "할 수 있는 만큼의 노력을 한다." 문제는 얼마나 절실하냐이다.

헤세 세대의 '젊음'의 드라마는 이렇게 시공을 뛰어넘어 '지금 여기'의 젊음과 접속한다. 그리고 '자기 자신으로 향하는 길을 가로막고 있는 것은 무엇인가?'라는 질문을 던진다. 이는 '내가 살고 있는 사회는 건강한가?'라는 질문의 다른 버전이다. 『데미안』이 전달하는 성장의 메아리는 이렇게 인종, 계급, 성차, 지역 등의 차이를 뛰어넘어 우리를 둘러싼 사회의 진정성을 심문하고 있다.

2.

이제 고통스럽지만 그만큼 소중하고 아름다운 주인공의 성장과정을 따라가 보자.

싱클레어가 열 살 즈음이다. 그곳에는 두 세계가 뒤섞여 있다. 하나의 세계는 "아버지의 집"이다. "사랑과 엄격, 모범과 교육"의 세계이다. 찬송가와 성탄절 축하 메시지가 울려 퍼지는 안온한 가정의 세계이다. 그는 여기에 속해 있다.

하지만 "또 하나의 다른 세계가" 있다는 사실을 어렴풋이 느낀다. 거기에는 "하녀들과 직공들, 도깨비 이야기들과 추문들"이 있다.

아직 이 두 세계 사이의 경계는 분명하지 않다. 싱클레어는 자기의 보금자리와는 다른 세계의 아이를 만난다. "어른"처럼 보이는 "양복장이의 아들", '크로머'이다. 싱클레어는 "거창한 도적 떼의 이야기"를 꾸며 "자신을 그 주인공"으로 만든다. 과일을 훔쳤다고 거짓말을 한 것이다. 이 거짓말로 인해 안온한 가정의 세계는 무너지기 시작한다. 잠시 "어른처럼, 그리고 영웅처럼 행세" 한 "젖값"을 치러내야 하는 처지에 놓인 것이다. 거짓말은 거짓말을 낳고 급기야 도둑질까지 불러오기에 이른다. 이는 싱클레어의 "소년 시절의 근간을 이루고 있는 기둥", 즉 "자기 자신이 되기 위하여 스스로" "무너뜨려야 하는 것"에 "가해진 최초의 칼자국"이다.

누구에게나 이 첫 경험은 중요하다. 자신을 감싸고 있던 안온한 알의 세계, 즉 가정의 울타리에 대한 첫 균열이기 때문이다. 누구나 겪는 사회화의 과정이기도 하다. 이로 인해 한 세계가 무너지고 새로운 세계가 구축되기 시작하는 것이다.

"고통으로부터의 구원"은 '데미안'이라는 멘토(mentor)로부터 온다. 데미안은 그 당시를 지배하고 있던 종교의 권위에 도전장을 내민다. 싱클레어가 가정과 사회라는 경계에서 방황하고 있다면, 데미안은 기존 사회의 관습과 그 너머의 문제를 탐색하고 있다. 그는 성경의 "카인에 대한 이야기"를 다르게 해석할 수 있다고 본다. 주목할 점은 성경 그 자체를 부정하는 것이 아니라, 기존의 관습에 대한 비판적 회의 혹은 창조적 해석을 지향한다는 점이다. 그에 의하면 성경은 "언제나 사실 그대로 기록되고 옳은 의미로 설명되었다고 볼" 수 없다. "밝고 깨끗한 세계"에서 살아온 싱클레어에겐 "하나님을 비방하고 모독하는 말"에 다름 아니다. 그에게 데미안은 보통사람들의 상식과 윤리, 관습, 생각을 끊임없이 회의하며 새로운 모험을 추구하는 자로 비친다. 이렇게 "젊은 영혼"의 "샘"에 데미안이라는 하나의 돌이 던져진다.

데미안은 싱클레어를 괴롭히는 다른 세계의 아이(크로머)에게 그를 "가만히 내버려두는 것"이 "자신에게도 이익이 될 거라는 점"을 알게 해

줌으로써 싱클레어를 구해준다. "악마의 그물"은 풀리고 그는 다시 "예전과 다름없는 학생"으로 돌아온다. 싱클레어는 재빨리 "균형과 고요"의 세계에 다시 적응한다.

싱클레어는 다른 세계를 잠시 경험하고 가정으로 돌아왔다. 하지만 그 자신의 힘과 노력을 통해 귀환하지 않았다는 점에서 여전히 "아버지의 세계"에 종속되어 있다. 그는 데미안에게 자신의 문제를 모두 털어놓지 않았으며, 자신의 문제에 맞서는 용기를 보여주지도 못했다.

자립적으로 성장한다는 것은 결코 쉬운 일이 아니다. 가정의 울타리를 벗어나 다른 세계로의 첫 발을 내디뎠지만 싱클레어는 이내 움찔하며 다시 자신의 세계로 되돌아온다. 하지만 이전의 모습과 같을 수는 없다. 데미안은 크로머(재단사의 아들)와는 다르지만, 또 하나의 "유혹자"였던 셈이다. 이제 싱클레어는 더 이상 어린아이가 아니다.

> 어린아이의 이중생활을 하였지만 나는 더 이상 어린아이가 아니었다. 나의 의식은 가정과 허용된 것 속에 살았으며 또한 내 의식은 아련히 떠오르는 새로운 세계를 부정하였다. 그와 동시에 나는 지하에 숨어 있는 여러 가지의 꿈이나 본능 그리고 소망 속에서도 살았다. 그런 비밀과 의식인 생활 사이에 점점 더 위험한 다리가 생겨나고 있었다. 이는 나의 내면에 깃든 어린아이의 세계가 이미 붕괴되었기 때문이다(『데미안』).

싱클레어의 삶에서 유년의 세계가 서서히 붕괴되고 있다. 인생의 분기점이다. 이는 삶에서 오로지 한 번, 유년이 삭아가며 서서히 와해될 때, 우리의 사랑을 얻었던 모든 것이 우리를 떠나가려고 하고 우리가 갑자기 고독과 우주의 치명적인 추위에 에워싸여 있음을 느낄 때 경험하는 것이다.

이러한 인생의 분기점은 누구에게나 있다. 다만 자각하지 못하는 경우가 많을 뿐이다. 『데미안』은 이 자각하지 못했음을 환기시키며 자신의 삶을 되돌아보는 길을 열어준다. 이 작품이 현재진행형인 이유도 바로 여기에 있다.

싱클레어는 이 "소년 시절의 종말"이 "어두운 세계(다른 세계)"와 이어져 있다는 사실을 서서히 자각한다. 다른 세계는 외부에만 존재하는 것이 아니라 자신의 내부에도 웅크리고 있었던 것이다. 이후 싱클레어는 데미안과 소통하면서 이질적인 두 세계를 자기 안에서 통합시키기 위해 노력한다.

> 나는 사람들이 이 여호와신을 숭배하는 데에 조금도 반대하는 것이 아니야. 그러나 우리들은 모든 것을 숭배하고 신성시해야 한다고 생각해. 이 인위적으로 구분한 공식적인 절반만이 아니라 전체의 세계를 말이야! 그러므로 우리는 신에 대해 예배를 드리는 동시에 악마에 대해서도 예배를 드려야 하는 거야. 나는 그래야 정당하다고 생각해(『데미안』).

데미안은 기존 관습의 정당성에 대해 질문하고 의심하는 "카인의 후예"이다. 선과 악, 신과 악마, 이성과 감성, 남과 여, 인간과 자연, 나와 타자 등으로 분리된 관습을 통합시키려는 "줏대" 있는 인간인 셈이다.

싱클레어는 데미안을 통해 지금까지 자신에게 허용된 세계가 세계의 절반에 불과했다는 사실을 깨닫는다. 그 세계는 나머지 절반을 인위적으로 배제하고 있다. 이러한 사실을 깨달은 자는 더 이상 과거의 반쪽짜리 세계에 머물지 못한다. 그렇다면 무엇이 허용되고 무엇이 금지되어 있는지에 대해 스스로 질문하고 그 해답을 찾아 나서야 할 것이다.

싱클레어가 집을 떠나는 시기도 바로 이 때이다. 이제 자기 자신으로의 고독한 여행이 시작된다. 그는 "자신의 내면에 귀를 기울이고" "마음속 깊은 곳에서 속삭이며 흐르는 금지되고 어두운 물결 소리를 듣는 것"에 몰두한다. 내면으로의 침잠이며 고독 속으로의 칩거이다. 싱클레어는 바깥세계에 대한 관심보다는 "금지되어 있는 일"에서 "정신적인 어떤 것"과 "혁명적인 기분"을 맛본다. "어두운 세계"를 몸소 경험하는 시기이다.

3.

싱클레어는 어느 날 우연히 목격한 소녀, "베아트리체"를 통해 새로운 "사원"을 마련한다. 다시 하나의 이상을 발견한 것이다. 그는 아름다운 여자를 통해 어두운 세계 너머의 "밝은 세계"를 창조한다. 이윽고 그림을 그리기 시작한다. 베아트리체를 그리고 싶었다. 하지만 그녀의 얼굴이 아니다.

> 그것은 일종의 신들의 초상화거나 신성한 가면과도 같이 보였고, 반은 남성적이고 반은 여성적이며 나이도 없고 강한 의지를 지닌 동시에 몽환적이며 딱딱하게 굳어져 있으면서도 생명이 넘치는 형상이었다(『데미안』).

그것은 자신의 내면, 자신의 운명 혹은 그 속에 내재하는 수호신이었다. 운명의 울림이자 리듬이었다. 이 그림은 데미안의 표상과 겹쳐지며 "한 마리의 맹금"으로 다시 태어난다.

> 푸른 하늘을 배경으로 반신은 검은색의 지구에 박혀있었으며 마치 크나큰 알에서 빠져 나오려는 듯 발버둥치고 있었다(『데미안』).

싱클레어는 이 꿈 속의 새 그림을 데미안에게 보낸다. 놀랍게도 답장이 왔다.

> 새는 알에서 나오려고 싸운다. 알은 곧 세계이다. 태어나려고 하는 자는 하나의 세계를 파괴하지 않으면 안 된다. 그 새는 신을 향해 날아간다. 그 신의 이름은 아프락사스라 한다(『데미안』).

인용 대목은 『데미안』을 대표하는 문장임과 동시에 성장 과정에 있는 인간의 고뇌를 드러내는 가장 유명한 표현의 하나이다. "아프락사스"는 신이기도 하고 악마이기도 하다. "신적인 것과 악마적인 것을 결합시키는 상징적 역할을 가진 일종의 신의 이름"이다. 이 아프락사스의 이미지를 통해 싱클레어는 "어두운 세계"와 "밝은 세계"를 통합하는 방식을 암시받는다.

한편, 전쟁의 불길한 기운이 감돈다. "지금의 이 세계는 바야흐로 죽어가고" 새로운 세계를 향한 기운이 싹튼다. 이윽고 "카인의 표적"을 지닌 자들의 공동체가 형성된다. 이들의 연대는 "개개인들이 서로를 알게 되면서 새로이 형성되는", 세계를 바꾸어놓을 그 무엇을 지향한다. 싱클레어는 운명이 새로운 모습으로 자신에게 오고 있음을 직감한다. 알을 깨는 아픔을 통해 자신의 내면세계가 풍성해지듯이, 외부세계 또한 낡은 껍질을 깨고 새로운 세계로 거듭나야 한다. 처음으로 바깥 세계가 자신의 내면세계와 어울려 순수한 화음을 내고 있음을 느낀다. "지구의 껍질에서 비상하려고 하는 황금빛 매의 머리"를 가진 새가 내면에서 꿈틀거린다. "길 위에서 방황"하던 그의 삶이 새로운 "집"으로 귀향하는 장면이다. 이 '에바 부인'의 집에는 "사랑과 영혼", "동화와 꿈"이 살고 있다.

> 우리의 사명은 이 세상에서 하나의 섬을 표현하는 것이었다. 그것은 하나의 이상이라고 할 수도 있었지만, 어쨌든 삶의 방식의 다른 가능성을 알려주는 것임에는 틀림없었다.
>
> 오랫동안 고독했던 나는 오로지 완전한 고독을 맛본 인간들 사이에서만 가능한 공동체를 알게 된 것이다(『데미안』).

이들 "완전한 고독을 맛본" 사람들은 "각성한 자 혹은 각성하고 있는 인간들"이다. 다른 사람들에게 인류는 "유지되고 보호되어야 하는 완성"된 어떤 것이다. 이에 반해 "표적을 달고 있는 사람들"에게 "인류"는 "모두가 그것을 향해 가는 도중에 있고 또 그 모습을 어느 누구도 알지 못하며 그 법칙이 어디에도 적혀 있지 않은 멀고 먼 미래"이다.

이제 "전 세계를 얻었지만 결국 그 때문에 영혼을 잃어버린" 유럽의 종말이 가까워지고 있다. 이 낡은 세계의 붕괴와 새로운 세계의 출현을 "운명"으로 받아들이기 위해서는 "오로지 고독이나 투쟁만이 있을 뿐, 아무런 평화도, 공존도 없는 차가운 세계 속에서 완전히 홀로 고독하게" 다시 서야 한다. 드디어 싱클레어의 마음속에 "밝고 싸늘한" 그 무언가가 "굳고 빽빽하게 응어리지는" 듯한 느낌이 든다. 스스로의 "자아"와 마주한 것이다.

이렇듯 '누구에게도, 어디에도 의지할 데' 없는 독립된 자아를 마주하기란 쉽지 않다. 이 "수정" 같이 투명한 자아와 마주하기 위해 싱클레어는 그토록 치열한 고민과 방황의 과정을 거친 것이 아닌가.

자유냐 구속이냐? 문제는 간단치 않다. 자유에는 불확실한 미래에 대한 두려움이 뒤따르고, 구속에는 편안하고 안정된 일상이 보장되어 있다. 성장소설의 주인공들은 대개 자유를 선택한다. 미지의 세계를 향해 모험을 떠나는 존재야말로 인류 문명의 창조가가 아니었던가. 일상에 안주하지 않고 늘 새로운 모험을 꿈꾸는 '문제적 주인공들'의 험난한 여정이야말로 우리의 삶과 문학을 살찌우는 마르지 않는 자양분이다.

이제 "모험과 거친 운명"이 문제적 주인공들을 부르며, 세계가 그들을 통해 스스로를 변모시키려는 순간이 다가온다. 비로소 싱클레어는 "수많은 사람들과, 아니 온 세상과 더불어 체험해야" 하는 "운명"을 맞이할 준비가 되었다.

곧이어 전쟁이 터졌고 데미안과 싱클레어는 전장으로 떠난다. 그는 전쟁터에서 데미안을 만난다. 데미안은 에바 부인의 키스를 전해준다.

> 난 떠나야 될 거야. 자네는 아마 언젠가 나를 필요로 하겠지. 크로머와 혹은 그 밖의 다른 일 때문에 말야. 그때는 나를 불러도 나는 더 이상 그렇게 간단히 말을 타고 오거나 기차를 타고 올 수 없어. 이제 그럴 때엔 자네 자신의 내면에 귀를 기울이면 돼. 그러면 내가 자네의 내면에 깃들어 있음을 알게 될 거야(『데미안』).

싱클레어는 자신의 내면으로 완전히 들어가 "그 검은 거울" 위로 몸을 굽혀, 데미안과 완전히 닮아 있는 자신의 모습을 발견한다. 데미안은 싱클레어의 내면에 스며든다. 이로써 싱클레어는 자신을 이끌어준 친구이자 지도자인 데미안과 하나가 된다.

『데미안』은 세속의 때가 묻지 않은 순수한 영혼의 고뇌와 방황을 통해, 냉혹한 현실의 황폐함 속에 내재한 '절망 속의 희망'을 생생하게 길어 올리고 있다. 이 비싼 대가를 치름으로써 우리는 보다 나은 삶을 향해 첫걸음을 내디딜 수 있는 것이다.

4.

인간이면 누구나 가면을 쓰고 살아간다. 스스로에게 가면이 몇 개인지 질문해 보자. 부모님을 만날 때, 선생님을 만날 때, 이성 친구를 만날 때, 아니면 좋아하는 사람을 만날 때, 싫어하는 사람을 만날 때 등등……. 우리는 그때그때마다 상황에 맞는 가면을 꺼내 쓴다. 그렇다면 진짜 자신의 모습은? 혼란스럽다. 우리는 가면을 벗은 '맨 얼굴'을 접할 기회가 점점 줄어드는 사회에 살고 있다. 정체성의 혼란, 자아의 분열, 인간 소외 등의 현상은, 이 가면과 '맨 얼굴'의 간극에서 발생한다.

그렇다면 가면을 벗고 '맨 얼굴'을 보여주면 어떠한 현상이 발생할까? 카프카의 「변신」은 이를 상징적으로 포착한 작품이다. 현대를 살아가는 개인이 자신의 '맨 얼굴'을 노출하는 상황을, 카프카는 인간이 징그러운 벌레로 변신하는 모습으로 알레고리화했다. 가족을 위해 개미처럼 일한 주인공이 결국 가족에게까지 버림받는 존재로 전락한다. 섬뜩하다.

「변신」의 메시지가 너무 자극적이어서 뒷맛이 개운하지 않다면, 헤르만 헤세의 『데미안』을 읽어보면 어떨까? '맨 얼굴'과 가까운 삶을 살아가기 위한 젊음의 고뇌와 방황을 형상화한 『데미안』은 '자기 자신에게로 이르는 길' 하나를 제시하고 있다. 고통스러운 길이지만 성장의 열매를 얻기 위해서는 피할 수 없는 통과제의이다. 이 젊음의 운명을 어떻게 받아들이느냐는 독자들의 몫이다.

우리 사회에서 자신의 꿈을 실현하며 살아가는 사람은 얼마나 될까? 주위 사람들에게 유년 시절의 꿈에서 얼마나 멀리 와 있느냐고 물어보자. 대다수의 사람들은 까마득하게 멀어진 자신의 모습을 곱씹으며 화들짝 놀랄 것이다.

새삼 우리 사회의 냉혹함을 곱씹어본다. 정체성에 대한 고민을 박탈하고 미디어를 통해 주입된 경쟁논리를 무차별적으로 주입하는가 하면, 진짜 자신이 원하는 일을 하려는 자들에게는 돈이 안 된다는 이유로 이를 가로막고 있다.

하여, 요즘 젊은이들은 왜 살아야 하는지, 혹은 어떻게 살 것인가에 대한 뚜렷한 문제의식이 없는 경우가 많다. 그러니 무엇 하나에 심취하여 열정적으로 뛰어들지 못한다. 미처 꿈꿔보기도 전에 '강렬한 삶의 경험'이 소진되어 버린 형국이다. 이러한 젊은이들에게 『데미안』은 시대가 변해도 결코 퇴색하지 않는 강렬한 젊음의 열정 하나를 선사하고 있다.

마지막 장을 덮으니, 마음 한구석에 묻어두었던 의문이 물며 솟아오른다. 오늘날 '데미안'과 '싱클레어' 같은 인물이 과연 존재할 수 있을까? 성실하고 순박하게 사는 것조차 쉽게 허용하지 않는, 이 타락한 세상에서 과연 '자기 자신에게로 이르는 길'을 찾아낼 수 있을까?

아직 절망하기엔 이르다. 떨어질 줄 알면서도 바위를 굴려 올리는 '시지포스'의 형벌처럼 무모해 보이는 행위지만, 이를 기꺼이 감수하며, '지금 여기'의 삶을 비추고 불투명한 미래를 밝히는 등불의 역할을 포기하지 않는 『데미안』 같은 소설의 주인공들이 있기에, 우리의 삶은 조금씩 풍요로워지는 것이리라. 쓸모없어 보이는 문학의 '사회적 쓸모'는 바로 여기에 있다.

자, 이제 자신의 삶을 돌아보자. 그리고 '아, 그때…… 하고 가볍게 일축해버릴 수 없는 과거의 시기'(최윤)를 한번 떠올려보자. 그 시기 혹은 장면이 떠오르지 않는다고 너무 조급해하지는 말자. 바로 지금의 이 혼란, 아픔, 미완성의 순간이 먼 훗날 그 시기로 기억될지 모를 일이다.

문학의 숨결

초판 1쇄 인쇄일 | 2016년 12월 29일
초판 1쇄 발행일 | 2016년 12월 30일

지은이 | 고인환
펴낸이 | 정진이
편집장 | 김효은
편집・디자인 | 우정민 백지윤 박재원
마케팅 | 정찬용 정구형 정진이
영업관리 | 한선희 이선건 최인호 최소영
책임편집 | 백지윤
인쇄처 | 국학인쇄사
펴낸곳 | 국학자료원 새미(주)
등록일 2005 03 15 제25100-2005-000008호
서울특별시 강동구 성안로 13 (성내동, 현영빌딩 2층)
Tel 442-4623 Fax 6499-3082
www.kookhak.co.kr
kookhak2001@hanmail.net

ISBN | 979-11-87488-36-1 *93800
가격 | 20,000원